汪曾祺（1920—1997）

汪曾祺 集

邂逅

北 京 出 版 集 团
北京十月文艺出版社

目录

复仇

复仇者不折镆干。虽有忮心，不怨飘瓦。

——庄子

一支素烛，半罐野蜂蜜。他的眼睛现在看不见蜜。蜜在罐里，他坐在榻上。但他充满了蜜的感觉，浓，稠。他嗓子里并不泛出酸味。他的胃口很好。他一生没有呕吐过几回。一生，一生该是多久呀？我这是一生了么？没有关系，这是个很普通的口头语。谁都说："我这一生……"就像那和尚吧，——和尚一定是常常吃这种野蜂蜜。他的眼睛眯了眯，因为烛火跳，跳着一堆影子。他笑了一下：他心里对和尚有了一个称呼，"蜂蜜和尚"。这也难怪，因为蜂蜜、和尚，后面隐了"一生"两个字。明天辞行的时候，我当真叫他一声，他会怎么样呢？和尚倒有了一个称呼了。我呢？他会称呼我什么？该不是"宝剑客人"吧（他看到和尚一眼就看到他的剑）。这蜂蜜——他想起来的时候一路听见蜜蜂叫。是的，有蜜蜂。蜜蜂真不少（叫得一座山都浮动了起来）。现在，残余的声音还在他的耳朵里。从这里开始了我今天的晚上，而明天又从这里接连下去。人生真是说不清。他忽然觉得这是秋天，从蜜蜂的声音里。从声音里他感到一身轻爽。不错，普天下此刻

1

写满了一个"秋"。他想象和尚去找蜂蜜。一大片山花。和尚站在一片花的前面，实在是好看极了。和尚摘花。大殿上的铜钵里有花，开得真好，冉冉的，像是从钵里升起一蓬雾。他喜欢这个和尚。

和尚出去了。单举着一只手，后退了几步，既不拘礼，又似有情。和尚你一定是自自然然地行了无数次这样的礼了。和尚放下蜡烛，说了几句话，不外是庙宇偏僻，没有什么可以招待；山高，风大，气候凉，早早安息。和尚不说，他也听见。和尚说了，他可没有听。他尽着看这和尚。他起身为礼，和尚飘然而去。双袖飘飘，像一只大蝴蝶。

他在心里画不出和尚的样子。他想和尚如果不是把头剃光，他该有一头多好的白发。一头亮亮的白发在他的心里闪耀着。

白发的和尚呀。

他是想起了他的白了发的母亲。

山里的夜来得真快！日入群动息，真是静极了。他一路走来，就觉得一片安静。可是山里和路上迥然不同。他走进小山村，小蒙舍里有孩子读书声，马的铃铛，连枷敲在豆秸上。小路上的新牛粪发散着热气，白云从草垛边缓缓移过，一个梳辫子的小姑娘穿着一件银红色的衫子……可是原来描写着静的，现在全表示着动。他甚至想过自己做一个货郎来给这个山村添加一点声音的，这一会可不能在这万山之间扑朗朗摇他的小鼓。

货郎的拨浪鼓在小石桥前摇，那是他的家。他知道，他想的是他的母亲。而投在母亲的线条里着了色的忽然又是他的妹妹。他真愿意有那么一个妹妹，像他在这个山村里刚才见到的。穿着银红色的衫子，在门前井边打水。青石的井栏。井边一架小红花。她想摘一朵，听见母亲纺车声音，觉得该回家了，天不早了，就说："我明天一早来摘你。你在那儿，我记得！"她可以给旅行人指路："山上有个庙，庙里和尚好，你可以去借宿。"小姑娘和旅行人都走了，剩下一口井。他们走了一会，井栏上的余滴还丁丁咚咚地落回井里。村边的大乌桕树黑黑的。夜开始向它合过来。磨麦子的石碾呼呼的声音停止在一点上。

想起这个妹妹时，他母亲是一头乌青的头发。他多愿意摘一朵红花给母亲戴上。可是他从来没见过母亲戴过一朵花。就是这一朵没有戴上的花决定了他的命运。

母亲呀，我没有看见你的老。

于是他的母亲有一副年轻的眉眼而戴了一头白发。多少年来这一头白发在他心里亮。

他真愿意有那么一个妹妹。

可是他没有妹妹，他没有！

他的现在，母亲的过去。母亲在时间里停留。她还是那样年轻，就像那个摘花的小姑娘，像他的妹妹。他可是老多了，他的脸上刻了很多岁月。

他在相似的风景里做了不同的人物。风景不殊，他改变风景多少？现在他在山上，在许多山里的一座小庙里，许多小庙里的一个小小的禅房里。

多少日子以来，他向上，又向上；升高，降低一点，又升得更高。他爬的山太多了。山越来越高，山头和山头挤得越来越紧。路越来越小，也越来越模糊。他仿佛看到自己，一个小小的人，向前倾侧着身体，一步一步，在苍青赭赤之间的一条微微的白道上走。低头，又抬头。看看天，又看看路。路像一条长线，无穷无尽地向前面画过去。云过来，他在影子里；云过去，他亮了。他的衣裾上沾了蒲公英的绒絮，他带它们到远方去。有时一开眼，一只鹰横掠过他的视野。山把所有的变化都留在身上，于是显得亘古不变。他想：山呀，你们走得越来越快，我可是只能一个劲地这样走。及至走进那个村子，他向上一看，决定上山借宿一宵，明天该折回去了。这是一条线的尽头了，再往前没有路了。

他合了一会眼，他几乎睡着了，几乎做了一个梦。青苔的气味，干草的气味。风化的石头在他的身下酥裂，发出声音，且发出气味。小草的叶子窸窣弹了一下，蹦出了一个蚱蜢。从很远的地方飘来一根鸟毛，近了，更近了，终于为一根枸杞截住。他断定这是一根黑色的。一块卵石从山顶滚下去，滚下去，滚下去，落进山下的深潭里。从极低的地方传来一声牛鸣。反刍的声音（牛的下巴磨动，淡红色的舌头）升上来，为一阵风卷走了。虫蛀着老楝树，一片叶子尝到了苦味，它打了一个寒噤。一个松球裂开了，寒气伸入了鳞瓣。鱼呀，活在多高的水里，你还是不睡？再见，青苔的阴湿；再见，干草的松软；再见，你硌在胛骨下抵出一块酸的石头。老和尚敲磬。现在，旅行人要睡了，放松他的眉头，散开嘴边的纹，解开脸上的结，让肩膊平摊，腿脚舒展。

烛火什么时候灭了。是他吹熄的？

他包在无边的夜的中心，像一枚果仁包在果核里。

老和尚敲着磬。

水上的梦是漂浮的。山里的梦挣扎着飞出去。

他梦见他对着一面壁直的黑暗，他自己也变细，变长。他想超出黑暗，可是黑暗无穷的高，看也看不尽的高呀。他转了一个方向，还是这样。再转，一样。再转，一样。一样，一样，一样是壁直而平，黑暗。他累了，像一根长线似的落在地上。"你软一点，圆一点嘛！"于是黑暗成了一朵莲花。他在莲花的一层又一层瓣子里。他多小呀，他找不到自己了。他贴着黑的莲花做了一次周游。丁——，莲花上出现一颗星，淡绿的，如磷火，旋起旋灭。余光蔼蔼，归于寂无。

丁——，又一声。

那是和尚在做晚课，一声一声敲他的磬。他追随，又等待，看看到底多久敲一次。渐渐的，和尚那里敲一声，他心里也敲一声，不前不后，自然应节。"这会儿我若是有一口磬，我也是一个和尚。"佛殿上一盏像是就要熄灭，永不熄灭的灯。冉冉的，钵里的花。一炷香，香烟袅袅，渐渐散失。可是香气透入了一切，无往不在。他很想去看看和尚。

和尚，你想必不寂寞？

客人，你说的寂寞的意思是疲倦？你也许还不疲倦？

客人的手轻轻地触到自己的剑。这口剑，他天天握着，总觉得有一分生疏；到他好像忘了它的时候，方知道是如何之亲切。剑呀，不是你属于我，我其实是属于你的。和尚，你敲磬，谁也不能把你的磬的声音收集起来吧？你的禅房里住过多少客人？我在这里过了我的一夜。我过了各色的夜。我这一夜算在所有的夜的里面，还是把它当作各种夜之外的一个夜呢？好了，太阳一出，就是白天。明天我要走。

太阳晒着港口，把盐味敷到坞边的杨树的叶片上。

海是绿的，腥的。

一只不知名的大果子，有头颅那样大，正在腐烂。

贝壳在沙粒里逐渐变成石灰。

浪花的白沫上飞着一只鸟，仅仅一只。太阳落下去了。

黄昏的光映在多少人的额头上，在他们的额头上涂了一半金。

多少人逼向三角洲的尖端。又转身，分散。

人看远处如烟。

自在烟里，看帆篷远去。

来了一船瓜，一船颜色和欲望。

一船是石头，比赛着棱角。也许——

一船鸟，一船百合花。

深巷卖杏花。骆驼。

骆驼的铃声在柳烟中摇荡。鸭子叫，一只通红的蜻蜓。

惨绿色的雨前的磷火。

一城灯！

嗨，客人！

客人，这仅仅是一夜。

你的饿，你的渴，饿后的饱餐，渴中得饮，一天的疲倦和疲倦的消除，各种床，各种方言，各种疾病，胜于记得，你一一把它们忘却了。你不觉得失望，也没有希望。你经过了哪里，将去到哪里？你，一个小小的人，向前倾侧着身体，在黄青赭赤之间的一条微微的白道上走着。你是否为自己所感动？

"但是我知道我并不想在这里出家！"

他为自己的声音吓了一跳。这座庙有一种什么东西使他不安。他像瞒着自己似的想了想那座佛殿。这和尚好怪！和尚是一个，蒲团是两个。一个蒲团是和尚自己的，那一个呢？佛案上的经卷也有两份。而他现在住的禅房，分明也不是和尚住的。

这间屋，他一进来就有一种特殊的感觉。墙极白，极平，一切都是既方且直，严厉而逼人。而在方与直之中有一件东西就显得非常的圆。不可移动，不可更改。这件东西是黑的。白与黑之间划出分明界限。这是一顶极大的竹笠。笠子本不是这颜色，它发黄，转褐，最后就成了黑的。笠顶有一个宝塔形的铜顶，颜色也发黑了，——一两处锈出了绿花。这顶笠子使旅行人觉得不舒服。什么人戴了这样一顶笠子呢？拔出剑，他走出禅房。

他舞他的剑。

自从他接过这柄剑，从无一天荒废过。不论在荒村野店，驿站邮亭，云碓茅篷里，废弃的砖瓦窑中，每日晨昏，他都要舞一回剑。每一次对他都是新的刺激，新的体验。他是在舞他自己，他的爱和恨。最高的兴奋，最大的快乐，最汹涌的激情。他沉酣于他的舞弄之中。

把剑收住，他一惊，有人呼吸。

"是我。舞得好剑。"

是和尚！和尚离得好近。我差点没杀了他。

旅行人一身都是力量，一直贯注到指尖。一半骄傲，一半反抗，他大声地喊：

"我要走遍所有的路。"

他看看和尚，和尚的眼睛好亮！他看着这双眼睛里有没有讥刺。和尚如果激怒了他，他会杀了和尚。然而和尚站得稳稳的，并没有为他的声音和神情所撼动，他平平静静，清清朗朗地说：

"很好。有人还要从没有路的地方走过去。"

万山百静之中有一种声音，丁丁然，坚决地，从容地，从一个深深的地方迸出来。

这旅行人是一个遗腹子。父亲被仇人杀了，抬回家来，只剩一口气。父亲用手指蘸着自己的血写下了仇人的名字，就死了。母亲拾起了他留下的剑。剑在旅行人手里。仇人的名字在他的手臂上。到他长到能够得到井边的那架红花的时候，母亲交给他父亲的剑，在他的手臂上刺了父亲的仇人的名字，涂了蓝。他就离开了家，按手臂上那个蓝色的姓名去找那个人，为父亲报仇。

不过他一生中没有叫过一声父亲。他没有听见过自己叫父亲的声音。

父亲和仇人，他一样想不出是什么样子。如果仇人遇见他，倒是会认出来的：小时候村里人都说他长得像父亲。然而他现在连自己是什么样子都不清楚了。

真的，有一天找到那个仇人，他只有一剑把他杀了。他说不出一句话。他跟他说什么呢？想不出，只有不说。

有时候他更愿意自己被仇人杀了。

有时候他对仇人很有好感。

有时候他觉得自己就是那个仇人。既然仇人的名字几乎代替了他自己的名字，他可不是借了那个名字而存在的么？仇人死了呢？

然而他依然到处查访这个名字。

"你们知道这个人么？"

"不知道。"

"听说过么？"

"没有。"

…………

"但是我一定是要报仇的！"

"我知道，我跟你的距离一天天近了。我走的每一步，都向着你。"

"只要我碰到你，我一定会认出你，一看，就知道是你，不会错！"

"即使我一生找不到你，我这一生是找你的了！"

他为自己这一句的声音掉了泪，为他的悲哀而悲哀了。

天一亮，他跑近一个绝壁。回过头来，他才看见天，苍碧嶙峋，不可抗拒的力量压下来，使他呼吸急促，脸色发青，两股紧贴，汗出如浆。他感觉到他的剑，剑在背上，很重。而从绝壁的里面，从地心里，发出丁丁的声音，坚决而从容。

他走进绝壁。好黑。半天，他什么也看不见。退出来？不！他像是浸在冰水里。他的眼睛渐渐能看见面前一两尺的地方。他站了一会，调匀了呼吸。丁，一声，一个火花，赤红的。丁，又一个。风从洞口吹进来，吹在他的背上。面前飘来了冷气，不可形容的阴森。咽了一口唾沫。他往里走。他听见自己跫跫足音，这个声音鼓励他，教他走得稳当，不踉跄。越走越窄，他得弓着身子。他直视前面，一个又一个火花爆出来。好了，到头了。

一堆长发。长头发盖着一个人。匍匐着，一手錾子，一手铁锤，低着头，正在开凿膝前的方寸。他一定是听见来人的脚步声了，他不回头，继续开凿。錾子从下向上移动着。一个又一个火花。他的手举起，举起。旅行人看见两只僧衣的袖子。他的披到腰下的长发摇动着。他举起，举起，旅行人看见他的手。这双手！奇瘦，瘦到露骨，都是筋。旅行人后退了一步。和尚回了一下头。一双炽热的眼睛，从披纷的长发后面闪了出来。旅行人木然。举起，举起，火花，火花。再来一个，火花！他差一点晕过去：和尚的手臂上赫然有三个字，针刺的，涂了蓝的，是他的父亲的名字！

一时，他什么也看不见了，只看见那三个字。一笔一画，他在心里描了那三个字。丁，一个火花。随着火花，字跳动一下。时间在洞外飞逝。一卷白云掠过洞口。他简直忘记自己背上的剑了，或者，他自己整个消失，只剩下这口剑了。他缩小，缩小，以至于没有了。然后，又回来，回来，好，他的脸色由青转红，他自己充满于躯体。剑！他拔剑在手。

忽然他相信他的母亲一定已经死了。

铿的一声。

他的剑落回鞘里。第一朵锈。

他看了看脚下，脚下是新开凿的痕迹。在他脚前，摆着另一副锤錾。

他俯身，拾起锤錾。和尚稍为往旁边挪过一点，给他腾出地方。

两滴眼泪闪在庙里白发的和尚的眼睛里。

有一天，两副錾子同时凿在虚空里。第一线由另一面射进来的光。

约一九四四年写于昆明黄土坡

载一九四六年第一卷第四期《文艺复兴》

一九八一年修改

老鲁

去年夏天我们过的那一段日子实在很好玩。我想不起别的恰当的词儿，只有说它好玩。学校四个月发不出薪水，饭也是有一顿没一顿地吃。——这个学校是一个私立中学，是西南联大的同学办的。校长、教务主任、训育主任、事务主任、教员，全部都是联大的同学。有那么几个有"事业心"的好事人物，不知怎么心血来潮，说是咱们办个中学吧，居然就办起来了。基金是靠暑假中演了一暑期话剧卖票筹集起来的。校址是资源委员会的一个废弃的仓库，有那么几排土墼墙的房子。教员都是熟人。到这里来教书，只是因为找不到，或懒得找别的工作。这也算是一个可以栖身吃饭的去处。上这儿来，也无须通过什么关系，说一句话，就来了。也还有一张聘书，聘书上写明每月敬奉薪金若干。薪金的来源，是靠从学生那里收来的学杂费。物价飞涨，那几个学杂费早就教那位当校长的同学捣腾得精光了，于是教员们只好枵腹从教。校长天天在外面跑，通过各种关系想法挪借。起先回来还发发空头支票，说是有了办法，哪儿哪儿能弄到多少，什么时候能发一点钱。说了多次，总未兑现。大家不免发牢骚，出怨言。然而生气的是他说谎，至于发不发薪水本身倒还其次。我们已经穷到了极限，再穷下去也不过如此。薪水发下来原也无济于事，顶多能约几个人到城里吃一顿。这个情形，没有在昆明，在我们那个中学教过书的人，大概无法明白。好容易学校挨到暑假，没有中途关门。可是一到暑假，我们的日子就更特别了。钱，不用说，毫无指望。我们已好像把这件事忘了。校长能做到的事是给我们零零碎碎的弄一餐两餐米，买二三十斤柴。有时弄不到，就只有断炊。菜呢，对不起，校长实在想不出办法。可是我们不能吃白斋呀！有了，有人在学校荒草之间发现了很多野生的苋菜（这个学校虽有土筑的围墙，墙内照例是不除庭草，跟野地也差不多）。这个菜云南人叫作小米菜，人不吃，大都是摘来喂猪，或是在胡萝卜田的堆锦积绣的丛绿之中留一两棵，到深秋时，在夕阳光中红晶晶的，看着好玩。——昆明的胡萝卜田里几乎都有一两棵通红的苋菜，这是种菜人的超乎功利，纯为观赏的有意安排。学校里的苋菜多肥大而嫩，自己动手去摘，半天可得一大口袋。借一二百元买点油，多加大蒜，爆炒一下，连锅子掇上桌，味道实在极好。能赊得到，有时还能到学校附近小酒店里赊半斤土制烧酒来，大家就着碗轮流大口大口地喝！小米菜虽多，经不起十几个正在盛年的为人师者每天食用，渐渐地，被我们吃光了。于是有人又认出一种野菜，说也可以吃的。这种菜，或不如说这种草更恰当些，枝叶深绿色，如猫耳大小而有缺刻，有小毛如粉，放在舌头上拉拉的。这玩意儿北方也有，叫作"灰藋菜"，也有叫讹了叫成"回回菜"的。按即庄子所说"逃蓬藋者闻人足音则跫然喜"之"藋"也。据一个山东同学说，如果裹了面，和以葱汁蒜泥，蒸了吃，也怪好吃的。可是我们买不起面粉，只有少施油盐如炒苋菜办法炒了吃。味道比起苋菜，可是差远了。还有一种菜，独茎直生，周附柳叶状而较为绵软的叶子，长在墙角阴湿处，如一根脱了毛的鸡毛掸子，也能吃。不知为什么没有尝试过。大概这种很古雅的灰藋菜还足够我们吃一气。学校所在地名观音寺，是一荒村，也没有什么地方可去。时在暑假，我们的眠起居食，皆无定时。早上起来，各在屋里看书，或到山上四处走走，看看时间差不多了，就相互招呼去"采薇"了。下午常在校门外不远处一家可以欠账的小茶棚中喝茶，看远山近草，车马行人，看一阵大风卷起一股极细的黄土，映在太阳光中如轻霞薄绮，看黄土后面蓝得好像要流下来的天空。到太阳一偏西，例当想法寻找晚饭菜了。晚上无灯，——交不出电灯费教电灯公司把线给铰了，大家把口袋里的存款倒出来，集资买一根蜡烛，会聚在一个未来的学者、教授的屋里，在凌乱的衣物书籍之间各自找一块空间，躺下或坐好，天南地北，乱聊一气。或回忆故乡风物，或臧否一代名流，行云流水，不知所从来，也不知向何处去，高谈阔论，聊起来没完，而以一烛为度，烛尽则散。生活过成这样，却也无忧无虑，兴致不浅，而且还读了那么多书！

啊呀，题目是《老鲁》，我一开头就哩哩拉拉扯了这么些闲话干什么？我还没有说得尽兴，但只得打住了。再说多了，不但喧宾夺主，文章不成格局（现在势必如此，已经如此），且亦是不知趣了。

但这些事与老鲁实有些关系，老鲁就是那时候来的。学校弄成那样，大家纷纷求去，真为校长担心，下学期不但请不到教员，即工役校警亦将无人敢来。而老鲁偏在这时候来了。没事在空空落落的学校各处走走，有一天，似乎看见校警们所住的房间热闹起来。看看，似乎多了两个人。想，大概是哪个来了从前队伍上的朋友了（学校校警多是退伍的兵）。到吃晚饭时常听到那边有欢笑的声音。这声音一听即知道是烧酒所翻搅出来的。嗷，这些校警有办法，还招待得起朋友啊？要不，是朋友自己花钱请客，翻作主人？走过门前，有人说："汪老师，来喝一杯。"我只说"你们喝，你们喝"，就过去了，是哪几个人也没有看清。再过几天，我们在挑菜时看见一个光头瘦长个子穿半旧草绿军服的人也在那里低着头掐灰藋菜的嫩头。走过去，他歪了头似笑不笑地笑了一下。这是一种世故，也不失其淳朴。这个"校警的朋友"有五十岁了，额上一抬眉有细而密的皱纹，看他摘菜，极其内行，既迅速且准确。我们之中有一位至今对摘菜还未入门，摘苋菜摘了些野茉莉叶子，摘灰藋菜则更不知道什么麻啦蓟啦的都来了，总要别人再给鉴定一番。有时拣不胜拣，觉得麻烦，就不管三七二十一，哗啦一起倒下锅。这样，在摘菜时每天见面，即心仪神往起来，有点熟了。他不时给我们指点指点，说哪些菜吃得，哪些吃不得。照他说，可吃的简直太多了，这人是一部活的《救荒本草》！他打着一嘴山东话，说话神情和所用字眼都很有趣。

后来不但是蔬菜，即荤菜亦能随地找得到了。这大概可以说是老鲁的发明。——说"发明"，不对，该说什么呢？在我看，那简直就是发明：是一种甲虫，形状略似金龟子，略长微扁，有一粒蚕豆大，村里人即叫它为蚕豆虫或豆壳虫。这东西自首夏至秋初从土里钻出来，黄昏时候，漫天飞，地下留下一个一个小圆洞。飞时鼓翅作声，声如黄蜂而微细，如蜜蜂而稍粗。走出门散步，满耳是这种营营的单调而温和的音乐。它们这样营营的，忙碌地飞，是择配。这东西一出土即迫切地去完成它的生物的义务。等到一找到对象，便在篱落枝头息下。或前或后于交合的是吃，极其起劲地吃。所吃的东西却只有一种：柏树的叶子。也许它并不太挑嘴，不过爱吃柏叶，是可以断言的。学校后面小山上有一片柏林，向晚时这种昆虫成千上万。老鲁上山挑水，——老鲁到朋友处闲住，但不能整天抄手坐着，总得找点事做做，挑水就成了他的义务劳动，——回来说，这种虫子可吃。当晚他就捉了好多。这一点不费事，带一个可以封盖的瓶罐，走到哪里，随便在一个柏枝上一捋，即可有三五七八个不等。这东西是既不挣扎也不逃避的，也不咬人蜇人。老鲁笑嘻嘻地拿回来，掐了头，撕去甲翅，动作非常熟练。热锅里下一点油，煸炸一下，三颠出锅，上盘之后，撒上重重的花椒盐，这就是菜。老鲁举起酒杯，一连吃了几个。我们在一旁看着，对这种没有见过的甲虫能否佐餐下酒，表示怀疑。老鲁用筷子敲敲盘边，说："老师，请两个嘛!"有一个胆大的，当真尝了两个，闭着眼睛嚼了下去："唔，好吃!"我们都是"有毛的不吃掸子，有腿的不吃板凳"的，于是饭桌上就多了一道菜，而学校外面的小铺的酒债就日渐其多起来了。这酒账是到下学期快要开学时才由校长弄了一笔钱一总代付了的。豆壳虫味道有点像虾，还有点柏叶的香味。因为它只吃柏叶，不但干净，而且很"雅"。这和果子狸、松花鸡一样，顾名思义即可知道一定是别具风味的山珍。不过，尽管它的味道有点像虾，我若是有一盘油爆虾，就决不吃它。以后，即使在没有虾的时候也不会有吃这玩意儿的时候了。老鲁呢，则不可知了。不管以后吃不吃吧，他大概还会念及观音寺这地方，会跟人说："俺们那时候吃过一种东西，叫豆壳虫……"

不久，老鲁即由一个姓刘的旧校警领着见了校长，在校警队补了一个名字。校长说："饷是一两个月发不出来的哩。"老刘自然知道，说不要紧的，他只想清清静静地住下，在队伍上时间久了，不想干了，能吃一口这样的饭就行（他说到"这样的饭"时，在场的人都笑了）。他姓鲁，叫鲁庭胜（究竟该怎么写，不知道，他有个领饷用的小木头戳子，上头刻的是这三个字），我们都叫他老鲁，只有事务主任一个人叫他的姓名（似乎这样连名带姓地叫他的下属，这才像个主任）。济南府人氏。何县，不详。和他同时来的一个，也"补上"了，姓吴，河北人。

什么叫"校警"，这恐怕得解释一下，免得过了一二十年，读者无从索解。"校警"者，学校之警卫也。学校何需警卫？因为那时昆明的许多学校都在乡下，地方荒僻，恐有匪盗惊扰。那时多数学校都有校警。其实只是有几个穿军服的人（也算一个队），弄几支旧枪，壮壮胆子。无非是告诉宵小之徒：这里有兵，你们别来！年长日久，一向又没有发生过什么事情，这个队近于有名无实了。他们也上下班。上班时抱着一根老捷克式，搬一条长凳，坐在门口晒太阳，或看学生打篮球。没事时就到处走来走去，嘴里咬着一根狗尾巴草，"朵朵来米西"，唱着不成腔调的无字曲。这地方没有什么热闹好瞧。附近有一个很奇怪的机关，叫作"灭虱站"，是专给国民党军队消灭虱子的。他们就常常去看一队瘦得脖子挺长的弟兄开进门去，大概在里面洗了一通，喷了什么药粉，又开出来，走了。附近还有个难童收容所。有二三十也是饿得脖子挺长的孩子，还有个所长。这所长还教难童唱歌，唱的是"一马离了西凉界，不由人一阵阵泪洒胸怀"，而且每天都唱这个。大概是该所长只会唱这一段。这些校警也愿意趴在破墙上去欣赏这些瘦孩子童声齐唱《武家坡》。他们和卖花生的老头搭讪，帮赶马车的半大孩子钉马掌，去看胡萝卜，看蝌蚪，看青苔，看屎克螂，日子过得极其从容。有的住上一阵，耐不住了，就说一声"没意思"，告假走了。学校负责人也觉这样一个只有六班学生的学校，设置校警大可不必，这两支老枪还是收起来吧，就一并捆起来靠在校长宿舍的墙角上锈生灰去了。校警呢，愿去则去，愿留的，全都屈才做了本来是工友所做的事了。人各有志，留下来的都是喜爱这里的生活方式的。这里的生活方式，就是：随便。你别说，原来有一件制服在身上，多少有点拘束，现在脱下了二尺半，想穿什么就穿什么，就更添了一分自在。可是他们过于喜爱这种方式，对我们就不大方便。他们每天必做的事是挑水。当教员的，水多重要！上了两节课，唇干舌燥。到茶炉间去看看，水缸是空的。挑水的呢？他正在软草浅沙之中躺着，眯着眼在看天上的云哩。毫无办法，这学校上上下下都透着一股相当浓厚的老庄哲学的味道：适性自然。自从老吴和老鲁来了，气象才不同起来。

老吴留长发，梳了一个背头。头顶微秃，看起来脑门子很高。高眉直鼻，瘦长身材，微微驼背。走路步子很碎，稍急一点就像是在小跑。这样的人让他穿一件干干净净的蓝布长衫比穿军服要合适得多（他怎么会去当兵，是一个谜）。他的家乡大概离北京不远，说的是相当标准的"国语"，张嘴就是"您哪，您哪"的。他还颇识字，能读书报，字也写得不错，酒后曾在墙上题诗一首：

山上青松山下花

花笑青松不及他

有朝一日狂风起

只见青松不见花

兴犹未尽，又题了两句：

贫居闹市无人问

富在深山有远亲

"补上"不久，有发奋做人之意，又写了一副对联：

烟酒不戒哉

不可为人也

老吴岁数不比老鲁小多少，也是望五十的人了，而能如此立志，实在难得。——不过他似乎并未真的戒掉。而且，何必呢！因为他知书识字，所管工作是进城送公函信件。在家时则什么做什么，从不让自己闲着。哪里地不平，下雨时容易使人摔跤，他借了一把铁锹平了，垫了。谁的窗户纸破了（这学校里没有一扇玻璃，窗户上都是糊着皮纸），他瞧在眼里，不一会就打了浆糊来糊上了，糊得端端正正，平平展展，连一个褶子都没有。而且出主意教主人出钱买一点清油来抹上，说这样结实，也透亮。果然！他爱整洁，路上有草屑废纸，他见到，必要捡去。整天看见他在院里不慌不忙而快快地走来走去。他大概是很勤快的。当然，也有点故示勤快。有一天，需派人到城里一个什么机关交涉一宗公事，教员里都是不入官衙的，谁也不愿去，有人说："让老吴去！"校长把自己的一套旧西服取下来，说："行！"老吴换了那身咖啡色西服，梳梳头，就去了。结果自然满好，比我们哪个去都好。因此，老吴实际上是介乎工友与职员之间的那么一个人物。老吴所以要戒除嗜好，立志为人，所争取的，暂时也无非是这样的地位。他已经争取到了。

一到快放暑假时，大家说：完了，准备瘦吧。不是别的，每年春末夏初，几乎全校都要泻一次肚，泻肚的同时，大家的眼睛又必一起通红发痒。是水的关系。这村子叫观音寺，按说应该不缺水，——观音不是跟水总是有点联系的么？可是这一带的大地名又叫作黄土坡，这倒真是名副其实的。昆明春天不下雨，是风季，或称干季，灰沙很大。黄土坡尤其厉害。我们穿的衣服，在家里看看还过得去。一进城就觉得脏得一塌糊涂。你即使新换了衣服进城，人家一看就知道是从哪里来的：我们头发总是黄的！学校附近没有河，——有一条很古老的狭窄的水渠，雨季时渠里流着清水，渠的两岸开满了雪白的木香花，可是平常是干涸的，也没有井，我们食用的水只能从两处挑来：一个是前面胡萝卜田地里的一口塘，一个是后面山顶上的一个"龙潭"。龙潭，昆明人叫泉水为龙潭。那也是一口塘，想是下面有泉水冒上来，故终年盈满，水清可鉴。在龙泉边坐一坐，便觉得水汽沁人，眼目明爽。如果从山上龙潭里挑水来吃，自然极好。但是，我们平日饮用、炊煮、漱口、洗面的水其实都是田地里的塘水。塘水是雨水所潴积，大小虽不止半亩，但并无源头，乃是死水，照一学生物的同学的说法：浮游生物很多。他去舀了一杯水，放在显微镜下，只见草履虫、阿米巴来来往往，十分活跃。向学校抗议呀！是的。找事务主任。主任说："我是管事务的，我也是×××呀！"这意思是说，他也是一个人，也有不耐烦的时候。他跟由校警转业的工友三番两次说："上山挑！"没用。说一次，上山挑两天；第三天，仍旧是塘水。你不能看着他，不能每次都跟着去。实在的，上山路远，路又不好走。也难怪，我们有时去散散步，来回一趟，还怪累的，何况挑了一担水乎？再说，山上风景不错，可是没人没伴，一个人挑着两桶水，斤共斤共走着，有什么意思？田里塘边常常有几个姑娘媳妇锄地薅草，漂衣洗菜，谈谈笑笑，热闹得多。教员们呢，不到眼红肚泻时也想不起这码事。等想起来，则已经红都红了，泻都泻了。到时候每人一包六味地黄丸或舒发什么片，倒了一杯水（还是塘里挑来的），相对吞食起来。自从老鲁来了，情况才有所改变。老鲁到山上、田里两处都看了看，说底下那个水"要不的"。——老鲁的专职是挑水。全校三百人连吃带用的水由他一个人挑，真也够瞧的。老鲁天一模糊亮就起来，来回不停地挑。一担两桶。有时用得急，一担四桶。四桶水，走山路，用山东话说："斤半锅盔，——够呛。"可是老鲁像不在意。水挑回来，还得劈柴。劈了柴，一个人关在茶炉间里烧。自此，我们之间竟有人买了茶叶，泡起茶来了！因为水实在太方便。老鲁提了一个很大的铅铁水壶，挨着个儿往各个房间里送，一天送三次。

　　下一学期开始后，学校情况有所好转。昆明气候好，秋来无一点萧瑟之感，只是百物似乎更老熟深沉了一些。早晚稍凉，半夜读书写字需加一件衣服。白天太阳照着，温暖平和，完全像一个稍稍删改过一番的春天。经过了雨季，草木都极旺盛。波斯菊开犹未尽，绮丽如昔。美人蕉结了籽，远看猩红一片，仍旧像开着花。饭能像一顿饭那样开出，破旧的藤箱里还有一件毛衣，就允许人们对未来做一点梦。饭后课余，在屋前小草坪上，各人搬一把椅子，又漫无边际地聊开了。昆明七八年，都只是一群游子，谁也没有想到在这里落地生根。包括老吴和老鲁。教员里有的是想出国的，有的想到清华、北大当助教，也有想回家乡办一种什么事业……有一位老兄似乎自己是注定了要当副教授的。他还设想他有一所小住宅，三间北房，四白落地，后面还有一个小园子，可以种花种菜。他还把老吴、老鲁也都设计在他的住宅里。老吴住前院，管洒扫应对。主人不在，有客人来，沏茶奉烟，请客人留字留言。他可以偷空到天桥落子馆里坐坐。他去买东西，会跟铺子里要一个二八回扣。老鲁呢，挑水，还可以把左邻右舍的用水都包下来，包括对门卖柿子的老太婆。唔，老鲁多半还要回家种两年地。到地里庄稼被蝗虫吃光了时，又会坐在老吴的屋里等主人回来，请求还在这里吃一碗饭……他把将来的生活设想这样具体，而且梦寐以求，有点像契诃夫小说《醋栗》中的主人，于是大家就叫他"醋栗"。醋栗先生对这个称呼毫不在意。这时正好老吴给他送来两封远地来信和一卷报刊，老鲁提了铅壶来送水，他还当真把他们叫住，把这个设想告诉他们，征求他们的同意。一个说："好唉好唉。"一个说："那敢情好！"

醋栗先生的设想，不是毫无道理。他自己能不能当副教授，我不敢替他下保证，他所设想老吴和老鲁的前途，倒是相当有根据，合乎实际的。世界上会有很多副教授，会有那么一所小宅子，会有一定数量的能够洒扫应对的老吴和一辈子挑水的老鲁的。

自从老吴和老鲁来了，学校的教员中竟分成了两派。一派拥护老吴，一派拥护老鲁。有时为了他们的优劣竟展开了辩论（其实人是不能论优劣的，优劣只能用于钢笔、手表、热水壶，这些东西可以有个绝对标准）。人之爱恶，各不相同，不能勉强。从拥护老鲁和老吴上，也可以看出两派人的特点，一派重实际，讲功利；一派重感情，多幻想。人以群分，物以类聚，什么地方都有这两类人。我是拥鲁一派。老鲁来了，我们且问问他：

"老鲁，你累不累？"

"累什么，我的精神是顶年幼儿的来！"

这个"顶年幼儿的"，好新鲜的词儿！老鲁身体很好（老吴有时显得有点衰颓）。他并不高大，但很结实。他不是像一个运动员那样浑身都是练出来的腱子肉，他是瘦长的，连他的微微向外的八字脚也是瘦瘦长长且是薄薄的，然而他一天挑那么多的水！他哪里来的那么多的力气呢？老鲁是从沙土里长起来的一棵枣树。说像枣树好像不大合适。然而像什么呢？得，就是枣树！

老鲁是见过世面的。有一天，学校派我进城买米（我们那个学校，教员都要轮流做这一类事），我让老鲁跟我一同去，因为我实在不善于做这一类事。老鲁挟着两个麻袋，走到米市上，这一家抄起一把看看，那一家抄起一把看看，显得很活泼。米有成色粗细、砂多砂少、干湿之分，这些我都不懂，只是很有兴趣跟在他后面，等他看定了付钱。他跟一个掌柜的论了半天价，没有成交。"不卖？好，不卖咱们走下家！"其实他是看中了这份米。哪里走什么下家呢，他领着我去看了半天猪秧子，评头论足了半天，转身又走回原来那家铺子，偏着身子（像是准备买不成立刻就走），扬着头（掌柜的高高地趴在米垛子上），"哎，胡子！卖不卖，就是那个数，二八，卖，咱就量来！"掌柜的乐了乐，当真就卖了，大概是因为一则"二八"这个数他并不吃亏；二则这掌柜显然也极中意这个称呼，他有一嘴乌青匝密的牙刷胡子！——诸位，我说的这些有点是题外之言。我真的要说的是另外一件事。就是买米的这一天，我知道老鲁是见过世面的。我们在进城的马车上，马车上坐的是庄稼人、保长、小茶棚的老板娘（进城去买办芝麻糖葵花子），还有两个穿军装的小伙子。这两个小伙子大概是机械士或勤务兵，显得很时髦。一个的手腕上戴着手表（我仔细瞧了瞧，这只表不走，只能装装样了），一个的左边犬齿上镶了金牙，金牙上嵌了绿色的桃形饰物。这两个低声说话，忽然无缘无故地大声说："我们哪里没有去过，什么'交通工具'没有坐过！飞机、火车、坦克车，法国大菜钢丝床！"老鲁没有什么表示，只是低着头抽他的烟。等这两个下了车，端着肩膀走了，老鲁说，"两个烧包子！"好！这真是老鲁说的话！

老鲁十几岁就当兵了。他在过的部队的番号，数起来就有一长串。这人的生活写出来将是一部骇人的历史。我跟老鲁说："老鲁，什么时候你来，弄一点酒，谈谈你自己的事情。"老鲁说："有什么可谈的？作孽受苦就是了。好唉，哪天。今儿不行，事多。"说了几次，始终没有找到适当机会。

我只是片片段段地知道：老鲁在张宗昌手下当过兵。"童子队"，他说。我到现在还不知道这三个字怎样写，是"童子队"，还是"筒子队"。听那意思大概是马弁。"童子队，都挑一些年轻漂亮的小伙子，才出头二十岁。"老鲁说。大家微笑。笑什么呢？笑老鲁过去的模样。大家自然相信老鲁曾经是个年轻漂亮的小伙子，盒子炮，两尺长的鹅黄色的丝穗子！他说了一点张大帅的事，也不妨说是老鲁自己的事吧："大帅烧窑子。北京。大帅走进胡同。一个最红的窑姐儿。窑姐儿叼了支烟（老鲁摆了个架势，跷起二郎腿，抬眉细眼，眼角迤斜），让大帅点火。大帅说：'俺是个土暴子，俺不会点火。'豁呵，窑姐儿慌了，跪下唦，问你这位，是什么官衔。大帅说：'俺是山东梗，梗，梗！'（老鲁跷起大拇指，圆睁两眼，嘴微张开。从他的神情中，我们大概知道'梗梗梗'是一个什么东西，但是这三个字实在不知道该怎么写。大帅的同乡们，你们贵处有此说法么？）窑姐儿说，你老开恩带我走吧。大帅说：'好唉！'（大帅也说'好唉'？）真凄惨（老鲁用了一个形容词），烧！大帅有令：十四岁以下，出来；十四岁过了的，一个不许走，烧！一烧烧了三条街，都烧死咧。"老鲁的叙述方法有点特别。你也许不大明白。可不是，我也不知这究竟是咋一回事，大帅为什么要烧窑子？这是什么年头的事？我们就大概晓得那么一回事就得了。当然，老鲁也是点火烧的一个了，他是"童子队"嘛。

另外，我们还知道一点老鲁吃过的东西。其一是猪食。队伍到了一个地方，什么都没有了。饿了好几天了，老百姓不见影子，粮食没有一颗。老鲁一看，嗐！有个猪圈。猪是早没有了，猪食盆在哪。没有办法，用手捧了两把。嗐，"还有两儿整个包谷一剖俩的呢，怪好吃！"老鲁说，这比羊肉好吃多了。"比羊肉好吃？"有人奇怪。唉，什么羊肉，白煮羊肉。"也是，老百姓都逃了，拖到一只羊，杀倒了，架上火烀烂了，没盐！"没盐的羊肉，你没吃过，你就无法知道那多难吃，何况，又是瘪了多少日子的肚子！啧啧，老鲁吃过棉花。那年，败了，一阵一阵地退。饿得太凶了，都走不动，有的，老鲁说："像一个空口袋似的就出溜下去了。"昏昏乎乎的。"队伍像一根烂草绳穿了一绳子烂草鞋。"（老鲁的描写真是奇绝！）实在饿极了。老鲁说："不觉得那是自己。"可是得走呀。在那个一眼看不到一棵矮树、一块石头的大平地上走。（这是什么地方？）浑身没一丝力气，光眼皮那还有点动（很难想象），不撑住，就搭拉下来了。老鲁看见前头一个人的衣服破了一块，露出了白花花的棉花，"吃棉花！前后肚皮都贴上了。棉花啊！也就是填到肚里，有点儿东西。吃下去什么样儿，拉出来还是个什么样儿！"我知道棉花只有纤维，纤维是不易溶解的，没想到这点科学常识却在一个人的肚肠里得到证实。

老鲁的行伍生活，我所知道的，只有这些。

老鲁这辈子"下来"过好几次。用他的话说，当兵叫"补上"，不当了，叫"下来"。他到过很多大城市，在上海、南京都住过。下来时，自然是都攒了一些钱。他说他在上海曾经有过两间房子。"有过"是什么意思呢？是从二房东那里租来的，还是在蕴藻浜那样的地方自己用茅草盖的呢？我没有问清楚。在南京，他弄过一个磨坊。这是抗战以前的事。一打仗，他摔下就跑了。临走时磨坊里还有一百六十多担麦子！离开南京，身上还有一点钱，钱慢慢花完了，"又干上咧"。老鲁是"活过来的"，他对过去不太怀念。只有一次，我见他似乎颇有点惘然的样子。黄昏时候，在那个小茶棚前，一队驮马过去。赶马的是个小姑娘。呵叱一声，十头八匹马一起撒开步子，马背上的木鞍敲得马脊梁郭答郭答地响。老鲁眯着眼睛，目送驮马走过，兀立良久，若有所思。但是在他脱下军帽，抓一抓光头时，他已经笑了："南京城外赶驴子的，都是小姑娘，一根小鞭子，哈哧哈哧，不打站，不歇力，一口气赶三四十里地，一串几十个，光着脚巴丫子，戴得一头的花！"老鲁似乎在他的描叙中得到一点快乐。"戴得一头的花"，他说得真好。这样一来，那一百六十担麦子就再也不能折磨他了。

可是话说回来了，一百六十担麦子是一百六十担麦子呀，不是别的。一百六十担麦子比起一斗四升豆子，就更多了，也难怪老鲁提起过好几次。且说这一斗四升豆子。老鲁爱钱。他那样出力地挑水，也一半是为了钱。"公家用的"水挑完之后，他还给几个成了家，有了孩子，自己起火的教员家里挑私人用的水，多少可以得一点钱。老鲁这回"下来"，本有几个钱，约有十万多一点（我们那学期的薪水一月二万五）。他一下来时请老校警喝酒，花了一些。又为一个老朋友花了四万元。那个朋友从队伍上下来，带了一支枪，路上让人查到了，关了起来，老鲁得为他花钱，把他赎出来。一块在枪子里蹚过来的，他能不吐这个血么？剩下那点钱，再加上挑水的钱，他就买了一斗四升豆子囤积起来。他这大概是世界上规模最小的囤积了。不过，有了一斗四，就不愁没有一百六。他等着行情涨，希望重新挣起一座磨坊。不料，什么都涨，豆子直跌！没法，就只好卖给门口路上拉马车的。他自己常常看到那匹瘦骨嶙峋的白马，掀动着大嘴，格嘣格嘣地嚼他的豆子。可真是气人，一脱手，豆子的价钱就抬起来了！

有人问老鲁，"你要钱干什么？"意思是说：你活了大半辈子，看过多少事情，还对这个东西认识不清么？有人还告诉他几个故事：某人某人，白手起家，弄了三部卡车，跑缅甸仰光，几千万的家私，一炮就完了。护国路有一所大楼，黄铜窗槛，绿绒窗帘，里面住了一个"扁担"（昆明人管挑夫叫"扁担"）。这扁担挑了二十年，忽然发了一笔横财，钱是有了，可是生活过得很无意思。家里的白瓷澡盆他觉得光滑冰冷，牛奶面包他吃不惯。从前在车站码头上一同吃猪耳朵、焖小肠的老朋友又没有人敢来高攀他，他觉得孤独寂寞，连一个能说说话的人都没有。又有一家，原是个马车夫，得了法，房子盖得半条街，又怎么呢？儿子们整天为一块瓦片吵架，一家子鸡犬不宁……总而言之，钱不是什么好东西。老鲁说："话不是这么说。眼珠子是黑的，洋钱是白的。我家里挣下的几亩地，一定叫叔叔舅舅占了，卖了。我回去，我老娘不介意（老鲁还有个老娘，想当有七十多岁了），欢欢喜喜的，'啊！我儿子回来了！'我就是光着屁股也不要紧。别人喏，我回去吃什么？"

寒假以后，学校搬了家，从观音寺搬到白马庙。我是跟老鲁坐一个马车去的。老鲁早已到那边看过，远远的就指给我们看："那边，树郁郁的，喏，是了，就是那儿！"老鲁好像很喜欢，很兴奋。原因是"那边有一口大井，就在开水炉子旁边，方便！"

自从学校迁到白马庙，我不在学校里住，在学校附近租了一间民房，除了上课，很少到学校来。下了课，就回宿舍了。对老鲁的情况就不大了解了。

转眼过年了。一清早，到学校去看看。学校里打扫得很干净，台阶上还有几盆花！老吴在他的房间的门上贴了一副春联：

一夜连双岁
五更分二年

这是记实，又似乎有点感慨。我去看看老鲁，彼此作了一个揖，算是拜年。我听说老鲁最近不大快乐。原因是，一、和老吴的关系处得不好。老吴很受重用。事务主任近来不到校，他俨然是大总管。他穿着校长送他的咖啡色西服，叼着一个烟斗，背着手各处看来看去，有时站在办公室门口，大叫："老鲁——！"——"耳朵上哪去了？"——"要关照你多少次！"——得，醋栗先生的计划大概要吹，老鲁和老吴不会同时呆在一个小宅子里！二、是他有一笔钱又要漂。老鲁苦巴苦做，积积攒攒，也有了卯二十万样子。这钱为一个事务员借去，合资买了谷子。不知怎么弄的，久久未有下文。原因究竟是否如此，也说不清。只是老鲁的脾气变得坏了。他离群索居，吃饭睡觉都在他的茶炉间里。校警之中只有一个老刘还有时带了一条大狗上他屋里坐坐，有时跟他一处吃饭。老鲁现在几乎顿顿喝酒。"吃了，喝了，都在我肚子里，谁也别想！"意思是有谁想他的钱似的。老鲁哪里来的这么多的牢骚呢？

后来，我看老鲁脾气又好了一些，常常请客吃包子。一盘二三十个，请老刘，请一个女教员雇用的女工。我想，这可不得了，老鲁这个花法！他是怎么啦？不过了？慢慢地，我才听说，老鲁做了老板了。这包子是从学校旁边的包子铺端来的。铺子里有老鲁的十多万股本。

果然，老鲁常常蹲在包子铺的门口抽他的烟筒，呼噜呼噜。他拿着新买的烟筒向我照了照：

"我买了个高射炮！"

佛笃——吹着了纸枚，抽了一筒，非常满意的样子。

"到云南来，有钱没钱的，带两样东西回去。有钱的，带斗鸡。云南出斗鸡。没钱，带个水烟筒，——高射炮！"

今春看又过，何日是归年？老鲁啊，咱们什么时候回去呢？

一九四五年写，在昆明白马庙

载一九四七年第三卷第二期《文艺复兴》

一九八一年修改

艺术家

　　抽烟的多，少，悠缓，猛烈，可以作为我的灵魂状态的记录。在一个艺术品之前，我常是大口大口地抽，深深地吸进去，浓烟弥满全肺，然后吹灭烛火似的噘着嘴唇吹出来。夹着烟的手指这时也满带表情。抽烟的样子最足以显示体内浅微的变化，最是自己容易发觉的。

　　只有一次，我有一次近于"完全"的经验。在一个展览会中，我一下子没到很高的情绪里。我眼睛睁大，眯起；胸部开张，腹下收小，我的确感到我的踝骨细起来；我走近，退后一点，猿行虎步，意气扬扬；我想把衣服全脱了，平贴着卧在地下。沉酣了，直是"尔时觉一座无人"。我对艺术的要求是能给我一种高度的欢乐，一种仙意，一种狂：我想一下子砸碎在它面前，化为一阵青烟，想死，想"没有"了。这种感情只有恋爱可与之比拟。平常或多或少我也享受到一点，为有这点享受，我才愿意活下去，在那种时候我可以得到生命的实证；但"绝对的"经验只有那么一次。我常常为"不够"所苦，像爱喝酒的人喝得不痛快，不过瘾，或是酒里有水，或是才馋起来酒就完了。或是我不够；或是作品本身不够。真正笔笔都到了，作者处处惬意，真配（作者自愿）称为"杰作"的究竟不多；（一个艺术家不能张张都是杰作，真苦！）欣赏的人又不易适逢其会地升华到精纯的地步，所以狂欢难得完全。我最易在艺术品之前敏锐地感到灵魂中的杂质、沙泥、垃圾，感到不满足，我确确实实感觉到体内的石灰质。这个时候我想尖起嗓子来长叫一声，想发泄，想破坏；最后是一团涣散，一阵空虚掩袭上来，归于平常，归于俗。

我想学音乐的人最有福，但我于此一无所知；我有时不甘隔靴搔痒，不甘用累赘笨重的文字来表达，我喜欢画。用颜色线条究竟比较直接得多，自由得多。我对于画没有天分；没有天分，我还是喜欢拿起笔来乱涂，虽不能至，心向往之。而结果都是愤然掷笔，想痛哭。要不就是"寄沉痛于悠闲"，我会很滑稽地唱两句流行歌曲，说一句下流粗话。摹仿舞台上的声调向自己说："可怜的，亲爱的××，你可以睡了。"我画画大都在深夜，（如果我有个白天可以练习的环境，也许我可以做一个"美术放大"的画师吧!）种种怪腔，无人窥见，尽管放心。

从我的作画与看画（其实是一回事）的经验，我明白"忍耐"是个什么东西；抽着烟，我想起米盖朗基罗，——这个巨人，这个王八蛋! 我也想起白马庙，想起白马庙那个哑巴画家。

白马庙是昆明城郊一小村镇，我在那里住了一些时候。

搬到白马庙半个多月我才走过那座桥。

在从前，对于我，白马庙即是这个桥，桥是镇的代表。——我们上西山回来，必经白马庙。爬了山，走了不少路；更因为这一回去，不爬山，不走路了，人感到累。回来了，又回到一成不变的生活，又将坐在那个办公桌前，又将吃那位"毫无想象"的大师傅烧出来的饭菜，又将与许多熟脸见面，招呼，（有几张脸现在即在你身边，在同一条船上!）一想到这个，真累。没有法子，还是乖乖的，帖然就范，不作陡然的反抗。但是，有点惘然了。这点惘然实在就是一点反抗，一点残余的野。于是抱头靠在船桅上，不说话，眼睛空落落看着前面。看样子，倒真好像十分怀念那张极有个性而颇体贴的跛脚椅子，想于一杯茶，一支烟，一点"在家"之感中求得安慰似的。于是你急于想"到"，而专心一意于白马庙。到白马庙就快了，到白马庙看得见城内的万家灯火。——但是看到白马庙者，你看到的是那座桥。除桥而外，一无所见，房屋，田畴，侧着的那棵树，全附属于桥，是桥的一部分。（自然，没有桥，这许多景物仍可集中于另一点上，而指出这是白马庙。然而有桥呀，用不着假设。）我搬来之时即冉冉升起一个欲望：从桥上走一走。既然这个桥曾经涂抹过我那么多感情，我一直从桥下过，（在桥洞里有一种特别感觉，一种安全感，有如在母亲怀里，在胎里。）我极想以新证旧，从桥上走一走。这么一点小事，也竟然搁了半个多月！我们的日子的浪费呀。

这一天我终于没有什么"事情"了，我过了桥，我到一个小茶馆里去坐坐。我早知道那边有个小茶馆。我没有一直到茶馆里去，我在堤边走了半天，看了半天。我看麦叶飘动，看油菜花一片，看黄昏，看一只黑黑的水牯牛自己缓步回家，看它偏了头，好把它的美丽的长角顺进那口窄窄的门，我这才去"访"这家茶馆。

第一次去，我要各处看看。

进一个有门框而无门的门是一个一头不通的短巷。巷子一头是一个半人高的小花坛。花坛上一盆茶花，（和其他几色花木，杜鹃，黄杨，迎春，罗汉松）我的心立刻落在茶花上了。我脚下走，我这不是为喝茶而走，是走去看茶花。我一路看到茶花面前。我爱了花。这是我见过的最好的茶花，（云南多茶花）仿佛从我心里搬出来放在那儿的。花并不出奇，地位好。暮色沉沉，朦胧之中，红焰焰的，分量刚对。我想用舌尖舔舔花，而我的眼睛像蝴蝶从花上起来时又向前伸了出去，定在那里了，花坛后面粉壁上有画，画教我不得不看。

画以墨线勾勒而成，再敷了色的。装饰性很重，可以说是图案，（一切画原都是图案）而取材自写实中出。画若须题目，题目是"茶花"。填的颜色是黑，翠绿，赭石和大红。作风倩巧而不卖弄；含浑，含浑中觉出一种安分，然而不凝滞。线条严紧匀直，无一处虚弱苟且，笔笔诚实，不笔在意先，无中生有，不虚妄。各部分平均，对称，显见一种深厚的农民趣味。

谁在这里画了这么一壁画？我心里沉吟，沉吟中已转入花坛对面一小侧门，进了屋了。我靠窗坐下，窗外是河。我招呼给我泡茶。

——这是……这是一个细木作匠手笔；这个人曾在苏州或北平从名师学艺，熟习许多雕刻花式，熟能生巧，遂能自己出样；因为战争，辗转到了此地，或是回乡，回到自己老家，住的日子久了，无适当事情可作，才能跃动，偶尔兴作，来借这堵粉壁小试牛刀来了？……

这个假设看来亦近情理，然而我笑了。我笑那个为我修板壁的木匠。

我一搬来，一看，房子还好，只是需做一个板壁隔一隔。我请人给我找个木匠来。找了三天，才来，说还是硬挪腾出时候来的。他鞋口里还嵌着锯屑，果然是很忙的样子。这位木匠师傅样子极像他自己脚上那双方方的厚底硬帮子青布鞋子。他钉钉刨刨，刨刨钉钉，整整弄了三天，一丈来长的壁子还是一块一块的稀着缝，他自己也觉得板壁好像不应当是这样的，看看板壁看看我，笑了：

"像入伍新兵，不会看齐！"

我只有随着他说："更像是壮丁队，才从乡下抓来，没有穿制服，颜色黑一块白一块。"而且，最后一块还是我自己钉上去的。他闺女来报信，说家里猪病了，看样子不大好，他撒下锛头就跑，我没有办法，只有追出去，请他把含在嘴里的洋钉吐出来给我，自己动手。这一去，不回来了，过了两天才来取回他的家私。不知是猪好了，还是连猪带病吃在他的肚子里了。这个人长于聊天，说话极有风趣，作活实在不大在行。——哦，我还欠他一顿酒呢，他老是东拉西扯的没个完，谈到得意处，把斧头錾子全撇在一边，尽顾伸手问我："美国烟可还有？"我说："烟有，可是你一边做事一边抽烟。先把板壁钉好，否则我要头痛伤风，有趣的话太多，二天我打二斤升掺市，切一盘猪耳朵，咱们痛痛快快谈谈。"这个约不必真，却也不假，他想当记在心里。可别看这位大师傅呀！他说乡下生活本来只是修水车，钉船桨，板壁不大有人家有，所以弄得不顶理想；但是除了他，更没有人干得了；白马庙一带从来就是他家三代单传，泥木两作，所以他那么忙。

这个画当然不可能是他画的！

乡下房子暗，天又晚了，黑沉沉的。眼睛拣亮处看，外头还有光，所以我坐近窗口。来喝茶的目的还就是想凭窗而看，河里船行，岸上人走，一切在逐渐深浓起来的烟雾中活动，脉脉含情，极其新鲜；又似曾相识，十分亲切。水草气味，淤泥气味，烧饭的豆秸烟微带忧郁的焦香，窗下几束新竹，给人一种雨意，人"远"了起来。我这样望了很久，直到在场上捉迷藏的孩子都回了家，田里的苜蓿消失了紫色，野火在远远的山头晶明地游动起来，我才回过身来。

我想起口袋里的一本小书，一个朋友今天刚送我的。我想这本书想到多时，终于他给我找到一本了。我抽出书来，用手摸摸封面。这时我本没有看书的意思，只是想摸摸它罢了，而坐在炉旁的老板看见了，他叫他的小老二拿灯。为了我拿灯，多不好意思；我想说，不要，不必，我倒愿意这么黑黑的坐着。这一说，更麻烦，老板必以为我是客气；好了，拿就拿吧。

灯来了，好亮，是电石灯。有人喝住小老二：

"挂在那边得了，有臭气，先生闻不惯。"

我这才看见，这可不是我们三代单传，泥木两作的大师傅吗！久违了。刚才我似乎觉得角落上有人伏在桌上瞌睡，黑影中看不清，他是什么时候梦回莺啭地醒来了？好极了，这个时候有人聊聊再好没有。他过来，我过去；我掏烟，他摸火柴，但是他火柴划着了时我不俯首去点烟，小老二灯挂在柱子上，灯光照出，墙上也有画！我搁下他，尽顾看画了。走到墙前，我自己点了烟。

一望而知与花坛后面的是同一手笔，画的仍是茶花，仍是墨线勾成，敷以朱黑赭绿，墙有三丈多长，高二丈许，满墙都是画，设计气魄大，笔画也很整饬。笔画经过一番苦心，一番挣扎，多少割舍，一个决定；高度的自觉之下透出丰满的精力，纯澈的情欲；克己节制中成就了高贵的浪漫情趣，各部分安排得对极了，妥帖极了。干净，相当简单，但不缺少深度。真不容易，不说别的，四尺长的一条线从头到底在一个力量上，不踟蹰，不衰竭！如果刚才花坛后面的还有稿样的意思，深浅出入多少有可以商量地方，这一幅则作者已做到至矣尽矣地步。他一边洗手，一边依次地看一看，又看一看自己作品，大概还几度把湿的手在衣服上随便哪里擦一擦，拉起笔又过去描那两下的；但那都只是细节，极不重要，是作者舍不得离开自己作品的表示而已，他此时"提刀却立，踌躇满志"，得意达于极点，真正是"虽南面王不与易也"。这点得意与这点不舍，是他下次作画的本钱。不信试再粉白一堵墙壁，他准立刻又会欣然命笔。他余勇可贾，灵感尚新。但是一洗完手，他这才感到可真有点累了。他身体各部分松下来，由一个艺术家变为一个常人，好适应普通生活，好休息。好老板，给他泡的茶在哪里？他最好吃一点甜甜的，厚厚的，一咬满口的，软软的点心，像吉庆祥的重油蛋糕即很好。

Ladies and gentlemen, 来！大家一齐来，为我们的艺术家欢呼，为艺术的产生欢呼！

我站着看，看了半天，我已经抽了三支烟，而到第四根烟掏出来，叼上，点着时，我知道我身后站着的茶馆老板，木匠师傅，甚至小老二，会告诉我许多事，我把茶杯端到当中一张桌子上，请他们说。

（啊，怎么半天不见一个人来喝茶？）

茶馆老板一望而知是个阅历极深的人。他眼睛很黑，额上皱纹深、平，一丝不乱，唇上一抹整整齐齐的浓八字胡子，他声音深沉，而清亮，说得很慢，很有条理，有时为从记忆中汲取真切的印象，左眼皮常常搭一点下来，手频频抚摸下巴，——手上一个羊脂玉扳指。我两手搁在茶碗盖上，头落在手上，听他娓娓而说。

这是村子里一个哑巴画的。这个人出身农家，却不知为什么的，自小就爱画，别的孩子捉田鸡烧蚱蜢吃，他画画；别的孩子上树掏鸟蛋，下河摸螺蛳，他画画；人抽陀螺，放风筝，他画画；黄昏时候大家捉迷藏，他画画；别人干别的，他画画，有人教过他么？——没有。他简直没有见过一个人画之前自己就已经开始能把看到的东西留个样子下来了，他见什么，画什么；有什么，在什么上画。平常倒也一样，小时能吃饭，大了学种田，一画画，他就痴了。乡下人见得少，却并不大惊小怪，他爱画，随他画去吧。他是个哑子，不能唱花灯，歪连厢，画正好让他松松，乐乐。大家见他画得不比城里摆摊子画花样的老太太画的差，就有人拿鞋面，拿枕头帐檐之类东西让他画。一到有人家娶媳妇嫁女儿，他都要忙好几天。那个时候村子里姑娘人人心中搁着这个哑巴。

"我出过门，南北东西也走过数省，我真真假假见过一点画，一懂不懂，我喜欢看。我看哑巴画的跟画花样的老婆子的不一样，倒跟那些古画有些地方相同。我说不出来……"

老板逐字逐句地说，越慢，越沉。我连连点头，我试体会老板要说而迟疑着的意思：

"比如说，他画得'活'，画里有一种东西，一种说不出来的东西，看久了，人会想，想哭？"

老板点头，点头很郑重其事。我看到老板眼中有一点湿意。

"从前他没事常来我这里坐坐，我早就有意想请他给我画点东西。他让我买了几样颜色，说画就画。外头那个画得快。里头这张画了好些时候。他老是对着墙端详，端详，比来比去的比，这么比那么比……"

老板大拇指摸他的扳指，摸来，摸去，眼睛看在扳指上，眉头锁了一点起来。水开了，漫出壶外，嗤嗤地响。老板起来，为我提水来冲，并通了通炉子。我对着墙，细起眼睛看，似乎墙已没有了，消失了；剩下画，画凸出来，凌空而在。水冲好了，我喝了一口茶，好釅，我问：

"现在？——"

老板知道我问什么，水壶往桌上一顿：

"唉，死了还不到半年。"

我不知如何接下去说了。而木匠忽然呵呵大笑起来，笑得上气不接下气，我愕然。他说出来，他笑的是哑巴喜欢看戏，看起怪有味。他以为听又听不见，红脸杀黑脸，看个什么！

灯光太亮，我还是挪近窗口坐坐，窗外已经全黑了，星星在天上。水草气更浓郁，竹声萧萧。水流，静静的流，流过桥桩，旋出一个一个小涡，转一转，顺流而下。我该回去了，我看见我所住的小楼上已有灯光，有人在等我。

散步回来之后，我一直坐在这里，坐在这张临窗的藤椅里。早晨在一瓣一瓣的开放。露水在远处的草上濛濛的白，近处的晶莹透澈，空气鲜嫩，发香，好时间，无一点宿气，未遭败坏的时间，不显陈旧的时间。我一直坐在这里，坐在小楼的窗前。树林，小河，蔷薇色的云朵，路上行人轻捷的脚步……一切很美，很美。

一清早，天才亮，我在庙前河边散步，一个汉子挑了两桶泔水跟我擦身而过，七成新的泔水桶周围画了一带极其细密缠绵的串枝莲，笔笔如同乌金嵌出的。

我走了很久，很久。我随便拿起一本书，翻，翻，摊在我面前的是龚定庵的《记王隐君》①：

> 于外王父箧中见书一诗，不能忘。于西湖僧经见书心经，蠹且半，如遇箧中诗，益不能忘。

一九四八年

---

① 龚自珍《记王隐君》：于外王父段先生废簏中见一诗，不能忘。于西湖僧经箱中见书《心经》，蠹且半，如遇箧中诗，益不能忘。——编者注

戴车匠

"戴车匠"在我们不但是一个人，一间小店，还是一个地名。他住在东街与草巷相交地方。东街与草巷相交处大家称为草巷口。但对我们说起来这实在不够精确。虽然东街也还比不上别处的巷子大，但街与巷相交总就有四个"口"，左边右边，这边那边。大人们凡事都含糊，因为他们生活中只须这么含糊即可对付过去。我们可不成。比如：巷口街这边有个老太婆摆摊子，卖的是桃子，杏子，香瓜，柿饼，牙枣子，风荸荠，杨花萝卜，泥娃娃，咽咽鸡，对面也有一个老太婆，卖的是咽咽鸡，泥娃娃（有好多种），杨花萝卜，（我在别处虽亦见过这种水红色，粗长如指，杨花飞时挑出来卖，生嚼凉拌都脆爽细嫩无比的萝卜，可是没有吃过，我总觉不是我们故乡的那一种，仅略具形似而已）风荸荠，牙枣子，桃子杏子，香瓜，还有柿饼子，完全一样！你说这怎么办？有时还好，可以随便；在她们生意都还不错，在有新货下市时候，她们彼此也都和颜悦色的时候，亲热得像对老姊妹的时候，那就无所谓，我们买谁的都觉得一样。这边那边，一样。有时，可就麻烦，又要处心积虑，又要临时见机，又要为自己利害打算，又要用自己几个钱和显明的倾向态度来打抱不平。而且我们之间意见常不一样。那就得辩论，甚至出恶言恶声，吵闹起来，麻油拌芥菜，各有心中爱，各走各的路。完了，我们之间有一道鸿沟！要十分钟，或要半点钟，或半天，甚至三两天，时间才填平了它，又志同道合，莫逆无间，不恨，不轻视。这两个老太婆又有时这个显得比那个穷，有时那个显得比这个穷。有时这边得到侄儿一点支助，买了一堆骄傲的货色，盛气凌人，不可一世。有时那个的女儿给她做了件新毛蓝布褂子，她就觉得不屑与裤裆里都有补丁的人相较量。她们老是骂架，一骂一整天，老是那些话，骂骂，歇歇，又骂骂。做一笔买卖，数钱拣货；青菜汤送下一大碗干饭，这就有时间准备新的武器，聚了一堆她们自以为更泼剌淋漓的言语，投过去，抛回来，希望伤人要害。这对我们说起来，未免可厌，因为骂人都不好看。尤其她们相骂时，大都是坏天气，全世界都不舒服的时候。她们的生意都非常坏，摊子上尽是些陈旧干瘪的货品，又稀少可怜。她们的恨毒注在颓老之中，像下雨天城门口的泥泞。她们的肝火焚烧她们的太阳穴，她们的头发披下来，她们都无望无助，孤苦凄怆，哀哀欲绝。——为什么没有人劝劝她们呢？你想想看，手放在口袋里，搓摩着温热的铜钱，我们何以为情？我们立着看了半天，渐渐已忘记了想买的东西；不想吃什么，也不想玩什么，为一种十分深沉黏著的痛楚所孕育，所教化。——有时，她们会扭住衣角和一点小小发髻打起来，一面嘶声诅咒一面打，她们都打不动了，然而她们用艰硬的瘦骨相冲撞，撕，咬，抓头发，拉破别人的衣服。一场心长力拙，松懈干枯的争斗。她们会有一天有一个打死的。不是死在人手上，自己站脚不稳，跟跄跄一跤掼在石头角上碰破脑袋死去……阿，不说这个吧。告诉你这些只是借此而告诉你虽是那么一街之隔可是距离多远。所以不能含糊，所以不能含糊地说是"草巷口"。草巷口一边是个旱烟店，另一边是戴车匠店。你看要是有个捏小面人的来了，吹糖人的来了，要木偶戏的来了，背负韦驮，化缘的游方僧人来了，走江湖挂水碗的来了，各种各样惊心动魄的人物事情在那里出现，我们飞奔着去看，你要是说"草巷口"，那多急人。你一说"戴车匠家"，就多省事明白。大家就一直去，不需东张西望。"戴车匠"，"戴车匠"，这在我们不是三个字，是相连不可分，成为一体的符号。戴车匠是一点，集聚许多东西，是一个中心，一个底子。这是我们生活中的一格，一区，一个本土和一个异国，我们的岁月的一个见证。我们说"戴车匠家"，不说"戴车匠家门前"。一则那么说太噜嗦，再我们似把门外这一切活动，一切景物情感都收纳到他的那间小店里去，似乎是属于它，为它所有；为他，为戴车匠所有了；虽然戴车匠的铺子那么那么小，戴车匠是不沾蘸什么的那么一个人。戴车匠是一颗珠子，从水里拿出来，不留一滴。——正因为他是那么一个人吧。

（说这些毫无意思！既已说了，说了算数。）

我记得戴车匠的板壁上贴的一副小红春联，每年都是那么两句，极普通常见的两句：

室雅何须大
花香不在多

虽是极普通常见，甚至教人觉得俗，俗得令人厌恶反感，可是贴在戴车匠家就有意义，合适，感人。虽然他那半间店面说不上雅不雅，而且除了过年插一枝山茶，端午菖蒲艾叶石榴花，八九月或者偶然一枝金桂，一朵白荷以外，平常也极少插花。——插花的壶是总有一个的，老竹根，他自己车床上琢出来的，总供在一个极高的方几上。说是"供"，不是随便说，确是觉得那有一种恭敬，一种神圣，一种寄托和一种安慰，即使旁边没有那个小小的瓦香炉，后面不贴一小幅神像。我想我不是自以为然，确是如此。我想，你若是喜爱那个竹根壶，想花钱向他买来，戴车匠准是笑笑，"不卖的。"戴车匠一生没有遇过几个这样坚老奇怪的根节，一生也不会再为自己车旋一个竹壶。它供在那里已经多少年，拿去了你不是叫他那个家整个变了个样子？他没有想得太多，可是卖这个壶是他从来没有想到过的。他只有那么一句话，笑笑，"不卖的"。别的问答他不知道，他不考虑。你若是真的去要，他也高兴。因为有人喜爱他喜爱得成了习惯的东西，你就醋新了他的感情。他也感激你，但他只能说："我给你留意吧，要再遇到这样的竹子，会留意的。"他当真会留意的，他忘不了。有了，他就做好，放在高高的地方，等你去发现，来拿。——你自然会发现，因为你天天经过，经过了总要看一看。他那个店面是真小。小，而充实。

小，而充实。堆着，架着，钉着，挂着，各种各样的东西。留出来的每一空间都是必须的。从这些空间里比从那些物件上更看出安排的细心，温情，思想，习惯，习惯的修改与新习惯的养成，你看出一个人怎样过日子。

当门是一具横放的榉木车床，又大又重，坚硬得无从想象可以用到什么时候。它本身即代表了永远。那是永远也不会移动的，简直好像从地里长出来的，一个稳定而不表露的生命。这个车床没有问题比戴车匠岁数还要大，必是他父亲兼业师所传留下来的。超过需要的厚实是前代人制作法式。（我们看从前的许多东西老觉得一个可以改成两个三个用。）这个车床的形貌有些地方看起来不大讲究。有的因材就用，不拘小节，歪着扭着一点就听它歪着扭着一点，不削斫太多以求其平直，然而这无妨于它大体的俨然方正。用了这许多年了，许多不光致斧凿痕迹还摸得出来，可是接榫卡缝处吻投得真紧，真确切，仿佛天生的一个架子，不是一块块拼拢来的。多少年了，不摇，不晃，不走一点样！这个车床占了几乎二分之一的店堂，显然这是最重要的东西，其余一切全附属于它，且大半是从这个车床上做出来的。大车床里头是一个小车床。戴车匠做一点小巧东西则在小车床上。那就轻便得多，秀气得多，颜色也浅，常擦摩处呈牙黄色，光泽异常，木理依约可见，这是后来戴车匠自己手制的。再往里去，一伸手是那张供香炉竹壶高几。车床后面有仅容一人的走道。挨着靠墙而放的一条桌向里去，是内室了。想来是一床，一灯案，低梁小窗，紧凑而不过分杂乱。当有一小侧门，通出去是个狭长小天井。看见一点云，一点星光，下雨天雨水流在浅浅的阴沟里。天井中置水缸二口，一吃一用；煮饭烧茶风炉两只。墙阴凤仙花自开自落，砖缝里几丝草，在轻风中摇曳，贴地爬着几片马齿苋，有灰蓝色螟蛾飞息。凡此虽非目睹，但你见过许多这样格局的房子，原是极契熟的。其实即从外面情形，亦不难想象得知。——他吃饭用的碗筷放在哪里呢？条桌上首墙上，他挖开了一块，四边钉板，安小门两扇，这就成了个柜子。分成几槅，不但碗筷，他自己的茶叶罐子烟荷包，重要小工具，祖传手绘的图样，订货的底子，跟他儿子的纸笔，女人的梳头家私，全都有了妥停放处。屈半膝在骨牌凳上，可以方便取得。我小时颇希望能有个房间有那样一个柜子，觉得非常有趣。他的白蜡杆子，黄杨段子，桑木枣木梨木材料则搁在高几上一个特制架上，堆得不十分整齐，然而有一种秩序，超乎整齐以上的秩序（车匠所需木料不多）。架子的支脚翘出如壶嘴，就正好挂一个蝈蝈笼子！

戴车匠年纪还不顶大，如果他有时也想想老，想得还很昧暧，不管惨切安和，总离着他还远，不迫切。他不是那种一步即跌入老境的人，他只是缓缓地，从容地与他的时光厮守。是的，他已经过了人生的峰顶。有那么一点的，颤栗着，心沉着，急促地呼吸着，张张望望，彷徨不安，不知觉中就越过了那一点。这一点并不突出，闪耀，戴车匠也许纪念着，也许忽略了。这就是所谓中年。

吃过了早饭，看儿子夹了青布书包（知道他的生书已经在油灯下读熟，为他欢喜），拿了零用钱，跳下台阶，转身走了，戴车匠还在条桌边坐了一会。天气真好。街上扫过不久，还极干净。店铺开了门的不少，也还有没有开的。这就都要一家一家地全打开的。也许有一家从此就开不了那几块排门了，不过这样的事究竟不多。巷口卖烧饼油条的摊子热闹过一阵，又开始第二阵热闹了。烧饼槌子敲得极有精神（槌子是从戴车匠家买去的），油条锅里涌着金色泡沫。风吹着丁家棉线店的大布招卷来卷去。在公安局当书办的徐先生埋着头走来，匆忙地向准备好点头的戴车匠点一个头，过去了。一个党部工友提一桶糨子在对面墙上贴标语。戴车匠笑，因为有一张贴倒了。正看到知道一定有的那一张，"中华民国万岁"，他那把短嘴南瓜形老紫砂壶已经送了出来，茶泡好了，这他就要开始工作了。把茶壶带过去，放在大小车床之间的一个小几上，小几连在车床上。坐到与车床连在一起的高凳上，戴车匠也就与车床连在一起，是一体了。人走到他的工作之中去，是可感动的。先试试，踹两下踏板，看牛皮带活不活；迎亮看一看旋刀，装上去，敲两下，拿起一块材料，估量一下，眼睛细一细，这就起手。旋刀割削着木料，发出轻快柔驯的细细声音，狭狭长长，轻轻薄薄的木花吐出来……

木花吐出来，车床的铁轴无声而精亮，滑滑润润转动，牛皮带往来牵动，戴车匠的两脚一上一下。木花吐出来，旋刀服从他的意志，受他多年经验的指导，旋成圆球，旋成瓶颈状，旋苗条的腰身，旋出一笔难以描画的弧线，一个悬胆，一个羊角弯，一个螺纹，一个杵脚，一个瓢状的，铲状的空槽，一个银锭元宝形，一个云头如意形……狭狭长长轻轻薄薄木花吐出来，如兰叶，如书带草，如新韭，如番瓜瓢，戴车匠的背佝偻着，左眉低一点，右眉挑一点，嘴唇微微翕合，好像总在轻声吹着口哨。木花吐出来，挂一点在车床架子上，大部分从那个方洞里落下去，落在地板上，落在戴车匠的脚上。木花吐出来，宛转的，绵缠的，谐和的，安定的，不慌不忙地吐出来，随着旋刀悦耳的吟唱……

戴车匠上下午各连续工作两个时辰。其中稍稍中断几次，走下来拿点材料，翻翻图样，比较比较两批所做货色是否划一，给车轴加点油。做成了一个货色，握在手里，四方八面端详端详，再修一两刀，看看已经合乎理想，中规应矩了，就放在车床前一块狭板上，一个一个排起来。虽然他不赶急，但也十分盼待着把这块板上排得满满的吧。他笑他儿子写字总望一口气写满一张纸，他自己也未始不愿人知道他是个快手。这样的年纪也还有好胜心的。似乎他每天派给自己多少工作，把那点工作做好，即为满意。能分外多做几件就很按捺不住得意了。这点得意只有告诉他女人听，甚至想得到两句夸奖，一点慰劳，哈！他自然可以有时间抽一袋烟，喝两口茶，伸个懒腰；高兴，不怕难为情，也尽管哼两句朱买臣桃花宫老戏，他允许自己看半天洋老鼠踩车推磨，——他的洋老鼠越来越多，它们的住家也特别干净，曲折；逗逗檐前黄雀，用各种亲密调侃言语。黄雀就竭其所能地唱起来，蓬松了脖子上的毛，耸耸肩，剔剔足，恣酣而矜庄地唪弄了半天，然后用珊瑚小嘴去啄一口食，饮一点水。戴车匠，可又认为它跟叫天子学了坏样，唱不成腔，——初学养鸟人注意：凡百鸟雀不可与叫天子结邻并挂，叫天子是个嗓子冲而无修养训练的野狐禅唱歌家，油腔滑调，乱用表情！在合唱时尤其只听到它的荒怪的逗喉极叫。——一面戴车匠又俯到他的工作上去，有的时候，忽然，他停下来，那就是想到了一点什么事。或是记一记王老五请的一会什么时候该他自己首会了；或是儿子塾师过生，该备一点礼物送去，今年是整五十；或是刘长福托他斡旋一件什么事，那一头今天该给回话；或是澡堂里听来一个治风湿痛秘方，他麻二叔正用得着，可是六味药中有一味比较生疏，得去问问；或是，哦，老张呀，死了半年多，昨天夜里怎么梦见他了，还好好的，还是那样子，还说了几句话，话可一句也记不得了；老张儿子在湖西屠宰税上跑差，该没有什么吧？这就教他大概筹计筹计下午该往哪里走走，碰些什么人，做点什么事，怎么说那些话。他的手就扶上了左额，眼睛眯眯，不时眨一眨。甚至有时等不及吃饭时再说，就大声唤女人出来商量。有时，甚至立刻进去换了件衣服，拿了扇子就出去了，临走时关照下来，等不等他吃饭；有谁来让候一候还是明天再来；船上人来把挂在门柱上那一串东西交给他拿去，钱或现交或下次转来再带来都可以……他走了，与他的店，他的车床小别。

平常日子，下午，戴车匠常常要出去跑跑，车匠店就空在那儿。但是看上去一点都不虚乏，不散漫，不寂寞，不无主。仍旧是小，而充实。若是时间稍久，一切，店堂，车床，黄雀，洋老鼠，蝈蝈，伸进来的一片阳光，阳光中浮尘飞舞，物件，空间；隔壁侯银匠的槌子声音与戴车匠车床声音是不解因缘，现在银匠槌子敲在砧子上像绳索少了一股；门外的行人，和屋后补着一件衣服的他的女人，都在等待，等待他回来，等待把缺了一点什么似的变为完满。——戴车匠店的店身特别高，为了他的工作，（第一木料就怕潮）又垫了极厚的地板，微仰着头看上去有一种特别感觉。也许因为高，有点像个小戏台，所以有那种感觉吧。——自然不完全是。

戴车匠所做东西我们好多叫不出名字，不知道干什么用的。比如二尺长的大滑车，戴车匠告诉我是湖里粮船上用的，因为没有亲身验证，所以都无真切印象。——也许后来，我稍长大，有机会在江湖漂泛，看见过的，但因为悬结得那么高，又在那么大的帆前面，那么大的船，那么大的水，汪洋浩瀚之中，这么一个滑车看上去也算不得什么了吧。人也大了，不复充满好奇，凡百事多失去惊愕兴趣了。——

不过在大帆船上看那些复杂绳索在许多滑车之中溜动牵引，上上下下，想到它们在航行时所起作用，仍是极迷人的。我真希望向戴车匠询问各种滑车号数，好到船上混充内行！滑车真多，一串一串挂在梁上。也许戴车匠自己也没有看人怎样用它吧？不过不要紧，有烧饼槌子，搓烧麦皮子小棒，擀面杖，之字形活动衣架，蝇拂上甘露子形状柄子……他随处可以看见自己手里做出来的东西在人手里用。老太太们都有个捻线锤，早晚不离手地在巷口廊前搓，一面与人谈桑麻油米，儿女婚嫁。木碗木勺是小儿恩物，轻便，发脾气摔在地下不致挨打挨骂，敲着橐橐的响又可以想它是个什么它就是个什么，木鱼，更柝，取鱼梯子，还有你想也想不出的什么声音的代表。——不过自从我有一次听说从前大牢里的囚犯是以木碗吃饭的（瓷碗怕他们敲破了用来挖洞逃跑或以破片割断喉管自杀），则不免对这个东西有了一种悲惨印象。自然这与戴车匠没有什么关系，不该由他负责。看见有人卖放风筝绕线用的小车子，我们眼中盈盈的是羡慕的光。我们放的是酒坛，三尾，瓦片，不知什么时候才能使用这么豪侈的器械。阿，我们是忘不了戴车匠的。秋天，他给我们做陀螺，做空竹。夏天，做水枪。春天，竹蜻蜓。过年糊兔儿灯，我们去买轱辘。戴车匠看着一个一个兔儿灯从街上牵过去，在结了一点冰的街上，在此起彼歇锣鼓声中，爆竹硝黄气味中，影影沉沉纸灯柔光中。但我最喜欢的还是爬上高台阶向他买"螺蛳弓"。别处不知有无这样的风俗，清明，抹柳球，种荷秧，还吃螺蛳。家家悉煮五香螺蛳一锅，街上也有卖的。一人一碗，坐在门槛上一个一个掏出来吃。吃倒没有什么（自然也极鲜美），主要还是把螺蛳壳用螺蛳弓一个一个打出去。——这说起不易清楚，明年春天我给你做一个吧。戴车匠做螺蛳弓卖。我们看着他做，自己挑竹子，选麻线，交他一步一步做好，戴车匠自己在小几上蓝花大碗中拈一个螺蛳吃了，螺壳套在"箭"上，很用力的样子（其实毫不用力）拉开，射出去，半天，听得得的落在瓦沟里，（瓦匠扫屋，每年都要扫下好些螺壳来，）然后交给我们。——他自己儿子那一把弓特别大，有劲，射得远。戴车匠看着他儿子跟别人比射，细了眼睛，半晌，又没有什么意义地摇摇头。

为什么要摇摇头呢？也许他想到儿子一天天大起来了么？也许。我离开故乡日久，戴车匠如果还在，也颇老了。我不知因何而觉得他儿子不会再继续父亲这一行业。车匠的手艺从此也许竟成了绝学，因为世界上好像已经无须那许多东西，有别种东西替代了。我相信你们之中有很多人根本就无从知道车匠店到底是怎么回事，你们没有见过。或者戴车匠是最后的车匠了。那么他的儿子干什么呢？也许可以到铁工厂里当一名练习生吧。他是不是像他父亲呢，就不知道了。——很抱歉，我跟你说了这么些平淡而不免沉闷的琐屑事情，又无起伏波澜，又无熔裁结构，迤迤逦逦，没一个完。真是对不起得很。真没有法子，我们那里就是这样的，一个平淡沉闷，无结构起伏的城，沉默的城；城里充满像戴车匠这样的人；如果那也算是活动，也不过就是这样的活动。——唔，不尽然，当然，下回我们可以说一点别的。我想想看。

一九四七年七月二十四日

载一九四七年第二卷第五期《文学杂志》

落魄

　　他为什么要到"内地"来？不大可解，也没有人问过他。自然，你现在要是问我为什么大远地跑到昆明过那么几年，我也答不上来。从前很说过一番大道理，经过一个时间，知道半是虚妄，不过就是那么股子冲动，年纪轻，总希望向远处跑；而且也是事实，我要读书，学校都往里搬了，大势所趋，顺着潮流一带，就把我带过了千山万水。总是偶然，我不强说我的行为是我的思想决定的。实在我那时也说不上有什么思想。——我并没有说现在就有。这个人呢？似乎他的身边不会有什么偶然，那个潮流不大可能波及他。我很知道，我们那一带，就是像我这样的年纪也多还是安土重迁的。在家千日好，出外一时难，小时候我们听老人戒说行旅的艰险决不少于"万恶的社会"的时候。他近四十边上的人了，又是"做店"的。做店人跑上五七个县份照例就是了不起的老江湖，关于各地茶馆、浴室、窑姐儿、镇水铜牛、大火烧了的庙，就够他们向人聊一辈子；这种人见过世面，已经有资格称为百事通，为人出意见，拿主意，凡事皆有他一份，社会地位极高，再也不必跑到左不过是那样的生疏地方去。他还当真走上好几千里干什么？好马不吃窝边草，憋了什么气，要到个亲旧耳目不及的地方来创一番事业，等将来衣锦荣归，好向家里妻子说一声："我总算对得起你们么?"看他不像是那种咬牙发狠的人,他走路说话全表示他是个慢性子,是女人们称之为"三棍子打不出个闷屁来"的角色。再说,又何必用这么远,千里之内尽可以做个跨海征东薛仁贵,楚国为官的秋胡了。也许是他受了危言耸听的宣传,觉得日本人一来,可怕到不可想象的程度,或者是他遭了什么大不幸或难为情事情,本土存身不得,恰好有个亲戚,到内地来做事,需要个能写字算账的身边人,机缘凑巧,无路可走之中他勃然打定了主意来"玩玩"了? 也只是"也许"。——反正,他就是来了,而且做了完全另外一种人。

到我们认识他时,他开了个小吃食铺子,在我们学校附近。

初时,大家还带得三个月至半年的用度,而且不时还可接到汇款,生活标准比在家时低不太多,稍有借口,或谁过生日,或失物复得,或接到一封字迹娟秀的信,或没有理由,大家"通过"一下,即可有人做东请客。在某个限度内还可挑一挑地方。有人说,开了个扬州馆子,那就怎么样也得巧立名目地去吃他一顿。

学校附近还像从前学校附近一样,开了许多小馆子。开馆子的多是外乡人。湖南的,江西的,山东的,河北的,一种同在天涯之感把老板伙计跟学生接连起来,而且他们本来直接间接地就与学校有相当关系,学生吃饭,老板伙计就坐在旁边谈天说地;而学生也喜欢到锅灶旁边站着,一边听新闻故事,一边欣赏炒菜艺术。——这位扬州人老板,一看即与别人不同,他穿了一身铁机纺绸褂裤在那儿炒菜!盘花纽子,纽袢里拖出一段银表链。雪白的细麻纱袜,一双浅口千层底直贡呢鞋。细细软软的头发向后梳得一丝不乱。左手无名指上还套了个韭叶指环。这一切在他周身那股子斯文劲儿上配合得恰到好处。除了他那点流利合拍的翻锅子动铲子的手法,他无处像个大师傅,像个吃这一行饭的。这比他的鸡丝雪里蕻,炒假螃蟹,过油肉更令我们发生兴趣。这个馆子不大，除了他自己，只用了个本地孩子招呼客座，摆筷子倒茶。可是收拾得干干净净，木架子上还搁了两盆花。就是足球队员，跳高选手来，看了墙上菜单上那一笔成亲王体的字，也不便太嚣张放肆了。

有时，过了热市，吃饭的只有几个人，菜都上了桌，他洗洗手，会捧了把细瓷茶壶出来，客气两句，"菜炒得不好，这里的酱油不行"，"黄芽菜教孩子切坏了，谁教他切的！——红烧才能横切，炒，要切直丝的"。有时也谈谈时事，说点故乡消息，问问这里的名胜特产，声音低缓而有感情。我们已经喜欢去坐茶馆了，有时在茶馆也可以碰到他，独自看一张报纸或支颐眺望街上行人。他还给我们付了几回茶钱，请我们抽烟。他抽烟也是那么慢慢的，一口一口地吸，仿佛有无穷滋味。有时事完了，不喝茶，他去蹓跶，两手反背在后面，一种说不出的悠徐闲散。出门稍远，则穿了灰色熟罗长衫，还带了把湘妃竹折扇。想见从前他一定喜欢养养鸟，听听书，常上富春坐坐的。他自己说原在辕门桥一个大绸缎庄做事，看样子极像。然而怎么到这儿来开一个小饭馆的呢？这当中必有一段故事，他不往下说，我们也不好究问。

馆子菜什么菜都是一个滋味，家家一样，只有他那儿虽然品色不多，却莫不精致有特色。或偶尔兴发，还可以跟他商量商量，请他表演几个道地扬州菜，狮子头、芙蓉鲫鱼、叉子烧鸭，他必不惜工本，做得跟家里请客一样，有几个菜据说在扬州本地都很少有人做得好了。这位绸缎店"同事"大概平日在家极讲究吃食，学会了烹调，想不到自己竟改行做了饭师傅。这不免是降低了一级，我们去吃饭，总似乎有点歉意。也许他看得比较高一层，所以态度上从未使我们不安。他自己好像已不顶在乎了。生意好，有钱挣，也还高高兴兴的。果然半年下来，店门关了几天，贴出了条子：修理炉灶，休业数天。

新万年红朱笺招纸贴出来，一早上就川流不息地坐满了人。老板听从有人的建议，请了个南京师傅来做包子煮面，带卖早晚市了。我一去，学着扬州话，跟他道一声：

"恭喜恭喜。"

恭喜他扩充营业，同时我已经看到后面小天井里一个女人坐着拣菜，发髻上一朵双喜绒花。老板拱拱手：

"托福托福，闹着玩的。"

女人不知是谁给说的媒，好像是这条街上一个烟鬼的女儿，时常也看她蓬着头出来买香油腌菜蚊烟香，脸色黄巴巴的，样子平平常常。可是因为年纪还不顶大，拢光了头发，搽了雪花膏，还敷了点胭脂，就像是完全换了一个人，以前没的好处全露了出来。老板看样子很喜欢，不时回头，走过去低低说几句话，让她偏了头，为她掐去一片草屑尘丝，他那个手势就比一首情诗还值得一看。老板自己自然也年轻了不少，或者不如说一般人都不免，而实际上一个才四十的人不应便有的老态全借了一个年轻的身体而冲失了。要到这样的年龄大概才真知道如何爱惜女人。

灶下，那个南京师傅集中精神在做包子。他仿佛想把他的热心变成包子的滋味，摘蒂子，刮馅心，那么捏几下，一收嘴子，全按板中节，如一个熟练的舞蹈家或魔术师的手脚。今天是第一天。他忙，没什么工夫想什么，就这个"第一天"一定在他脑子里闪了好多次。这三个字包含的感情很多，他自己一时也分辨不清，大体上都结成了一团希望，就像那个蒸笼冒出来的一阵一阵子的热气。听他抽打着包子皮，声音钝钝的，手掌一定很厚！他脑袋剃得光光的，后脑勺子挤成了三四叠，一用力，直扭动。他一身老蓝布衣裤，腰里一条洋面口袋改成的围裙。从上到下，无一处不像一个当行面食店师傅，跟扬州人老板相互映照，很有趣味。

然而不知什么道理，那一顿早点没有留给我什么印象。等的时候太长，而吃的时候太短。我自己也不好，不爱吃猪肝，为什么叫了碗猪肝面加菠菜西红柿！面是"机器面"，没有办法，生意太好，擀面来不及。——是谁给他题了那么几个艺术字？三个月之后这几个字一定浸透了油气的，活该！

　　不久滇越铁路断了，各处"转进"的战事使好多人的故乡随"我的家在东北松花江上"的伤感老歌一齐失去。Cynical的习气普遍地增高，而洗衣的钱付得少了，因为旧了破了，破旧了的衣服就去卖了。渺乎其远的希望造成许多浪子。有些人对书本有兴趣，抱残守拙，显得极其孤高。希望既远，他们可看到比希望还远的地方。因为形状褴褛，倒更刺激他们精神的高贵，以作为一种补偿。这是一种斗争，沉默而坚持，在日常的委屈悲愤的世俗感情的摆落中要引接山头地底水泉来灌溉一颗心的滋长，是困苦的。有些失了节，向现实投了降，做起生意来了，由微渐著，虽无大手笔，但以玩票姿态转而下海，不失为一个"名家"局面。后一种人数自极少。正因为少，故在校中行动常一望而可指出。这才是一个开始，唯以启发往后的不正常。本来战争的另一名词即不正常。这点不正常就直接影响绿杨饭店的营业。——现在，绿杨饭店已经为人耳熟，代替原来的"扬州人"。在它开张了，又扩充了时候，绿杨饭店是一个名词。一个名词仿佛可有可无的。而现在绿杨饭店成了一个实体，店的一切与它的招牌分不开了。

　　第一，扬州人已经不能代表一个店了；而且这个饭店已经非常地像一个饭店，有时简直还过了分！

　　那个南京人，第一天，我从他的后脑勺子上即看出这是属于那种会堆砌"成功"的人。他实事求是，稳扎稳打，抓紧机会，他知道钱是好的，活下来多不容易，举手投足都要代价。为了那个代价，所以他肯努力。他一早晨冲寒冒露赶到小南门去买肉，因为每斤便宜多少钱；为了搬运两袋面粉，他可以跟挑夫说许多好话或骂许多难听话；他一边下面，一边瞟着门前过去的几驮子柴；他拣去一片发黄的菜叶子，拾起来又放到砧板上；他到别家铺子门前逛两转，看他们的包子蒸出来是什么样儿，回来马上决定明天他自己的包子还可以掺点豆芽菜，而且放点豆腐干也是个可试的办法。……他的床是睡觉的，他的碗是吃饭的，他不幻想，不喜欢花，不上茶馆喝茶，而且老打狗，因为虽然他的肉在梁上他还是担心狗吃了。没有多少时候，绿杨饭店即充满了他的"作风"。——我得声明虽然我感情上也许是另一回事，可是我没有公开地表示反对这样的作风的意思。而且四方东西南北中（我们那儿都是这么说，自然也对，"中"不是一个方向），南京人只是偏于那一方，不是像俾斯麦或希特勒那样绝对的人。这里只说他的一般上的特殊，向反的较强的一面，不单是作风，也因为从作风的改变上，你知道这个店的主权也变了。过了一个时候，不问可知，已经是合股开的。南京人攒了钱，红利工钱，再加上一点积蓄，也许还拉了点债，入了股。我可以跟你打赌，他在才有人来提生意时即已想到这一步。

南京人明白他们这个店应当为什么人而开，声气相求，果然同学之中那个少数很快即为吸取进来，作为经常主顾。他们人数不多，但塞满这个小饭店却有余。而且他们周围照例有许多近乎谢希大应伯爵之人者流，有时还会等不着座儿。这时他们也并未"发迹"，不过手底下比较活动，他们的"社会"中，"同学"仍占一个重要位置，这里便成为他们"联络感情"所在，常在来吃一碗猪肝面的教授面前摆了一桌子菜哄饮大嚼起来，有的，在这里包了月饭，虽然吃一顿不吃一顿。——另一种同学，因为尚有衣物可卖，卖得钱，大都一天花光，豪爽脾气未改（这也是一种抗卫），也常三五个七八个一摊上街去吃喝一顿。有时他们在这里，有时到别处去，有时他们到别处去，有时还在这里。有些本来常在这里的不常在这里了。

绿杨饭店的生意好了一阵，好得足以使这一带所有的吃食铺子全都受了影响，而且也一齐对它非常关心。别以为他们都希望"绿杨"的生意坏，他们知道"绿杨"的生意要是坏，他们自己的也好不了。他们的命运既相妨，又相共。然而过了一个高潮，绿杨饭店眼看着豆芽菜豆腐干越掺得多，卖出去的包子就越少。"学校附近的包子"在壁报文章中成了一个新奇比喻，到后来而且这个比喻也毫不新奇了。绿杨饭店在将要为人忘记的那条路上走。——时间也下来两年了，好快！这时有钱活动的就活动得更远。有的还在这个城里，有的到了外县，甚至出了国，到仰光，到加尔各达，有的还选了几门课，有的干脆休了学，离开书本，离开学校，离开同学，也离开了绿杨饭店。大部分穷的，可卖衣物更少了，已经有人经验到饥饿时的心理活动。这也是一种活动，且正如那种活动到仰光加尔各达的人一样，留下许多痕迹在脸上，造成他们的哲学。绿杨饭店犹如一面镜子，扬州人南京人也如一面镜子。镜子里是风干的猪肝，暗淡的菠菜，不熟的或疲烂的西红柿，太阳如一匹布，阳光中游尘扬舞。江西人的山东人的湖南河北人的新闻故事与好兴致全在猪肝菠菜西红柿前失了颜色。悄悄的，他们把这段日子撕下来，风流云散，不知所终。

那个女人的脸又黄下来，头发又乱了，而且像是没有光亮过，没有红过白过。有一次街上开来了一队兵，马上就找到他们要徘徊逗留的地方，向绿杨饭店他们可没有多瞟几眼。多可惜，扬州人那个值得一看的动人手势！——这时候我才想起过他家里有太太没有？有孩子没有？

绿杨饭店还是开着。

这当中我因病休了学，病好了住在乡下一个朋友主持的学校里，帮他们教几个钟点课，就很少进城来。绿杨饭店的情形可以说不知道。一年之中只去了一次。一位小姐病了，我们去看她。有人从黑土注带了一大把玉簪花来，看着把花插好了，她笑了笑，说是"如果再有一盘椒盐白煮鱼，我这个病就生得很像样子了"。从前的生病也是从前的谈天题目之一。她说过她从前生了病都吃白煮鱼，于是去跟扬州人老板商量，看能不能给我们像从前一样地配几个菜。他的回答很慢，但当那个交涉代表说"要是费事，不方便，那就算了"，却立刻决定了，问："什么时候?"南京人呢，不表示态度。出来，我半天没有话。朋友问是怎么回事，没有什么，我在想那个饭店。

那天真是怪，南京人一声不响，不动手，摸摸这，掇掇那。女人在灶下烧火。扬州人的头发白了几根。他似乎不复那么潇洒，似乎颇像做这样的事情的一个人了。不仅是他的纺绸衣裤，好鞋袜，戒指，表链没有了；从他放作料，施油盐，用铲子抄起将好的菜来尝尝味，菜好了敲敲锅子，用抹布（好脏!）擦擦盘子，刷锅水往泔水缸里一倒，扶着锅台的架势，偶尔回头向我们看一看的眼睛，用火钳夹起一片木柴吸烟（扯歪了脸），小指搔搔发痒的眉毛，鼻子吸一吸吐出一口痰……一切，全都变了。菜做完了，往我们桌边拉出一张凳子（接过腿的）上一坐，第一句即是：

"什么都贵了，生意真不好做。"

这句话教南京人回过头来，向着我们这边。南京人是一点也没有走样！只那个扁扁的大鼻子教我想起我们前天应当跟他商量才对。我觉得出他们一定吵了一架。不一定是为我们的一顿饭而吵，希望不是因为我们而吵的。而且从扬州人脸上的皱纹阴影上看，开始吵架已经是颇久的事。照例大概是南京人嘀咕，扬州人不响。可能先是那个女人跟南京人为一点小事拌嘴，于是牵扯起一大堆，一直扯到这一次的不痛快跟前次的连接起来，追溯到很远，还有余不尽，种下下次相争的因子。事情很明显，南京人现在股本比扬州人只有多，绝不少，而扬州人两口子穿吃开销，他们之间没有什么会计制度，就是那么一篇糊涂账。他们为什么不拆伙呢？隔了年的糯子，粘不起来，那就算了。可是不，看样子他们且要糊下去。从扬州人的衰颓萎败上看起来，我疑心他是不是有时也抽口把鸦片烟。唔，要是当真，那可！——我曾问过坐在我对面的同学：

"你是不是有把握绝对不会抽鸦片，假如有人说抽，或者你死？"回答是：

"倒不是死。有许多东西比死更厉害。你要是信教，那就是魔鬼；或是不绝的'偶然'。"我看看南京人的粗粗短短的手指，（果然，好厚的手掌！）忽然很同情他，似乎他的后脑勺子没有堆得更高全是扬州人的责任。

到我复学时，一切全有点变动。或者不是变动，是层叠，深入，牢固，是不变。什么都有一种随遇而安的样子。图书馆指定参考书不够，可是要多少本才够呢？于是就够了。一间屋子住四十人太多，然而多少人住一屋或每人该有几间屋最合理？一个人每天需要多少时候的孤独？简直连问也没有人问。生物系的新生都得抄一个表，人正常消耗是多少卡罗里，而他们没有想到他自己也是一个实验对象；倒对一个教授研究出苗人常吃的刺梨和"云南橄榄"所含维他命工作极有兴趣。土产最烈的酒是五十三度，最坏的烟（烧完了灰都是黑的）叫鹦鹉牌。学校附近的荒货摊上你常看见一男一女在那里讲价，所卖是女的一件曾经极时髦的衣服，反正那件衣服漂亮到她现在绝对无法穿出来了。而路边种的那些树都已长得很高，在月光中布下黑影，如梦如水。整个一个学校，一年中难得有几个人哭，也绝不会有人自杀。……而绿杨饭店已经搬了家，在学校门边搭一个永远像明天就会拆去的草棚子卖包子，卖猪肝面。（我已经对我的文章失去兴趣，平淡得教我直想故作惊人之笔而惊人不起来！这饭店，这扬州人与我有什么关系呢？）

一句话就说尽这个饭店了：毫无转机。没有人问它如何还能开下来，因为多少人怎么活下来就无从想象。当然，这时候完全是南京人在那儿撑持。但客观条件超出他所有经验。武松拿了打折的半截哨棒，只好丢了，他也无计可施。然而他若是丢了这个坑人的绿杨饭店他只有死！他似乎有点自暴自弃起来，时常看他弄了一土碗市酒，闷闷地喝（他的络腮胡子乌猛猛的），忽然拳头一擂桌子，大骂起来，也不知道骂谁才是。若是扬州人跟他一样的壮，他也许会跳上去，冲他鼻子就是一拳。然而扬州人一股子窝囊样子，折垂了脖子，木然看着哄在一块骨头上的苍蝇。这样子更让南京人生气，一股子邪火从脚底心直升上来。扬州人身体简直越来越不行了，背佝偻得厉害。他的嘴角老挂着一点，嘴唇老开着一点。最多的动作是用左手搂着右臂衣袖，上下推移。又不是搔痒，不知道是干什么！他的头发早就不梳好了，有时居然梳了梳，那就更糟，用水湿了梳的，毫无光泽，令人难过。有人来了，他机械地站起来，机械地走，用个黑透了的抹布，骗人似的抹抹桌子，抹完了往肩头上一搭：

"吃什么？有包子，有面。有牛肉面，炸酱面，菠菜猪肝面……"声音空洞而冷漠。客人的食欲都教他那个神气，那个声音压低了一半。你就看看那个荒凉污黑的架子，看到西红柿上的黑斑，你知道黑斑那一块煮也煮不烂的；看到一个大而无当的盘子里三两个鸡蛋，鸡蛋会散黄；你还会想起扬州人跟你解释过的，"鸡蛋散黄是蚊子叮的"，你想起孑孓在水里翻跟斗。吃什么呢，你简直没有主意。你就随便说一个，牛肉面吧。扬州人搂着他的袖子：

"噢，——牛肉面一碗——"

"牛肉早就没有了，要说多少次！"

"嗷，——牛肉没有了——"

"那么随便吧。猪肝面吧。"

"嗷，——猪肝面一碗——"

而那个女人呢，分明已经属于南京人了。仿佛这也没有什么奇怪。连他们晚上还同时睡在那个棚子底下也都并不奇怪。这当中应当又有一段故事的，但你也顶好别去打听，压根儿你就无法懂得他们是怎么回事，除非你能是他们本人。

我已经知道，他们原来是表兄弟，而且南京人是扬州人的小舅子，这！……我不知道我应当学着去做一个小说家还是深幸自己不是……

过了好多好多时候，"炮仗响了"。云南老百姓管胜利，战争结束叫"炮仗响"。他们不说胜利，不说战争结束，而说是"炮仗响"。炮仗响那天我一点都没有想到扬州人。一直到我要离开昆明的前一天，出去买东西，偶然到一个铺子里吃东西，坐下，一抬头，哎，那不是扬州吗？再往里看，果然南京人也在那儿，做包子，一身蓝布衣裤，面粉口袋围裙，工作得非常紧张，脑勺子直扭动，手掌敲着包子皮钝钝地响。他摘蒂子，刮馅心，那么捏几下，一放嘴子，全按板中节，仿佛想把他的热心也变成包子的滋味。他从上到下无一处不像个当行的面食店师傅。这个扬州人，你为什么要到内地来？你是四十多岁的人了，你从前是做绸缎庄的，你要想回去向妻子儿女说一声"我总算对得起你们"？……然而仿佛他们全不成问题，成问题的倒是我！我教许多事情搅迷糊了。明天我要走了。车票在我口袋里，我不知道摸了多少次。我有个很不好的脾气，喜欢把口袋里随便什么纸捏在手里搓，搓搓就扔掉了。我丢过修表的单子，洗衣服收据，照相凭条，防疫证书，人家写给我的通信地址。每丢了一张纸，我就丢了好多东西。我真怕我把车票也丢了。我有点神经衰弱。我有点难过，想吐，这会儿饿过了火，我实在什么也不想吃。我蠢蠢地问 S 说：

"我们来了八年了？"而忽然问：

"哎，那罐火腿呢？"

S 敲敲火腿罐头。在桌子下捏住我的手：

"你怎么了，D？——吃什么？"

我振作了一下：

"猪肝面加菠菜西红柿！"

扬州人放好筷子，坐在一张空着的桌子旁边的凳上。他牙齿掉了不少，两颊好像老在吸气。而脸上又有点浮肿，一种暗淡的痴黄色。肩上一条抹布湿漉漉的。一件黑滋滋的汗衫，（还是麻纱的！）一条半长不短的裤子，像十二三岁的孩子穿的。衣裤上全有许多跳蚤血黑点。看他那个滑稽相的裤子，你想到他的肚皮一定一叠一叠地打了好多道褶子！最后我的眼睛就毫不客气地死盯住他的那双脚。一双自己削成的大木屐，简直是长方形的。好脏的脚，仿佛污泥已经透入多裂纹的皮肤。十个趾甲都是灰趾甲，左脚的大拇指极其不通地压在中趾底下，难看无比。对这个扬州人，我没有第二种感情，厌恶！我恨他，虽然没有理由。

去你的吧，这个人，和我这篇倒霉文章！

一九四七年六月

载一九四七年第七卷第五期《文讯》

囚犯

我们在河堤上站了一下，让跟我们一齐出城的犯人先过浮桥。是因为某种忌讳，不愿跟他们一伙走，还是对他们有一种尊重，（对于不幸的人，受苦难的人，或比较接近死亡的人的尊重？）觉得该让他们走在前头呢？两者都有一点吧。这说不清，并无明白的意识，只是父亲跟我都自然而然地停下来了。没有说一句话，觉得要停一停。既停之后，我们才相互看了一眼。父亲和我离隔近十年，重相接处，几乎随时要忖度对方举止的意义。但是含浑而不刻露，因为契切，不求甚解。体贴之中有时不免杂一丝轻微嘲讽的，——一点生涩，一点轻微的窘困，这个离别的十年，这个战争加在我们身上的影响还是不小啊！家庭制度有一天终会崩坏的。但像刚才那么偶然一相视却是骨肉之情的微波，风中之风，水中之水。这瞬间一小过程使我们彼此有不孤零之感，仿佛我们全可从一个距离外看到这里，父亲和儿子，差肩而立，情景如画。我一时都为这幅画所感动，得到生活的信心和勇气。——看来自自然然，好像什么都不为地站一站，好像要看一看对河长途汽车开来了没有，好像我要把提着的箱子放下来息一息力，我于此发现自己性格与父亲相似之处，纤细而含蓄。我更敏感，他更稳重。

我们差肩而立，看犯人过浮桥。

犯人三个，由两个兵押着。他们本来都是兵，现在一是兵，一是犯人了。一个兵荷老七九步枪，一个则腰里一根三号左轮，模样是个副班长。——凡曾度营伍生活者皆一眼可以看出副班长与班长举动精神之间有多大差异。班长是官，副班长则常顾此失彼地要维持他的官与兵之间的两难地位，有治人的责任感，有治于人的委曲，欲仰承，欲俯就，在矛盾挣扎之中他总站不稳，每个动作底下都带着一大堆苦衷，而显得窝囊可笑。犯人皆交叉着绑着肩胛，背后各有长绳一根牵出，捏在后面荷枪的兵的手里。犯人也都穿着灰布军服，不过破旧污脏得多。但兵与犯人的分别还在于一个有小皮带，一个没有皮带约束而更无可假借地显出衣服的不合身。——不合身的衣服比破烂衣服更可悲悯。我忽然想起一朋友怎么样也不肯换医院的"制服"。人格一半是衣服造成的，随便给你一件衣服就忽视了你是怎么一个人了。人要人尊重。两个犯人有帽子，但全戴得不是地方。一个还好，帽舌子歪在一边。虽然这个滑稽样子与他全身大不相称，但总算包住了他的头。另一个则没有戴实在，风一吹，或一根树枝剐一下即会落去的，看着很不舒服，令人有焦躁着急感，极想给他往下拉一拉。还有一个，则是科头，头发长得极蓊郁（小时懒于理发，常被骂为"像个囚犯"），很黑很黑，跟他的络腮胡子连为一片，倒是他还有点生气。他比较矮，但看起来还壮，虽经过折磨，还不是一下子即打得倒的人。（他们看样子不是新犯，已在大牢里关了不少日子，移案到什么地方，提出来的。）他脚步较重，一步一步还照着自己意志走，似乎浮桥因为他的脚步而有看得出的起伏。他眼睛张得大大的，坦率而稚气的，农民的眼睛，不很瞀乱惊惶，健康正常的眼睛，从粗粗的眉毛下看出去。他似乎不大忧伤，不大想他做过的事和明天的命运。他简直不大想着他是个犯人。他什么都不大想。一个简单淳朴的人。他现在若是想，想的是：我过浮桥。也许他还晓得到了对岸，坐一段汽车，过江，解到一个什么地方去，其余他就不知道了，也不大想知道。这段路好像他曾经走过几次，很熟，也许就是生长于这一带的，所以他很有自信地走着。要是除去绳索和罪名，他像个带路人，很好的带路人。他平日一定有走在第一个的习惯。现在他们让他走在第一个也非偶然。但形式上他得服从身边那个副班长的指挥，正如平日在部队受指挥一样。副班长与他之间并无敌意，好像都是按照规矩来，你押人，我被押，大家做着一件人家派下来的事情，无从拒绝，全非得已。他们要共走一段路，共同忍受颠簸，耽误，种种不快（到任何地方去总望能早点到达），也许还有点同伴之谊。——他们常默默，话沉得很深，但一路上来，总有时候要谈两句什么的吧。副班长没有一般下级军官的金牙，也没有那种可笑的狂傲。看样子他是个厚道人，他不时回头看看后面的犯人和那个荷枪的兵的眼色是可感的，好像问：走得动吗？哦，这两个犯人可不成了！他们面色灰白，一个惨白，一个蜡渣黄，折倒他们的细脖子（领圈显得特别宽大），已经撑不起他们的头。衰弱，虚乏，半透明，像是已经死过一次。他们机械地迁动脚步，踏不稳，不能调节快慢，每一脚都不知踏在什么地方。恐怕用什么节奏明显的音乐也无法让他们走得合拍，他们已经不能受感染。他们已经忘了走路的方法。他们脑子里布满破碎的，阴暗的意象，这些意象永不会结构成一串完整思想，就一直搅动，摧残，腐蚀他们淡薄的生命。他们现在并不在恐怖中，但恐怖已经把他们腌透，而留下杂乱的痕迹。脸上永远是那个样子，嘴角挂下来，像总要呕吐，眼睛茫茫瞪瞪，缩缩怯怯。一切全惨淡，没有一个形体能在他们眼睛里留一鲜明印象。除了皮肉上的痛痒之外，似乎他们已经没有感觉；而且即是痛痒也模糊昏暗了。帽子歪戴的那一个，衣服上有一大片血渍，暗赤，如铁锈，已经不少日子。荷枪的兵也瘦蒿蒿的。虽然他打着绑腿，但凄哀的神情使他跟那两个戴帽子犯人成了一组。他不时把枪往上提一提，显然不大背得动，枪托子常常要敲着他的腿。他甚至要羡慕那三个犯人了，因为他们没有这杆衰老的枪，没有责任，不需要警觉。他生来不惯怎么样押解犯人，他倒比较习惯怎么样被人押解，被人牵着走。因为那个络腮胡子犯人比较吸引我，所以对后面三个人没有能细看。

岸上人多注目于这个悲惨的队列。

他们已经过了河。

我忽然记了记今天是什么日子。

初春，但到处仍极荒凉，泥土暗。河水为天空染得如同铅汁，泛着冷冷的光。东北风一起，也许就要飘雪。汽车路在黑色的平野上。悲哀的，苦难的平野。有两三只乌鸦飞。

城在我们后面，细碎的市声起落唧唧。好几批人从我们身边走下河堤。

父亲跟我看了一眼，不说话，我们过浮桥。

大家抢着上汽车。车站码头上顶容易教人悲观，大家尽量争夺一点方便舒服。但这样的场面见得也多了，已经不大有感触。等都上去了，父亲上去，然后是我。看父亲得到一个比较安稳站处，我看看有什么地方可以拉一拉我的手。而在我后面上来了那几个犯人。他们简直弄不清楚人家怎么把他们弄上来的。车门关上，车上人窜窜动动。我被挤到一个人缝里，勉强把一只脚放平，那一只则怎么摆都不是地方，我只有伸手捞着上面的杠子，把全身重量用一只胳膊吊起来。我想把腰伸伸直，可是实在不可能。好吧，无所谓，半个多钟头就到江边。我试一回头，勉强可以看到父亲半面，他的颧骨跟一只肩膀。父亲点点头：我很好，管你自己吧。我想，在人群中你无法跟要在一起的人在一起，一冲一撞，拉得多牢的手也只有撒开。我就我的头可以转动的方向一巡视，那个矮壮犯人不知在什么地方。副班长好像没有上来，大概跟司机坐在一处去了，这点门槛他懂。那个荷枪的兵笔直地贴在车门犄角，一个乡下人的笠子刚刚顶在他的脸前面，不时要擦着他的鼻子，而逼得他一脸尴尬相。两个有帽子犯人，我知道都在我身边。他们哪里也不要在，既然已经关上了车，就总得有块地方，毫无主意的他们就被挤到这儿来了。什么地方对他们全一样，他们没有求舒服的心，他们现在根本不知道在什么地方。我面前是两个女客，她们是什么模样我才不在乎，有一个好像是个老太太，我尝试怎么样可以把肋骨放平正一点，而车子剧烈地摇晃了一下，一个身体往我背上一靠，他的手拉了一下我的衣服。是我身后那个犯人。什么样的一只手！一只罪恶的手，死的手，生满了疥疮的手，我皮肤一紧，这感觉是不快的。我本能地有一点避让之意。似乎我的不快，我的厌恶，我的拒绝，立刻传过给他，拉了一下，他就放开了。他站不稳，我知道。他的胳臂无法伸直，伸直了也够不到杠子，而且这样英勇的生的争取的姿势根本就是他不会有的。他攀扶不到什么东西，习于被播弄了。我正想我是不是不该避让，一面又右顾那另一个犯人的手无意识地划动了两下，第二下更大的晃动又来了，我蓦然有了个决定，像赌徒下出一注，把我的身体迎给他！他懂得，接受了我的意思，一把抓住。这不难，在生活的不断的抉择之中。这样的事情是比较易于成就的，因为没有时间让你掂斤播两的思索。我并没有太用力激励自己。请恕我，当时我对自己是有一点满意的。我如此做并非因为全车人都嫌弃他们，在这么紧密的地方还远之唯恐不及，而我愤怒，我要反抗。我是个不大会愤怒的人，我也能知道人没有理由把不愉快事情往身上拉，现在是什么时代！我知道他身后必尚有一点空隙，我跟他说："你蹲下来。"蹲下来他可以舒服些。我叫右边那一个也蹲下来。这只是半点钟的事，但如果可能，我想不太伤劳我的那一只胳臂，他们一蹲下来，好像松动了一点，我可以挪一挪脚步了。可是当我偏了偏腰时，一只手上来拉住了我的袖子。我这才看了看我面前那个女客，二十大几，也许三十出头，一个粉白大圆脸。她皱着眉头用两个指头拉我，我看了看那两个指头，不大方的指头，肉很多，秃秃的，一个鸡心形赤金戒指。好像这两个指头要我生了一点气，我想不理她，我凭什么要给你遮隔住这两个囚犯，一下了车你把早上吃的稀饭吐出来也不干我的事。然而我略扁了扁嘴，不大甘愿地决定了，就这么斜吊着身子吧，好在就是半个钟头的事。这才真是牺牲！我看了看那个老太太，真可怜，她偎在座位里，耗子似的眼睛看我的脸。那个梳着她以为很时式的头发的女人（她一定用双妹老牌生发油！）这才算放了心，努力看着窗外。

这个倒霉女人叫我嘲笑自己起来。这半点钟你好伟大，又帮助犯人，又保护妇女，你成了英雄！你不怕虱子，不怕疥疮，而且不怕那张俗气的粉脸，小市民的，涂了廉价雪花膏的胖脸！（老实说对着这样的脸比两个犯人靠在身上更不好受，更不幸。）——借这半点钟你成了托尔斯泰之徒，觉得自己有资格活下去，但你这不是偷巧么？要是半点钟延长为一辈子，且瞧你怎么样吧。而且很重要的是，这两个犯人在你后面；面对面还能是一样么？好小子，你能够脱得光光的在他们之间睡下来么？

…………

我相信这个车里有一个魔鬼。不过幸好我得用力挂住自己，胳臂的酸麻给我解了一点围，我不陷在这些挑拨性的思索之中。我希望时间快点过去。

好了，果然快，车停了。我一心下去取那只箱子，我们得赶上这一班过江轮渡。

一切都已过去，女人，犯人，我的胳臂的酸麻，那些无用的嘲讽，全过去了！外面的空气多新鲜！我跟父亲又在一起了。

在船上，父亲要了个小房舱。是的，我们要舒舒服服坐一坐，还可以在铺上歪一歪。父亲递给我烟，划了火，那一壶茶已经泡开了，他洗了洗杯子，给我倒了一杯。我看着他用他的从容雍和的风度做这一切，但没想起来叫他让我来。我的背上不快之感又爬上来，虽不厚重，可有黏性，有似涂了一层油。喝了一口茶，忽然我心里涌起了一股真情。我想刚才在车上，父亲一定不时看一看我。我非常喜慰于我有一个父亲，一个这样的父亲。我觉得有了攀泊，有了依靠。我在冥冥蠢蠢之中所做事情似乎全可向一个人交一笔账，他则看也不看，即收下搁起了。他不迫胁我，不挑剔我，不讥刺我，不用锋利的或钝缺的是非锯解我。他不希望，指导我做什么，但在他饱阅世故的眼睛，温和得几乎是淡淡的眼睛（我得坦白说，有时我为这种类似的淡漠所激恼），远远的关注下，我成了一个人。我不过分糊涂，尤其重要的是也不太清楚，而且只能虽然有点伤心的捐弃了我的夸张，使我的行为不是文字，使我平凡。——虽然，我还不知道到底该怎么活下去。今天晚上，我就要离开我的父亲，到一个大城市中去。

那几个犯人现在不知在哪里了，也许也在这只船上吧。我管不着了。那个科头犯人的样子我记在心里。大概因为他有一种美，一种吸力。我想他会在一个什么地方忽然逃跑了。他跑不了，那个副班长会拔出左轮枪不假思索地向他放射。犯人会死于枪下。我仿佛已经看到那幅图像。这是注定的，没有办法的悲剧。我心里乱起来。想起一个举世都说他对于人，对于人生没有兴趣，到末了躲到禅悟中去的诗人的话：

世间还有笔啊，我把你藏起来吧！

载一九四七年复刊第七期《人世间》

鸡鸭名家

刚才那两个老人是谁?

父亲在洗刮鸭掌,每个蹼蹼都掰开来仔细看过,是不是还有一丝泥垢,一片没有去尽的皮,就像在做一件精巧的手工似的。两副鸭掌白白净净,妥妥停停,排成一排。四只鸭翅,也白白净净,排成一排。很漂亮,很可爱。甚至那两个鸭肫,父亲也把它处理得极美。他用那把我小时就非常熟悉的角柄小刀从栗紫色当中闪着钢蓝色的一个微微凹处轻轻一划,一翻,里面的蕊黄色的东西就翻出来了。洗涮了几次,往鸭掌、鸭翅之间一放,样子很名贵,像一种珍奇的果品似的。我很有兴趣地看着他用洁白的,然而男性的手,熟练地做着这样的事。我小时候就爱看他用他的手做这一类的事,就像我爱看他画画刻图章一样。我和父亲分别了十年,他的这双手我还是非常熟悉。

刚才那两个老人是谁?

鸭掌、鸭翅是刚从鸡鸭店里买来的。这个地方鸡鸭多,鸡鸭店多。鸡鸭店都是回回开的。这地方一定有很多回回。我们家乡回回很少。鸡鸭店全城似乎只有一家。小小一间铺面,干净而寂寞。门口挂着收拾好的白白净净的鸡鸭,很少有人买。我每回走过时总觉得有一种使人难忘的印象袭来。这家铺子有一种什么东西和别家不一样。好像这是一个古代的店铺。铺子在我舅舅家附近，出一个深巷高坡，上大街，拐角第一家便是。主人相貌奇古，一个非常大的鼻子，鼻子上有很多小洞，通红通红，十分鲜艳，一个酒糟鼻子。我从那个鼻子上认得了什么叫酒糟鼻子。没有人告诉过我，我无师自通，一看见就知道："酒糟鼻子！"我在外十年，时常会想起那个鼻子。刚才在鸡鸭店又想起了那个鼻子。现在那个鼻子的主人，那条斜阳古柳的巷子不知怎么样了……

那两个老人是谁？

一声鸡啼，一个金彩绚丽的大公鸡，一只很好看的鸡，在小院子里顾影徘徊，又高傲，又冷清。

那两个老人是谁呢，父亲跟他们招呼的，在江边的沙滩上？……

街上回来，行过沙滩。沙滩上有人在分鸭子。四个男子汉站在一个大鸭圈里，在熙熙攘攘的鸭群里，一只一只，提着鸭脖子，看一看，分别丢在四边几个较小的圈里。他们看什么？——四个人都一色是短棉袄，下面皆系青布鱼裙。这一带，江南江北，依水而住，靠水吃水的人，卖鱼的、贩卖菱藕、芡实、芦柴、茭草的，都有这样一条裙子。系了这样一条大概宋朝就兴的布裙，戴上一顶瓦块毡帽，一看就知道是干什么行业的。——看的是鸭头，分别公母？母鸭下蛋，可能价钱卖得贵些？不对，鸭子上了市，多是卖给人吃，很少人家特为买了母鸭下蛋的。单是为了分别公母，弄两个大圈就行了，把公鸭赶到一边，剩下的不都是母鸭了，无须这么麻烦。是公是母，一眼不就看出来，得要那么提起来认一认么？而且，几个圈里灰头绿头都有！——沙滩上安静极了，然而万籁有声，江流浩浩，飘忽着一种又积极又消沉的神秘的向往，一种广大而深微的呼吁，悠悠窅窅，悄怆感人。东北风。交过小雪了，真的入了冬了。可是江南地暖，虽已至"相逢不出手"的时候，身体各处却还觉得舒舒服服，饶有清兴，不很肃煞，天气微阴，空气里潮润润的。新麦，旧柳，抽了卷须的豌豆苗，散过了絮的蒲公英，全都欣然接受这点水汽。鸭子似乎也很满意这样的天气，显得比平常安静得多。虽被提着脖子，并不表示抗议。也由于那几个鸭贩子提得是地方，一提起，趁势就甩了过去，不致使它们痛苦。甚至那一甩还会使它们得到筋肉伸张的快感，所以往来走动，煦煦然很自得的样子。人多以为鸭子是很唠叨的动物，其实鸭子也有默处的时候。不过这样大一群鸭子而能如此雍雍雅雅，我还从未见过。它们今天早上大概都得到一顿饱餐了吧？——什么地方送来一阵煮大麦芽的气味，香得很。一定有人用长柄的大铲子在铜锅里慢慢搅和着，就要出糖了。——是约约斤两，把新鸭和老鸭分开？也不对。这些鸭子都差不多大，全是当年的，生日不是四月下旬就是五月初，上下差不了几天，骡马看牙口，鸭子不是骡马，也看几岁口？看，也得叫鸭子张开嘴，而鸭子嘴全都闭得扁扁的。黄嘴也是扁扁的，绿嘴也是扁扁的。即使掰开来看，也看不出所以然呀，全都是一圈细锯齿，分不开牙多牙少。看的是嘴。看什么呢？哦，鸭嘴上有点东西，有一道一道印子，是刻出来的。有的一道，有的两道，有的刻一个十字叉叉。哦，这是记号！这一群鸭子不是一家养的，主人相熟，搭伙运过江来了，混在一起，搅乱了，现在再分开，以便各自出卖？对了！对了！不错！这个记号做得实在有道理。

江边风大，立久了究竟有点冷，走吧。

刚才运那一车鸡的两口子不知到了哪儿了。一板车的鸡，一笼一笼堆得很高。这些鸡是他们自己的，还是给别人家运的？我起初真有些不平，这个男人真岂有此理，怎么叫女人拉车，自己却提了两只分量不大的蒲包在后面踱方步！后来才知道，他的负担更重一些。这一带地不平，净是坑！车子拉动了，并不怎么费力，陷在坑里要推上来可不易。这一下，够瞧的！车掉进坑了，他赶紧用肩膀顶住。然而一

68

只轱辘怎么弄也上不来。跑过来两个老人（他们原来蹲在一边谈天）。老人之一捡了一块砖煞住后滑的轱辘，推车的男人发一声喊，车上来了！他接过女人为他拾回来的落到地下的毡帽，掸一掸草屑，向老人道了谢："难为了！"车子吱吱扭扭地拉过去，走远了。我忽然想起了两句《打花鼓》：

恩爱的夫妻
槌不离锣

这两句唱腔老是在我心里回旋。我觉得很凄楚。

这个记号做得实在很有道理。遍观鸭子全身，还有其他什么地方可以做记号的呢？不像鸡。鸡长大了，毛色各不相同，养鸡人都记得。在他们眼中，世界上没有两只同样的鸡。就是被人偷去杀了吃掉，剩下一堆毛，他认也认得清（《王婆骂鸡》中列举了很多鸡的名目，这是一部"鸡典"）。小鸡都差不多，养鸡的人家都在它们的肩翅之间染了颜色，或红或绿，以防走失。我小时颇不赞成，以为这很不好看。但人家养鸡可不是为了给我看的！鸭子麻烦，不能染色。小鸭子要下水，染了颜色，浸在水里，要褪。到一放大毛，则普天下的鸭子只有两种样子了：公鸭、母鸭。所有的公鸭都一样，所有的母鸭也都一样。鸭子养在河里，你家养，他家养，难免混杂。可以做记号的地方，一看就看出来的，只有那张嘴。上帝造鸭，没有想到鸭嘴有这个用处吧。小鸭子，嘴嫩嫩的，刻几道一定很容易。鸭嘴是角质，就像指甲，没有神经，刻起来不痛。刻过的嘴，一样吃东西，碎米、浮萍、小鱼、虾蚤、蛆虫……鸭子们大概毫不在乎。不会有一只鸭子发现同伴的异样，呱呱大叫起来："咦！老哥，你嘴上是怎么回事，雕了花了？"当初想出做这样记号的，一定是个聪明人。

然而那两个老人是谁呢?

鸭掌鸭翅已经下在砂锅里。砂锅咕嘟咕嘟响了半天了,汤的气味飘出来,快得了。碗筷摆了出来,就要吃饭了。

"那两个老人是谁?"

"怎么?——你不记得了?"

父亲这一反问教我觉得高兴:这分明是两个值得记得的人。我一问,他就知道问的是谁。

"一个是余老五。"

余老五!我立刻知道,是高高大大,广额方颡,一腮帮白胡子茬的那个,——那个瘦瘦小小,目光精利,一小撮山羊胡子,头老是微微扬起,眼角带着一点嘲讽痕迹的,行动敏捷,不像是六十开外的人,是——

"陆长庚。"

"陆长庚?"

"陆鸭。"

陆鸭!这个名字我很熟,人不很熟,不像余老五似的是天天见得到的老街坊。

余老五是余大房炕房的师傅。他虽也姓余,炕房可不是他开的,虽然他是这个炕房里顶重要的一个人。老板和他同宗,但已经出了五服,他们之间只有东伙缘分,不讲亲戚面情。如果意见不合,东辞伙,伙辞东,都是可以的。说是老街坊,余大房离我们家还很有一段路。地名大淖,已经是附郭的最外一圈。大淖是一片大水,由此可至东北各乡及下河诸县。水边有人家处亦称大淖。这是个很动人的地方,风景人物皆有佳胜处。这里出入的,大多是戴瓦块毡帽系鱼裙的朋友。乘小船往北顺流而下,可以在垂杨柳、脆皮榆、茅棚、瓦屋之间，高爽地段，看到一座比较整齐的房子，两旁八字粉墙，几个黑漆大字，鲜明醒目；夏天门外多用芦席搭一凉棚，绿缸里渍着凉茶，任人取用；冬天照例有卖花生薄脆的孩子在门口踢毽子；树顶上飘着做会的纸幡或一串红绿灯笼的，那是"行"。一种是鲜货行，代客投牙买卖鱼虾水货、荸荠茨菇、山药芋艿、薏米鸡头，诸种杂物。一种是鸡鸭蛋行。鸡鸭蛋行旁边常常是一家炕房。炕房无字号，多称姓某几房，似颇有古意。其中余大房声誉最著，一直是最大的一家。

余老五成天没有什么事情，老看他在街上逛来逛去，到哪里都提了他那把其大无比、细润发光的紫砂茶壶，坐下来就聊，一聊一半天。而且好喝酒，一天两顿，一顿四两。而且好管闲事。跟他毫无关系的事，他也要挤上来插嘴，而且声音奇大。这条街上茶馆酒肆里随时听得见他的喊叫一样的说话声音。不论是哪两家闹纠纷，吃"讲茶"评理，都有他一份。就凭他的大嗓门，别人只好退避三舍，叫他一个人说！有时炕房里有事，差个小孩子来找他。问人看见没有，答话的人常是说："看没有看见，听倒听见的。再走过三家门面，你把耳朵竖起来，找不到，再来问我！"他一年闲到头，吃、喝、穿、用全不缺。余大房养他。只有每年春夏之间，看不到他的影子了。

多少年没有吃"巧蛋"了。巧蛋是孵小鸡孵不出来的蛋。不知什么道理，有些小鸡长不全，多半是长了一个头，下面还是一个蛋。有的甚至翅膀也有了，只是出不了壳。鸡出不了壳，是鸡生得笨，所以这种蛋也称"拙蛋"，说是小孩子吃不得，吃了书念不好。反过来改成"巧蛋"，似乎就可通融，念书的孩子也马马虎虎准许吃了。这东西很多人是不吃的。因为看上去使人身上发麻，想一想也怪不舒服，总之，吃这种东西很不高雅。很惭愧，我是吃过的，而且只好老实说，味道很不错。吃都吃过了，赖也赖不掉，想高雅也来不及了。——吃巧蛋的时候，看不见余老五了。清明前后，正是炕鸡子的时候，接着又得炕小鸭，四月。

蛋先得挑一挑。那是蛋行里人的责任。鸡鸭也有"种口"。哪一路的鸡容易养，哪一路的长得高大，哪一路的下蛋多，蛋行里的人都知道。生蛋收来之后，分别放置，并不混杂。分好后，剔一道，薄壳，过小，散黄，乱带，日久，全不要。——"乱带"是系着蛋黄的那道韧带断了，蛋黄偏坠到一边，不在正中悬着了。

再就是炕房师傅的事了。一间不透光的暗屋子，一扇门上开一个小洞，把蛋放在洞口，一眼闭，一眼睁，反复映看，谓之"照蛋"。第一次叫"头照"。头照是照"珠子"，照蛋黄中的胚珠，看是否受过精，用他们的说法，是"有"过公鸡或公鸭没有。没"有"过的，是寡蛋，出不了小鸡小鸭。照完了，这就"下炕"了。下炕后三四天，取出来再照，名为"二照"。二照照珠子"发饱"没有。头照很简单，谁都做得来。不用在门洞上，用手轻握如筒，把蛋放在底下，迎着亮光，转来转去，就看得出蛋黄里有没有晕晕的一个圆影子。二照要点功夫，胚珠是否隆起了一点，常常不易断定。珠子不饱的，要剔下来。二照剔下的蛋，可以照常拿到市上去卖，看不出是炕过的。二照之后，三照四照，隔几天一次。三四照后，蛋就变了。到知道炕里的蛋都在正常发育，就不再动它，静待出炕"上床"。

下了炕之后，不让人随便去看。下炕那天照例是猪头三牲，大香大烛，燃鞭放炮，磕头敬拜祖师菩萨，仪式十分庄严隆重。因为炕房一年就做一季生意，赚钱蚀本，就看这几天。因为父亲和余老五很熟，我随着他去看过。所谓"炕"，是一口一口缸，里头糊着泥和草，下面点着稻草和谷糠，不断用火烘着。火是微火，要保持一定的温度。太热了一炕蛋全熟了，太小了温度透不进蛋里去。什么时候加一点草、糠，什么时候撤掉一点，这是余老五的职分。那两天他整天不离一步。许多事情不用他自己动手。他只要不时看一看，吩咐两句，有下手徒弟照办。余老五这两天可显得重要极了，尊贵极了，也谨慎极了，还温柔极了。他话很少，说话声音也是轻轻的。他的神情很奇怪，总像在谛听着什么似的，怕自己轻轻咳嗽也会惊散这点声音似的。他聚精会神，身体各部全在一种沉湎，一种兴奋，一种极度的敏感之中。熟悉炕房情况的人，都说这行饭不容易吃。一炕下来，人要瘦一圈，像生了一场大病。吃饭睡觉都不能马虎一刻，前前后后半个多月！他也很少真正睡觉。总是躺在屋角一张小床上抽烟，或者闭目假寐，不时就着壶嘴喝一口茶，哑哑地说一句话。一样借以量度的器械都没有，就凭他这个人，一个精细准确而又复杂多方的"表"，不以形求，全以神遇，用他的感觉判断一切。炕房里暗暗的，暖洋洋的，潮濡濡的，笼罩着一种暧昧、缠绵的含情怀春似的异样感觉。余老五身上也有着一种"母性"。（母性！）他体验着一个一个生命正在完成。

蛋炕好了，放在一张一张木架上，那就是"床"。床上垫着棉花。放上去，不多久，就"出"了：小鸡一个一个啄破蛋壳，啾啾叫起来。这些小鸡似乎非常急于用自己的声音宣告也证实自己已经活了。啾啾啾啾，叫成一片，热闹极了。听到这声音，老板心里就开了花。而余老五的眼皮一麻搭，已经沉沉睡去了。小鸡子在街上卖的时候，正是余老五呼呼大睡的时候。他得接连睡几天。——鸭子比较简单，连床也不用上；难的是鸡。

小鸡跟真正的春天一起来，气候也暖和了，花也开了。而小鸭子接着就带来了夏天。画"春江水暖鸭先知"的，往往画出黄毛小鸭。这是很自然的，然而季节上不大对。桃花开的时候小鸭还没有出来。小鸡小鸭都放在浅扁的竹笼里卖。一路走，一路啾啾地叫，好玩极了。小鸡小鸭都很可爱。小鸡娇弱伶仃，小鸭傻气而固执。看它们在竹笼里挨挨挤挤，窜窜跳跳，令人感到生命的欢悦。捉在手里，那点轻微的挣扎搔挠，使人心中怦怦然，胸口痒痒的。

余大房何以生意最好？因为有一个余老五。余老五是这行的状元。余老五何以是状元？他炕出来的鸡跟别家的摆在一起，来买的人一定买余老五炕出的鸡，他的鸡特别大。刚刚出炕的小鸡照理是一般大小，上戥子称，分量差不多，但是看上去，他的小鸡要大一圈！那就好看多了，当然有人买。怎么能大一圈呢？他让小鸡的绒毛都出足了。鸡蛋下了炕，几十个时辰。可以出炕了，别的师傅不敢等到最后的限度，生怕火功水汽错一点，一炕蛋整个的废了，还是稳一点。想等，没那个胆量。余老五总要多等一个半个时辰。这一个半个时辰是最吃紧的时候，半个多月的工夫就要在这一会见分晓。余老五也疲倦到了极点，然而他比平常更警醒，更敏锐。他完全变了一个人。眼睛塌陷了，连颜色都变了，眼睛的光彩近乎疯狂。脾气也大了，动不动就恼怒，简直碰他不得，专断极了，顽固极了。很奇怪，他这时倒不走近火炕一步，只是半倚半靠在小床上抽烟，一句话也不说。木床、棉絮，一切都准备好了。小徒弟不放心，轻轻来问一句："起了吧？"摇摇头。——"起了吧？"还是摇摇头，只管抽他的烟。这一会正是小鸡放绒毛的时候，这是神圣的一刻。忽而作然而起："起！"徒弟们赶紧一窝蜂似的取出来，简直是才放上床，小鸡就啾啾啾啾纷纷出来了。余老五自掌炕以来，从未误过一回事，同行中无不赞叹佩服。道理是谁也知道的，可是别人得不到他那种坚定不移的信心。这是才分，是学问，强求不来。

余老五炕小鸭亦类此出色。至于照蛋、煨火，是尤其余事了。

因此他才配提了紫砂茶壶到处闲聊，除了掌炕，一事不管。人说不是他吃老板，是老板吃着他。没有余老五，余大房就不成其为余大房了。没有余大房，余老五仍是一个余老五。什么时候，他前脚跨出那个大门，后脚就有人替他把那把紫砂壶接过去。每一家炕房随时都在等着他。每年都有人来跟他谈的，他都用种种方法回绝了。后来实在麻烦不过，他就半开玩笑似的说："对不起，老板连坟地都给我看好了！"

父亲说，后来余大房当真在泰山庙后，离炕房不远处，给他找了一块坟地。附近有一片矮松林，我们小时常上那里放风筝。蚕豆花开得闹嚷嚷的，斑鸠在叫。

余老五高高大大，方肩膀，方下巴，到处方。陆长庚瘦瘦小小，小头，小脸。八字眉。小小的眼睛，不停地眨动。嘴唇秀小微薄而柔软。他是一个农民，举止言词都像一个农民，安分、卑屈。他的眼睛比一般农民要少一点惊惶，但带着更深的绝望。他不像余老五那样有酒有饭，有寄托，有保障。他是个倒霉人。他的脸小，可是脸上的纹路比余老五杂乱，写出更多的人生。他有太多没有说出来的俏皮笑话，太多没有浪费的风情，他没有爱抚，没有安慰，没有吐气扬眉，没有……他是个很聪明的人，乡下的活计没有哪一件难得倒他。许多活计，他看一看就会，想一想就明白。他是窑庄一带的能人，是这一带茶坊酒肆、豆棚瓜架的一个点缀，一个谈话的题目。可是他的运气不好，干什么都不成功。日子越过越穷，他也就变得自暴自弃，变得懒散了。他好喝酒，好赌钱，像一个不得意的才子一样，潦倒了。我父亲知道他的本事，完全是偶然；他表演了那么一回，也是偶然！

母亲故世之后，父亲觉得很寂寞无聊。母亲葬在窑庄。窑庄有我们的一块地。这块地一直没有收成，沙性很重，种稻种麦，都不相宜，只能种一点豆子，长草。北乡这种瘦地很多，叫作"草田"。父亲想把它开辟成一个小小农场，试种果树、棉花。把庄房收回来，略事装修，他平日就住在那边，逢年过节才回家。我那时才六岁，由一个老奶妈带着，在舅舅家住。有时老奶妈送我到窑庄来住几天。我很少下乡，很喜欢到窑庄来。

我又来了！父亲正在接枝。用来削切枝条的，正是这把拾掇鸭脏的角柄小刀。这把刀用了这么多年了，还是刀刃若新发于硎。正在这时，一个长工跑来了：

"三爷，鸭都丢了！"

佃户和长工一向都叫我父亲为"三爷"。

"怎么都丢了？"

这一带多河沟港汊，出细鱼细虾，是个适于养鸭的地方。有好几家养过鸭。这块地上的老佃户叫倪二，父亲原说留他。他不干，他不相信从来没有结过一个棉桃的地方会长出棉花。他要退租。退租怎么维生？他要养鸭。从来没有养过鸭，这怎么行？他说他帮过人，懂得一点。没有本钱，没有本钱想跟三爷借。父亲觉得让他种了多年草田，应该借给他钱。不过很替他担心。父亲也托他买了一百只小鸭，由他代养。事发生手，他居然把一趟鸭养得不坏。棉花也长出来了。

"倪二，你不相信我种得出棉花，我也不相信你养得好鸭子。现在地里一朵一朵白的，那是什么？"

"是棉花。河里一只一只肥的，是——鸭子！"

每天早晚，站在庄头，在沉沉雾霭、淡淡金光中，可以看到他喳喳叱叱赶着一大群鸭子经过荡口，父亲常常要摇头：

"还是不成，不'像'！这些鸭跟他还不熟。照说，都就要卖了，那根赶鸭用的篙子就不大动了，可你看他那忙乎劲儿！"

倪二没有听见父亲说什么，但是远远地看到（或感觉到）父亲在摇头，他不服，他舞着竹篙，说："三爷，您看！"

他的意思是说：就要到八月中秋了，这群鸭子就可以赶到南京或镇江的鸭市上变钱。今年鸡鸭好行市。到那时三爷才佩服倪二，知道倪二为什么要改行养鸭！

放鸭是很苦的事。问放鸭人，顶苦的是什么？"冷清。"放鸭和种地不一样。种地不是一个人，撒种、车水、薅草、打场，有歌声，有锣鼓，呼吸着人的气息。养鸭是一种游离，一种放逐，一种流浪。一大清早，天才露白，撑一个浅扁小船，仅容一人，叫作"鸭撇子"，手里一根竹篙，篙头系着一把稻草或破蒲扇，就离开村庄，到茫茫的水里去了。一去一天，到天擦黑了，才回来。下雨天穿蓑衣，太阳大戴个笠子，天凉了多带一件衣服。"连一个说话的人都没有。"远远地，偶尔可以听到远远的一两声人声，可是眼前只是一群扁毛畜生。有人爱跟牛、羊、猪说话。牛羊也懂人话。要跟鸭子谈谈心可是很困难。这些东西只会呱呱地叫，不停地用它的扁嘴呷喋呷喋地吃。

可是，鸭子肥了，倪二喜欢。

前两天倪二说，要把鸭子赶去卖了。他算了算，刨去行佣、卡钱，连底三倍利。就要赶，问父亲那一百只鸭怎么说，是不是一起卖。今天早上，父亲想留三十只送人，叫一个长工到荡里去告诉倪二。

"鸭都丢了！"

倪二说要去卖鸭，父亲问他要不要请一个赶过鸭的行家帮一帮，怕他一个人应付不了。运鸭，不像运鸡。鸡是装了笼的。运鸭，还是一只小船，船上装着一大卷鸭圈，干粮，简单的行李，人在船，鸭在水，一路迤迤逦逦地走。鸭子路上要吃活食，小鱼小虾，运到了，才不落膘掉斤两，精神好看。指挥鸭阵，划撑小船，全凭一根篙子。一程十天半月。经过长江大浪，也只是一根竹篙。晚上，找一个沙洲歇一歇。这赶鸭是个险事，不是外行冒充得来的。

"不要！"

他怕父亲再建议他请人帮忙，留下三十只鸭，偷偷地一早把鸭赶过荡，准备过白莲湖，沿漕河，过江。

长工一到荡口，问人：

"倪二呢？"

"倪二在白莲湖里。你赶快去看看。叫三爷也去看看。一趟鸭子全散了！"

"散了"，就是鸭子不服从指挥，各自为政，四散逃窜，钻进芦丛里去了，而且再也不出来。这种事过去也发生过。

白莲湖是一口不大的湖，离窑庄不远。出菱，出藕，藕肥白少渣。二五八集期，父亲也带我去过。湖边港汊甚多，密密地长着芦苇。新芦苇很高了，黑森森的。莲蓬已经采过了，荷叶的颜色也发黑了。人过时常有翠鸟冲出，翠绿的一闪，快如疾箭。

小船浮在岸边，竹篙横在船上。倪二呢？坐在一家晒谷场的石辘轴上，手里的瓦块毡帽攥成了一团，额头上破了一块皮。几个人围着他。他好像老了十年。他疲倦了。一清早到现在，现在已经是下午了，他跟鸭子奋斗了半日。他一定还没有吃过饭。他的饭在一个布口袋里，——一袋老锅巴。他木然地坐着，一动不动。不时把脑袋抖一抖，倒像受了震动。——他的脖子里有好多道深沟，一方格，一方格的。颜色真红，好像烧焦了似的。老那么坐着，脚恐怕要麻了。他的脚显出一股傻相。

父亲叫他：

"倪二。"

他像个孩子似的哭起来。

怎么办呢？

围着的人说：

"去找陆长庚，他有法子。"

"哎，除非陆长庚。"

"只有老陆，陆鸭。"

陆长庚在哪里？

"多半在桥头茶馆。"

桥头有个茶馆，是为鲜货行客人、蛋行客人、陆陈行客人谈生意而设的。区里、县里来了什么大人物，也请在这里歇脚。卖清茶，也代卖纸烟、针线、香烛纸马、鸡蛋糕、芝麻饼、七厘散、紫金锭、菜种、草鞋、写契的契纸、小绿颖毛笔、金不换黑墨、何通记纸牌……总而言之，日用所需，应有尽有。这茶馆照例又是闲散无事人聚赌耍钱的地方。茶馆里备有一副麻将牌（这副麻将牌丢了一张红中，是后配的），一副牌九。推牌九时下旁注的比坐下拿牌的多，站在后面呼幺喝六，呐喊助威。船从桥头过，远远地就看到一堆兴奋忘形的人头人手。船过去，还听得吼叫："七七八八——不要九！"——"天地遇虎头，越大越封侯！"常在后面斜着头看人赌钱的，有人指给我们看过，就是陆长庚，这一带放鸭的第一把手，诨号陆鸭，说他跟鸭子能通话，他自己就是一只成了精的老鸭。——瘦瘦小小，神情总是在发愁。他已经多年不养鸭了，现在见到鸭就怕。

"不要你多，十五块洋钱。"

赌钱的人听到这个数目都捏着牌回过头来：十五块！十五块在从前很是一个数目了。他们看看倪二，又看看陆长庚。这时牌九桌上最大的赌注是一吊钱三三四，天之九吃三道。

说了半天，讲定了，十块钱。他不慌不忙，看一家地杠通吃，红了一庄，方去。

"把鸭圈拿好。倪二，赶鸭子进圈，你会的？我把鸭子吆上来，你就赶。鸭子在水里好弄，上了岸，七零八落的不好捉。"

这十块钱赚得太不费力了！拈起那根篙子（还是那根篙，他拈在手里就是样儿），把船撑到湖心，人仆在船上，把篙子平着，在水上扑打了一气，嘴里喷喷喷咕咕咕不知道叫点什么，赫！——都来了！

鸭子四面八方，从芦苇缝里，好像来争抢什么东西似的，拼命地拍着翅膀，挺着脖子，一起奔向他那只小船的四周来。本来平静辽阔的湖面，骤然热闹起来，一湖都是鸭子。不知道为什么，高兴极了，喜欢极了，放开喉咙大叫，"呱呱呱呱呱……"不停地把头没进水里，爪子伸出水面乱划，翻来翻去，像一个一个小疯子。岸上人看到这情形都忍不住大笑起来。倪二也抹着鼻涕笑了。看看差不多到齐了，篙子一抬，嘴里曼声唱着，鸭子马上又安静了，文文雅雅，摆摆摇摇，向岸边游来，舒闲整齐有致。兵法：用兵第一贵"和"。这个"和"字用来形容这些鸭子，真是再恰当不过了。他唱的不知是什么，仿佛鸭子都爱听，听得很入神，真怪！

这个人真是有点魔法。

"一共多少只？"

"三百多。"

"三百多少？"

"三百四十二。"

他拣一个高处，四面一望。

"你数数。大概不差了。——嗨！你这里头怎么来了一只老鸭？"

"没有，都是当年的。"

"是哪家养的老鸭教你裹来了！"

倪二分辩。分辩也没用。他一伸手捞住了。

"它屁股一撅，就知道。新鸭子拉稀屎，过了一年的，才硬。鸭肠子搭头的那儿有一个小箍道，老鸭子就长老了。你看看！裹了人家的老鸭还不知道，就知道多了一只！"

倪二只好笑。

"我不要你多，只要两只。送不送由你。"

怎么小气，也没法不送他。他已经到鸭圈子提了两只，一手一只，拎了一拎。

"多重？"

他问人。

"你说多重？"

人问他。

"六斤四，——这一只，多一两，六斤五。这一趟里顶肥的两只。"

"不相信。一两之差也分得出，就凭手拎一拎？"

"不相信？不相信拿秤来称。称得不对，两只鸭算你的；对了，今天晚上上你家喝酒。"

到茶馆里借了秤来，称出来，一点都不错。

"拎都不用拎，凭眼睛，说得出这一趟鸭一个一个多重。不过先得大叫一声。鸭身上有毛，毛蓬松着看不出来，得惊它一惊。一惊，鸭毛就紧了，贴在身上了，这就看得哪只肥，哪只瘦。晚上喝酒了，茶馆里会。不让你费事，鸭杀好。"

他刀也不用，一指头往鸭子三岔骨处一捣，两只鸭挣扎都不挣扎，就死了。

"杀的鸭子不好吃，鸭子要吃呛血的，肉才不老。"

什么事都轻描淡写，毫不装腔作势。说话自然也流露出得意，可是得意中又还有一种对于自己的嘲讽。这是一点本事。可是人最好没有这点本事。他正因为有这些本事，才种种不如别人。他放过多年鸭，到头来连本钱都蚀光了。鸭瘟。鸭子瘟起来不得了。只要看见一只鸭子摇头，就完了。这不像鸡。鸡瘟还有救，灌一点胡椒、香油，能保住几只。鸭，一个摇头，个个摇头，不大一会，都不动了。好几次，一趟鸭子放到荡里，回来时就剩自己一个人了。看着死，毫无办法。他发誓，从此不再养鸭。

"倪老二，你不要肉疼，十块钱不白要你的，我给你送到。今天晚了，你把鸭圈起来过一夜。明天一早我来。三爷，十块钱赶一趟鸭，不算顶贵噢?"

他知道这十块钱将由谁来出。

当然，第二天大早来时他仍是一个陆长庚：一夜"七戳五在手"，输得光光的。

"没有! 还剩一块!"

这两个老人怎么会到这个地方来呢? 他们的光景过得怎么样了呢?

一九四七年初，写于上海

载一九四八年第六卷第三期《文艺春秋》

一九八一年修改

邂逅

　　船开了一会，大家坐定下来。理理包篋，接起刚才中断的思绪，回味正在进行中的事务已过的一段的若干细节，想一想下一步骤可能发生的情形；没有目的地擒纵一些飘忽意象；漫然看着窗外江水；接过茶房递上来的手巾擦脸；掀开壶盖让茶房沏茶；口袋里摸出一张什么字条，看一看，又搁了回去；抽烟；打盹；看报；尝味着透入脏腑的机器的浑沉的震颤，——震得身体里的水起了波纹。一小圈，一小圈；暗数着身下靠背椅的一根一根木条；什么也不干，听而不闻，视而不见，近乎是虚设的"在"那里；观察，感觉，思索着这些……各种生活式样摆设在船舱座椅上，展放出来；若真实，又若空幻，各自为政，没有章法，然而为一种什么东西范围概括起来，赋之以相同的一点颜色。——那也许是"生活"本身。在现在，即是"过江"，大家同在一条"船"上。

　　在分割了的空间之中，在相忘于江湖的漠然之中，他被发现了，像从一棵树下过，忽然而发现了这里有一棵树。他是什么时候进来的呢？他一定是刚刚进来。虽没有人注视着舱门如何进来了一个人，然而全舱都已经意识到他，在他由动之静，迈步之间有停止之意而终于果然站立下来的时候，他的进来完全成为了一个事实。像接到了一个通知似的，你向他看。

你觉得若有所见了。

活在世上，你好像随时都在期待着，期待着有什么可以看一看的事。有时你疲疲困困，你的心休息，你的生命匍匐着像一条假寐的狗，而一到有什么事情来了，你醒豁过来，白日里闪来了清晨。

常常也是一涉即过，清新的后面是沉滞，像一缕风。

他停立在两个舱门之间的过道当中，正好是大家都放弃而又为大家所共有的一个自由地带。——他为什么不坐，有的是空座位。——他不准备坐，没有坐的意思，他没有从这边到那边看一看，他不是在挑选哪一张椅子比较舒服。他好像有所等待的样子。——动人的是他的等待吗？

他脉脉地站在那里。在等待中总是有一种孤危无助的神情的，然而他不放纵自己的情绪，不强迫人怜恤注意他。他意态悠远，肤体清和，目色沉静，不纷乱，没有一点焦躁不安，没有忍耐。——你疑心他也许并不等待着什么，只是他的神情总像在等待着什么似的而已。

他整洁，漂亮，顾长，而且非常的文雅，身体的态度，可欣可感，都好极了。难得的，遇到这样一个人。

哦，——他是个瞎子，——他来卖唱，——他是等着这个女孩子进来，那是他女儿，他等待着茶房沏了茶打了手巾出去（茶房从他面前经过时他略为往后退了退，让他过去），等着人定，等着一个适当的机会开口。

她本来在那里的？是等在舱门外头？她也进来得正是时候，像她父亲一样，没有人说得出她怎么进来的，而她已经在那里了，毫不突兀，那么自然，那么恰到好处，刚刚在点儿上。他们永远找得到那个千载一时的成熟的机缘，一点不费力。他已经又在许多纷纭折曲的心绪的空隙间插进他的声音，不知道什么时候，说了一句简单的开场白，唱下去了。没有跳踉呼喝，振足拍手，没有给任何旅客一点惊动，一点刺激，仿佛一切都预先安排，这支曲子本然地已经伏在那里，应当有的，而且简直不可或缺，不是改变，是完成；不是反，是正；不是二，是一……

一切有点出乎意外。

我高兴我已经十年不经过这一带，十年没有坐这种过江的渡轮了，我才不认识他。如果我已经知道他，情形会不会不同？一切令我欣感的印象会不会存在？——也不，总有个第一次的。在我设想他是一种什么人的时候我没有想出，没有想到他是卖唱的。他的职业特征并不明显，不是一眼可见，也许我全心倾注在他的另一种气质，而这种气质不是，或不全是生成于他的职业，我还没有兴趣也没有时间来判断，甚至设想他是何以为生的？如果我起初就发现——为什么刚才没有，一直到他举出来轻轻拍击的时候我才发现他手里有一副檀板呢？

从前这一带轮船上两个卖唱的，一个鸦片鬼，瘦极了，嗓子哑得简直发不出声音，咤咤的如敲破竹子；一个女人，又黑又肥，满脸麻子。——他样子不像是卖唱的？其实要说，也像，——卖唱的样子是一个什么样子呢？——他不满身是那种气味。腐烂了的果子气味才更强烈，他还完完整整，好好的。他样子真是好极了。这是他女儿，没有问题。

他唱的什么？

有一回，那年冬天特别冷，雪下得大极了，河封住了，船没法子开，我因事须赶回家去，只有起早走，过湖，湖都冻得实实的，船没法子过去，冰面上倒能走。大风中结了几个伴在茫茫一片冰上走，心里感动极了，抽一支烟划一根洋火好费事！一个人划洋火成了全队人的事情。……（我掏了一根烟抽）远远看见那只轮船冻在湖边，一点活意都没有，被遗弃在那儿，红的，黑的，都是可怜的颜色。我们坐过它很多次，天不这么冷，现在我们就要坐它的。忽然想起那两个卖唱的。他们在哪里了呢，雪下了这么多天了。沿河堤有许多小客栈，本来没有什么人知道的，你想不到有那么多，都有了生意了，近年下，起早走路的客人多，都有事。他们大概可以一站一站地赶，十多里，二三十里，赶到小客栈里给客人解闷去。他们多半会这么着的。封了河不是第一次，路真不好走。一个人走起来更苦，他们其实可以结成伴。——哈，他们可以结婚！

这我想过不止一次了，颇有为他们做媒之意。"结婚"，哈！但是他们一起过日子很不错，同是天涯沦落人，彼此有个照应。可是怪，同在一路，同在一条船上卖唱，他们好像并没有同类意识，见了面没有看他们招呼过，谈话中也未见彼此提起过，简直不认识似的。不会，认识是当然认识的。利害相妨，同行妒忌，未必罢，他们之间没有竞争。

男的鸦片抽成了精，没有几年好活了，但是他机灵，活络得多，也皮赖，一定得的钱较多。女的可以送他葬，到时候有个人哭他，买一陌纸钱烧给他。——你是不是想男的可以戒烟，戒了烟身体好起来，不喝酒，不赌钱，做两件新蓝布大褂，成个家，立个业，好好过日子，同偕到老？小孩子！小孩子！——不，就是在一个土地庙神龛鬼脚下安身也行，总有一点温暖的。——说不定他们还会生个孩子。

现在，他们一定结伴而行了，在大风雪中挨着冻饿，挨着鸦片烟，十里二十里的往前赶一家一家的小客栈了。小客栈里咸菜辣椒煮小鲫鱼一盘一盘地冒着热气，冒着香，锅里一锅白米饭。——今天米价是多少？一百八？

下来一半（路程）了罢？天气好，风平浪静。

他们不会结婚，从来没有想到这个上头去过。这个鸦片鬼不需要女人，这个女人没有人要。别看这个鸦片鬼，他要也才不要这个女人！他骨干肢体毁蚀了，走了样，可是本来还不错的，还起原来很有股子潇洒劲儿。那样的身段是能欣赏女人的身段，懂得风情的身段。这个女人没有女人味儿！鸦片鬼老是一段《活捉张三郎》，挤眉瞪眼，伸头缩脖子，夸张，恶俗，猥亵，下流极了。没法子。他要抽鸦片。可是要是没法子不听还是宁可听他罢。他聪明，他用两支竹筷子丁丁当当敲一个青花五寸盘子，敲得可是神极了，溅跳洒泼，快慢自如，有声有势，活的一样。他很有点才气，适于干这一行的，他懂。那个黑麻子女人拖把胡琴唱"你把那，冤枉事勒欧欧欧欧欧……"实在不敢领教。或者，更坏，不知哪里学来的一段《黑风帕》。这个该死的蠢女人！

他们禀赋各异，玩意儿不同，凑不到一起去。

真不大像是——这女孩子配不上她父亲，——还不错，不算难看，气派好，庄静稳重，不轻浮，现在她接她父亲的口唱了。

有熟人懂得各种曲子的要问问他，他们唱的这种叫什么调子。这其实应当说是一种戏文，用的是代言体，上台彩扮大概不成罢，声调过于逶迤漫长了。虽是两人递接着唱，但并非对口，唱了半天，仍是一个人口吻。全是抒情，没有情节。事实自《红楼梦》敷衍而出。黛玉委委屈屈向宝玉倾诉心事。每一段末尾长呼"我的宝哥哥儿来"。可是唱得含蓄低宛，居然并不觉得刺耳，颇有人细细地听，凝着神，安安静静，脸上恻恻的，身体各部松弛解放下来，气息深深，偶然舒一舒胸，长长透一口气，纸烟灰烧出一长段，跌落在衣襟上。碎了，这才霍然如梦如醒。有人低语：

"他的眼睛——"

"瞎子，雀盲。"

"哦——"

进门站下来的时候就觉得，他的眼睛有点特别，空空落落，不大有光彩，不流动。可是他女儿没有进来之先他向舱门外望了一眼，他一扬头，样子不像瞎眼的人。瞎眼人脸上都有一种焦急愤恨。眼角嘴角大都要变形的，雀盲尤其自卑，扭扭捏捏，藏藏躲躲。他没有，他脸上恬静平和极了。他应当是生下来就双眼不通，不会是半途上瞎的。

女孩子唱的还不如她父亲。——听是还可以听。

这段曲子本来跟多数民间流行曲子一样，除了感伤，剩下就没有什么东西了，可是他唱得感伤也感伤，一点都不厉害。唱得深极了，远极了，素雅极了，醇极了，细运轻输，不枝不蔓，舒服极了。他唱的时候没有一处摇摆动晃，脸上都不大变样子，只有眉眼间略略有点凄愁。像是在深深思念之中，不像在唱。——啊不，是在唱，他全身都在低唱，没有哪一处是散涣叛离的，他唱得真低，然而不枯，不弱，声声匀调，字字透达，听得清楚分明极了，每一句，轻轻地拍一板，一段，连拍三四下。女儿所唱，格韵虽较一般为高，但是听起来薄，松，含糊，懒懒的，她是受她父亲的影响，摹仿父亲而没有其精华神髓，她尽量压减洗涤她的嗓音里的野性和俗气，可是她的生命不能与那个形式蕴合，她年纪究竟轻，而且性格不够。她不能沉湎，她心不专，她唱，她自己不听。她没有想跳出这个生活，她是个老实孩子。老实孩子，但不是没有一些片片段段的事实足以教她分心，教她不能全神贯注，入乎其中。

她有十七八岁了罢？有啰，可能还要大一点，样子还不难看。脸宽宽的，鼻子有一点塌，眼睛分得很开。搽了一点脂粉，胭脂颜色不好，桃红的。头发修得很齐，梳得光光的，稍为平板了一点，前面一个发卷子显得像个筒子，跟后面头发有点不能相连属，腰身粗粗的，眼前还不要紧，千万不能再胖。站着能够稳稳的，腿分得不太开，脚不乱动，上身不扭，然而不僵，就算难得的了。她的态度救了她的相貌不少。她神色间有点疲倦，一种心理的疲倦。——她有了人家没有？一件黑底小红碎花布棉袍，青鞋，线袜，干干净净。——又是父亲了，他们轮着来。她唱得比较少，大概是父亲唱两段，女儿唱一段。

天气真好，简直没有什么风。船行得稳极了。

谁把茶壶跟茶杯挨近着放，船震，轻轻地碜出瓷的声音，细细的，像个金铃子叫。——嗳呀，叫得有点烦人！心里不舒服，觉得恶心。——好了，平息了，心上一点霉斑。——让它叫去罢，不去管它。

是不是这么分的，一个两段，一个一段？这么分法有什么理由？要是倒过来，——现在这么听着挺合适，要是女儿唱两段父亲唱一段呢。这个布局想象得出么？两种花色编结起来的连续花边，两朵蓝的，间有一朵绿的（紫的，黄的，银红的，杂色的），如果改成两朵绿的一朵蓝的呢？……什么蓝的绿的，不像！干什么用比喻呢，比喻不伦！——有没有女儿两段父亲一段的时候？——分开了唱四段比连着唱三段省力，——两个人比一个人唱好，有变化，不单调，起来复舒卷感，像花边，——比喻是个陷阱，还是摔不开！——接口接得真好，一点不露痕迹，没有夺占，没有缝隙，水流云驻，叶落花开，相契莫逆，自自在在，当他末一声的有余将尽，她的第一字恰恰出口，不颔首，不送目，不轻轻咳嗽，看不出一点点暗示和预备的动作。

他们并排站着，稍有一段距离。他们是父女，是师徒，也还是同伴。她唱得比较少，可是并不就是附属陪衬。她并不多余，在她唱的时候她也是独当一面，她有她的机会，他并不完全笼罩了她，他们之间有的是平等，合作时不可少的平等。这种平等不是力求，故不露暴，于是更圆满了。——真的平等不包含争取。父亲唱的时候女儿闲着，她手里没有一样东西，可是她能那么安详！她垂手直身，大方窈窕，有时稍稍回首，看她父亲一眼，看他的侧面，他的手。——她脚下不动。

他自己唱的时候他拍板，女儿唱的时候他为女儿拍板，他从头没有离开过曲子一步。他为女儿拍板时也跟为自己拍板时一样，好像他女儿唱的时候有两起声音，一起直接散出去，一起流过他，再出去。不，这两条路亦分亦合，还有一条路，不管是他和她所发的声音都似乎不是从这里，不是由这两个人，不是在我们眼前这个方寸之地传来的，不复是一个现实，这两个声音本身已经连成一个单位。——不是连成，本是一体，如藕于花，如花于镜，无所凭借，亦无落著，在虚空中，在天地水土之间……

女孩子眼睛里看见什么了？一个客人袖子带翻了一只茶杯，残茶流出来，渐成一线，伸过去，伸过去，快要到那个纸包了，——纸包里是什么东西？——嘻，好了，桌子有一条缝，茶透到缝里去了——还没有，——还没有——滴下来了！这种茶杯底子太小，不稳，轻轻一偏就倒了。她一边看，一边唱，唱完了，还在看，不知是不是觉得有人看出了，有点不好意思，微低了头。面色肃然。——有人悄悄地把放在桌上的香烟火柴放回口袋里，快到了罢？对岸山浅浅的一抹。他唱完了这一段大概还有一段，由他开头，也由他收尾。

完了，可是这次好像只有一段？女儿走下来收钱，他还是等在那儿。他收起檀板，敛手垂袖而立，温文恭谨，含情脉脉，跟进来时候一样。

他样子真好极了，人高高的，各部分都称配，均衡，可是并不伟岸，周身一种说不出来的优雅高贵。稍稍有点衰弱，还好，还看不出有病苦的痕迹。总有五十岁左右了。……今天是……十三，过了年才这么几天，风吹着已经似乎不同了。——他是理了发过的年罢，发根长短正合适。梳得妥妥帖帖，大大方方。头发还看不出白的。——他不能自己修脸罢？也还好，并不惨厉，而且稍为有点阴骘于他正相宜，这是他的本来面目，太光滑了就不大像他了。他脸上轮廓清晰而固定，不易为光暗影响改变。手指白白皙皙，指甲修得齐齐的。——干净极了！一眼看去就觉得他的干净。可是干净得近人情，干净得教人舒服，不萧索，不干燥，不冷，不那么兢兢翼翼，时刻提防，觉得到处都脏，碰不得似的。一件灰色棉袍，剪裁得合身极了。布的。——看上去料子像很好？——是布的，不单是袍子，里面衬的每一件衣裤也一定都舒舒齐齐，不破，不脏，没有气味，不窝囊着，不扯起来，口袋纽子都不残缺，一件套着一件，一层投着一层，袖口一样长短，领子差不多高低，边对边，缝对缝。……还很新，是去年冬天做的。——袍子似乎太厚了一点，有点臃肿，减少了他的挺拔。——不，你看他的腮，他真该穿得暖些啊。他的胸，他的背，他的腰肋，都暖洋洋的，他全身正在领受着一重丰厚的暖意，——一脉近于叹息的柔情在他的脸上。

她顺着次序走过一个一个旅客，不说一句话，伸出她的手，坦率，无邪，不局促，不忸怩，不争多较少，不泼辣，不纠缠，规规矩矩老老实实。——这女孩子实在不怎样好看。她鼻子底下有颗痣。都给的。——有一两个，她没有走近，看样子他也许没有，然而她态度中并无轻蔑之意，不让人不安，有的脸背着，或低头扣好皮箱的锁，她轻轻在袖子上拉一拉。——真怪，这样一个动作中居然都包含一点卖弄风情，没有一点冒昧。被拉的并不嗔怪，不声不响，掏出钱来给她。——有人看着他，他脸一红，想分辩，我不是——是的，你忙着有事，不是规避，谁说你小气的呢，瞧瞧你这样的人，像嘛，——于是两人脸上似笑非笑了一下，眼光各向一个方向挪去。——这两个人说不定有机会认识，他们老早谈过话了。——在澡堂里，饭馆里，街上，隔若干日子，碰着了，他们有招呼之意，可是匆匆错过了，回来，也许他们会想，这个人好面熟，哪里见过的？——大概想不出究竟是哪里见过的了罢？——人应当记日记。——给的钱上下都差不多，这也好像有个行情，有个适当得体的数目，切合自己生活，也不触犯整个社会。这玩意儿真不易，够学的！过到老，学不了，学的就是这种东西？这是老练，是人生经验，是贾宝玉反对的学问文章。我的老天爷！——这一位，没有零的，掏出来一张两万元金券，一时张皇极了，没有主意，连忙往她手里一搁，心直跳，转过身来伏在船窗上看江水，他简直像大街上摔了一大跤。——哎，别价，没有关系。——差不多全给的，然而送给舱里任何一位一定没有人要。一点不是一个可羡慕的数目。——上海正发行房屋奖券，这里头一定有人买的，就快开奖了，你见过设计图样么？——从前用铜子，卖唱的多用一个小藤册子接钱，投进去磐磐地响。

都收了，她回去，走近她父亲，——她第一次靠着她父亲，伸一个手给他，拉着他，她在前，他在后，一步一步走出去了。他是个瞎子。——我这才真正地觉得他瞎。看到他眼睛看不见，十分地动了心。他的一切声容动静都归纳摄收在这最后的一瞥，造成一个印象，完足，简赅，具体。他走了，可是印象留下来。——他们是父女，无条件的，永远的，没有一丝缝隙的亲骨肉。不，她简直是他的母亲啊！他们走了……

"他们一天能得多少钱？"

"也不多——轮渡一天来回才开几趟。夏天好，夏天晚上还有人叫到家里唱。"

"那他们穿的？"

"暖——"

船平平稳稳地行进，太阳光照在船上，船在柔软的江水上。机器的震动均匀而有力，充满健康，充满自信。舱壁上几道水影的反光晃荡。船上安静极了，有秩序极了。——忽然乱起来，像一个灾难，一个麻袋挣裂了，滚出各种果实。一个脚夫像天神似的跳到舱里。——到了，下午两点钟。

一九四八年

王全

马号今天晚上开会。原来会的主要内容是批评王升，但是临时不得不改变一下，因为王全把王升打了。

我到这个农业科学研究所没有几天，就听说了王全这个名字。业余剧团的小张写了一个快板，叫作《果园奇事》，说的是所里单株培育的各种瓜果"大王"，说道有一颗大牛心葡萄掉在路边，一个眼睛不好的工人走过，以为是一只马的眼珠子掉下来了，大惊小怪起来。他把这个快板拿给我看。我说最好能写一个具体的人，眼睛当真不好的，这样会更有效果。大家一起哄叫起来："有！有！瞎王全！他又是饲养员，跟马搭得上的！"我说这得问问他本人，别到时候上台数起来，惹得本人不高兴。正说着，有一个很粗的，好像吵架似的声音在后面叫起来：

"没意见！"

原来他就是王全。听别人介绍，他叫王全，又叫瞎王全，又叫傸六。叫他什么都行，他都答应的。

他并不瞎。只是有非常严重的沙眼，已经到了睫毛内倒的地步。他身上经常带着把镊子，见谁都叫人给他拔眼睫毛。这自然也会影响视力的。他的眼睛整天眯缝着，成了一条线。这已经有好些年了。因此落下一个瞎王全的名字。

这地方管缺个心眼叫"俅"，读作"俏"。王全行六，据说有点缺个心眼，故名"俅六"。说是，你到他的家乡去，打听王全，也许有人不知道，若说是俅六，就谁都知道的。

这话不假，我就听他自己向新来的刘所长介绍过自己：

"我从小当长工，挑水，垫圈，烧火，扫院。长大了还是当长工，十三吊大钱，五石小米！解放军打下姑姑洼，是我带的路。解放军还没站稳脚，成立了区政府，我当通讯员，区长在家，我去站岗；区长下乡，我就是区长。就咱俩人。我不识字，还是当我的长工。我这会不给地主当长工，我是所里的长工。李所长说我是国家的长工。我说不来话。你到姑姑洼去打听，一说俅六，他们都知道！"

这人很有意思。每天晚上他都跑到业余剧团来，——在农闲排戏的时候。有时也帮忙抬桌子、挂幕布，大半时间都没事，就定定地守着看，呵呵地笑，而且不管妨碍不妨碍排戏，还要一个人大声地议论。那议论大都非常简短："有劲！""不差！"最常用的是含义极其丰富的两个字："看看！"

最妙的是，我在台上演戏，正在非常焦灼，激动，全场的空气也都很紧张，他在台下叫我："老汪，给我个火！"（我手里捏着一支烟。）我只好作势暗示他"不行"！不料他竟然把他的手伸上来了。他就坐在第一排——他看戏向来是第一排，因为他来得最早。所谓第一排，就是台口。我的地位就在台角，所以我俩离得非常近。他嘴里还要说："给我点个火嘛！"真要命！我只好小声地说："嗻！"他这才明白过来，又独自呵呵地笑起来。

王全是个老光棍，已经四十六岁了，有许多地方还跟个孩子似的。也许因为如此，大家说他俅。

不知道究竟为什么，他不当饲养员了。这人是很固执的，说不当就不当，而且也不说理由。他跑到生产队去，说："哎！我不喂牲口了，给我个单套车，我赶车呀！"马号的组长跟他说，没用；生产队长跟他说，也没用。队长去找所长，所长说："大概是有情绪，一时是说不通的。有这样的人。先换一个人吧！"于是就如他所愿，让他去赶车，把原来在大田劳动的王升调进马号喂马。

这样我们有时就搭了伙计。我参加劳动，有时去跟车，常常跟他的车。他嘴上是不留情的。我上车，敛土，装粪，他老是回过头来眯着眼睛看我。有时索性就停下他的铁锹，挂着，把下巴搁在锹把儿上，歪着头，看。而且还非常压抑和气愤地从胸膛里发出声音"嗯"！忽然又变得非常温和起来，很耐心地教我怎么使家伙。"敛土嘛，左手胳膊肘子要靠住胳膝，胳膝往里一顶，借着这个劲，胳膊就起来了。嗳！嗳！对了！这样多省劲！是省劲不是？像你那么似的，架空着，单凭胳膊那点劲，我问你：你有多少劲？一天下来，不把你累乏了？真笨！你就是会演戏！要不是因为你会演戏呀，嗯！——"慢慢地，我干活有点像那么一回事了，他又言过其实地夸奖起我来："不赖！不赖！像不像，三分样！你能服苦，能咬牙。不光是会演戏了，能文能武！你是个好样儿的！毛主席的办法就是高，——叫你们下来锻炼！"于是叫我休息，他一个人干。"我多上十多锹，就有了你的了！当真指着你来干活哪！"这是不错的。他的铁锹是全所闻名的，特别大，原来铲煤用的洋锹，而且是个大号的，他拿来上车了。一锹能顶我四锹。他叫它"跃进锹"。他那车也有点特别。这地方的大车，底板有四块是活的，前两块，后两块。装粪装沙，到了地，铲去一些，把这四块板一抽，就由这里往下拨拉。他把他的车底板全部拆成活的，到了地，一抽，哗啦——整个就漏下去了。这也有了名儿，叫"跃进车"。靠了他的跃进车和跃进锹，每天我们比别人都能多拉两趟。因此，他就觉得有权力叫我休息。我不肯。他说："哎！这人！叫你休息就休息！怕人家看见，说你？你们啊，老是怕人说你！不怕！该咋的就是咋的！"他这个批评实在相当尖刻，我就只好听他，在一旁坐下来，等他三下五除二把车装满，随他一路唱着："老王全在大街扬鞭走马！"回去。

他的车来了，老远就听见！不是听见车，是听见他嚷。他不大使唤鞭子，除非上到高顶坡上，马实在需要抽一下，才上得去，他是不打马的。不使鞭子，于是就老嚷：

"喔喝！喔喝！咦喔喝！"

还要不停地跟马说话，他说是马都懂的。絮絮叨叨，没完没了。本来是一些只能小声说的话，他可是都是放足了嗓子喊出来的。——这人不会小声说话。这当中照例插进许多短短的亲热的野话。

有一回，从积肥坑里往上拉绿肥。他又高了兴，跃进锹多来了几锹，上坑的坡又是高的，马怎么也拉不上去。他拼命地嚷：

"喔喝！喔喝！咦喔喝！"

他生气了，拿起鞭子。可忽然又跳在一边，非常有趣地端详起他那匹马来，说：

"笑了！噫！笑了！笑啥来？"

这可叫我忍不住噗嗤笑了。马哪里是笑哩！它是叫嚼子拽的在那里咧嘴哩：这么着"笑"了三次，到了也没上得去。最后只得把装到车上去的绿肥，又挖出一小半来，他在前头领着，我在后面扛着，才算上来了。

他这匹马，实在不怎么样！他们都叫它青马，可实在是灰不灰白不白的。他说原来是青的，可好看着哪！后来就变了。灰白的马，再搭上红红的眼皮和嘴唇，总叫我想起堂吉诃德先生，虽然我也不知道堂吉诃德先生的马到底是什么样子。他说这是一匹好马，干活虽不是太顶事，可是每年准下一个驹。

"你想想，每年一个！一个骡子一万二，一个马，八千！它比你和我给国家挣的钱都多！"

他说它所以上不了坡，是因为又"有"了。于是走一截，他就要停下来，看看马肚子，用手摸，用耳朵贴上去听。他叫我也用手放在马的后胯上部，摸，——我说要摸也是肚子底下，马怀驹子怎么会怀到大腿上头来呢？他大笑起来，说："你真是外行！外行！"好吧，我就摸。

"怎么样？"

"热的。"

"见你的鬼！还能是凉的吗？凉的不是死啦！叫你摸，——小驹子在里面动哪！动不动？动不动？"

我只好说："——动。"

后来的确连看也看出小驹子在动了，他说得不错。可是他最初让我摸的时候，我实在不能断定到底摸出动来没有；并且连他是不是摸出来了，我也怀疑。

我问过他为什么不当饲养员了，他不说，说了些别的话，片片段段地，当中又似乎不大连得起来。

他说马号组的组长不好。什么事都是个人逞能，不靠大伙。旗杆再高，还得有两块石头夹着；一个人再能，当不了四堵墙。

可是另一时候，我又听他说过组长很好，使牲口是数得着的，这一带地方也找不出来。又会修车，小小不言的毛病，就不用拿出去，省了多少钱！又说他很辛苦，晚上还老加班，还会修电灯，修水泵……

他说，每回评先进工作者、红旗手，光凭嘴，净评会说的，评那会做在人面前的。他就是看不惯这号人！

他说，喂牲口是件操心事情。要熬眼。马无夜草不肥，要把草把料——勤倒勤添，一把草一把料地喂。搁上一把草，洒上一层料，有菜有饭的，它吃着香。你要是不管它，哗啦一倒，它就先尽吃料，完了再吃草，就不想了！牲口嘛！跟孩子似的，它懂个屁事！得一点一点添。这样它吃完了还想吃，吃完了还想吃。跟你似的，给你三大碗饭，十二个馒头，都堆在你面前！还是得吃了一碗再添一碗。马这东西也刁得很。也难怪。少搁，草总是脆的，一嚼，就酥了。你要是搁多了，它的鼻子喷气，把草圪节都弄得蔫筋了，它嚼不动。就像是脆锅巴，你一咬就酥了；要是蔫了，你咬得动么？——咬得你牙疼！嚼不动，它就不吃！一黑夜你就老得守着侍候它，甭打算睡一点觉。

说，咱们农科所的牲口，走出去，不管是哪里，人们都得说："还是人家农科所的牲口！"毛色发亮，屁股蛋蛋都是圆的。你当这是简单的事哩！

他说得最激动的是关于黑豆。他说得这东西简直像是具有神奇的效力似的。说是什么东西也没有黑豆好。三斗黄豆也抵不上一斗黑豆，不管什么乏牲口，拿上黑豆一催，一成黑豆，三成高粱，包管就能吃起来，可是就是没有黑豆。

"每年我都说，俺们种些黑豆，种些黑豆。——不顶！"

我说："你提意见嘛！"

"提意见？哪里我没有提过意见？——不顶！马号的组长！生产队！大田组！都提了，——不顶！提意见？提意见还不是个白！"

"你是怎么提意见的？一定是也不管时候，也不管地方，提的也不像是个意见。也不管人家是不是在开会，在算账，在商量别的事，只要你猛然想起来了，推门就进去：'哎！俺们种点黑豆啊！'没头没脑，说这么一句，抹头就走！"

"咦！咋的？你看见啦？"

"我没看见，可想得出来。"

他笑了。说他就是不知道提意见还有个什么方法。他说，其实，黑豆牲口吃了好，他们都知道，生产队，大田组，他们谁没有养活过个牲口？可是他们要算账。黄豆比黑豆价钱高，收入大。他很不同意他们这种算账法。

"我问你，是种了黄豆，多收入个几百元——嗯，你就说是多收入千数元，上算？还是种了黑豆，牲口吃上长膘、长劲，上算？一个骡子一万二！一个马八千！我就是算不来这种账！嗯！哼，我可知道，增加了收入，这笔账算在他们组上，喂胖了牲口，算不到他们头上！就是这个鬼心眼！我俅，这个我可比谁都明白！"

他越说越气愤，简直像要打人的样子。是不是他的不当饲养员，主要的原因就是不种黑豆？看他那认真、执著的神情，好像就是的。我对于黄豆、黑豆，实在一无所知，插不上嘴，只好说："你要是真有意见，可以去跟刘所长提。"

"他会管么？这么芝麻大的事？"

"我想会。"

过了一些时候，他真的去跟刘所长去提意见了。这可真是一个十分新鲜、奇特、出人意料的意见。不是关于黄豆、黑豆的，要大得多。那天我正在刘所长那里。他一推门，进来了：

"所长，我提个意见。"

"好啊，什么意见呢？"

"我说，我给你找几个人，把咱们所里这点地包了！三年，我包你再买这样一片地。说的！过去地主手里要是有这点地，几年工夫就能再滚出来一片。咱们今天不是给地主做活，大伙全泼上命！俺们为什么还老是赔钱，要国家十万八万的往里贴？不服这口气。你叫他们别搞什么试验研究了，赔钱就赔在试验研究上！不顶！俺们祖祖辈辈种地，也没听说过什么试验研究。没听说过，种下去庄稼，过些时候，拔起来看看，过些时候，拔起来看看。可倒好，到收割的时候倒省事，地里全都光了！没听说过，还给谷子盖一座小房！你就是试验成了，谁家能像你这么种地啊？嗯！都跑到谷地里盖上小房？瞎掰嘛！你要真能研究，你给咱这所里多挣两个。嗯！不要国家贴钱！嗯！我就不信技师啦，又是技术员啦，能弄出个什么名堂来！上一次我看见咱们邵技师锄地啦，哈哈，老人家倒退着锄！就凭这，一个月拿一百多，小二百？赔钱就赔在他们身上！正经！你把地包给我，莫让他们胡糟践！就这个意见，没啦！"

刘所长尽他说完，一面听，一面笑，一直到"没啦"，才说：

"你这个意见我不能接受。我们这个所里不要买地。——你上哪儿去给我买去啊？咱们这个所叫什么？——叫农业科学研究所。国家是拿定主意要往里赔钱的，——如果能少赔一点，自然很好。咱们的任务不是挣钱。倒退着锄地，自然不太好。不过你不要光看人家这一点，人家还是有学问的。把庄稼拔起来看，给谷子盖房子，这些道理一下子跟你说不清。农业研究，没有十年八年，是见不出效果的。但是要是有一项试验成功了，值的钱就多啦，你算都算不过来。我问你，咱们那一号谷比你们原来的小白苗是不是要打得多？"

"敢是！"

"八个县原来都种小白苗，现在都改种了一号谷，你算算，每年能多收多少粮食？这值到多少钱？咱们要是不赔钱呢，就挣不出这个钱来。当然，道理还不只是赔钱、挣钱。我要到前头开会去，就是讨论你说的拔起庄稼来看，给谷子盖小房这些事。你是个好人，是个'忠臣'，你提意见是好心。可是意见不对，我不能听你的。你回去想想吧。王全，你也该学习学习啦。听说你是咱们所里的老文盲了。去年李所长叫你去上业余文化班，你跟他说：'我给你去拉一车粪吧！'是不是？叫你去上课，你宁愿套车去拉一车粪！今年冬天不许再溜号啦，从'一'字学起，从'王全'两个字学起!"

刘所长走了，他指指他的背影，说：

"看看!"

一缩脑袋，跑了。

这是春天的事。这以后我调到果园去劳动，果园不在所部，和王全见面说话的机会就不多了。知道他一直还是在赶单套车，因为他来果园送过几回粪。等到冬天，我从果园回来，看见王全眼睛上蒙着白纱布，由那个顶替他原来职务的王升领着。我问他是怎么了，原来他到医院开刀了。他的沙眼已经非常严重，是刘所长逼着他去的，说公家不怕花这几个钱，救他的眼睛要紧。手术很成功，现在每天去换药。因为王升喂马是夜班，白天没事，他俩都住在马号，所以每天由王升领着他去。

过了两天，纱布拆除了，王全有了一双能够睁得大大的眼睛! 可是很奇怪，他见了人就抿着个大嘴笑，好像为了眼睛能够睁开而怪不好意思似的。他整个脸也似乎清亮多了，简直是年轻了。王全一定照过镜子，很为自己的面容改变而惊奇，所以觉得不好意思。不等人问，他就先回答了：

"敢是，可爽快多了，啥都看得见，这是一双眼睛了。"

他又说他这眼不是大夫给他治的，是刘所长给他治的，共产党给他治的。逢人就说。

拆了纱布，他眼球还有点发浑，刘所长叫他再休息两天，暂时不要出车。就在这两天里，发生了这么一场事，他把王升打了。

王升到所里还不到三年。这人是个"老闷"，平常一句话也不说。他也没个朋友，也没有亲近一点的人。虽然和大家住在一个宿舍里，却跟谁也不来往。工人们有时在一起喝酒，没有他的事。大家在一起聊天，他也不说，也不听，就是在一边坐着。他也有他的事，下了班也不闲着。一件事是鼓捣吃的。他食量奇大，一顿饭能吃三斤干面。而且不论什么时候，吃过了还能再吃。甜菜、胡萝卜、蔓菁疙瘩、西葫芦，什么都弄来吃。这些东西当然来路都不大正当。另一件事是整理他的包袱。他床头有个大包袱。他每天必要把它打开，一件一件地反复看过，折好，——这得用两个钟头，因此他每天晚上一点都不空得慌。整理完了，包扎好，挂起来，老是看着它，一直到一闭眼睛，立刻睡着。他真能置东西！全所没一个能比得上，别人给他算得出来，他买了几床盖窝，一块什么样的毛毯，一块什么线毯，一块多大的雨布……他这包袱逐渐增大。大到一定程度，他就请假回家一次。然后带了一张空包袱皮来，再从头攒起。他最近做了件叫全所干部工人都非常吃惊的事：一次买进了两件老羊皮袄，一件八十，另一件一百七！当然，那天立刻就请了假，甚至没等到二十八号。

二十八号，这有个故事。这个所里是工资制，双周休息，每两周是一个"大礼拜"。但是不少工人不愿意休息，有时农忙，也不能休息。大礼拜不休息，除了工资照发外，另加一天工资，习惯叫作"双工资"。但如果这一个月请假超过两天，即使大礼拜上班，双工资也不发，一般工人一年难得回家一两次，一来一去，总得四五天，回去了就准备不要这双工资了。大家逐渐发现，觉得非常奇怪：王升常常请假，一去就是四天，可是他一次也没扣过双工资。有人再三问他，他嘻嘻地笑着，说："你别去告诉领导，我就告诉你。"原来：他每次请假都在二十八号（若是大尽就是二十九）！这样，四天里头，两天算在上月，两天算在下月，哪个月也扣不着他的双工资。这事当然就传开了。凡听到的，没有个不摇头叹息：你说他一句话不说，他可有这个心眼！——全所也没有比他更精的了！

他吃得多，有一把子傻力气，庄稼活也是都拿得起的。要是看着他，他干活不比别人少多少。可是你哪能老看着他呢？他呆过几个组，哪组也不要他。他在过试验组。有一天试验组的组长跟他说，叫他去锄锄山药秋播留种的地，——那块地不大，一个人就够了。晌午组长去检查工作，发现他在路边坐着，问他，他说他找不到那块地！组长气得七窍生烟，直接跑到所长那里，说："国家拿了那么多粮食，养活这号后生！在我组里干了半年活，连哪块地在哪里他都不知道！吃粮不管闲事，要他做啥哩！叫他走！"他在稻田组呆过。插秧的时候，近晌午，快收工了，组长一看进度，都差不多。他那一畦，再有两行也齐了，就说钢厂一拉汽笛，就都上来吧。过了一会，拉汽笛了，他见别人上了，也立刻就上来到河边去洗了腿。过了两天，组长去一看，他那一畦齐刷刷地就缺了方桌大一块！稻田组长气得直哼哼。"请吧，你老！"谁也不要，大田组长说："给我！"这大田组长出名地手快，他在地里干活，就是庄户人走过，都要停下脚来看一会的。真是风一样的！他就老让王升跟他一块干活。王升也真有两下子，不论是锄地、撒粪……落不下多远。

一晃，也多半年了，大田组长说这后生不赖。大家对他印象也有点改变。这回王全不愿喂牲口了，不知怎么就想到他了。想是因为他是老闷，不需要跟人说话，白天睡觉，夜里整夜守着哑巴牲口，有这个耐性。

初时也好。慢慢地，车倌就有了意见，因为牲口都瘦了。他们发现他白天搞吃的，夜里老睡觉。喂牲口根本谈不上把草把料，大碗端！最近，甚至在马槽里发现了一根钉子！于是，生产队决定，去马号开一个会，批评批评他。

这钉子是在青马的槽里发现的！是王全发现的。王全的眼睛整天蒙着，但是半夜里他还要瞎戳戳地摸到马圈里去，伸手到槽里摸，把茑筋的草吃节拨出去。摸着摸着，他摸到一根冰凉铁硬的，——放到嘴里，拿牙咬咬：是根钉子！这王全浑身冒火了，但是，居然很快就心平气和下来。——人家每天领着他上医院，这不能不起点作用。他拿了这根钉子，摸着去找到生产队长，说是无论如何也得"批批"他，这不是玩的！往后筛草、打料一定要过细一点。

前天早上反映的情况，连着两天所里有事，决定今天晚上开会。不料，今天上午，王全把王升打了，打得相当重。

原来王全发现，王升偷马料！他早就有点疑心，没敢肯定。这一阵他眼睛开刀，老在马号里呆着，仿佛听到一点动响。不过也还不能肯定。这两天他的纱布拆除了，他整天不出去，原来他随时都在盯着王升哩。果然，昨天夜里，他看见王升在门背后端了一大碗煮熟的料豆在吃！他居然沉住了气，没有发作。因为他想：单是吃，问题还不太大。今天早上，他乘王升出去弄甜菜的时候，把王升的大枕头拆开：——里面不是塞的糠皮稻草，是料豆！一不做二不休，翻开他那包袱，里边还有一个枕头，也是一枕头的料豆。——本来他带了两个特大的枕头，却只枕一个；每回回去又都把枕头带回去，这就奇怪。"嗯！"王全把他的外衣脱了，等着。王升从外面回来，一看，包袱里东西摊得一床，枕头拆开了；再一看王全那神情，连忙回头就跑。王全一步追上，大拳头没头没脑地砸下来，打得王升孩子似的哭，爹呀妈的乱叫，一直到别人闻声赶来，剪住王全的两手，才算住。——王升还没命地号哭了半天。

这样，今天的会的内容不得不变一下，至少得增加一点。

但是改变得也不多。这次会是一个扩大的会，除了马号全体参加外，还有曾经领导过王升的各个组的组长，和跟他在一起干过活的老工人。大家批评了王升，也说了王全。重点还是在王升，说到王全，大都是带上一句：——"不过打人总是不对的，有什么情况，什么意见，应当向领导反映，由领导来处理。"有的说："牛不知力大，你要是把他打坏了怎么办？"也有人联系到年初王全坚决不愿喂马，这就不对！关于王升，可就说起来没完了。他撇下一块秧来就走这一类的事原来多着哩，每个人一说就是小半点钟！因此这个会一直开到深夜。最后让王升说说。王升还是那样，一句话没有，"说不上来"。再三催促，还是"说不上来"。大家有点急了，问他："你偷料豆，对不对？"——"不对。""马草里混进了钉子，对不对？"——"不对。"……看来实在挤不出什么话来了，天又实在太晚，明天还要上班，只好让王全先说说。

"嗯！我打了他，不对！嗯！解放军不兴打人，打人是国民党。嗯！你偷吃料豆，还要往家里拿！你克扣牲口。它是哑巴，不会说话，它要是会说话，要告你！你剥削它，你是资本家！是地主！你！你故意拿钉子往马槽里放，你安心要害所里的牲口，国家的牲口！×你娘的！你看着你把俩牲口喂成啥样了？ ×你娘！×你娘！"

说着，一把揪住王升，大家赶紧上来拉住，解开，才没有又打起来。这个会暂时只好就这样开到这里了。

过了两天，我又在刘所长那里碰见他。还是那样，一推门，进来了，没头没脑：

"所长，我提个意见。"

"好啊。"

"你是个好人，是个庄户佬出身！赶过个车，养活过个牲口！你是好人！是个共产党！你如今又领导这些技师啦技术员的，他们都服你——"

看见有我在座，又回过头来跟我说：

"看看！"

这是怎么一回事呢？原来所里在拟定明年的种植计划，让大家都来讨论，这里边有一条，是旱地二号地六十亩全部复种黑豆！

一边说着，一边把他的衣兜往桌上一掀，倒得一桌子都是花生。

非常腼腆地说：

"我侄儿子给我捎来五斤花生。"

说完了抹头就走。

刘所长叫住他：

"别走。你把人家打了，怎么办呢？"

"我去喂牲口呀。"

"好。把你的花生拿去，——我不'剥削'你！人家是给你送来的！"

王全赶紧拉开门就跑，头都不回，生怕刘所长会追上来似的。——后来，这花生还是刘所长叫他的孩子给他送回去了。

过了一个多月，所里的冬季文化学习班办起来，王全来报了名，是刘所长亲自送他来上学的。我有幸当了他的启蒙的老师。可是我要说老实话，这个学生真不好教，真也难怪他宁可套车去拉一车粪。他又不肯照着课本学，一定先要教他学会四个字。他用铅笔写了无数遍，终于有了把握了，就把我写对子用的大抓笔借去，在马圈粉墙上写下四个斗大的黑字：

"王全喂马"。

字的笔画虽然很幼稚，但是写得工工整整，一笔不苟。谁都可以看出来，这四个字包含很多意思，这是一个人一辈子的誓约。

王全喂了牲口，生产队就热闹了。三天两头就见他进去：

"人家孩子回来，也不吃，也不喝，就是卧着，这是使狠了，累乏了！告他们，不能这样！"

"人家孩子快下了，别叫它驾辕了！"

"人家孩子"怎样怎样了……

我在这个地方呆了一些时候了，知道这是这一带的口头语，管小猫小狗、小鸡小鸭，甚至是小板凳，都叫作"孩子"。但是这无论如何是一种爱称。尤其是王全说起来，有一种特殊的味道。那么高大粗壮的汉子，说起牲口来，却是那么温柔。

我离开这个农业科学研究所已经好几个月了，王全一直在喂马。现在，在我写这篇文章的时候，他就正在喂马。夜已经很深了，这会，全所的灯都一定已经陆续关去，连照例关得最晚的刘所长和邵技师的屋里的灯也都关了。只有两处的灯还是亮着的。一处是大门外植保研究室的诱捕灯，这是通夜不灭的，现在正有各种虫蛾围绕着飞舞。一处是马圈。灯光照见槽头一个一个马的脑袋。它们正在安静地、严肃地咀嚼着草料。时不时的，喷一个响鼻，摇摇耳朵，顿一顿蹄子。俅六——王全，正在夹着料笸箩，弯着腰，无声地忙碌着，或者停下来，用满怀慈爱的、喜悦的眼色，看看这些贵重的牲口。

王全的胸前佩着一枚小小的红旗，这是新选的红旗手的标志。

"看看!"

一九六二年五月二十日夜二时
载一九六二年第十一期《人民文学》

看水

下班了。小吕把擦得干干净净的铁锨搁到"小仓库"里，正在脚蹬着一个旧辘轴系鞋带，组长大老张走过来，跟他说：

"小吕，你今天看一夜水。"

小吕的心略为沉了一沉。他没有这种准备。今天一天的活不轻松，小吕身上有点累。收工之前，他就想过：吃了晚饭，打一会百分，看两节《水浒》，洗一个脚，睡觉！他身上好像已经尝到伸腰展腿地躺在床上的那股舒服劲。看一夜水，甭打算睡了！这倒还没有什么。主要的是，他没有看过水，他不知道看水是怎么个看法。一个人，黑夜里，万一要是渠塌了，水跑了，淹了庄稼，灌了房子……那他可招架不了！一种沉重的，超过他的能力和体力的责任感压迫着他。

但是大老张说话的声音、语气，叫他不能拒绝。果园接连浇了三天三夜地了。各处的地都要浇，就这几天能够给果园使水，果园也非趁这几天抓紧了透透地浇一阵水不可，果子正在膨大，非常需要水。偏偏这一阵别的活又忙，葡萄绑条、山丁子喷药、西瓜除腻虫、倒栽疙瘩白、垄葱……全都挤在一起了。几个大工白日黑夜轮班倒，一天休息不了几小时，一个个眼睛红红的，全都熬得上了火。再派谁呢？派谁都不大合适。这样大老张才会想到小吕的头上来。小吕知道，大老张是想叫小吕在上头守守闸，看看水，他自己再坚持在果园浇一夜，这点地就差不多了。小吕是个小工，往小里说还是个孩子，一定不去，谁也不能说什么，过去也没有派过他干过这种活。但是小吕觉得不能这样。自己是果园的人，若是遇到紧张关头，自己总是逍遥自在，在一边做个没事人，心里也觉说不过去。看来也就是叫自己去比较合适。无论如何，小吕也是个男子汉，——你总不能叫两个女工黑夜里在野地里看水！大老张既然叫自己去，他说咱能行，咱就试巴试巴！而且，看水，这也挺新鲜，挺有意思！小吕就说：

"好吧！"

小吕把搁进去的铁锹又拿出来，大老张又嘱咐了他几句话，他扛上铁锹就走了。

吃了晚饭，小吕早早地就上了渠。

一来，小吕就去找大老张留下的两个志子。大老张告诉他，他给他在渠沿里面横插两根树枝，当作志子，一处在大闸进水处不远，一处在支渠拐弯处小石桥下。大老张说：

"你只要常常去看看这两根树枝。水只要不漫过志子，就不要紧，尽它流好了！若是水把它漫下去了，就去搬闸，——拉起一块闸板，把水放掉一些，——水太大了怕渠要吃不住。若是水太小了，就放下两块闸板，让它憋一憋。没有什么，这几天水势都很平稳，不会有什么问题！"

小吕走近去，没怎么费事，就找到了。也很奇怪，这只是两根普普通通的细细的树枝，半掩半露在蒙翳披纷的杂草之间，并不特别引人注意，然而小吕用眼睛滤过去，很快就发现了，而且肯定就是它，毫不怀疑。一看见这两根树枝，小吕心里一喜，好像找到了一件失去的心爱的东西似的。有了这两个志子，他心里有了一点底。不然，他一定会一会儿觉得，水太大了吧；一会儿又觉得，水太小了吧，搞得心里七上八下，没有主意。看看这两根插得很端正牢实的树枝，小吕从心里涌起一股对于大老张的感谢，觉得大老张真好，对他真体贴，——虽然小吕也知道大老张这样做，在他根本不算什么，一个组长，第一回叫一个没有经验的小工看水，可能都会这样。

小吕又到大闸上试了一下。看看水，看看闸，又看看逐渐稀少的来往行人。小吕暗暗地鼓了鼓劲，拿起抓钩（他还没有使唤过这种工具），走下闸下的石梁。拉了一次闸板，——用抓钩套住了闸板的铁环，拽了两下，活动了，使劲往上一提，起来了！行！又放了一次闸板，——两手平提着，觑准了两边的闸槽，——觑准了！不然，水就把它冲跑了！一撒手。下去了！再用抓钩捣了两下，严丝合缝，挺好！第一回立足在横跨在大渠上的窄窄的石梁子上，满眼是汤汤洄洄、浩浩荡荡的大水，充耳是轰鸣的水声，小吕心里不免有点怵，有点晃荡。他手上深切地感觉到水的雄浑、强大的力量，——水扑击着套在抓钩上的闸板，好像有人使劲踢它似的。但是小吕屏住了气，站稳了脚，把注意力完全集中在闸板上酒杯大的铁环和两个窄窄的闸槽上，还是相当顺利地做成了他要做的事。

小吕深信大工们拉闸、安闸，也就是这样的。许多事都得自己来亲自试一下才成，别人没法跟你说，也说不清楚。

行！他觉得自己能够胜任。水势即使猛涨起来，情况紧急，他大概还能应付。他觉得轻松了一点。刚才那一阵压着他的胃的严重的感觉开始扩散。

小吕沿着渠岸巡视了一遍。走着走着，又有点紧张起来。渠沿有好几处渗水，沁得堤土湿了老大一片，黑黑的。有不少地方有蚯蚓和蝼蛄穿的小眼，汩汩地冒水。小吕觉得这不祥得很，越看越担心，越想越害怕，觉得险象丛生，到处都有倒塌的可能！他不知道怎么办，就选定了一处，用手电照着（天已经擦黑了，月亮刚上来），定定地守着它看，看看它有什么变化没有。看了半天，似乎没有什么变化，还是那样。他又换了几处，还是拿不准。这时恰好有一个晚归的工人老李远远地走过来，——小吕听得出他咳嗽的声音，他问：

"小吕？你在干啥呢？——看水？"

小吕连忙拉住他：

"老李！这要紧不要紧？"

老李看了看：

"嘻！没关系！这水流了几天了，渠沉住气了，不碍事！你不要老是这样跑来跑去。一黑夜哩，老这么跑，不把你累死啦！找个地方坐下歇歇！隔一阵起来看看就行了！哎！"

小吕就像他正在看着的《水浒传》上的英雄一样，在心里暗道了一声"惭愧"；又念了一声"阿弥陀佛"！——小吕这一阵不知从哪里学了这么一句佛号，一来就是"阿弥陀佛"！

小吕并没有坐下歇歇，他还是沿着支渠来回溜达着，不过心里安详多了。他走在月光照得的渠岸上，走在斑驳的树影里，风吹着，渠根的绿草幽幽地摇拂着。他脚下是一渠流水……他觉得看水很有味道。

半夜里，大概十二点来钟（根据开过去不久的上行客车判断），出了一点事。小石桥上面一截渠，从庄稼地里穿过，渠身高，地势低，春汇地的时候挖断过，填起来的地方土浮，叫水涮开了一个洞。小吕巡看到这里，用手电一照，已经涮得很深了，钻了水！小吕的心唿嗵一声往下一掉。怎么办？这时候哪里都没法去找人……小吕留心看过大工们怎么堵洞，想了一想，就依法干起来。先用稻草填进去，（他早就背来好些稻草预备着了，背得太多了！）用铁锹立着，塞紧；然后从渠底敛起湿泥来，一锹一锹扔上去，——小吕深深感觉自己的胳臂太细，气力太小，一锹只能敛起那么一点泥，心里直着急。但是，还好，洞总算渐渐小了，终于填满了。他又仿照大工的样子，使铁锨拍实，抹平，好了！小吕这才觉得自己一身都是汗，两条腿甚至有点发颤了。水是不往外钻了，看起来也满像那么一回事，——然而，这牢靠么？

小吕守着它半天，一会儿拿手电照照，一会儿拿手电照照。好像是没有问题，得！小吕准备转到别处再看看。可是刚一转身，他就觉得新填的泥土像抹房的稀泥一样，哗啦一下在他的身后瘫溃了，口子重新涮开，扩大，不可收拾！赶紧又回来，拿手电一照：——没有！还是挺好的！

他走开了。

过了一会，又来看看，——没问题。

又过了一会，又来看看，——挺好！

小吕的心踏实下来。不但这个口子挺完好；而且，他相信，再有别处钻开，他也一样能够招呼，——虽然干起来不如大工那样从容利索。原来这并不是那样困难，这比想象的要简单得多。小吕有了信心，在黑暗中很有意味地点了点头，对自己颇为满意。

所谓看水，不外就是这样一些事。不知不觉地，半夜过去了。水一直流得很稳，不但没有涨，反倒落了一点，那两个志子都离开水面有一寸了。小吕觉得大局仿佛已定。他知道，过了十二点以后，一般就不会有什么大水下来，这一夜可以平安度过。现在他一点都不觉得紧张了，觉得很轻松，很愉快。

现在，真可以休息了，他开始感觉有点疲倦了。他爬上小石桥头的一棵四杈糖槭树上，半躺半坐下来。他一来时就选定了这个地方。这棵树，在不到一人高的地方岔出了四个枝杈，坐上去，正好又有靠背，又可以舒舒服服地伸开腿脚。而且坐在树上就能看得见那一根志子。月亮照在水上，水光晃晃荡荡，水面上隐隐有一根黑影。用手电一射，就更加看得清清楚楚。

今天月亮真好，——快要月半了。（幸好赶上个大月亮的好天，若是阴雨天，黑月头，看起水来，就麻烦多了！）天上真干净，透明透明、蔚蓝蔚蓝的，一点渣滓都没有，像一块大水晶。小吕还很少看到过这样深邃、宁静而又无比温柔的夜空。说不出什么道理，天就是这样，老是这样，什么东西都没有，就是一片蓝。可是天上似乎隐隐地有一股什么磁力吸着你的眼睛。你的眼睛觉得很舒服，很受用，你愿意一直对着它看下去，看下去。真好看，真美，美得叫你的心感动起来。小吕看着看着，心里总像要想起一点什么很远很远的，叫人快乐的事情。他想了几件，似乎都不是他要想的，他就在心里轻轻地唱：

> 哎——
>
> 月亮出来亮汪汪，亮汪汪，
> 照见我的阿哥在他乡……

这好像有点文不对题。但是说不出为什么，这支产生在几千里外的高山里的有点伤感的歌子，倒是他所需要的。这和眼前情景在某些地方似乎相通，能够宣泄他心里的快乐。

四周围安静极了。远远听见大闸的水响，支渠的水温静地，生气勃勃地流着，"活——活——活"。风吹着庄稼的宽大的叶片，沙拉，沙拉。远远有一点灯火，在密密的丛林后面闪耀，那是他父亲工作的医院。母亲和妹妹现在一定都睡了。（小吕想了想现在宿舍里的样子，大家都睡得很熟，月亮照着他自己的那张空床……）一村子里的人现在都睡了（隐隐地好像听见鼾声）。露水下来了（他想起刚才堵口子时脚下所踩的草），到处都是一片滋润的、浓郁的青草气味，庄稼的气味，夜气真凉爽。小吕在心里想："我在看水……"过了一会，不知为什么，又在心里想道："真好！"而且说出声来了。

小吕在树上坐了一阵，想要下来走走。他想起该到石桥底下一段渠上看看。这一段二里半长的渠，春天才挑过，渠岸又很结实，没有什么问题。但是渠水要穿过兽医学校后墙的涵洞，洞口有一个铁箅子，可能会挂住一些顺水冲下来的枯枝乱草，叫水流得不畅快。小吕翻身跳下来，扛起插在树下的铁锹，向桥下走去。

下了石桥，渠水两边都是玉米地。玉米已经高过他的头了，那么大一片，叶子那么密，黑森森的。小吕忽然被浓重的阴影包围起来，身上有点紧张。但是，一会儿就好了。

小吕一边走着，一边顺着渠水看过去。他看小鱼秧子抢着往水上蹿；看见泥鳅翻跟斗；看见岸上一个小圆洞里有一个知了爬上来，脊背上闪着金绿色的光，翅膀还没有伸展，还是湿的、软的，乳白色的。看见虾蟆叫。虾蟆叫原来是这样的！下颏底下鼓起一个白色的气泡，气泡一息：——"呱"鼓一鼓，——"呱"鼓一鼓——"呱！"这家伙，那么专心致意地叫，好像天塌下来也挡不住它似的。小吕索性蹲下来，用手电直照着它，端详它老半天。嚇嗨，全不理会！这一片地里，多少虾蟆，都是这么叫着？小吕想想它们那种认真的、滑稽的样子，不禁失笑。——那是什么？是蛇？（小吕有点怕蛇）渠面上，月光下，一道弯弯的水纹，前面昂起一个小脑袋。走近去，定眼看看，不是蛇，是耗子！这小东西，游到对岸，爬上去，摇摇它湿漉漉的、光光滑滑的小脑袋，跑了！……

小吕一路迤逦行来，已经到了涵洞前面。铁箅子果然壅了一堆烂柴火，——大工们都管这叫"渣积"，不少！小吕使铁锹推散，再一锹一锹地捞上来，好大一堆！渣积清理了，水好像流得快一些了，看得见涵洞口旋起小小的旋涡。

没什么事了。小吕顺着玉米地里一条近便的田埂，走回小石桥。

用手电照了照志子，水好像又落了一点。

小吕觉得，月光暗了。抬起头来看看。好快！它怎么一下子就跑到西边去了？什么时候跑过去的？而且好像灯尽油干，快要熄了似的，变得很薄了，红红的，简直不亮了，好像它疲倦得不得了，在勉强支撑着。小吕知道，快了，它就要落下去了。现在大概是夜里三点钟，大老张告诉他，这几天月亮都是这时候落。说着说着，月亮落了，好像是呼噜一下子掉下去似的。立刻，眼前一片昏黑。

真黑，这是一夜里最黑的时候。小吕一时什么也看不见了，过了一会，才勉强看得见一点模模糊糊的影子。小吕忽然觉得自己也疲倦得不行，有点恶心，就靠着糖槭树坐下来，铁锹斜倚在树干上。他的头沉重起来，眼皮直往下耷拉。心里好像很明白，不要睡！不要睡！但是不由自主。他觉得自己直往一个深深的、黑黑的地方掉下去，就跟那月亮似的，拽都拽不住，他睡着了那么一小会。人有时是知道自己怎么睡着了的。

忽然，他惊醒了！他觉得眼前有一道黑影子过去，他在迷糊之中异常敏锐明确地断定：——狼！一挺身站起来，抄起铁锹，摁亮手电一照（这一切也都做得非常迅速而准确）：已经走过去了，过了小石桥。(小吕想了想，刚才从他面前走过去，只有四五步！)小吕听说过，遇见狼不能怕，不能跑，——越怕越糟，狼怕光，怕手电，怕手电一圈一圈的光，怕那些圈儿套它，狼性多疑。他想了想，就开着手电，尾随着它走，现在，看得更清楚了。狼像一只大狗，深深地低着脑袋（狗很少这样低着脑袋），耷拉着毛茸茸的挺长的尾巴（狗的尾巴也不是这样）。奇怪，它不管身边的亮光，还是那么慢吞吞地，不慌不忙地，既不像要回过头来，也不像要拔脚飞跑，就是这样不声不响地，低着头走，像一个心事重重，哀伤憔悴的人一样。——它知道身后有人么？它在想些什么呢？小吕正在想：要不要追上去，揍它？它走过前面的路边小杨树丛子，拐了弯，叫杨树遮住了，手电的光照不着它了。赶上去，揍它？——小吕忖了忖手里的铁锨：算了！那可实在是很危险！

小吕在石桥顶上站了一会，又回到糖槭树下。他很奇怪，他并不怎么怕。他很清醒，很理智。他到糖槭树下，采取的是守势。小吕这才想起，他选择了这个地方休息，原来就是想到狼的。这个地方很保险：后面是渠水，狼不可能洇过水来；他可以监视着前面的马路；万一不行，——上树！

小吕用手电频频向狼的去路照射。没有，狼没有回来。

无论如何，可不敢再睡觉了！小吕在糖槭树下来回地走着。走了一会，甚至还跑到刚才决开过，经他修复了的缺口那里看了看。——一边走，一边不停地用手电照射。他相信狼是不会再回来了；再有别的狼，这也不大可能，但是究竟不能放心到底。

可是他越来越困。他并不怎么害怕。狼的形象没有给他十分可怕的印象。他不因为遇见狼而得意，也不因为没有追上去打它而失悔，他现在就是困，困压倒了一切。他的意识昏木起来，脑子的活动变得缓慢而淡薄了。他在竭力抵抗着沉重的、酸楚的、深入骨髓的困劲。他觉得身上很难受，而且，很冷。他迷迷糊糊地想：我要是会抽烟，这时候抽一支烟就好了！……

好容易，天模糊亮了。

更亮了。

亮了！远远近近，一片青苍苍的，灰白灰白的颜色，好像天和地也熬过了一夜，还不大有精神似的。看得清房屋，看得清树，看得清庄稼了。小吕看着他看过一夜的水，水发清了，小多了，还不到半渠，露出来一截淤泥的痕迹，流势很弱，好像也很疲倦。小吕知道，现在已经流的是"空渠水"，上游的拦河坝又封起了，不到一个小时，这渠里的水就会流完了的。——得再过几个钟头，才会又有新的水下来。果园的地大概浇完了，这点水该够用了吧？……一串铜铃声，有人了！一个早出的社员，赶着一头毛驴，驴背上驮着一个线口袋，里边鼓鼓囊囊，好像装的西葫芦。老大爷，您好哇！好了，这真正是白天了，不会再有狼，再有漫长的、难熬的黑夜了！小吕振作一点起来。——不过他还是很困，觉得心里发虚。

远远看见果园的两个女工，陈素花和恽美兰来了。她们这么早就出来了！小吕知道，她们是因为惦着他，特为来看他了。小吕在心里很感激她们，但是他自己觉得那感激的劲头很不足，他困得连感激也感激不动了。

陈素花给他带来了两个闷得烂烂的，滚热的甜菜。小吕一边吃甜菜，一边告诉她们，他看见狼了。他说了遇狼的经过，狼的样子。他自己都有点奇怪，他说得很平淡，一点不像他平常说话那么活灵活现的。但是陈素花和恽美兰都很惊奇，很为他的平淡的叙述所感动。她们催他赶快去睡觉，说是大老张嘱咐的：叫小吕天一亮就去睡，大闸不用管了，会有人来接。

小吕喝了两碗稀饭，爬到床上，就睡着了。睡了两个钟头，醒了。他觉得浑身都很舒服，懒懒的。他只要翻一翻身，合上眼，会立刻就睡着的。但是他看了挂在墙上的一个马蹄表，不睡了。起来，到井边用凉水洗洗脸，他向果园走去。——他到果园去干什么？

果园还是那样。小吕昨天下午还在果园的，但是不知道为什么，他好像有好久没有来了似的。似乎果园一夜之间有了一些什么重大的变化似的。什么变化呢？也难说。满园一片浓绿，绿得过了量，绿得逼人。静悄悄的。绿叶把什么都遮隔了，一眼看不出五步远。若不是远远听见有人说话，你会以为果园里一个人都没有。小吕听见大老张的声音，他知道，他正在西南拐角指挥几个人锄果树行子。小吕想：

他浇了一夜地，又熬了一夜了，还不休息，真辛苦。好了，今天把这点活赶完，明天大家就可以休息一天，大老张说了：全体休息！过了这阵，就可以细水长流地干活了，一年就是这么几茬紧活。小吕想：下午我就来上班。大粒白的枝叶在动，是陈素花和恽美兰领着几个参加劳动的学生在捆葡萄条。恽美兰看见小吕了，就叫："小吕！你来干什么？不睡觉！"

小吕说："我来看看！"

"看什么？快回去睡！地都浇完了。"

小吕穿过葡萄丛，四边看。果园的地果然都浇了，到处都是湿湿的，一片清凉泽润、汪汪泱泱的水汽直透他的脏腑。似乎葡萄的叶子都更水淋，更绿了，葡萄蔓子的皮色也更深了。小吕挺一挺胸脯，深深地吸了两口气，舒服极了。小吕想：下回我就有经验了，可以单独地看水，顶一个大工来使了，果园就等于多了半个人。看水，没有什么。狼不狼的，问题也不大。许多事都不像想象起来那么可怕……

走过一棵老葡萄架下，小吕想坐一坐。一坐下，就想躺下。躺下来，看着头顶的浓密的，鲜嫩清新的，半透明的绿叶。绿叶轻轻摇晃，变软，溶成一片，好像把小吕也溶到里面了。他眼皮一麻搭，不知不觉，睡着了。小吕头枕在一根暴出地面的老葡萄蔓上，满身绿影，睡得真沉，十四岁的正在发育的年轻的胸脯均匀地起伏着。葡萄，正在恣酣地，用力地从地里吸着水，经过皮层下的导管，一直输送到梢顶，输送到每一片伸张着的绿叶，和累累的、已经有指头顶大的淡绿色的果粒之中。——这时候，不论割破葡萄枝蔓的任何一处，都可以看出有清清的白水流出来，嗒嗒地往下滴……

一九六二年七月二十日改成

载一九六二年第十期《北京文艺》

黄油烙饼

萧胜跟着爸爸到口外去。

萧胜满七岁，进八岁了。他这些年一直跟着奶奶过。他爸的工作一直不固定。一会儿修水库啦，一会儿大炼钢铁啦。他妈也是调来调去。奶奶一个人在家乡，说是冷清得很。他三岁那年，就被送回老家来了。他在家乡吃了好些萝卜白菜，小米面饼子，玉米面饼子，长高了。

奶奶不怎么管他。奶奶有事。她老是找出一些零碎料子给他接衣裳，接褂子、接裤子、接棉袄、接棉裤。他的衣服都是接成一道一道的，一道青，一道蓝。倒是挺干净的。奶奶还给他做鞋。自己打袼褙，剪样子，纳底子，自己绱。奶奶老是说："你的脚上有牙，有嘴?""你的脚是铁打的?"再就是给他做吃的。小米面饼子，玉米面饼子，萝卜白菜，炒鸡蛋，熬小鱼。他整天在外面玩。奶奶把饭做得了，就在门口嚷："胜儿! 回来吃饭咧——!"

后来办了食堂。奶奶把家里的两口锅交上去，从食堂里打饭回来吃。真不赖! 白面馒头，大烙饼，卤虾酱炒豆腐，焖茄子，猪头肉! 食堂的大师傅穿着白衣服，戴着白帽子，在蒸笼的白蒙蒙的热气中晃来晃去，拿铲子敲着锅边，还大声嚷叫。人也胖了，猪也肥了。真不赖!

后来就不行了。还是小米面饼子，玉米面饼子。

后来小米面饼子里有糠，玉米面饼子里有玉米核磨出的糁子，拉嗓子。人也瘦了，猪也瘦了。往年，撵个猪可费劲哪。今年，一伸手就把猪后腿攥住了。挺大一个克郎，一挤它，咕咚就倒了。掺假的饼子不好吃，可是萧胜还是吃得挺香。他饿。

奶奶吃得不香。她从食堂打回饭来，掰半块饼子，嚼半天。其余的，都归了萧胜。

奶奶的身体原来就不好，她有个气喘的病，每年冬天都犯。白天还好，晚上难熬。萧胜躺在炕上，听奶奶喝喽喝喽地喘。睡醒了，还听她喝喽喝喽。他想，奶奶喝喽了一夜。可是奶奶还是喝喽着起来了，喝喽着给他到食堂去打早饭，打掺了假的小米饼子，玉米饼子。

爸爸去年冬天回来看过奶奶。他每年回来，都是冬天。爸爸带回来半麻袋土豆，一串口蘑，还有两瓶黄油。爸爸说，土豆是他分的；口蘑是他自己采、自己晾的；黄油是"走后门"搞来的。爸爸说，黄油是牛奶炼的，很"营养"，叫奶奶抹饼子吃。土豆，奶奶借锅来蒸了，煮了，放在灶火里烤了，给萧胜吃了。口蘑过年时打了一次卤。黄油，奶奶叫爸爸拿回去："你们吃吧。这么贵重的东西!"爸爸一定要给奶奶留下，奶奶把黄油留下了，可是一直没有吃。奶奶把两瓶黄油放在躺柜上，时不时地拿抹布擦擦。黄油是个啥东西? 牛奶炼的? 隔着玻璃，看得见它的颜色是嫩黄嫩黄的。去年小三家生了小四，他看见小三他妈给小四用松花粉扑痱子。黄油的颜色就像松花粉。油汪汪的，很好看，奶奶说，这是能吃的。萧胜不想吃。他没有吃过，不馋。

奶奶的身体越来越不好。她从前从食堂打回饼子，能一气走到家。现在不行了，走到歪脖柳树那儿就得歇一会。奶奶跟上了年纪的爷爷、奶奶们说："只怕是过得了冬，过不得春呀。"萧胜知道这不是好话。这是一句骂牲口的话。"嗳！看你这乏样儿！过得了冬过不得春！"果然，春天不好过。村里的老头老太太接二连三地死了。镇上有个木业生产合作社，原来打家具、修犁耙，都停了，改了打棺材。村外添了好些新坟，好些白幡。奶奶不行了，她浑身都肿。用手指按一按，老大一个坑，半天不起来。她求人写信叫儿子回来。

爸爸赶回来，奶奶已经咽了气了。

爸爸求木业社把奶奶屋里的躺柜改成一口棺材，把奶奶埋了。晚上，坐在奶奶的炕上流了一夜眼泪。

萧胜一生第一次经验什么是"死"。他知道"死"就是"没有"了。他没有奶奶了。他躺在枕头上，枕头上还有奶奶的头发的气味。他哭了。

奶奶给他做了两双鞋，做得了，说："来试试！"——"等会儿！"吱溜，他跑了。萧胜醒来，光着脚把两双鞋都试了试。一双正合脚，一双大一些。他的赤脚接触了搪底布，感觉到奶奶纳的底线，他叫了一声"奶奶！"又哭了一气。

爸爸拜望了村里的长辈，把家里的东西收拾收拾，把一些能用的锅碗瓢盆都装在一个大网篮里。把奶奶给萧胜做的两双鞋也装在网篮里。把两瓶动都没有动过的黄油也装在网篮里。锁了门，就带着萧胜上路了。

萧胜跟爸爸不熟。他跟奶奶过惯了。他起先不说话。他想家，想奶奶，想那棵歪脖柳树，想小三家的一对大白鹅，想蜻蜓，想蝈蝈，想挂大扁飞起来格格地响，露出绿色硬翅膀底下的桃红色的翅膜……后来跟爸爸熟了。他是爸爸呀！他们坐了汽车，坐火车，后来又坐汽车。爸爸很好，爸爸老是引他说话，告诉他许多口外的事。他的话越来越多，问这问那。他对"口外"产生了很浓厚的兴趣。

他问爸爸啥叫"口外"。爸爸说"口外"就是张家口以外，又叫"坝上"。"为啥叫坝上？"他以为"坝"是一个水坝。爸爸说到了就知道了。

敢情"坝"是一溜大山。山顶齐齐的，倒像个坝。可是真大！汽车一个劲地往上爬。汽车爬得很累，好像气都喘不过来，不停地哼哼。上了大山，嘿，一片大平地！真是平呀！又平又大，像是揎过的一样。怎么可以这样平呢！汽车一上坝，就撒开欢了。它不哼哼了，"刷——"一直往前开。一上了坝，气候忽然变了。坝下是夏天，一上坝就像秋天。忽然，就凉了。坝上坝下，刀切的一样。真平呀！远远有几个小山包，圆圆的。一棵树也没有。他的家乡有很多树。榆树，柳树，槐树。这是个什么地方！不长一棵树！就是一大片大平地，碧绿的，长满了草。有地。这地块真大。从这个小山包一匹布似的一直扯到了那个小山包。地块究竟有多大？爸爸告诉他：有一个农民牵了一头母牛去犁地，犁了一趟，回来时候母牛带回来一个新下的小牛犊，已经三岁了！

汽车到了一个叫沽源的县城，这是他们的最后一站。一辆牛车来接他们。这车的样子真可笑，车轱辘是两个木头饼子，还不怎么圆，骨碌碌，骨碌碌，往前滚。他仰面躺在牛车上，上面是一个很大的蓝天。牛车真慢，还没有他走得快。他有时下来掐两朵野花，走一截，又爬上车。

这地方的庄稼跟口里也不一样。没有高粱，也没有老玉米，种莜麦，胡麻。莜麦干净得很，好像用水洗过，梳过。胡麻打着把小蓝伞，秀秀气气，不像是庄稼，倒像是种着看的花。

喝，这一大片马兰！马兰他们家乡也有，可没有这里的高大。长得齐大人的腰那么高，开着巴掌大的蓝蝴蝶一样的花。一眼望不到边。这一大片马兰！他这辈子也忘不了。他像是在一个梦里。

牛车走着走着。爸爸说：到了！他坐起来一看，一大片马铃薯，都开着花，粉的、浅紫蓝的、白的，一眼望不到边，像是下了一场大雪。花雪随风摇摆着，他有点晕。不远有一排房子，土墙、玻璃窗。这就是爸爸工作的"马铃薯研究站"。土豆——山药蛋——马铃薯。马铃薯是学名。爸说的。

从房子里跑出来一个人。"妈妈——！"他一眼就认出来了！妈妈跑上来，把他一把抱了起来。

萧胜就要住在这里了，跟他的爸爸、妈妈住在一起了。

奶奶要是一起来，多好。

萧胜的爸爸是学农业的，这几年老是干别的。奶奶问他："为什么总是把你调来调去的？"爸说："我好欺负。"马铃薯研究站别人都不愿来，嫌远。爸愿意。妈是学画画的，前几年老画两个娃娃拉不动的大萝卜啦，上面张个帆可以当作小船的豆荚啦。她也愿意跟爸爸一起来，画"马铃薯图谱"。

妈给他们端来饭。真正的玉米面饼子，两大碗粥。妈说这粥是草籽熬的。有点像小米，比小米小。绿盈盈的，挺稠，挺香。还有一大盘鲫鱼，好大。爸说别处的鲫鱼很少有过一斤的，这儿"淖"里的鲫鱼有一斤二两的，鲫鱼吃草籽，长得肥。草籽熟了，风把草籽刮到淖里，鱼就吃草籽。萧胜吃得很饱。

爸说把萧胜接来有三个原因。一是奶奶死了，老家没有人了。二是萧胜该上学了，暑假后就到不远的一个完小去报名。三是这里吃得好一些。口外地广人稀，总好办一些。这里的自留地一个人有五亩！随便刨一块地就能种点东西。爸爸和妈妈就在"研究站"旁边开了一块地，种了山药、南瓜。山药开花了，南瓜长了骨朵了。用不了多久，就能吃了。

马铃薯研究站很清静，一共没有几个人。就是爸爸、妈妈，还有几个工人。工人都有家。站里就是萧胜一家。这地方，真安静。成天听不到声音，除了风吹莜麦穗子，沙沙地像下小雨；有时有小燕吱喳地叫。

爸爸每天戴个草帽下地跟工人一起去干活，锄山药。有时查资料，看书。妈一早起来到地里掐一大把山药花，一大把叶子，回来插在瓶子里，聚精会神地对着它看，一笔一笔地画。画的花和真的花一样！萧胜每天跟妈一同下地去，回来鞋和裤脚沾得都是露水。奶奶做的两双新鞋还没有上脚，妈把鞋和两瓶黄油都锁在柜子里。

白天没有事，他就到处去玩，去瞎跑。这地方大得很，没遮没挡，跑多远，一回头还能看到研究站的那排房子，迷不了路。他到草地里去看牛、看马、看羊。

他有时也去莳弄莳弄他家的南瓜、山药地。锄一锄，从机井里打半桶水浇浇。这不是为了玩。萧胜是等着要吃它们。他们家不起火，在大队食堂打饭，食堂里的饭越来越不好。草籽粥没有了，玉米面饼子也没有了。现在吃红高粱饼子，喝甜菜叶子做的汤。再下去大概还要坏。萧胜有点饿怕了。

他学会了采蘑菇。起先是妈妈带着他采了两回，后来，他自己也会了。下了雨，太阳一晒，空气潮乎乎的，闷闷的，蘑菇就出来了。蘑菇这玩意儿很怪，都长在"蘑菇圈"里。你低下头，侧着眼睛一看，草地上远远的有一圈草，颜色特别深，黑绿黑绿的，隐隐约约看到几个白点，那就是蘑菇圈。滴溜圆。蘑菇就长在这一圈深颜色的草里。圈里面没有，圈外面也没有。蘑菇圈是固定的。今年长，明年还长。哪里有蘑菇圈，老乡们都知道。

有一个蘑菇圈发了疯。它不停地长蘑菇，呼呼地长，三天三夜一个劲地长，好像是有鬼，看着都怕人。附近七八家都来采，用线穿起来，挂在房檐底下。家家都挂了三四串，挺老长的三四串。老乡

125

们说，这个圈明年就不会再长蘑菇了，它死了。萧胜也采了好些。他兴奋极了，心里直跳。"好家伙！好家伙！这么多！这么多！"他发了财了。

他为什么这样兴奋？蘑菇是可以吃的呀！

他一边用线穿蘑菇，一边流出了眼泪。他想起奶奶，他要给奶奶送两串蘑菇去。他现在知道，奶奶是饿死的。人不是一下饿死的，是慢慢地饿死的。

食堂的红高粱饼子越来越不好吃，因为掺了糠。甜菜叶子汤也越来越不好喝，因为一点油也不放了。他恨这种掺糠的红高粱饼子，恨这种不放油的甜菜叶子汤！

他还是到处去玩，去瞎跑。

大队食堂外面忽然热闹起来。起先是拉了一牛车的羊砖来。他问爸爸这是什么，爸爸说："羊砖。"——"羊砖是啥？"——"羊粪压紧了，切成一块一块。"——"干啥用？"——"烧。"——"这能烧吗？"——"好烧着呢！火顶旺。"后来盘了个大灶。后来杀了十来只羊。萧胜站在旁边看杀羊。他还没有见过杀羊。嘿，一点血都流不到外面，完完整整就把一张羊皮剥下来了！

这是要干啥呢？

爸爸说，要开三级干部会。

"啥叫三级干部会？"

"等你长大了就知道了！"

三级干部会就是三级干部吃饭。

大队原来有两个食堂，南食堂，北食堂，当中隔一个院子，院子里还搭了个小棚，下雨天也可以两个食堂来串，原来"社员"们分在两个食堂吃饭。开三级干部会，就都挤到北食堂来。南食堂空出来给开会干部用。

三级干部会开了三天，吃了三天饭。头一天中午，羊肉口蘑臊子蘸莜面。第二天炖肉大米饭。第三天，黄油烙饼。晚饭倒是马马虎虎的。

"社员"和"干部"同时开饭。社员在北食堂，干部在南食堂。北食堂还是红高粱饼子，甜菜叶子汤。北食堂的人闻到南食堂里飘过来的香味，就说："羊肉口蘑臊子蘸莜面，好香好香!""炖肉大米饭，好香好香!""黄油烙饼，好香好香!"

萧胜每天去打饭，也闻到南食堂的香味。羊肉、米饭，他倒不稀罕；他见过，也吃过。黄油烙饼他连闻都没闻过。是香，闻着这种香味，真想吃一口。

回家，吃着红高粱饼子，他问爸爸："他们为什么吃黄油烙饼?"

"他们开会。"

"开会干吗吃黄油烙饼?"

"他们是干部。"

"干部为啥吃黄油烙饼?"

"哎呀! 问得太多了! 吃你的红高粱饼子吧!"

正在咽着红饼子的萧胜的妈忽然站起来，把缸里的一点白面倒出来，又从柜子里取出一瓶奶奶没有动过的黄油，启开瓶盖，挖了一大块，抓了一把白糖，兑点起子，擀了两张黄油发面饼。抓了一把莜麦秸塞进灶火，烙熟了。黄油烙饼发出香味，和南食堂里的一样。妈把黄油烙饼放在萧胜面前，说：

"吃吧，儿子，别问了。"

萧胜吃了两口，真好吃。他忽然咧开嘴痛哭起来，高叫了一声："奶奶!"

妈妈的眼睛里都是泪。

爸爸说："别哭了，吃吧。"

萧胜一边流着一串一串的眼泪，一边吃黄油烙饼。他的眼泪流进了嘴里。黄油烙饼是甜的，眼泪是咸的。

一九八〇年三月

载一九八〇年第二期《新观察》

寂寞和温暖

这个女同志在这个农业科学研究所的科研人员当中显得有点特别。她有很多文学书。屠格涅夫的、契诃夫的、梅里美的。都保存得很干净。她的衣着、用物都很素净。白床单、白枕套，连洗脸盆都是白的。她住在一间四白落地的狭长的单身宿舍里，只有一面墙上一个四方块里有一点颜色。那是一个相当精致的画框，里面经常更换画片：列宾的《伏尔加纤夫》、列维坦的风景……

她叫沈沅，却不是湖南人。

她的家乡是福建的一个侨乡。她生在马来西亚的一个滨海的小城里。母亲死得早，她是跟父亲长大的。父亲开机帆船，往来运货，早出晚归。她从小就常常一个人过一天，坐在门外的海滩上，望着海，等着父亲回来。她后来想起父亲，首先想起的是父亲身上很咸的海水气味和他的五个指头一般齐，几乎是长方形的脚。——常年在海船上生活的人的脚，大都是这样。

她在南洋读了小学，以后回国来上学。父亲还留在南洋。她从初中到大学，都是在学校的宿舍里度过的。她在国内没有亲人，只有一个舅舅。上初中时，放暑假，她还到舅舅家住一阵。舅舅家很穷。他们家炒什么菜都放虾油。多少年后，她还记得舅舅家自渍的虾油的气味。高中以后，就是寒暑假，也是在学校里过了。一到节假日、星期天，她总是打一盆水洗洗头，然后拿一本小说，一边看小说，一边等风把头发吹干，嘴里咬着一个鲜橄榄。

她父亲是被贫瘠而狭小的土地抛到海外去的。他没有一寸土，却希望他的家乡人能吃到饱饭。她在高中毕业后，就按照父亲的天真而善良的愿望，考进了北京的农业大学。

大学毕业，就分配到了这个农业科学研究所。那年她二十五岁。

二十五年，过得很平静。既没有生老病死（母亲死的时候，她还不大记事），也没有柴米油盐。她在学习上从来没有感到过吃力，从来没有做过因为考外文、考数学答不出题来而急得浑身出汗的那种梦。

她长得很高。在学校站队时，从来是女生的第一名。这个所里的女工、女干部，也没有一个她那样高的。

她长得很清秀。

这个所的农业工人有一个风气，爱给干部和科研人员起外号。

有一个年轻的技术员叫王作祐，工人们叫他王咋唬。

有一个中年的技师，叫俊哥儿李。有一个时期，所里有三个技师都姓李。为怕混淆，工人们就把他们区别为黑李、白李、俊哥儿李。黑李、白李，因为肤色不同（这二李后来都调走了）。俊哥儿李是因为他长得端正，衣着整齐，还因为他冬天也不戴帽子。这地方冬天有时冷到零下三十七八度，工人们花多少钱，也愿意置一顶狐皮的或者貉绒的皮帽。至不济，也要戴一顶山羊头的。俊哥儿李是不论什么天气也是光着脑袋，头发梳得一丝不乱。

有一个技师姓张，在所里年岁最大，资历也最老。工人们当面叫他张老，背后叫他早稻田。他是个水稻专家，每天起得最早，一起来就到水稻试验田去。他是日本留学生。这个所的历史很久了，有一些老工人敌伪时期就来了，他们多少知道一点日本的事。他们听说日本有个早稻田大学，就不管他是不是这个大学毕业的，派给他一个"早稻田"的外号。

沈沅来了不久，工人们也给她起了外号，叫沈三元。这是因为她刚来的时候，所里一个姓胡的支部书记在大会上把她的名字念错了，把"沅"字拆成了两个字，念成"沈三元"。工人们想起老年间的吉利话："连中三元"，就说"沈三元"，这名字不赖！他们还听说她在学校时先是团员，后是党员，刚来了又是技术员，于是又叫她"沈三员"。"沈三元"也罢，"沈三员"也罢，含意都差不多：少年得志，前程万里。

有一些年轻的技术员背后也叫她沈三员，那意味就不一样了。他们知道沈沅在政治条件上、业务能力上，都比他们优越，他们在提到"沈三员"时，就流露出相当复杂的情绪：嫉妒、羡慕，又有点讽刺。

沈沅来了之后，引起一些人的注目，也引起一些人侧目。

这些，沈沅自己都不知道。

她一直清清楚楚地记得第一天到这里时的情景。天刚刚亮，在一个小火车站下了车，空气很清凉。所里派了一个老工人赶了一辆单套车来接她。这老工人叫王栓。出了站，是一条很平整的碎石马路，两旁种着高高的加拿大白杨。她觉得这条路很美。不到半个钟头，王栓用鞭子一指："到了。过了石桥，就是农科所。"她放眼一望：整齐而结实的房屋，高大明亮的玻璃窗。一匹马在什么地方喷着响鼻。大树下原来亮着的植保研究室的诱捕灯忽然灭掉了。她心里非常感动。

这是一个地区一级的农科所，但是历史很久，积累的资料多，研究人员的水平也比较高，是全省的先进单位，在华北也是有数的。

她到各处看了看。大田、果园、菜园、苗圃、温室、种子仓库、水闸、马号、羊舍、猪场……这些东西她是熟悉的，她参观过好几个这样的农科所，大体上都差不多。不过，过去，这对她说起来好像是一幅一幅画；现在，她走到画里来了。晚上，一个人躺在床上，想：我也许会在这里生活一辈子。

她的工作分配在大田作物研究组，主要是做早稻田的助手。她很高兴。她在学校时就读过张老的论文，对他很钦佩。

她到早稻田的研究室去见他。

张老摘下眼镜，站起来跟她握手。他的握手的姿态特别恳挚，有点像日本人。

"你的学习成绩我看过了，很好。你写的《京西水稻调查》，我读过，很好。我摘录了一部分。"

早稻田抽出几张卡片和沈沅写的调查报告的铅印本。报告上有几处用红铅笔画了道。

沈沅不知说什么好，只好说："很幼稚。"

"你很年轻，是个女同志。"

沈沅正捉摸着他这句话是什么意思，他说：

"搞农业科学研究，是寂寞的。要安于寂寞。——一个水稻良种培育成功，到真正确定它的种性，要几年？"

"正常的情况下，要八年。"

"八年。以后会缩短。作物一年只生长一次。不能性急。搞农业，不要想一鸣惊人。农业研究，有很大的连续性。路，是很长的。在这条漫长的路上，没有敲锣打鼓，也没有欢呼。是的，很寂寞。但是乐在其中。"

张老的话给她留下很深刻的印象。

从此以后，她每天一早起来，就跟着早稻田到稻田去观察、记录。白天整理资料；晚上看书，或者翻译一点外文资料。

　　除了早稻田，她比较接近的人是俊哥儿李。

　　俊哥儿李她早就认识了。老李也是农大的，比沈沅早好几年。沈沅进校时，老李早就毕业走了。但是他的爱人留在农大搞研究，沈沅跟她很熟。她姓褚，沈沅叫她褚大姐。沈沅在褚大姐那里见过俊哥儿李好多次。

　　俊哥儿李是个谷子专家。他认识好几个县的种谷能手。谷子是低产作物，可是这一带的农民习惯于吃小米。他们的共同愿望，就是想摘掉谷子的低产帽子。俊哥儿李经常下乡。这些种谷能手也常来找他。一来，就坐满了一屋子。看着俊哥儿李那样一个衣履整齐，衬衫的领口、袖口雪白，头发一丝不乱的人，坐在一些戴皮帽的、戴毡帽的、系着羊肚子手巾的，长着黑胡子、白胡子、花白胡子的老农之间，彼此却是那样的自然，那样的亲热，是很有趣的。

　　这些种谷能手来的时候，沈沅就到俊哥儿李屋里去。听他们谈话，同时也帮着做做记录。

　　老李离不开他的谷子；褚大姐离开了农大的设备，她的研究工作就无法进行。因此，他们多年来一直过着两地生活。有时褚大姐带着孩子来这里住几天，沈沅一定去看她。

　　她和工人的关系很好。在地里干活休息的时候，女工们都愿意和她挤在一起。——这些女工不愿和别的女技术员接近，说她们"很酸"①。放羊的、锄豆埂的"半工子"②也常来找她，掰两根不结玉米的"甜秆"，拔一把叫作酸苗的草根来叫她尝尝。"甜秆"真甜。酸苗酸得

---

　　① "很酸"是很高傲的意思。
　　② "半工子"，即未成年的小工。

像醋，吃得人眼睛眉毛都皱在一起。下了工，从地里回来，工人的家属正在做饭，孩子缠着，绊手绊脚，她就把满脸鼻涕的娃娃抱过来，逗他玩半天。

她和那个赶单套车接她到所的老车倌王栓很谈得来。王栓没事时常上她屋里来，一聊半天。人们都奇怪：他俩有什么可聊的呢？这两个人有什么共同语言呢？主要是王栓说，她听着。王栓聊他过去的生活，这个所的历史，聊他和工人对这个所的干部和科研人员的评价。"早稻田""俊哥儿李""王咋唬"，包括她自己的外号"沈三元"，都是王栓告诉她的。沈沅听到"早稻田""俊哥儿李"，哈哈大笑了半天。

王栓走了，沈沅屋里好长时间还留着他身上带来的马汗的酸味。她一点也不讨厌这种气味。

稻子收割了，羊羔子抓了秋膘了，葡萄下了窖了，雪下来了。雪化了，茵陈蒿在乌黑的地里绿了，羊角葱露了嘴了，稻田的冻土翻了，葡萄出了窖了，母羊接了春羔了，育苗了，插秧了。沈沅在这个农科所生活了快一年了。

她不得不和他们接触的，还有一些人。一个是胡支书，一个是王作祜。胡支书是支部书记，王作祜是她们党小组的组长。

胡支书是个专职的支书。多少年来干部、工人，都称之为胡支书。他整天无所事事，想干点什么就干点什么。夏锄的时候，他高兴起来，会扛着大锄来锄两趟高粱；扬场的时候，扬几锨；下了西瓜、果子，他去过磅；春节包饺子，各人自己动手，他会系了个白围裙很热心地去分肉馅，分白面。他也可以什么都不干，和一个和他关系很亲密的老工人、老伙伴，在树林子里砍土圪垃，你追我躲，嘴里还笑着，骂着："我操你妈！"一玩半天，像两个孩子。他的本职工作，是给工人们开会讲话。他不读书，不看报，说起话来没有准稿子。可以由国际形势讲到秋收要颗粒归仓，然后对一个爱披着衣服到处走的工人训斥半天："这是什么样子！你给我把两个袖子捅上！"此人身材瘦削，嗓音奇高。他有个口头语："如论无何。"不知道为什么，他总把"无论如何"说成"如论无何"，而且很爱说这句话。在他的高亢刺耳，语无伦次的讲话中，总要出现无数次"如论无何"。

他在所里威信很高，因为他可以盖一个图章就把一个工人送进劳改队。这一年里，经他的手，已经送了两个。一个因为打架，一个是查出了历史问题——参加过一贯道。这两个工人的家属还在所里劳动，拖着两个孩子。

他是个酒仙，顿顿饭离不开酒。这所里有一个酒厂。每天出酒之后，就看见他端着两壶新出淋的原汁烧酒，一手一壶，一壶四两，从酒厂走向他的宿舍，徜祥而过，旁若无人。

胡支书的得力助手是王作祐。

王作祐有两件本事，一是打扑克，一是做文章。

他是个百分大王，所向无敌。他的屋里随时都摆着一张空桌、四把椅子。拉开抽屉就是扑克牌和记分用的白纸、铅笔。每天晚上都能凑一桌，烟茶自备，一直打到十一二点。

他是所里的笔杆子，人称"一秘"。年轻的科技人员的语文一般都不太通顺。他是在中学时就靠搞宣传、编板报起家的，笔下很快。因此，所里的总结、报告、介绍经验的稿子，多半由他起草。

他尤其擅长于写批判稿，不管给他一个什么题目，他从胡支书屋里抱了一堆报纸，东翻翻，西找找，不到两个小时，就能写出一篇文情并茂的批判发言。

所里有一个老木匠，说了一句怪话。有人问他一个月挣多少钱，他说："咳，挣一壶醋钱。"有人反映给支部，王作祐认为这是反党言论，建议开大会批判。王作祜做了长篇发言，引经据典，慷慨激昂。会开完了，老木匠回到宿舍，说："王作祜咋唬点啥咧？"王咋唬的名字，就是这么来的。

沈沅忽然被打成了右派。

究竟是因为什么呢？

因为她在整风的时候，在党内的会议上提了意见，批评了领导？

因为她提出所领导对科研人员不够关心，张老需要一个资料柜，就是不给，他的大量资料都堆在地下？

因为她提出对送去劳改的两个工人都处理过重，这样下去，是会使党脱离群众的？

因为她提出群众对胡支书从酒厂灌酒，公私不分，有反映？

因为她提出一个管农业的书记向所里要了一块韭菜皮①，铺在他的院子里，这值不了多少钱，但是传开了很不好听，工人说："这不真成了刮地皮了？"

也许什么都不为，就因为她在这个农业科学研究所。研究所，顾名思义，是知识分子成堆的地方，怎么也得抓出一两个右派，才能完成"指标"。经过领导上研究，认为派她当右派合适。

主要的问题，据以定性的主要根据，是她的一篇日记。

这是一篇七年以前写的日记。

她的父亲半生漂泊在异国的海上，他一直想有一小片自己的土地。他把历年攒下的钱寄回国，托沈沅的舅舅买了一点田，还盖了一座一楼一底的房子。他想晚年回家乡住几年，然后就埋在这块土地

---

① 韭菜是宿根生长。连根铲起一块土皮，移在别处，即可源源收割。这块土皮，就叫"韭菜皮"。

上，有一个坟头，坟头立一块小小的石碑，让后人知道他曾经辛苦了一辈子。一九五一年土改。土改的工作队长是个从东北南下的干部，对侨乡情况不太了解；又因为当地干部想征用他那座房子，把他划成了地主。沈沅那年还在读高中。她不相信她的被海风吹得脸色紫黑，五个脚趾一般齐的父亲是地主，就在日记里写下了她的困惑与不满。

问题本来已经解决了。在农大入党的时候，农大党组织为了核实她的家庭出身，曾经两次到她的家乡外调，认为她的父亲最多能划一个小土地出租者，她的成分没有问题，批准了她的入党要求。她对自己当时的困惑和不满也做了检查，认为是立场不稳，和党离心离德。

没想到……

这些天，有的干部和工人就觉得所里的空气有点不大对。胡支书屋里坐了一屋子人在开会，屋门从里面倒插着。王作祜晚上不打牌了，他屋里的灯十二点以后还亮着。党团员和积极分子的脸上都异样的紧张而严肃。他们知道，要出什么事了。

一个早上，安静平和的农科所变了样。居于全所中心的种子仓库外面的墙上贴满了大字报："击退反党分子沈沅的猖狂进攻"，"不许沈沅污蔑党的领导"，"一个阶级异己分子的自供状——沈沅日记摘抄"，"一定要把农科所的一面白旗拔掉"，"剥下沈沅清高纯洁的外衣"，"铲除蒋介石反攻大陆的社会基础"。有文字，还有漫画。有一张漫画，画着一个少女向蒋介石低头屈膝。这个少女竟然只穿了乳罩和三角裤衩！这是王作祜的手笔。

沈沅一点思想准备都没有。她一早起来，要到稻田去。一看这么多大字报，她蒙了。她硬着头皮把这些大字报看下去。她脸色煞白，带着一种奇怪的微笑。有两个女工迎面看见她，吓了一跳。她们小声说："坏了！她要疯！"看到那张戴着乳罩穿三角裤衩的漫画，她眼前一黑，几乎栽倒。一只大手从后面扶住了她。她定了定神，听见一个声音："真不像话！"那是王栓。她觉得干哕，恶心，头晕。她摇摇晃晃地走向自己的宿舍。

　　她对于运动的突出的感觉是：莫名其妙。她也参加过几次政治运动，但是整到自己的头上，这还是第一次。她坐在会场里，听着、记着别人的批判发言，她始终觉得这不是真事，这是荒唐的，不可能的，她会忽然想起《格列佛游记》，想起大人国、小人国。

　　发言是各式各样的，大家分题作文。王作祜带着强烈的仇恨，用炸弹一样的语言和充满戏剧性的姿态大喊大叫。有一些发言把一些不相干的小事和一些本人平时没有觉察到的个人恩怨拉扯成了很长的一篇，而且都说成是严重的政治问题、世界观问题、立场问题。屠格涅夫、列宾和她的白脸盆都受到牵连，连她的长相、走路的姿势都受到批判。

　　写了无数次检查，听了无数次批判，在毫无自卫能力的情况下，忍受着各种离奇而难堪的侮辱，沈沅的精神完全垮了。她的神经麻木了。她听着那些锋利尖刻的语言，会不明白那是什么意思。她的脑子会出现一片空白，一点思想都没有，像是曝了光的底片。她有时一动不动地坐着，像一块石头。她不再觉得痛苦，只是非常的疲倦。她想：怎么都行，定一个什么罪名，给一个什么处分都行，只求快一点，快一点过去，不要再开会，不要再写检查。

　　总算，一个高亢尖厉的声音宣布："批判大会暂时开到这里。"

　　沈沅回到屋里，用一盆冷水洗了洗头，躺下来，立刻就睡着了。她睡得非常实在，连一个梦都没有。她好像消失了。什么也不知道。太阳偏西了，她不知道。卸了套、饮过水的骡马从她的窗外郭答郭答地走过，她不知道。晚归的麻雀在她的檐前吱喳吵闹着回窠了，她不知道。天黑了，她不知道。

她朦朦胧胧闻到一阵一阵马汗的酸味，感觉到床前坐着一个人。她拉开床头的灯，床前坐着王栓，泪流满面。

沈沅每天下班都到井边去洗脸，王栓也每天这时去饮马。马饮着水，得一会，他们就站着闲聊。马饮完了，王栓牵着马，沈沅端着一盆明天早上用的水，一同往回走（沈沅的宿舍离马号很近）。自从挨了批斗，她就改在天黑人静之后才去洗脸，因为那张恶劣的漫画就贴在井边的墙上。过了两天，沈沅发现她的门外有一个木桶，里面有半桶清水。她用了。第二天，水桶提走了。不到傍晚，水桶又送来了。她知道，这是王栓。她想：一个"粗人"，感情却是这样的细！

现在，王栓泪流满面地坐在她的面前。她觉得心里热烘烘的。

"我来看看你。你睡着了，睡得好实在！你受委屈了！他们为什么要这样整你，折磨你？听见他们说的那些话，我的心疼。他们欺负人！你不要难过。你要好好的。俺们，庄户人，知道什么是谷子，什么是秕子。俺们心里有杆秤。他们不要你，俺们要你！你要好好的，一定要好好的！你看你两眼塌成个啥样了！要好好的！你的光阴多得很，你要好好的。你还要做很多事，你要好好的！"

沈沅的眼泪流下来了。她一边流泪，一边点头。

"我走了。"

沈沅站起来送他。王栓走了两步，又停住，回头。

"你不要想死。千万不要想走那条路。"

沈沅点点头。

"你答应我。"

"我答应你，王栓，我不死。"

王栓走后，沈沅躺在床上，眼泪不断地涌出来。她听见自己的眼泪大滴大滴地落在枕头上，叭哒——叭哒……

沈沅的结论批下来了，定为一般右派，就在本所劳动。

她很镇定，甚至觉得轻松。她觉得这没有什么。就像一个人从水里的踏石上过河，原来怕湿了鞋袜；后来掉在河里，衣裤全湿了，觉得也不过就是这样，心里反而踏实了。

只有一次，她在火车站的墙上看到一条大标语：把"地富反坏右"列在一起，她才觉得心里很不好受。国庆节前夕，胡支书特地通知她这两天不要进城，她的心往下一沉。

她跟周围人的关系变了。

在路上碰到所里的人，她都是把头一低。

在地里干活休息时，她一个人远远地坐着。原来爱跟她挤在一起的女工故意找话跟她说，她只是简单地回答一两个字。收工的时候，她都是晚走一会，不和这些女工一同走进所里的大门。

她到稻田去拔草，看见早稻田站在一个小木板桥上。这是必经之路，她只好走过去。早稻田只对她说了一句话："沈沅，要注意身体。"她没有说话，点了点头。早稻田走了，沈沅望着他的背影，在心里说："谢谢您！"

她看见俊哥儿李的女儿在渠沿上玩，知道褚大姐来了。收工的时候，褚大姐在离所门很远的路边等着沈沅，一把抓住她的手："你为什么不来看我？"沈沅只是凄然一笑，摇摇头。——"你要什么书？我给你寄来。"沈沅想了一想，说："不要。"

但是她每天好像过得挺好。她喜欢干活。在田野里，晒着太阳，吹着风，呼吸着带着青草和庄稼的气味的空气，她觉得很舒畅。她使劲地干活，累得满脸通红，全身是汗，以至使跟她一块干活的女工喊叫起来："沈沅！沈沅！你干什么！"她这才醒悟过来："哦！"把手脚放慢一些。

她还能看书，每天晚上，走过她的窗前，都可以看到她坐在临窗的小桌上看书，精神很集中，脸上极其平静。

过了三年。

这三年真是热闹。

五八、五九，搞了两年"大跃进"。深翻地，翻到一丈二。用贵重的农药培养出二尺七寸长的大黄瓜，装在一个特制的玻璃匣子里，用福尔马林泡着。把两穗"大粒白"葡萄"靠接"起来当作一串，给葡萄注射葡萄糖。把牛的精子给母猪授上，希望能下一个麒麟一样的东西，——牛大的猪。"卫星"上天，"大王"升帐，敢想敢干，敲锣打鼓，天天像过年。

后来又闹了一阵"超声波"。什么东西都"超"一下。农、林、牧、副、渔，只要一"超"，就会奇迹一样地增长起来。"超"得鸡飞狗跳，小猪崽的鬃毛直竖，山丁子小树苗前仰后合。

胡支书、王咋唬忙得很，报喜，介绍经验，开展览会……

最后是大家都来研究代食品，研究小球藻和人造肉，因为大家都挨了饿了。

只有早稻田还是每天一早到稻田，俊哥儿李还是经常下乡，沈沅还是劳动、看书。

一九六一年夏天，调来一位新所长（原来的所长是个长期病号，很少到所里来），姓赵。所里很多工人都知道他。他在抗日战争期间是一个武工队长，常在这一带活动。老人们都说他"低头有计"，传诵着关于他的一些传奇性的故事。他的左太阳穴有一块圆形的伤疤，一咬东西就闪闪发亮。这是当年的枪伤。他在抗日战争时期就是县委一级的干部，现在还是县委一级。原因是：一贯右倾，犯了几次错误。

他是骑了一辆自己装了马达的自行车来上任的，还不失当年武工

141

队长的风度。他来之后，所里就添了一种新的声音。只要听见马达突突的声音，人们就知道赵所长奔什么方向去了。

他一来，就下地干活。在大田、果园、菜园、苗圃，都干了几天。他一边干活，工人一边拿眼睛瞄着他。结论是："赵所长的农活——啧啧啧！"他跟工人在一起，说说笑笑，不分彼此。工人跟他也无拘无束，无话不谈。工人们背后议论："新来的赵所长，这人——不赖！"王栓说："敢是！这人心里没假。他的心是一块阳泉炭，划根火柴就能点着。烧完了是一堆白灰。"

干了差不多一个月的活，他把所里历年的总结，重要的会议记录都找来，关起门来看了十几天，校出了不少错字。

然后，到科研人员的家里挨门拜访。

访问了俊哥儿李。

"老褚的事，要解决。老是鹊桥相会，那怎么行！我们想把她的研究项目接过来。这个项目，我们地区需要。农大肯交给我们最好。不行的话，我们搞一套设备。我了解了一下，地区还有这个钱。等我和地委研究一下。"

看见老李屋里摆了好些凳子，知道他那些攻谷子低产关的农民朋友要来，老赵就留下来听了半天他们的座谈会。中午，他捧了一个串门大碗，盛了一碗高粱米饭，夹了几个腌辣椒和大家一同吃了饭。饭后，他问："他们的饭钱是怎么算的？"老李说："他们是我请来的客人。"——"这怎么行！"他转身就跑到总务处，"这钱以后由公家报。出在什么项目里，你们研究！"

访问了早稻田。

"张老，张老！我来看看您，不打搅吗？"

"欢迎，欢迎！不打搅，不打搅！"

"我来拜师了。"

142

"不敢当！如果有什么关于水稻的普通的问题……"

"水稻我也想学。我是想来向您学日语。抗日战争时期，因为工作需要，我学了点日语，——那时要经常跟鬼子打交道嘛，现在几乎全忘光了。我想拾起来，就来找您这位早稻田了！"

"我不是早稻田毕业的。"

赵所长把"早稻田"的来由告诉早稻田，这位老科学家第一次知道他有这样一个外号，他哈哈大笑：

"我乐于接受这个外号。我认为这是对我个人工作的很高的评价。"

赵所长问张老工作中有什么困难，什么要求。

"我需要一个助手。"

"您看谁合适？"

"沈沅。"

"还需要什么？——需要一个柜子。"

"对！您看看我的这些资料！"

"柜子，马上可以解决，半个小时之内就给您送来。沈沅的问题，等我了解一下。"

"这里有一份俄文资料。我的俄文是自修的，恐怕理解得不准确，想请沈沅翻译一下，能吗？"

"交给我！"

沈沅正在菜地里收蔓菁，王栓赶着车下地，远远地就喊：

"哎，沈沅！"

沈沅抬起头来。

"叫我？什么事？"

"赵所长叫你上他屋里去一趟。"

"知道啦。"

什么事呢？她微微觉得有点不安。她听见女工们谈论过新来的所长，也知道王栓说这人的心是一块阳泉炭，她有点奇怪，这个人真有这么大的魅力么？

前几天，她从地里回来，迎面碰着这位所长推了自行车出门。赵所长扶着车把，问：

"你是沈沅吗？"

"是的。"

"你怎么这么瘦？"

沈沅心里一酸。好久了，没有人问她胖啦瘦的之类的话了。

"我要进城去。过两天你来找找我。"

说罢，他踩响了自行车的马达，上车走了。

现在，他找她，什么事呢？

沈沅在大渠里慢慢地洗了手，慢慢地往回走。

赵所长不在屋。门开着。一个五六岁的女孩子趴在桌上画小人。

孩子听见有人进屋，并不回头，还是继续画小人。

"您是沈阿姨吗？爸爸说，他去接一个电话，请您等一等，他一会儿就回来。您请坐。"

孩子的声音像花瓣。她的有点紧张的心情完全松弛了下来。她看了看新所长的屋子。

墙上挂着一把剑——一件真正的古代的兵器，不是舞台上和杂技团用的那种镀镍的道具。鲨鱼皮的剑鞘，剑柄和吞口都镂着细花。

一张书桌。桌上有好些书。一套《毛选》，很多农业科技书：作物栽培学、土壤、植保、果树栽培各论、马铃薯晚疫病……两本《古文观止》、一套《唐诗别裁》、一函装在蓝布套里的影印的《楚辞集注》、一本崭新的《日语初阶》。桌角放着一摞杂志，面上盖着一本

《农大学报》的油印本：《京西水稻调查——沈沅》。

一个深深的紫红砂盆，里面养着一块拳头大的上水石，盖着毛茸茸的一层厚厚的绿苔，长出一棵一点点大，只有七八个叶子的虎耳草。紫红的盆，碧绿的苔，墨蓝色的虎耳草的圆叶，淡白的叶纹。沈沅不禁失声赞叹：

"真好看！"

"好看吗？——送你！"

"……赵所长，您找我？"

"你这篇《京西水稻调查》，写得不错呀！有材料，有见解，文笔也好。科学论文，也要讲究一点文笔嘛！——文如其人！朴素，准确，清秀。——你这样看着我，是说我这个打仗出身的人不该谈论文章风格吗？"

"……您不像个所长。"

"所长？所长是什么？——大概是从七品！——这是一篇俄文资料，张老想请你翻译出来。"

沈沅接过一本俄文杂志，说：

"我现在能做这样的事吗？"

"为什么不能？"

"好，我今天晚上赶一赶。"

"不用赶，你明天不要下地了。"

"好。"

"从明天起，你不要下地干活了。"

"……"

"我这个人，存不住话。告诉你，准备给你摘掉右派的帽子。报告已经写上去了，估计不会有问题。本来可以晚几天告诉你，何必呢？早一天告诉你，让你高兴高兴，不好吗？有的同志，办事总是那么拖拉。他不知道，人家是度日如年呀！——祝贺你！"

他伸出手来。沈沅握着他的温暖的手，眼睛湿了。

"谢谢您！"

"谢我干什么？我们需要人，我们迫切地需要人！你是党培养出来的知识分子。种地的，哪有把自己种出来的好苗锄掉的呢？没这个道理嘛！你有什么想法，什么打算？"

"这事来得太突然了。"

"不突然。事情总要有一个过程。有的过程，付出的代价太大了！我这人，老犯错误。我这些话，叫别人听见，大概又是错误。有一些话，我现在不能跟你讲呀！——我看，你先回去一趟。"

"回去？"

"对。回一趟你的老家。"

"我家里没有人了。"

"我知道。"

三个多月前，沈沅接到舅舅一封信，说她父亲得了严重的肺气肿，回国来了，想看看他的女儿。沈沅拿了信去找胡支书，问她能不能请假。胡支书说："……你现在这个情况。好吧，等我们研究研究。"过了一个星期，舅舅来了一封电报，她的父亲已经死了。她拿了电报去向胡支书汇报。胡文书说：

"死了。死了也好嘛！你可以少背一点包袱。——埋了吗？"

"埋了。"

"埋了就得了。——好好劳动。"

沈沅没有哭，也没有戴孝。白天还是下地干活，晚上一个人坐着。她想看书，看不下去。她觉得非常对不起她的父亲。父亲劳苦了一生，现在，他死了。她觉得父亲的病和死都是她所招致的。她没有把自己这些年的遭遇告诉父亲。但是她觉得他好像知道了，她觉得父亲的晚景和她划成右派有着直接的关系。好几天，她不停地胡思乱想。她觉得她的命不好。她自己也觉得很奇怪，一个年轻的，受过大学教育的共产党员，怎么会相信起命来呢？——人到了无可奈何的时候是很容易想起"命"这个东西来的。

好容易，她的伤痛才渐渐平息。

赵所长怎么会知道她家里已经没有人了呢？

"你还是回去看看。人死了，看看他的坟。我看可以给他立一块石碑。"

"您怎么知道我父亲想在坟头立一块石碑的？"

"你的档案材料里有嘛！你的右派结论里不也写着吗？——'一心为其地主父亲树碑立传'。这都是什么话呢！一个老船工，在海外漂泊多年，这样一点心愿为什么不能满足他呢？我们是无鬼论者，我们并不真的相信泉下有知。但是人总是人嘛，人总有一颗心嘛！共产党员也是人，也有心嘛。共产党员不是没有感情的。无情的人，不是共产党员！——我有点激动了！你大概也知道我为什么激动。本来，你没有直系亲属了，没有探亲假。我可以批准你这次例外的探亲假。如果有人说这不合制度，我负责！你明天把资料翻译出来，——不长。后天就走。我送你。叫王栓套车。"

沈沅哭了。

"哭什么？我们是同志嘛！"

沈沅哭得更厉害了。

"不要这样。你的工作，回来再谈。这盆虎耳草，我替你养着。你回来，就端走。你那屋里，太素了！年轻人，需要一点颜色。"

一只绿豆大的通红的七星瓢虫飞进来，收起它的黑色的膜翅，落在虎耳草墨绿色的圆叶上。赵所长的眼睛一亮，说：

"真美！"

不到假满，沈沅就回来了。

她的工作，和原先一样，还是做早稻田的助手。

很快到年底了。又开一年一度的先进工作者评比会了。赵所长叫沈沅也参加。

沈沅走进大田作物研究组的大办公室。她已经五年没有走进这间屋子了。俊哥儿李主持会议。他拉开一张椅子，亲切地让沈沅坐下。

"这还是你的那张椅子。"

沈沅坐下，跟所有的人都打了招呼。别人也向她点头致意。王作祜装着低头削铅笔。

在酝酿候选人名单时，一向很少说话的早稻田头一个发言。

"我提一个人。"

"……谁?"

"沈沅。"

大家先是一愣，接着，都笑了。连沈沅自己也笑了。早稻田是很严肃的，他没有笑。

会议进行得很热烈。赵所长靠窗坐着，一面很注意地听着发言，一面好像想着什么事。会议快结束时，下雪了。好雪！赵所长半眯着眼睛，看着窗外大片大片的雪花无声地落在广阔的田野上。他是在赏雪么?

俊哥儿李叫他："赵所长，您讲讲吧！"

早稻田也说："是呀，您有什么指示呀?"

"指示? ——没有。我在想：我，能不能附张老的议，投她——沈沅一票。好像不能。刚才张老提出来，大家不是都笑了吗? 是呀，我们毕竟都还生活在现实的世界里，还不能摆脱世俗的习惯和观念。那，就等一年吧。"

他念了两句龚定庵的诗：

> 我劝天公重抖擞，
> 不拘一格降人才。

接着，又用沉重的声音，念了两句《离骚》：

> 亦余心之所善兮，
> 虽九死其犹未悔！

沈沅在心里想：
"你真不像个所长。"

一九八〇年十二月十一日六稿

载一九八一年第二期《北京文学》

七里茶坊

我在七里茶坊住过几天。

我很喜欢七里茶坊这个地名。这地方在张家口东南七里。当初想必是有一些茶坊的。中国的许多计里的地名，大都是行路人给取的。如三里河、二里沟、三十里铺。七里茶坊大概也是这样。远来的行人到了这里，说："快到了，还有七里，到茶坊里喝一口茶再走。"送客上路的，到了这里，客人就说："已经送出七里了，请回吧!"主客到茶坊又喝了一壶茶，说了些话，出门一揖，就此分别了。七里茶坊一定萦系过很多人的感情。不过现在却并无一家茶坊。我去找了找，连遗址也无人知道。"茶坊"是古语，在《清明上河图》《东京梦华录》《水浒传》里还能见到。现在一般都叫"茶馆"了。可见，这地名的由来已久。

这是一个中国北方的普通的市镇。有一个供销社，货架上空空的，只有几包火柴，一堆柿饼。两只乌金釉的酒坛子擦得很亮，放在旁边的酒提子却是干的。柜台上放着一盆麦麸子做的大酱。有一个理发店，两张椅子，没有理发的，理发员坐着打瞌睡。一个邮局。一个新华书店，只有几套《毛选》和一些小册子。路口矗着一面黑板，写着鼓动冬季积肥的快板，文后署名"文化馆宣"，说明这里还有个文化馆。快板里写道："天寒地冻百不咋①，心里装着全天下。"轰轰烈烈的"大跃进"已经过去，这种豪言壮语已经失去热力。前两天下过一场小雨，雨点在黑板上抽打出一条一条斜道。路很宽，是土路。两旁的住户人家，也都是土墙土顶（这地方风雪大，房顶多是平的）。连路边的树也都带着黄土的颜色。这个长城以外的土色的冬天的市镇，使人产生悲凉的感觉。

除了店铺人家，这里有几家车马大店。我就住在一家车马大店里。

我头一回住这种车马大店。这种店是一看就看出来的，街门都特别宽大，成天敞开着，为的好进出车马。进门是一个很宽敞的空院子。院里停着几辆大车，车辕向上，斜立着，像几尊高射炮。靠院墙是一个长长的马槽，几匹马面墙拴在槽头吃料，不停地甩着尾巴。院里照例喂着十多只鸡。因为地上有撒落的黑豆、高粱，草里有稗子，这些母鸡都长得极肥大。有两间房，是住人的。都是大炕。想住单间，可没有。谁又会上车马大店里来住一个单间呢？"碗大炕热"，就成了这类大店招徕顾客的口碑。

我是怎么住到这种大店里来的呢？

我在一个农业科学研究所下放劳动，已经两年了。有一天生产队长找我，说要派几个人到张家口去淘公共厕所，叫我领着他们去。为什么找到我头上呢？说是以前去了两拨人，都闹了意见回来了。我是个下放干部，在工人中还有一点威信，可以管得住他们，云云。究竟为什么，我一直也不太明白。但是我欣然接受了这个任务。

我打好行李，挎包里除了洗漱用具，带了一只大号的3B烟斗，一袋掺了一半榆树叶的烟草，两本四部丛刊本《分类集注杜工部诗》，

---

① "百不咋"是无所谓、没关系的意思。

坐上单套马车，就出发了。

我带去的三个人，一个老刘、一个小王，还有一个老乔，连我四个。

我拿了介绍信去找市公共卫生局的一位"负责同志"。他住在一个粪场子里。一进门，就闻到一股奇特的酸味。我交了介绍信，这位同志问我：

"你带来的人，咋样？"

"咋样？"

"他们，啊，啊，啊……"

他"啊"了半天，还是找不到合适的词句。这位负责同志大概不大认识字。他的意思我其实很明白，他是问他们政治上可靠不可靠。他怕万一我带来的人会在公共厕所的粪池子里放一颗定时炸弹。虽然他也知道这种可能性极小，但还是问一问好。可是他词不达意，说不出这种报纸语言。最后还是用一句不很切题的老百姓话说：

"他们的人性咋样？"

"人性挺好！"

"那好。"

他很放心了，把介绍信夹到一个卷宗里，给我指定了桥东区的几个公厕。事情办完，他送我出"办公室"，顺便带我参观了一下这座粪场。一边堆着好几垛晒好的粪干，平地上还晒着许多薄饼一样的粪片。

"这都是好粪，不掺假。"

"粪还掺假？"

"掺！"

"掺什么？土？"

"哪能掺土！"

"掺什么?"

"酱渣子。"

"酱渣子?"

"酱渣子,味道、颜色跟大粪一个样,也是酸的。"

"粪是酸的?"

"发了酵。"

我于是猛吸了一口气,品味着货真价实、毫不掺假的粪干的独特的,不能代替的,余韵悠长的酸味。

据老乔告诉我,这位负责同志原来包淘公私粪便,手下用了很多人,是一个小财主。后来成了卫生局的工作人员,成了"公家人",管理公厕。他现在经营的两个粪场,还是很来钱。这人紫膛脸,阔嘴岔,方下巴,眼睛很亮,虽然没有文化,但是看起来很精干。他虽不大长于说"字儿话",但是当初在指挥粪工、洽谈生意时,所用语言一定是很清楚畅达,很有力量的。

淘公共厕所,实际上不是淘,而是凿。天这么冷,粪池里的粪都冻得实实的,得用冰镩凿开,破成一二尺见方大小不等的冰块,用铁锹起出来,装在单套车上,运到七里茶坊,堆积在街外的空场上。池底总有些没有冻实的稀粪,就刮出来,倒在事先铺好的干土里,像和泥似的和好。一夜工夫,就冻实了。第二天,运走。隔三四天,所里车得空,就派一辆三套大车把积存的粪冰运回所里。

看车把式装车,真有个看头。那么沉的、滑滑溜溜的冰块,照样装得整整齐齐,严严实实,拿绊绳一煞,纹丝不动。走个百八十里,不兴掉下一块。这才真叫"把式"!

"叭——"的一鞭,三套大车走了。我心里是高兴的。我们给所里做了一点事了。我不说我思想改造得如何好,对粪便产生了多深的感情,但是我知道这东西很金贵。我并没有做多少,只是在地面上挖一点干土，和粪。为了照顾我，不让我下池子凿冰。老乔呢，说好了他是来玩的，只是招招架架，跑跑颠颠。活，主要是老刘和小王干的。老刘是个使冰镩的行家，小王有的是力气。

这活脏一点，倒不累，还挺自由。

我们住在骡马大店的东房，——正房是掌柜的一家人自己住的。南北相对，各有一铺能睡七八个人的炕，——挤一点，十个人也睡下了。快到春节了，没有别的客人，我们四个人占据了靠北的一张炕，很宽绰。老乔岁数大，睡炕头。小王火力壮，把门靠边。我和老刘睡当间。我那位置很好，靠近电灯，可以看书。两铺炕中间，是一口锅灶。

天一亮，年轻的掌柜就推门进来，点火添水，为我们做饭，——推莜面窝窝。我们带来一口袋莜面，顿顿饭吃莜面，而且都是推窝窝。——莜面吃完了，三套大车会又给我们捎来的。小王跳到地下帮掌柜的拉风箱，我们仨就拥着被窝坐着，欣赏他的推窝窝手艺。——这么冷的天，一大清早就让他从内掌柜的热被窝里爬出来为我们做饭，我心里实在有些歉然。不大一会，莜面蒸上了，屋里弥漫着白蒙蒙的蒸汽，很暖和，叫人懒洋洋的。可是热腾腾的窝窝已经端到炕上了。刚出屉的莜面，真香！用蒸莜面的水，洗洗脸，我们就蘸着麦麸子做的大酱吃起来。没有油，没有醋，尤其是没有辣椒！可是你得相信我说的是真话：我一辈子很少吃过这么好吃的东西。那是什么时候呀？——一九六○年！

我们出工比较晚。天太冷。而且得让过人家上厕所的高潮。八点多了，才赶着单套车到市里去，中午不回来。有时由我掏钱请客，去买一包"高价点心"，找个背风的角落，蹲下来，各人抓了几块嚼一气。老乔、我、小王拿一副老掉了牙的扑克牌接龙、鳖七。老刘在呼呼的风声里居然能把脑袋缩在老羊皮袄里睡一觉，还挺香！下午接着干。四点钟装车，五点多就回到七里茶坊了。

一进门，掌柜的已经拉动风箱，往灶火里添着块煤，为我们做晚饭了。

吃了晚饭，各人干各人的事。老乔看他的《啼笑因缘》。他这本《啼笑因缘》是个古本了，封面封底都没有了，书角都打了卷，当中还有不少缺页。可是他还是戴着老花镜津津有味地看，而且老看不完。小王写信，或是躺着想心事。老刘盘着腿一声不响地坐着。他这样一声不响地坐着，能够坐半天。在所里我就见过他到生产队请一天假，哪儿也不去，什么也不干，就是坐着。我发现不止一个人有这个习惯。一年到头的劳累，坐一天是很大的享受，也是他们迫切的需要。人，有时需要休息。他们不叫休息，就叫"坐一天"。他们去请假的理由，也是"我要坐一天"。中国的农民，对于生活的要求真是太小了。我，就靠在被窝上读杜诗。杜诗读完，就压在枕头底下。这铺炕，炕沿的缝隙跑烟，把我的《杜工部诗》的一册的封面熏成了褐黄色，留下一个难忘的，美好的纪念。

有时，就有一句没一句，东拉西扯地瞎聊天。吃着柿饼子，喝着蒸锅水，抽着掺了榆树叶子的烟。这烟是农民用包袱包着私卖的，颜色是灰绿的，劲头很不足，抽烟的人叫它"半口烟"。榆树叶子点着了，发出一种焦煳的，然而分明地辨得出是榆树的气味。这种气味使我多少年后还难于忘却。

小王和老刘都是"合同工"，是所里和公社订了合同，招来的。他们都是柴沟堡的人。

老刘是个老长工，老光棍。他在张家口专区几个县都打过长工，年轻时年年到坝上割莜麦。因为打了多年长工，庄稼活他样样精通。他有过老婆，跑了，因为他养不活她。从此他就不再找女人，对女人很有成见，认为女人是个累赘。他就这样背着一卷行李，——一块毡子，一床"盖窝"（即被），一个方顶的枕头，到处漂流。看他捆行李的利索劲儿和背行李的姿势，就知道是一个常年出门在外的老长工。他真也是自由自在，也不置什么衣服，有两个钱全喝了。他不大爱说话，但有时也能说一气，在他高兴的时候，或者不高兴的时候。这二年他常发牢骚，原因之一，是喝不到酒。他老是说："这是咋搞的？咋搞的？"——"过去，七里茶坊，啥都有：驴肉、猪头肉、炖牛蹄子、茶鸡蛋……卖一黑夜。酒！现在！咋搞的！咋搞的！"——"'楼上楼下，电灯电话'！做梦娶媳妇，净慕好事！多会儿？"①他年轻时曾给八路军送过信，带过路。"俺们那阵，有什么好吃的，都给八路军留着！早知这样，哼！……"他说的话常常出了圈，老乔就喝住他："你瞎说点啥！没喝酒，你就醉了！你是想'进去'住几天是怎么的？嘴上没个把门的，亏你活了这么大！"

小王也有些不平之气。他是念过高小的。他给自己编了一口顺口溜："高小毕业生，白费六年工。想去当教员，学生管我叫老兄。想去当会计，珠算又不通！"他现在一个月挣二十九块六毛四，要交社里一部分，刨去吃饭，所剩无几。他才二十五岁，对老刘那样的自由自在的生活并不羡慕。

老乔，所里多数人称之为乔师傅。这是个走南闯北，见多识广，老于世故的工人。他是怀来人。年轻时在天津学修理汽车。抗日战争时跑到大后方，在资源委员会的运输队当了司机，跑仰光、腊戍。抗战胜利后，他回张家口来开车，经常跑坝上各县。后来岁数大了，五十多了，血压高，不想再跑长途，他和农科所的所长是亲戚，所里新调来一辆拖拉机，他就来开拖拉机，顺便修修农业机械。他工

---

① 那时农村宣传"共产主义"，都说是"楼上楼下，电灯电话"。慕，是思量、向往的意思。这是很古的语言，元曲中常见。张家口地区保留了很多宋元古语。

资高，没负担。农科所附近一个小镇上有一家饭馆，他是常客。什么贵菜、新鲜菜，饭馆都给他留着。他血压高，还是爱喝酒。饭馆外面有一棵大槐树，夏天一地浓荫。他到休息日，喝了酒，就睡在树荫里。树荫在东，他睡在东面；树荫在西，他睡在西面，围着大树睡一圈！这是前二年的事了。现在，他也很少喝了。因为那个饭馆的酒提潮湿的时候也很少了。他在昆明住过，我也在昆明呆过七八年，因此他老愿意找我聊天，抽着榆叶烟在一起怀旧。他是个技工，淘粪不是他的事，但是他自愿报了名。冬天，没什么事，他要来玩两天。来就来吧。

这天，我们收工特别早，下了大雪，好大的雪啊！

这样的天，凡是爱喝酒的都应该喝两盅，可是上哪儿找酒去呢？

吃了莜面，看了一会书，坐了一会，想了一会心事，照例聊天。

像往常一样，总是老乔开头。因为想喝酒，他就谈起云南的酒。市酒、玫瑰重升、开远的杂果酒、杨林肥酒……

"肥酒？酒还有肥瘦？"老刘问。

"蒸酒的时候，上面吊着一大块肥肉，肥油一滴一滴地滴在酒里。这酒是碧绿的。"

"像你们怀来的青梅煮酒？"

"不像。那是烧酒，不是甜酒。"

过了一会，又说："有点像……"

接着，又谈起昆明的吃食。这老乔的记性真好，他可以从华山南路、正义路，一直到金碧路，数出一家一家大小饭馆，又岔到护国路和甬道街，哪一家有什么名菜，说得非常详细。他说到金钱片腿、牛干巴、锅贴乌鱼、过桥米线……

"一碗鸡汤，上面一层油，看起来连热气都没有，可是超过一百度。一盘子鸡片、腰片、肉片，都是生的。往鸡汤里一推，就熟了。"

"那就能熟了?"

"熟了!"

他又谈起汽锅鸡。描写了汽锅是什么样子，锅里不放水，全凭蒸汽把鸡蒸熟了，这鸡怎么嫩，汤怎么鲜……

老刘很注意地听着，可是怎么也想象不出汽锅是啥样子，这道菜是啥滋味。

后来他又谈到昆明的菌子：牛肝菌，青头菌、鸡㙡①，把鸡㙡夸赞了又夸赞。

"鸡㙡? 有咱这儿的口蘑好吃吗?"

"各是各的味儿。"

"……"

老乔讲话的时候，小王一直似听不听，躺着，张眼看着房顶。忽然，他问我：

"老汪，你一个月挣多少钱?"

我下放的时候，曾经有人劝告过我，最好不要告诉农民自己的工资数目，但是我跟小王认识不止一天了，我不想骗他，便老实说了。小王没有说话，还是张眼躺着。过了好一会，他看着房顶说：

"你也是一个人，我也是一个人，为什么你就挣那么多?"

他并没有要我回答，这问题也不好回答。

沉默了一会。

老刘说："怨你爹没供你书②。人家老汪是大学毕业!"

老乔是个人情练达的人，他捉摸出小王为什么这两天老是发呆，为什么会提出这样的问题，说：

---

① 鸡㙡是一种菌，长在白蚁窝上，味极腴美。

② "供书"是拿钱供学生读书的意思。

"小王，你收到一封什么信，拿出来我看看！"

前天三套大车来拉粪冰的时候，给小王捎来一封寄到所里的信。

事情原来是这样的：小王搞了一个对象。这对象搞得稍微有点离奇：小王有个表姐，嫁到邻村李家。李家有个姑娘，和小王年貌相当，也是高小毕业。这表姐就想给小姑子和表弟撮合撮合，写信来让小王寄张照片去。照片寄到了，李家姑娘看了，不满意。恰好李家姑娘的一个同学陈家姑娘来串门，她看了照片，对小王的表姐说："晓得人家要俺们不要？"表姐跟陈家姑娘要了一张照片，寄给小王，小王满意。后来表姐带了陈家姑娘到农科所来，两人当面相了一相，事情就算定了。农村的婚姻，往往就是这样简单，不像城里人有逛公园、轧马路、看电影、写情书这一套。

陈家姑娘的照片我们都见过，挺好看的，大眼睛，两条大辫子。

小王收到的信是表姐寄来的，催他办事。说人家姑娘一天一天大了，等不起。那意思是说，过了春节，再拖下去，恐怕就要吹。

小王发愁的是：春节他还办不成事！柴沟堡一带办喜事倒不尚铺张，但是一床里面三新的盖窝，一套花直贡呢的棉衣，一身灯芯绒裤袄、绒衣绒裤、皮鞋、球鞋、尼龙袜子……总是要有的。陈家姑娘没有额外提什么要求，只希望要一枚金星牌钢笔。这条件提得不俗，小王倒因此很喜欢。小王已经做了长期的储备，可是算来算去还差五六十块钱。

老乔看完信，说：

"就这个事吗？值得把你愁得直眉瞪眼的！叫老汪给你拿二十，我给你拿二十！"

老刘说："我给你拿上十块！现在就给！"说着从红布肚兜里就摸出一张十元的新票子。

问题解决了，小王高兴了，活泼起来了。

于是接着瞎聊。

从云南的鸡枞聊到内蒙的口蘑，说到口蘑，老刘可是个专家。黑片蘑、白蘑、鸡腿子、青腿子……

"过了正蓝旗，捡口蘑都是赶了个驴车去。一天能捡一车！"

不知怎么又说到独石口。老刘说他走过的地方没有比独石口再冷的了，那是个风窝。

"独石口我住过，冷！"老乔说，"那年我们在独石口吃了一洞子羊。"

"一洞子羊？"小王很有兴趣了。

"风太大了，公路边有一个涵洞，去避一会风吧。一看，涵洞里白糊糊的，都是羊。不知道是谁的羊，大概是被风赶到这里的，挤涵洞里，全冻死了。这倒好，这是个天然冷藏库！俺们想吃，就进去拖一只，吃了整整一个冬天！"

老刘说："肥羊肉炖口蘑，那叫香！四家子的莜面，比白面还白。坝上是个好地方。"

话题转到了坝上。老乔、老刘轮流说，我和小王听着。

老乔说：坝上地广人稀，只要收一季莜麦，吃不完。过去山东人到口外打把式卖艺，不收钱。散了场子，拿一个大海碗挨家要莜面，"给"！一给就是一海碗。说坝上没果子。怀来人赶一个小驴车，装一车山里红到坝上，下来时驴车换成了三套大马车，车上满满地装的是莜面。坝上人都豪爽，大方。吃起肉来不是论斤，而是放开肚子吃饱。他说坝上人看见坝下人吃肉，一小碗，都奇怪："这吃个什么劲儿呢？"他说，他们要是看见江苏人、广东人炒菜：几根油菜，两三片肉，就更会奇怪了。他还说坝上女人长得很好看。他说，都说水多的地方女人好看，坝上没水，为什么女人都长得白白净净？那么大的风沙，皮色都很好。他说他在崇礼县看过两姐妹，长得像傅全香。

傅全香是谁，老刘、小王可都不知道。

老刘说：坝上地大，风大，雪大，雹子也大。他说有一年沽源下了一场大雪，西门外的雪跟城墙一般高。也是沽源，有一年下了一场雹子，有一个雹子有马大。

"有马大？那掉在头上不砸死了？"小王不相信有这样大的雹子！

老刘还说，坝上人养鸡，没鸡窝。白天开了门，把鸡放出去。鸡到处吃草籽，到处下蛋。他们也不每天去捡。隔十天半月，挑了一副筐，到处捡蛋，捡满了算。他说坝上的山都是一个一个馒头样的平平的山包。山上没石头。有些山很奇怪，只长一样东西。有一个山叫韭菜山，一山都是韭菜；还有一座芍药山，夏天开了满满一山的芍药花……

老乔、老刘把坝上说得那样好，使小王和我都觉得这是个奇妙的、美丽的天地。

芍药山，满山开了芍药花，这是一种什么景象？

"咱们到韭菜山上掐两把韭菜，拿盐腌腌，明天蘸莜面吃吧。"小王说。

"见你的鬼！这会会有韭菜？满山大雪！——把钱收好了！"

聊天虽然有趣，终有意兴阑珊的时候。天已经很黑了，房顶上的雪一定已经堆了四五寸厚了，摊开被窝，我们该睡了。

正在这时，屋门开处，掌柜的领进三个人来。这三个人都反穿着白茬老羊皮袄，齐膝的毡疙瘩。为头是一个大高个儿，五十来岁，长方脸，戴一顶火红的狐皮帽。一个四十来岁，是个矮胖子，脸上有几颗很大的痘疤，戴一顶狗皮帽子。另一个是和小王岁数仿佛的后生，雪白的山羊头的帽子遮齐了眼睛，使他看起来像一个女孩子。——他脸色红润，眼睛太好看了！他们手里都拿着一根六道木二尺多长的短棍。虽然刚才在门外已经拍打了半天，帽子上、身上，还粘着不少雪花。

掌柜的说:"给你们做饭?——带着面了吗?"

"带着哩。"

后生解开老羊皮袄,取出一个面口袋。——他把面口袋系在腰带上,怪不道他看起来身上鼓鼓囊囊的。

"推窝窝?"

高个儿把面口袋交给掌柜的:

"不吃莜面!一天吃莜面。你给俺们到老乡家换几个粑粑头吃[①]。多时不吃粑粑头,想吃个粑粑头。把火弄得旺旺的,烧点水,俺们喝一口。——没酒?"

"没。"

"没咸菜?"

"没。"

"那就甜吃!"[②]

老刘小声跟我说:"是坝上来的。坝上人管窝窝头叫粑粑头。是赶牲口的,——赶牛的。你看他们拿的六道木的棍子。"随即,他和这三个坝上人搭嘴起来:"今天一早从张北动的身?"

"是。——这天气!"

"就你们仨?"

"还有仨。"

"那仨呢?"

"在十多里外,两头牛掉进雪窟窿里了。他们仨在往上弄。俺们把其余的牛先送到食品公司屠宰场,到店里等他们。"

---

① 他们说"粑粑头","粑粑"作入声。

② 张家口一带不说"淡",说"甜"。

“这样天气，你们还往下送牛？”

“没法子。快过年了。过年，怎么也得叫坝下人吃上一口肉！”

不大一会，掌柜的搞了粑粑头来了，还弄了几个腌蔓菁来。他们把粑粑头放在火里烧了一会，水开了，把烧焦的粑粑头拍打拍打，就吃喝起来。

我们的酱碗里还有一点酱，老乔就给他们送过去。

“你们那里今年年景咋样？”

“好！”高个儿回答得斩钉截铁。显然这是反话，因为痘疤脸和后生都噗嗤一声笑了。

“不是说去年你们已经过了‘黄河’了？”

“过了！那还不过！”

老乔知道他话里有话，就问：

“也是假的？”

“不假。搞了‘标准田’。”

“啥叫‘标准田’？”

“把几块地里打的粮算在一起。”

“其余的地？”

“不算产量。”

“坝上过‘黄河’？不用什么‘科学家’，我就知道，不行！”老刘用了一个很不文雅的字眼说，“过‘黄河’，过毬的个河吧！”

老乔向我解释：“老刘说的是对的。坝上的土层只有五寸，下面全是石头。坝上一向是广种薄收，要求单位面积产量，是主观主义。”

痘疤脸说：“就是！俺们和公社的书记说，这产量是虚的。人家他说：有了虚的，就会带来实的。”

后生说：“还说这是：以虚带实。”

我还从来没有听说过“以虚带实”是这样的解释的。

高个儿沉重地叹了一口气:"这年月!当官的都说谎!"

老刘接口说:"当官的说谎,老百姓遭罪!"

老乔把烟口袋递给他们:

"牲畜不错?"

"不错!也经不起胡糟践。头二年,'大跃进',大炼钢铁,夜战,把牛牵到地里,杀了,在地头架起了大锅,大块大块地煮烂,大伙儿,吃!那会吃了个痛快;这会,想去吧!——他们咋还不来?去看看。"

高个儿说着把解开的老羊皮袄又系紧了。

痘疤脸说:"我们俩去。你啦①就甭去了。"

"去!"

他们和掌柜的借了两根木杠,把我们车上的缆绳也借去了,拉开门,就走了。

听见后生在门外大声说:"雪更大了!"

老刘起来解手:把地下三根六道木的棍子归在一起,上了炕,说:

"他们真辛苦!"

过了一会,又自言自语地说:

"咱们也很辛苦。"

老乔一面钻被窝,一面说:

"中国人都很辛苦啊!"

小王已经睡着了。

"过年,怎么也得叫坝下人吃上一口肉!"我老是想着高个儿的这句话,心里很感动,很久未能入睡。这是一句朴素、美丽的话。

---

① "你啦"是第二人称的尊称,相当于北京话的"您",大概是"你老人家"的切音。

半夜，朦朦胧胧地听到几个人轻手轻脚走进来，我睁开眼，问：

"牛弄上来了？"

高个儿轻轻地说：

"弄上来了。把你吵醒了！睡吧！"

他们睡在对面的炕上。

第二天，我们起得很晚。醒来时，这六个赶牛的坝上人已经走了。

一九八一年五月十一日写成

载一九八一年第五期《收获》

护秋

生产队派我今天晚上护秋。

"护秋"就是看守大秋作物。老玉米已经熟了，一两天就要掰棒子，防备有人来偷，所以要派人护秋。

这一带原来有偷秋的风气。偷将要成熟的庄稼，不算什么不道德的事。甚至对偷。你偷我家的，我偷你家的。不但不兴打架，还觉得这怪有趣。农业科学研究所的地是公家的地，庄稼是公家的庄稼，偷农科所的秋更是合理合法。这几年，地方政府明令禁止这种风气，偷秋的少了。但也还不能禁绝。前年农科所大堤下一亩多地的棒子，一个晚上就被人全掰了。

我提了一根铁锨把上了大堤。这里居高临下，地里有什么动静都能看见。

和我就伴的还有一个朱兴福。他是个专职"下夜"的，不是临时派来护秋的。农科所除了大田，还有菜地、马号、猪舍、种子仓库、温室、和研究设备，晚上需要有人守夜。这里叫作下夜。朱兴福原来是猪倌，下夜已经有两年了。

这是一个蔫了吧唧的人。不爱说话，说话很慢，含含糊糊。他什么农活都能干，就是动作慢。他吃得不少，也没有什么病，就是没有精神，好像没睡醒。

他媳妇和他截然相反。媳妇叫杨素花（这一带女的叫素花的很多），和朱兴福是一个地方的，都是柴沟堡的。杨素花人高马大，长腿，宽肩，浑身充满弹性，像一个打足了气的轮胎内带，紧绷绷的。两个奶子翘得老高，很硬。她在大食堂做活：压莜面饸饹，揉蒸馒头的面，烙高粱面饼子，炒山药疙瘩……她会唱山西梆子（这一带农民很多会唱山西梆子），《打金砖》《骂金殿》《三娘教子》《牧羊圈》（这些是山西梆子常唱的戏）都能从头至尾唱下来。她的嗓子音色不甜，但是奇响奇高。农科所工人有时唱山西梆子，在外面老远就听见她的像运动场上裁判员吹哨子那样的嗓音。她扮上戏可不怎么好看，那么一匹高头大马，穿上古装，很不协调。她给人整个的印象有点像苏联电影《静静的顿河》里的阿克西尼亚。农科所的青年干部背后就叫她阿克西尼亚。这个外号她自己不知道。

阿克西尼亚去年出了一点事，和所里的一个会计乱搞，被朱兴福当场捉住。朱兴福告到支部书记那里（不知道为什么，所里出了这种事情都由支部书记处理）。所领导研究，给会计一个处分，记大过，降一级，调到别的单位。对阿克西尼亚没有怎么样。阿克西尼亚留着会计送她的三双尼龙袜子，一直没有穿。事情就算过去了。

谁都知道杨素花不"待见"她男人。

朱兴福背着一支老七九步枪，和我并肩坐在大堤上抽烟，瞎聊。他说话本来不清楚，再加上还有柴沟堡的口音，听起来很费劲。柴沟堡这地方的语言很奇怪，保留一些古音。如"我"读"偓"，他（她）读"渠"，跟广东客家话一样。为什么长城以北的山区会保留客家语言呢？

我问他他媳妇为什么不待见他，他说："晓得为了个毬！"我问他："你为什么总是没精神？你要是干净利索些，她就会心疼你一点。"他忽然显得有了点精神，说他原来挺精神的！他从部队上下来（他当过几年兵），有钱——有复员费，穿得也整齐。他上门相亲的那天，穿了一套崭新的蓝咔叽、解放鞋。新理了发。丈人丈母看了，都挺喜欢，说这个女婿"有人才"。杨素花也挺满意。娶过来两年，后来就……"晓得为了个毬！"

他把烟掐灭了，说：

"老汪，你看着点，俺回去闹渠一槌。"

"闹渠一槌"就是操她一回。

我说："你去吧！"

他进了家，杨素花不叫他闹（这一带女人睡觉都是脱光了的），大声骂他："日你娘！日你娘！"我在老远就听见了。过了一会，听不见声音了。

我在大堤上抽了三根烟，朱兴福背着枪来了。

"闹了？"

"闹了。"

夜很安静。快出伏了，天气很凉快。风吹着玉米叶子刷刷地响。一只鸹鸹悠（鸹鸹悠即猫头鹰）在远处叫，好像一个人在笑。天很蓝。月亮很大。我问朱兴福："今天十五了？"

"十四。"

一九九二年七月二十三日

载一九九三年第一期《收获》

天鹅之死

"阿姨，都白天了，怎么还有月亮呀?

"阿姨，月亮是白色的，跟云的颜色一样。

"阿姨，天真蓝呀。

"蓝色的天，白色的月亮，月亮里有蓝色的云，真好看呀!"

"真好看!"

"阿姨，树叶都落光了。树是紫色的。树干是紫色的。树枝也是紫色的。树上的风也是紫色的。真好看!"

"真好看!"

"阿姨，你好看!"

"我从前好看。"

"不! 你现在也好看。你的眼睛好看。你的脖子，你的肩，你的腰，你的手，都好看。你的腿好看。你的腿多长呀。阿姨，我们爱你!"

"小朋友，我也爱你们!"

"阿姨，你的腿这两天疼了吗?"

"没有。要上坡了，小朋友，小心!"

"哦! 看见玉渊潭了!"

"玉渊潭的水真清呀!"

"阿姨,那是什么?雪白雪白的,像花一样的发亮,一,二,三,四。"

白蕊从心里发出一声惊呼:

"是天鹅!"

"是天鹅?"

"冬泳的叔叔,那是天鹅吗?"

"是的,小朋友。"

"它们是怎么来的?"

"它们是自己飞来的。"

"它们从哪儿飞来?"

"从很远很远的北方。"

"是吗?——欢迎你,白天鹅!"

"欢迎你到我们这儿来做客!"

天鹅在天上飞翔,

去寻找温暖的地方。

飞过了大兴安岭,

雪压的落叶松的密林里,闪动着鄂温克族狩猎队篝火的红光。

白蕊去看乌兰诺娃,去看天鹅。

大提琴的柔风托起了乌兰诺娃的双臂,钢琴的露珠从她的指尖流出。

她的柔弱的双臂伏下了。

又轻轻地挣扎着,抬起了脖颈。

钢琴流尽了最后的露滴,再也没有声音了。

天鹅死了。

白蕤像是在一个梦里。

她的眼睛里都是泪水。

她的眼泪流进了她的梦。

天鹅在天上飞翔，
去寻找温暖的地方。

飞过了呼伦贝尔草原，
草原一片白茫茫。

圈儿河依恋着家乡，
它流去又回头。

在雪白的草原上，
画出了一个又一个铁青色的圆圈。

白蕤考进了芭蕾舞校。经过刻苦的训练，她的全身都变成了
音乐。

她跳《天鹅之死》。

大提琴和钢琴的旋律吹动着她的肢体，她的手指和足尖都在
想象。

天鹅在天上飞翔，
去寻找温暖的地方。

某某去看了芭蕾。

他用猥亵的声音说：

"这他妈的小妞儿！那胸脯，那小腰，那么好看的大腿！……"

他满嘴喷着酒气。

他做了一个淫荡的梦。

天鹅在天上飞翔，
去寻找温暖的地方。
"文化大革命"。中国的森林起了火了。
白蕤被打成了现行反革命。因为她说：
"《天鹅之死》就是美！乌兰诺娃就是美！"

天鹅在天上飞翔，
某某成了"工宣队员"。他每天晚上都想出一种折磨演员的花样。
他叫她们背着床板在大街上跑步。
他叫她们做折损骨骼的苦工。
他命令白蕤跳《天鹅之死》。
"你不是说《天鹅之死》就是美吗？你给我跳，跳一夜！"
录音机放出了音乐。音乐使她忘记了眼前的一切。她快乐。
她跳《天鹅之死》。
她看看某某，发现他的下牙突出在上牙之外。北京人管这种长相
叫"地包天"。
她跳《天鹅之死》。
她羞耻。
她跳《天鹅之死》。
她愤怒。
她跳《天鹅之死》。
她摔倒了。
她跳《天鹅之死》。

天鹅在天上飞翔，

去寻找温暖的地方。

飞过太阳岛，

飞过松花江。

飞过华北平原，

越冬的麦粒在松软的泥土里睡得正香。

经过长途飞行，天鹅的体重减轻了，但是翅膀上增添了力量。

天鹅在天上飞翔，

在天上飞翔，

玉渊潭在月光下发亮。

"这儿真好呀！这儿的水不冻，这儿暖和，咱们就在这儿过冬，好吗？"

四只天鹅翩然落在玉渊潭上。

白蕤转业了。她当了保育员。她还是那样美，只是因为左腿曾经骨折，每到阴天下雨，就隐隐发痛。

自从玉渊潭来了天鹅，她隔两三天就带着孩子们去看一次。

孩子们对天鹅说：

"天鹅天鹅你真美！"

"天鹅天鹅我爱你！"

"天鹅天鹅真好看！"

"我们和你来做伴！"

甲、乙两青年，带了一支猎枪，偷偷走近玉渊潭。

天已经黑了。

一声枪响，一只天鹅毙命。其余的三只，惊恐万状，一夜哀鸣。

被打死的天鹅的伴侣第二天一天不鸣不食。

傍晚七点钟时还看见它。

半夜里，它飞走了。

白蕤看着报纸，她的眼前浮现出一张"地包天"的脸。

"阿姨，咱们去看天鹅。"

"今天不去了，今天风大，要感冒的。"

"不嘛！去！"

天鹅还在吗？

在！

在那儿，在靠近南岸的水面上。

"天鹅天鹅你害怕吗？"

"天鹅天鹅你别怕！"

湖岸上有好多人来看天鹅。

他们在议论。

"这个家伙，这么好看的东西，你打它干什么？"

"想吃天鹅肉。"

"想吃天鹅肉。"

"都是这场'文化大革命'闹的！把一些人变坏了，变得心狠了！不知爱惜美好的东西了！"

有人说，那一只也活不成。天鹅是非常恩爱的。死了一只，那一只就寻找一片结实的冰面，从高高的空中摔下来，把自己的胸脯在坚冰上撞碎。

孩子们听着大人的议论，他们好像是懂了，又像是没有懂。他们对着湖面呼喊：

"天鹅天鹅你在哪儿?"

"天鹅天鹅你快回来!"

孩子们的眼睛里有泪。

他们的眼睛发光，像钻石。

他们的眼泪飞到天上，变成了天上的星。

一九八〇年十二月二十九日清晨

一九八七年六月七日校，泪不能禁。

载一九八一年四月十四日《北京日报》

晚饭后的故事

京剧导演郭庆春就着一碟猪耳朵喝了二两酒，咬着一条顶花带刺的黄瓜吃了半斤过了凉水的麻酱面，叼着前门烟，捏了一把芭蕉扇，坐在阳台上的竹躺椅上乘凉。他脱了个光脊梁，露出半身白肉。天渐渐黑下来了。楼下的马缨花散发着一阵一阵的清香。衡水老白干的饮后回甘和马缨花的香味，使得郭导演有点醺醺然了……

郭庆春小时候，家里很穷苦。父亲死得早，母亲靠缝穷维持一家三口的生活，——郭庆春还有个弟弟，比他小四岁。每天早上，母亲蒸好一屉窝头，留给他们哥俩，就夹着一个针线笸箩，上市去了。地点没有定准，哪里穿破衣服的人多就奔哪里。但总也不出那几个地方。郭庆春就留在家里看着弟弟。他有时也领着弟弟出去玩，去看过妈给人缝穷。妈靠墙坐在街边的一个马扎子上，在闹市之中，在车尘马足之间，在人们的腿脚之下，挣着他们明天要吃的杂和面儿。穷人家的孩子懂事早。冬天，郭庆春知道妈一定很冷；夏天，妈一定很热，很渴，很困。缝穷的冬天和夏天都特别长。郭庆春的街坊、亲戚都比较贫苦，但是郭庆春从小就知道缝穷的比许多人更卑屈，更低贱。他跟着大人和比他大些的孩子学会了说许多北京的俏皮话、歇后语："武

176

大郎盘杠子，——上下够不着"，"户不拉喂饭，——不正经玩儿"等等，有一句歇后语他绝对不说，小时候不说，长大以后也不说："缝穷的撒尿，——瞅不冷子。"有一回一个大孩子当他面说了一句，他满脸通红，跟他打了一架。那孩子其实是无心说的，他不明白郭庆春为什么生那么大的气。

这个穷苦的出身，日后给他带来了无限的好处。

郭庆春十二三岁就开始出去奔自己的衣食了。

他有个舅舅，是在剧场（那会不叫剧场，叫戏园子，或者更古老一些，叫戏馆子）里"写字"的。写字是写剧场门口的海报，和由失业的闲汉扛着走遍九城的海报牌。那会已有报纸，剧场都在报上登了广告，可是很多人还是看了海报牌，知道哪家剧场今天演什么戏，才去买票的。舅舅的光景比郭家好些，也好不到哪里去。他时常来瞧瞧他的唯一的妹妹。他提出，庆春长得快齐他的肩膀高了（舅舅是个矮子），能把自己吃的窝头挣出来了。舅舅出面向放印子钱的借了一笔本钱，趸了一担西瓜。郭庆春在陕西巷口外摆了一个西瓜摊，把瓜切成块，卖西瓜。

他穿了条大裤衩，腰里插着一把芭蕉扇，学着吆唤：

"唉，闹块来！

脆沙瓤哎，

赛冰糖哎，

唉，闹块来！……"

他头一回听见自己吆唤，有一种说不出的新鲜感。他竟能吆唤得那样像。这不是学着玩，这是真事！他的弟弟坐在小板凳上看哥哥做买卖，也觉得很新鲜。他佩服哥哥。晚上，哥俩收了摊子，飞跑回家，把卖得的钱往妈面前一放：

"妈！钱！我挣的！"

妈这天给他们炒了个麻豆腐吃。

这种新鲜感很快就消失了。西瓜生意并不那样好。尤其是下雨天。他恨下雨。

有一天，倒是大太阳，卖了不少钱。从陕西巷里面开出一辆军用卡车，一下子把他的西瓜摊带翻了，西瓜滚了一地。他顾不上看摔破了、压烂了多少，纵起身来一把抓住卡车挡板后面的铁把手，哭喊着：

"你赔我！你赔我瓜！你赔我！"

卡车不理碴，飞快地往前开。

"你赔我！你赔我瓜！"

他的小弟弟迈着小腿在后面追：

"哥哥！哥哥！"

路旁行人大声喊：

"孩子，你撒手！他们不会赔你的！他们不讲理！孩子，撒手！快撒手！"

卡车飞快地开着，快开到珠市口了。郭庆春的胳膊吃不住劲了。他一松手，面朝下平拍在马路上。缓了半天，才坐起来。脸上、胸脯拉了好些的道道。围了好些人看。弟弟直哭："哥哥！唔，哥哥！"郭庆春拉着弟弟的手往回走，一面回头向卡车开去的方向骂："我操你妈！操你臭大兵的妈！"

在水管龙头上冲了冲，用擦西瓜刀的布擦擦脸，他还得做买卖。——他的滚散了的瓜已经有好心的大爷给他捡回来了。他接着吆唤：

"咳，闹块来！

"我操你妈！

"闹块来！

"我操你臭大兵的妈!

"闹块来!"

…………

舅舅又来了。舅舅听说外甥摔了的事了。他跟妹妹说:"庆春到底还小,在街面上混饭吃,还早了点。我看叫他学戏吧。没准儿将来有个出息。这孩子长相不错,有个人缘儿,扮上了,不难看。我听他的吆唤,有点膛音。马连良家原先不也是挺苦的吗?你瞧人家这会儿,净吃蹦虾仁!"

妈知道学戏很苦,有点舍不得。经舅舅再三开导,同意了。舅舅带他到华春社科班报了名,立了"关书"。舅舅是常常写关书的,写完了,念给妹妹听听。郭庆春的妈听到:"生死由命,概不负责。若有逃亡,两家寻找。"她听懂了,眼泪直往下掉。她说:"孩子,你要肚里长牙,千万可不能半途而废!我就指着你了。你还有个弟弟!"郭庆春点头,说:"妈,您放心!"

学戏比卖西瓜有意思!

耗顶,撕腿。耗顶得耗一炷香,大汗珠子叭叭地往下滴,滴得地下湿了一片。撕腿,单这个"撕"字就叫人肝颤。把腿愣给撕开,撕得能伸到常人达不到的角度。学生疼得直掉眼泪,抄功的董老师还是使劲地把孩子们的两只小腿往两边掰,毫不怜惜,一面嘴里说:"若要人前显贵,必得人后受罪,小子,忍着点!"

接着,开小翻、开虎跳、前扑、蹿毛、倒插虎、乌龙搅柱、拧旋子、练云里翻……

这比卖西瓜有意思。

吃的是棒子面窝头、"三合油",——韭菜花、青椒糊、酱油,倒在一个木桶里,拿开水一沏,这就是菜。学生们都吃得很香。郭庆春在出科以后多少年,在大城市的大旅馆里,甚至在国外,还会有时忽然想起三合油的香味，非常想喝一碗。大白菜下来的时候，就顿顿都是大白菜。有的时候，师父——班主忽然高了兴，在他的生日，或是买了几件得意的古董玉器，就吩咐厨子："给他们炒蛋炒饭！"蛋炒饭油汪汪的，装在一个大缸里，管饱！撑得这些孩子一个一个挺腰凸肚。

师父是个喜怒无常的人。高了兴，给蛋炒饭吃，稍不高兴，就"打通堂"。全科学生，每人十板子，平均对待，无一幸免。这板子平常就供在祖师爷龛子的旁边，谁也不许碰，神圣得很。到要用的时候，"请"下来。掌刑的，就是抄功的董老师。他打学生很有功夫，节奏分明，不紧不慢，轻重如一，不偏不向。师父说一声"搬板凳"！董老师在鼻孔里塞两撮鼻烟，抹了个蝴蝶，用一块大手绢把右手腕子缠住（防止闪了腕子），学生就很自觉地从大到小挨着个儿撩起衣服，趴到板凳上，老老实实，规规矩矩，挨那分内应得的重重的十下。

"打通堂"的原因很多。几个馋嘴师哥把师父买回来放在冰箱里准备第二天吃的熏鸡偷出来分吃了；一个调皮捣蛋的学生在董老师的鼻烟壶里倒进了胡椒面了；一个小学生在台上尿了裤子了……都可以连累大家挨一顿打。

"打通堂"给同科的师兄师弟留下极其甘美的回忆。他们日后聚在一起，常常谈起某一次"打通堂"的经过，彼此互相补充，谈得津津有味。"打通堂"使他们的同学意识变得非常深刻，非常坚实。这对于维系他们的感情，作用比一册印刷精美的同学录要大得多。

一同喝三合油，一同挨"打通堂"，还一同生虱子，一同长疥，三四年很快过去了。孩子们都学会了几出戏，能应堂会，能上戏园子演出了。郭庆春学的是武生，能唱《哪吒闹海》《蜈蚣岭》《恶虎村》……（后来他当了老师，给学生开蒙，也是这几出）。因为他是个小白胖子（吃那种伙食也能长胖，真也是奇迹），长得挺好玩，在节日应景戏《天河配》里又总扮一个洗澡的小仙女，因此到他已经四十几岁，有儿有女的时候，旧日的同学还动不动以此事来取笑："你得了吧！到天河里洗你的澡去吧！"

他们每天排着队上剧场。都穿的长衫、棉袍，冬天戴着小帽头，夏天露着刮得发青的光脑袋。从科班到剧场，要经过一个胡同。胡同里有一家卖炒疙瘩的，掌柜的是个跟郭庆春的妈差不多岁数的大娘，姓许。许大娘特别喜欢孩子，——男孩子。科班的孩子经过胡同时，她总站在门口一个一个地看他们。孩子们也知道许大娘喜欢他们，一个一个嘴很甜，走过跟前，都叫她：

"大娘！"

"哎！"

"大娘！"

"哎！"

许大娘知道科班里吃得很苦，就常常抓机会拉两个孩子上她铺子里吃一盘炒疙瘩。轮流请。华春社的学生几乎全吃过她的炒疙瘩。以后他们只要吃炒疙瘩，就会想起许大娘，吃的次数最多的是郭庆春。科班学生队从许大娘铺子门前走过，大娘常常扬声叫庆春："庆春哪，你放假回家的时候，到大娘这儿弯一下。"——"哎。"

许大娘有个女儿，叫招弟，比郭庆春小两岁。她很爱和庆春一块玩。许大娘家后面有一个很小的院子，院里有一棵马缨花，两盆茉莉，还有几盆草花。郭庆春吃完了炒疙瘩（许大娘在疙瘩里放了好些牛肉，加了半勺油），他们就在小院里玩。郭庆春陪她玩女孩子玩的抓子儿，跳房子；招弟也陪庆春玩男孩子玩的弹球。谁输了，就让赢家弹一下脑锛儿，或是拧一下耳朵，刮一下鼻子，或是亲一下。庆春赢了，招弟歪着脑袋等他来亲。庆春只是尖着嘴，在她脸上碰一下。

"亲都不会！饶你一下，重来！"

郭庆春看见招弟耳垂后面有一颗红痣（他头二年就看到了），就在那个地方使劲地亲了一下。招弟格格地笑个不停：

"痒痒！"

从此每次庆春赢了，就亲那儿。招弟也愿意让他亲这儿。每次都格格地笑，都说"痒痒"。

有一次许大娘看见郭庆春亲招弟，说："哪有这样玩的！"许大娘心里一沉：孩子们自己不知道，他们一天一天大了哇！

渐渐地，他们也知道自己大了，就不再这么玩了。招弟爱瞧戏。她家离戏园子近，跟戏园子的人都很熟，她可以随时钻进去看一会。她看郭庆春的《恶虎村》，也看别人的戏，尤其爱看旦角戏。看得多了，她自己也能唱两段。郭庆春会拉一点胡琴。后两年吃完了炒疙瘩，就是庆春拉胡琴，招弟唱"苏三离了洪洞县"，"儿的父去投军无音信"……招弟嗓子很好。郭庆春松了琴弦，合上弓，常说："你该唱戏去的，耽误了，可惜！"

人大了，懂事了。他们有时眼对眼看着，看半天，不说话。马缨花一阵一阵地散发着清香。

许大娘也有了点心事。她很喜欢庆春。她也知道，如果由她做主把招弟许给庆春，招弟是愿意的。可是，庆春日后能成气候么？唱戏这玩意，唱红了，荣华富贵；唱不红，流落街头。等二年再说吧！

残酷的现实把许大娘的这点淡淡的梦砸得粉碎：庆春在快毕业的那年倒了仓，倒得很苦，——一字不出！"子弟无音客无本"，郭庆春见过多少师哥，在科班里是好角儿，一旦倒了仓，倒不过来，拉洋车，卖落花生，卖大碗茶。他惊恐万状，一身一身地出汗。他天不亮就到窑台喊嗓子，他听见自己那一点点病猫一样的嘶哑的声音，心都凉了。夜里做梦，念了一整出《连环套》，"愚下保镖，路过马兰关口……"脆亮响堂，高兴得从床上跳起来。一醒来，仍然是一字不出。

祖师爷把他的饭碗收去了，他该怎么办呢？许大娘也知道了庆春倒仓没倒过来。招弟也知道了。她们也反反复复想了许多。

郭庆春只有两条路可走：当底包龙套，或是改行。

郭庆春坐科学戏是在敌伪时期，到他该出科时已经是抗战胜利，国民党中央军来了。"想中央，盼中央，中央来了更遭殃。"物价飞涨，剧场不上座。很多人连赶两包（在两处剧场赶两个角色），也奔不出一天的嚼裹儿。有人唱了一天戏，开的份儿只够买两个茄子，一家几口，就只好吃这两个熬茄子。满街都是伤兵，开口就是"老子抗战八年"！动不动就举起双拐打人。没开戏，他们就坐满了戏园子。没法子，就只好唱一出极其寡淡无味的戏，把他们唱走。有一出戏，叫《老道游山》，就一个角色——老道，拿着云帚，游山。游到哪里，"真好景致也"，唱一段，接着再游。没有别的人物，也没有一点故事情节，要唱多长唱多长。这出戏本来是评剧唱，后来京剧也唱。唱得这些兵大爷不耐烦了："他妈的，这叫什么戏！"一哄而去。等他们走了，再开正戏。

很多戏曲演员都改了行了。郭庆春的前几科的师哥，有的到保定、石家庄贩鸡蛋，有的在北海管租船，有的卖了糊盐，——盐炒糊了，北京还有极少数人家用它来刷牙，可是这能卖几个钱？……

有嗓子的都没了辙了，何况他这没嗓子。他在科班虽然不是数一数二的好角儿，可是是能唱一出的。当底包龙套，他不甘心！再说，当底包龙套也吃不饱呀！郭庆春把心一横：干脆，改行！

春秋两季，拉菜车，从广渠门外拉到城里。夏天，卖西瓜。冬天，卖柿子。一车青菜，两千多斤。头几回拉，累得他要吐血。咬咬牙，也就挺过来了。卖西瓜，是他的老行当。西瓜摊还是摆在陕西巷口外。因为嗓子没音，他很少吆喝。但是人大了，有了经验，隔皮知瓤，挑来的瓜个个熟。西瓜片切得很薄，显得块儿大。木板上铺了蓝布，湔了水，显着这些瓜鲜亮水淋，咝咝地往外冒着凉气。卖柿子没有三天的"力笨"，人家咋卖咱咋卖。找个背风的旮旯儿，把柿子挨个儿排在地上，就着路灯的光，照得柿子一个一个黄澄澄的，饱满鼓立，精神好看，谁看了都想到围着火炉嚼着带着冰碴的凉柿子的那股舒服劲儿。卖柿子的怕回暖，尤其怕刮风。一刮风，冻柿子就流了汤了。风再把尘土涂在柿子皮上，又脏又黑，满完！因此，郭庆春就盼着一冬天都是那么干冷干冷的。

卖力气，做小买卖，不丢人！街坊邻居不笑话他。他的还在唱戏和已经改了行的师兄弟有时路过，还停下来跟他聊一会。有的师哥劝他别把功撂下，早上起来也到陶然亭喊两嗓子。说是有人倒仓好几年，后来又缓过来的。没准儿，有那一天，还能归到梨园行来。郭庆春听了师哥的话，接长补短的，耗耗腿，拉拉山膀，无非是解闷而已。

郭庆春没有再去看许大娘。他拉菜车、卖西瓜、卖柿子，不怕碰见别的熟人，可就怕碰见许大娘母女。听说，许大娘搬了家了，搬到哪里，他也没打听。北京城那样大，人一分开，就像树上落下两片叶子，风一吹，各自西东了。

北京城并不大。

一天晚上，干冷干冷的。郭庆春穿了件小棉袄，蹲在墙旮旯儿。地面上的冷气从裆下一直透进他的后脊梁。一辆三轮车蹬了过来，车上坐了一个女的。

"三轮，停停。"

女的揭开盖在腿上的毛毯，下了车。

"这柿子不错，给我包四个。"

她扔下一条手绢，郭庆春挑了四个大的，包上了。他抬起头来，把手绢往上递：是许招弟！穿了一件长毛绒大衣。

许招弟一看，是郭庆春。

"你……这样了！"

郭庆春把脑袋低了下去。

许招弟把柿子钱丢在地下，坐上车，走了。

转过年来，夏天，郭庆春在陕西巷口卖西瓜，正吆唤着（他嗓子有了一点音了），巷里走出一个人来：

"卖西瓜的，递两个瓜来。——要好的。"

"没错！"

郭庆春挑了两个大黑皮瓜，对旁边的纸烟阁子的掌柜说："劳您驾，给照看一下瓜摊。"——"你走吧。"郭庆春跟着要瓜的那人走，到了一家，这家正办喜事。堂屋正面挂着大红双喜幔帐，屋里屋外一股炮仗硝烟气味。两边摆着两桌酒。已经行过礼，客人入席了。郭庆春一看，新娘子是许招弟！她烫了发，抹了胭脂口红，耳朵下垂着水钻坠子。郭庆春把两个瓜放在旁边的小方桌上，拔腿就跑。听到后面有人喊：

"卖西瓜的，给你瓜钱！"

这是一个张恨水式的故事，一点小市民的悲欢离合。这样的故事在北京城每天都有。

北京解放了。

解放，使许多人的生活发生了急转直下的变化。许多故事产生了一个原来意想不到的结尾。

郭庆春万万没有想到，他会和一个老干部，一个科长结了婚，并且在结婚以后变成现在的郭导演。

北京解放以后，物价稳定，没有伤兵，剧场上座很好。很多改了行的演员又纷纷搭班唱戏了。他到他曾经唱过多次戏的剧场去听过几次蹭戏，紧锣密鼓，使他兴奋激动，筋肉伸张。随着锣经，他直替台上的同行使劲。

一个外地剧组到北京来约人。那个贩卖鸡蛋的师哥来找郭庆春：

"庆春，他们来找了我。我想去。我提了你。北京的戏不好唱。咱先到外地转转。你的功底我知道，这些年没有全撂下，稍稍练练，能捡回来。听你吆唤，嗓子出来了。咱们一块去吧。学了那些年，能就扔下吗？就你那几出戏，管保能镇他们一下子。"

郭庆春沉吟了一会，说："去！"

到了那儿，安顿下了，剧团团长领他们几个新从北京约来的演员去见见当地文化局的领导。戏改科的杨科长接见了他们。杨科长很忙，一会接电话，一会在秘书送来的文件收文簿上签字，显得很果断，很有气魄。杨科长勉励了他们几句，说他们是剧团的"新血液"，希望他们发挥自己的专长，为人民服务。郭庆春连连称是。他对杨科长油然产生一种敬重之情。一个女的，能当科长，了不起！他觉得杨科长的举止动作，言谈话语，都像一个男人，不像是个女的。

重返舞台，心情紧张。一生成败，在此一举。三天"打炮"，提心吊胆。没有想到，一"炮"而红。他第一次听到台下的掌声，好像在做梦。第三天《恶虎村》，出来就有碰头好。以后"四记头"亮相，都有掌声。他扮相好，身上规矩，在台上很有人缘。他也的确是"铆上"了。经过了生活上的一番波折，他这才真正懂得在进科班时他妈跟他说的话："要肚里长牙。"他在台上从不偷工惜力，他深深知道把戏唱砸了，出溜下来，会有什么后果。他的戏码逐渐往后挪，从开场头一二出挪到中间，又挪到了倒第二。他很知足了，这就到了头。在科班时他就知道自己唱不了大轴，不是那材料。一个人能吃几碗干饭，自己清楚，别人也清楚。

杨科长常去看京剧团的戏。一半由于职务，一半出于爱好。他万万没有想到，她后来竟成了他的爱人。

郭庆春在阳台上忽然一个人失声笑了出来。他的女儿在屋里问："爸爸，你笑什么？"

他笑他们那个讲习会。市里举办了第一届全市旧艺人讲习会。局长是主任，杨科长是副主任。讲《新民主主义论》、社会发展史、政治经济学。小组讨论，真是笑话百出。杨科长一次在讲课时说："列宁说过……"一个拉胡琴的老艺人问："列宁是唱什么的？"——"列宁不是唱戏的。"——"哦，不是唱戏的，那咱们不知道。"又有一次，杨科长鼓励大家要有主人翁思想，这位老艺人没有听明白前言后语，站起来说："咱们是从旧社会来的，什么坏思想都有，就这主人翁思想，咱没有！"原来他以为主人翁思想就是想当班主的思想。

讲习会要发展一批党员。郭庆春被列为培养对象。杨科长时常找他个别谈话。鼓励他建立革命人生观，提高阶级觉悟，提高政治水平，要在政治上有表现，会上积极发言。郭庆春很认真也很诚恳地照办了。他大小会都发言。讲的最多的是新旧社会对比。他有切身感受，无须准备，讲得很真实，很生动。同行的艺人多有类似经历，容易产生共鸣。讲的人、听的人个个热泪盈眶，效果很好。讲习班结业时，讨论发展党员名单，他因为出身好，政治表现突出，很顺利地通过了。他的入党介绍人是杨科长和局长。

第一批发展的党员，回到剧团，全都成了剧团的骨干。郭庆春被提升为副团长、艺委会主任。

因为时常要到局里请示汇报工作，他和杨科长接触的机会就更多了。熟了，就不那么拘谨了，有时也说点笑话，聊点闲天。局里很多人叫杨科长杨大姐或大姐，郭庆春也随着叫。虽然叫大姐，他还是觉得大姐很有男子气。

没想到，大姐提出要跟他结婚。他目瞪口呆，结结巴巴，不知说什么好。他觉得和一个领导结婚，简直有点乱伦的味道，他想也没有想过。天地良心，他在大姐面前从来没有起过邪念。他当然同意。

杨科长的老战友们听说她结了婚，很诧异。听说是和一个京剧演员结婚，尤其诧异。他们想：她这是图什么呢？她喜欢他什么？

虽然结了婚，他们的关系还是上下级。不论是在工作上，在家里，她是领导，他是被领导。他习惯于"服从命令听指挥"，觉得这样很舒服，很幸福。

杨科长是个目光远大的人，她得给庆春（和她自己）安排一个远景规划的蓝图。庆春目前一切都很顺利，但要看到下一步。唱武生的，能在台上蹦跶多少年呢？照戏班里的说法，要找一个"落劲"。中央戏剧学院举办导演训练班，学员由各省推荐。市里分到一个名额，杨科长提出给郭庆春，科里、局里都同意。郭庆春在导演训练班学了两年，听过苏联专家的课，比较系统的知道斯坦尼斯拉夫斯基体系。毕业之后，回到剧团，大家自然刮目相看。这个剧团原来没有导演，要排新戏，排《三打祝家庄》《红娘子》，不是向外地剧团学，"刻模子"，就是请话剧团的导演来排。郭庆春学成归来，就成了专职导演。剧团里的人，有人希望他露两手，有人等着看他的笑话。接连排了两个戏，他全"拿"下来了。他并没有用一些斯坦尼的术语去唬人，他知道那样会招人反感。他用一些戏曲演员所熟悉，所能接受的行话临场指挥。比如，他不说"交流"，却说"过电"，——"你们俩得过电哪！"他不说什么"情绪的记忆"这样很玄妙的词儿，他只说是"神气"。"你要长神气。——长一点，再长一点！"他用的舞台调度也无非还是斜胡同、蛇蜕皮……但是变了一下，就使得演员既"过得去""走得上来"，又觉得新鲜。郭导演的威信建立起来了。从此，他不上舞台了。有时，有演员病了，他上去顶一角，人们就要竖大拇指："瞧人家郭导演，不拿导演架子！好样儿的！"

不但在本剧团，外剧团也常请他。京剧、评剧、梆子，他全导过。一通百通，应付裕如。他导的戏，已经不止一出拍成了戏曲艺术片。郭庆春三个字印在影片的片头，街头的广告上。

他不会再卖西瓜，卖柿子了。

他曾经两次参加戏剧代表团出国，到过东欧、苏联，到过朝鲜。他听了曾经出过国的师哥的建议，带了一包五香粉，一盒固体酱油，于是什么高加索烤羊肉、带血的煎牛排，他都能对付。他很想带一罐臭豆腐，经同行团员的劝阻，才没有带。量服装的时候，问他大衣要什么料子，他毫不迟疑地说："长毛绒！"服装厂的同志说在外国，男人没有穿长毛绒的，这才改为海军呢。

他在国外照了好多照片，黑白的，还有彩色的。他的爱人一张一张地贴在仿古缎面的相册上。这些照片上的郭庆春全都是器宇轩昂，很像个大导演。

由于爱人的活动（通过各种"老战友"的关系），他已经调到北京的剧团来了。他的母亲还健在。他的弟弟由于他的资助，上了学，现在在一家工厂当出纳。他有了一个女儿。已经上小学了。他有一套三居室的单元。他在剧团里自然也有气儿不顺的时候，为一个戏置景置装的费用，演员的"人位"，和领导争得面红耳赤，摔门，拍桌子；偶尔有很"个"的演员调皮捣蛋"吊腰子"，当面顶撞，出言不逊，气得他要休克，但是这样的时候不多，一年也只是七八次。总的说来，一切都很顺利。他对自己的生活很满意。因为满意，就没有理由不发胖，于是就发胖了。

他的感情是平稳的、柔软的、滑润的，像一块奶油（从国外回来，他养成爱吃奶油的习惯）。

今天遇见了一件事，使他的情绪有一点小小的波动。

剧团招收学员，他是主考。排练厅里摆了一张乒乓球案子，几把椅子。他坐在正中的一把上。像当初他进科班时被教师考察一样，一个一个考察着来应试的男孩子、女孩子。看看他们的相貌，体格，叫他们唱两句，拉一个山膀，踢踢腿，——来应试的孩子多半在家里请人教过，都能唱几句，走几个"身上"。然后在名单上用铅笔做一些记号。来应试的女孩子里有一个叫小玲。这孩子一走出来，郭庆春就一愣，这孩子长得太像一个人了。他有点走神。于小玲的唱（她唱的是"苏三离了洪洞县"），所走的"身子"，他都没有认真地听，看，名单上于小玲的名字底下，什么记号也没有做。

学员都考完了，于小玲往外走。郭庆春叫住她：

"于小玲。"

于小玲站住：

"您叫我？"

"……你妈姓什么？"

"姓许。"

没错，是许招弟的女儿。

"你爸爸……对，姓于。他还好吗？"

"我爸死了，有五年了。"

"你妈挺好？"

"还可以。"

"……她还是那样吗？"

"您认得我妈？"

"认得。"

"我妈就在外面。妈——！"

于小玲走出排练厅，郭庆春也跟着走出来。

190

迎面走过来许招弟。

许招弟还那样，只是憔悴瘦削，显老了。

"妈，这是郭导演。"

许招弟看着郭庆春，很客气地称呼一声：

"郭导演！"

郭庆春不知怎么称呼她好，也不能像小时候一样叫她招弟，只好含含糊糊地应了一声，问道：

"您倒好？"

"还凑合。"

"多年不见了。"

"有年头了。——这孩子，您多关照。"

"她不错。条件挺好。"

"回见啦。"

"回见！"

许招弟领着女儿转身走了。郭庆春看见她耳垂后面那颗红痣，有些怅惘。

以上，是京剧导演郭庆春在晚饭之后，微醺之中，闻着一阵一阵的马缨花的香味时所想的一些事。想的时候自然是飘飘忽忽，断断续续的。如果用意识流方法照实地记录下来，将会很长。为省篇幅，只能挑挑拣拣，加以剪裁，简单地勾出一个轮廓。

郭导演想：……一个人走过的路真是很难预料。如果不是解放了，他会是什么样子呢？也许还是卖西瓜、卖柿子、拉菜车？……如果他出科时不倒仓，又会是什么样子呢？也许他就唱红了，也许就会和许招弟结了婚。那么于小玲就会是他的女儿，她会不姓于，而姓郭？……

他正在这样漫无边际地想下去，他的女儿在屋里娇声喊道：

"爸，你进来，我要你！"

正好夹在手里的大前门已经吸完，烟头烧痛了他的手指，他把烟头往楼下的马缨花树帽上一扔，进屋去了。

第二天，郭导演上午导了一场戏，中午，几个小青年拉他去挑西瓜。

"郭导演，给我们挑一个瓜。"

"去一边去！当导演的还管挑西瓜呀！"

但还是被他们连推带拽地去了。他站在一堆西瓜前面巡视一下，挑了一个，用右手大拇指按在瓜皮上，用力往前一蹭，放在耳朵边听一听，轻轻拍一下：

"就这个！保证脆沙瓤。生了，娄了，我给钱！"

他抄起案子上的西瓜刀，一刀切过去，只听见喀嚓一声，瓜裂开了：薄皮、红瓤、黑籽。

卖瓜的惊奇地问：

"您卖过瓜？"

"我卖瓜的那阵，还没有你哪！哈哈哈哈……"

他大笑着走回剧团。谁也不知道他的笑声里包含了多少东西。

过了几天，招考学员发了榜，于小玲考取了。人们都说，是郭导演给她使了劲。

载一九八一年第八期《人民文学》

云致秋行状

　　云致秋是个乐天派，凡事看得开，生死荣辱都不太往心里去，要不他活不到他那个岁数。

　　我认识致秋时，他差不多已经死过一次。肺病。很严重了。医院通知了剧团，剧团的办公室主任上他家给他送了一百块钱。云致秋明白啦：这是让我想吃点什么吃点什么呀！——吃！涮牛肉，一天涮二斤。那阵牛肉便宜，也好买。卖牛肉的和致秋是老街坊，"发孩"，又是个戏迷，致秋常给他找票看戏。他知道致秋得的这个病，就每天给他留二斤嫩的，切得跟纸片儿似的，拿荷叶包着，等着致秋来拿。致秋把一百块钱牛肉涮完了，上医院一检查，你猜怎么着：好啦！大夫直纳闷：这是怎么回事呢？致秋说："我的火炉子好！"他说的"火炉子"指的是消化器官。当然他的病也不完全是涮牛肉涮好了的，组织上还让他上小汤山疗养了一阵。致秋说："还是共产党好啊！要不，就凭我，一个唱戏的，上小汤山，疗养——姥姥！"肺病是好了，但是肺活量小了。他说："我这肺里好些地方都是死膛儿，存不了多少气！"上一趟四楼，到了二楼，他总得停下来，摆摆手，意思是告诉和他一起走的人先走，他缓一缓，一会就来。就是这样，他还照样到楼梓庄参加劳动，到番字牌搞四清，上井冈山去体验生活，什么也没有落下。

除了肺不好，他还有个"犯肝阳"的毛病。"肝阳"一上来，两眼一黑，什么都看不见了。他从口袋里摸出一个干辣椒（他口袋里随时都带几个干辣椒）放到嘴里嚼嚼，闭闭眼，一会就好了。他说他平时不吃辣，"肝阳"一犯，多辣的辣椒嚼起来也不辣。这病我没听说过，不知是一种什么怪病。说来就来，一会儿又没事了。原来在起草一个什么材料，戴上花镜接茬儿下笔千言离题万里地写下去；原来在给人拉胡琴说戏，把合上的弓子抽开，定定弦，接茬儿说；原来在聊天，接茬儿往下聊。海聊穷逗，谈笑风生，一点不像刚刚犯过病。

致秋家贫，少孤。他家原先开一个小杂货铺，不是唱戏的，是外行。——梨园行把本行以外的人和人家都称为"外行"。"外行"就是不是唱戏的，并无褒贬之意。谁家说了一门亲事，俩老太太遇见了，聊起来。一个问："姑娘家里是干什么的？"另一个回答是干吗干吗的，完了还得找补一句："是外行。"为什么要找补一句呢？因为梨园行的嫁娶，大都在本行之内选择。门当户对，知根知底。因此剧团的演员大都沾点亲，"论"得上，"私底下"都按亲戚辈分称呼。这自然会影响到剧团内部人跟人的关系。剧团领导曾召开大会反过这种习气，但是到了还是没有改过来。

致秋上过学，读到初中，还在青年会学了两年英文。他文笔通顺，字也写得很清秀，而且写得很快。照戏班里的说法是写得很"溜"。他有一桩本事，听报告的时候能把报告人讲的话一字不落地记下来。他曾在邮局当过一年练习生，后来才改了学戏。因此他和一般出身于梨园世家的演员有些不同，有点"书卷气"。

原先在致兴成科班。致兴成散了，他拜了于连萱。于先生原先也是"好角"，后来塌了中①，就不再登台，在家教戏为生。

那阵拜师学戏，有三种。一种是按月致送束脩的。先生按时到学生家去，或隔日一次，或一个月去个十来次。一种本来已经坐了科，能唱了，拜师是图个名，借先生一点"仙气"，到哪儿搭班，一说是谁谁谁的徒弟，"那没错！"台上台下都有个照应。这就说不上固定报酬了，只是三节两寿——五月节，八月节，年下，师父、师娘生日，送一笔礼。另一种，是"写"给先生的。拜师时立了字据。教戏期间分文不取。学成之后，给先生效几年力。搭了班，唱戏了，头天晚上开了戏份——那阵都是当天开份，戏没有打住，后台管事都把各人的戏份封好了，第二天，原封交给先生。先生留下若干，下剩的给学生。也有的时候，班里为了照顾学生，会单开一个"小份"，另外封一封，这就不必交先生了。先生教这样的学生，是实授的，真教给东西。这种学生叫作"把手"的徒弟。师徒之间，情义很深。学生在先生家早晚出入，如一家人。

云致秋很聪明，摹仿能力很强，他又有文化，能抄本子，这比口传心授自然学得快得多，于先生很喜欢他。没学几年，就搭班了。他是学"二旦"的，但是他能唱青衣，——一般二旦都只会花旦戏，而且文的武的都能来，《得意缘》的郎霞玉，《银空山》的代战公主，都行。《四郎探母》，他的太后。——那阵班里派戏，都有规矩。比如《探母》，班里的旦角，除了铁镜公主，下来便是萧太后，再下来是四夫人，再下来才是八姐、九妹。谁来什么，都有一定。所开戏份，自有差别。致秋唱了几年戏，不管搭什么班，只要唱《探母》，太后都是他的。

致秋有一条好嗓子。据说年轻时扮相不错，——我有点怀疑。他

---

① 中年嗓子失音，谓之"塌中"。

是一副窄长脸，眼睛不大，鼻子挺长，鼻子尖还有点翘。我认识他时，他已经是干部，除了主演忙，或领导上安排布置，他不再粉墨登场了。我一共看过他两出戏：《得意缘》和《探母》。他那很多地方是死腔的肺里的氧气实在不够使，我看他扮着郎霞玉，拿着大枪在台上一通折腾，不停地呼哧呼哧喘气，真够他一呛！不过他还是把一出《得意缘》唱下来了。《探母》那回是"大合作"，在京的有名的须生、青衣都参加了，在中山公园音乐堂。那么多的"好角"，可是他的萧太后还真能压得住，一出场就来个碰头好。观众也有点起哄。一来，他确实有个太后的气派，"身上"，穿着花盆底那两步走，都是样儿；再则，他那扮相实在太绝了，京剧演员扮戏，早就改了用油彩。梅兰芳、程砚秋、尚小云，后来都用油彩。他可还是用粉彩，鹅蛋粉、胭脂，眉毛描得笔直，樱桃小口一点红，活脱是一幅"同光十三绝"，俨然陈德霖再世。

云致秋到底为什么要用粉彩化妆，这是出于一种什么心理，我一直没有捉摸透。问他，他说："粉彩好看！油彩哪有粉彩精神呀！"这是真话么？这是标新（旧）立异？玩世不恭？都不太像。致秋说："粉彩怎么啦，公安局管吗？"公安局不管，领导上不提意见，就许他用粉彩扮戏。致秋是个凡事从众随俗的人，有的时候，在无害于人，无损于事的情况下，也应该容许他发一点小小的狂。这会使他得到一点快乐，一点满足："这就是我——云致秋！"

致秋有个习惯，说着说着话，会忽然把眉毛、眼睛、鼻子"纵"在一起，嘴唇紧闭；然后又用力把嘴张开，把眼睛鼻子挣回原处。这是用粉彩落下的毛病，小时在科班里，化妆，哪儿给你准备蜜呀，用一大块冰糖，拿开水一沏，师父给你抹一脸冰糖水，就往上扑粉。冰糖水干了，脸上绷得难受，老想活动活动肌肉，好松快些，久而久之成了习惯，几十年也改不了。看惯了，不觉得。生人见面，一定很奇怪。我曾跟致秋说过："你当不了外交部长！——接见外宾，正说着世界大事，你来这么一下，那怎么行？"致秋说："对对对，我当不了外交部长！——我会当外交部长吗？"

致秋一辈子走南闯北，跑了不少码头，搭过不少班，"傍"过不少名角。他给金少山、叶盛章、唐韵笙都挎过刀①。他会的戏多，见过的也多，记性又好，甭管是谁家的私房秘本，什么四大名旦，哪叫麒派、马派，什么戏缺人，他都来顶一角，而且不用对戏，拿起来就唱。他很有戏德，在台上保管能把主角傍得严严实实，不洒汤，不漏水，叫你唱得舒舒服服。该你得好的地方，他事前给你垫足了，主角略微一使劲，"好儿"就下来了；主角今天嗓音有点失润，他也能想法帮你"遮"过去，不特别"铆上"，存心"啃"你一下。临时有个演员，或是病了，或是家里出了点事，上不去，戏都开了，后台管事急得乱转："云老板，您来一个！""救场如救火"，甭管什么大小角色，致秋二话不说，包上头就扮戏。他好说话。后台嘱咐"马前"，他就可以掐掉几句；"马后"，他能在台上多"绷"一会。有一次唱《桑园会》，老生误了场，他的罗敷，愣在台上多唱出四句大慢板！——临时旋编词儿。一边唱，一边想，唱了上句，想下句。打鼓佬和拉胡琴的直纳闷：他怎还唱呀！下来了，问他："您这是哪一派？"——"云派！"他聪明，脑子快，能"钻锅"，没唱过的戏，说说，就上去了，还保管不会出错。他台下人缘也好。从来不"拿糖""吊腰子"。为了戏份、包银不合适，临时把戏"砍"下啦，这种事他从来没干过。戏班里的事，也挺复杂，三叔二大爷，师兄，师弟，你厚啦，我薄啦，你鼓啦，我瘪啦，仨一群，俩一伙，你踩和我，我挤对你，又合啦，又"咧"啦……经常闹纷纷。常言说："宁带千军，不带一班。"这种事，

---

① 当主要配角，叫作"挎刀"。

致秋从来不往里掺和。戏班里流传两句"名贤集"式的处世格言，一是"小心干活，大胆拿钱"，一是"不多说，不少道"，致秋是身体力行的。他爱说，但都是海聊穷逗，从不钩心斗角，播弄是非。因此，从南到北，都愿意用他，来约的人不少，他在家赋闲当"散仙"的时候不多。

他给言菊朋挂过二牌，有时在头里唱一出，也有时陪着言菊朋唱唱《汾河湾》一类的"对儿戏"。这大概是云致秋的艺术生涯登峰造极的时候了。

我曾问过致秋："你为什么不自己挑班？"致秋说："有人撺掇过我。我也想过。不成，我就这半碗。唱二路，我有富裕，挑大梁，我不够。不要小鸡吃绿豆，强努。挑班，来钱多，事儿还多哪。挑班，约人，处好了，火炉子，热烘烘的；处不好，'虱子皮袄'，还得穿它，又咬得慌。还得到处请客、应酬、拜门子，我淘不了这份神。这样多好，我一个唱二旦的，不招风，不惹事。黄金荣、杜月笙、袁良、日本宪兵队，都找寻不到我头上。得，有碗醋卤面吃就行啦！"

致秋在外码头搭班唱戏了，所得包银，就归自己了。不过到哪儿，回北京，总得给于先生带回点什么。于先生病故，他出钱买了口好棺材，披麻戴孝，致礼尽哀。

攒了点钱，成了家。媳妇相貌平常，但是性情温厚，待致秋很好，净变法子给他做点好吃的，好让他的"火炉子"烧得旺旺的。

跟云致秋在一起，呆一天，你也不会闷得慌。他爱聊天，也会聊，他的聊天没有什么目的。聊天还有什么目的？有。有人爱聊，是在显示他的多知多懂。剧团有一位就是这样，他聊完了一段，往往要来这么几句："这种事你们哪知道啊！爷们，学着点吧！"致秋的爱聊，只是反映出他对生活，对人，充满了近于童心的兴趣。致秋聊天，极少臧否人物。"闲谈莫论人非"，他从不发人阴私，传播别人一点不大见得人的秘闻，以博大家一笑。有时说到某人某事，也会发一点善意的嘲笑，但都很有分寸，决不流于挖苦刻薄。他的嘴不损。他的语言很生动，但不装腔作势，故弄玄虚。有些话说得很逗，但不是"胳肢"人，不"贫"。他走南闯北，知道的事情很多，而且每个细节都记得非常清楚，——这真是一种少有的才能，一个小说家必备的才能！这事发生在哪一年，那年洋面多少钱一袋；是樱桃、桑椹下来的时候，还是韭花开的时候，一点错不了。我写过一个关于裘盛戎的剧本，把初稿送给他看过，为了核对一些事实，主要是盛戎到底跟杨小楼合唱过《阳平关》没有。他那时正在生病，给我写了一个字条：

> 盛戎和杨老板合演《阳平关》实有其事。那是一九三五年，盛戎二十，我十七。在华乐。那天杨老板的三出。头里一出是朱琴心的《采花赶府》(我的丫环)。盛戎那时就有观众，一个引子满堂好……

这大概是致秋留在我这里的唯一的一张"遗墨"了。头些日子我翻出来看过，不胜感慨。

致秋是北京解放后戏曲界第一批入党的党员。在第一届戏曲演员讲习会的时候就入党了。他在讲习会表现好，他有文化，接受新事物快。许多闻所未闻的革命道理，他听来很新鲜，但是立刻就明白了，"是这么个理儿！"许多老艺人对"猴变人"，怎么也想不通。在学习"谁养活谁"时，很多底包演员一死儿认定了是"角儿"养活了底包。他就掰开揉碎地给他们讲，他成了一个实际上的学习辅导员，——虽然讲了半天，很多老艺人还是似通不通。解放，对于云致秋，真正是一次解放，他的翻身感是很强烈的。唱戏的不再是"唱戏低"了，不是下九流了。他一辈子傍角儿。他和挑班的角儿关系处得不错，但他毕竟是个唱二旦的，不能和角儿平起平坐。"是龙有性"，角儿都有角儿的脾气。角儿今天脸色不好，全班都像顶着个雷。入了党，致秋觉得精神上长了一块，打心眼儿里痛快。"从今往后，我不再傍角儿！我傍领导！傍组织！"

他回剧团办过扫盲班。这个"盲"真不好扫呀。

舞台工作队有个跟包打杂的，名叫赵旺。他本叫赵旺财。《荷珠配》里有个家人，叫赵旺，专门伺候员外吃饭。员外后来穷了，还是一来就叫"赵旺！——我要吃饭了"。"赵旺"和"吃饭"变成了同义语。剧团有时开会快到中午了，有人就提出："咱们该赵旺了吧！"这就是说：该吃饭了。大家就把赵旺财的财字省了，上上下下都叫他赵旺。赵旺出身很苦（他是个流浪孤儿，连自己的生出生年月都不知道），又是"工人阶级"，"文化大革命"中就成了几个战斗组争相罗致的招牌，响当当的造反派。

就是这位赵旺老兄，曾经上过扫盲班。那时扫盲没有新课本，还是沿用"人手足刀尺"。云致秋在黑板上写了个"足"字，叫赵旺读。赵旺对着它相了半天面。旁边有个演员把脚伸出来，提醒他。赵旺读出来了："鞋！"云致秋摇摇头。那位把鞋脱了，赵旺又读出来了："哦，袜子。"云致秋又摇摇头。那位把袜子也脱了，赵旺大声地读了出来："脚巴丫子！"（云致秋想：你真行！一个字会读成四个字！）

扫盲班结束了，除了赵旺，其余的都认识了不少字，后来大都能看《北京晚报》了。

后来，又办了一期学员班。

学员班只有三个人是脱产的，都是从演员里抽出来的，一个贾世荣，是唱里子老生的，一个云致秋，算是正副主任。还有一个看功的老师马四喜。

马四喜原是唱武花脸的，台上不是样儿，看功却有经验。他父亲就是在科班里抄功的。他有几个特点。一是抽关东烟，闻鼻烟，绝对不抽纸烟。二是肚子里很宽，能读"三列国"、《永庆升平》、《三侠剑》，倒背如流。另一个特点是讲话爱用成语，又把成语的最后一个字甚至几个字"歇"掉。他在学员练功前总要讲几句话：

"同志们，你们可都是含苞待，大家都有锦绣前！这练功，一定要硬砍实，可不能偷工减！千万不要少壮不，将来可就要老大徒啦！——踢腿：走！"

贾世荣是个慢性子，什么都慢。台上一场戏，他一上去，总要比别人长出三五分钟。他说话又喜欢咬文嚼字，引经据典。所据经典，都是戏。他跟一个学员谈话，告诫他不要骄傲："可记得关云长败走麦城之故耳？……"下面就讲开了《走麦城》。从科班到戏班，除此以外，他哪儿也没去过。不知道谁的主意，学员班要军事化。他带操，"立正！报数！齐步走！"这都不错。队伍走到墙根了，他不叫"左转弯走"或"右转弯走"，也不知道叫"立定"，一下子慌了，就大声叫："吁……！"云致秋和马四喜也跟在队后面走。马四喜炸了："怎么碴！把我们全当成牲口啦！"

贾世荣和马四喜各执其事，不负全面责任，学员班的一切行政事务，全面由云致秋一个人操持。借房子，招生，考试，政审，请教员。谁的五音不全，谁的上下身不合。谁正在倒仓，能倒过来不能。谁的半月板扭伤了，谁撕裂了韧带，请大夫，上医院。男生干架，女生斗嘴……事无巨细，都得要管。每天还要说戏。凡是小嗓的，他全包了，青衣、花旦、刀马，唱做念打，手眼身法步，一招一式地教。

学员班结业，举行了汇报演出。剧团的负责人，主要演员都到场看了，——一半是冲着云致秋的面子去的。"咱们捧捧致秋！办个学员班，不易！"——"捧捧！"党委书记讲话，说学员班办得很有成绩，为剧团输送了新的血液。实际上是输送了一些"院子过道"、宫女丫环。真能唱一出的，没有两个。当初办学员班，目的就在招"院子过道"、宫女丫环，没打算让他们唱一出。这一期学员，后来在"文化大革命"中可没少热闹。

致秋后来又当了一任排练科长。排练科是剧团最敏感的部门。演员们说，剧团只有两件事是"过真格"的。一是"拿顶"。"拿顶"就是领工资，——剧团叫"开支"。过去领工资不兴签字，都要盖戳。戳子都是字朝下，如拿顶，故名"戳子拿顶"。一简化，就光剩下"拿顶"了。"嗨，快去，拿顶来！"另一件，是排戏。一个演员接连排出几出戏，观众认可了，嗡嗡嗡，就许能红了。几年不演戏，本来有两下子的，就许窝了回去。给谁排啦，不给谁排啦；派谁什么角色啦，讨俏不讨俏，费力不费力，广告上登不登，戏单上有没有名字……剧团到处喊喊喳喳，交头接耳，咬牙跺脚，两眼发直，整天就是这些事儿。排练科长，官不大，权不小。权这个东西是个古怪东西。人手里有它，就要变人性。说话调门儿也高啦，用的字眼儿也不同啦，神气也变啦。谁跟我不错，"好，有在那里！"谁得罪过我，"小子，你等着吧，只要我当一天科长，你就甭打算痛快！"因此，两任排练科长，没有不招恨的。有人甚至在死后还挨骂："×××，真他妈不是个东西！"云致秋当了两年排练科长，风平浪静。他排出来的戏码，定下的"人位"（戏班把分派角色叫作"定人位"），一碗水端平，谁也挑不出什么来。有人给他家装了一条好烟，提了两瓶酒，几斤苹果，致秋一概婉词拒绝："哥们！咱们不兴这个！我要不想抽您那条大中华，喝您那两瓶西凤，我是孙子！可我现在在这个位置上，不能让人戳我的脊梁骨。您拿回去！咱们天知地知，你知我知，就当没有这回事！"

后来致秋调任了办公室副主任，——主任是贾世荣。

他这个副主任没地儿办公。办公室里会计、出纳、总务、打字员，还有贾主任独据一张演《林则徐》时候特制的维多利亚时代硬木雕花的大写字台（剧团很多家具都是舞台上撤下来的大道具），都满了。党委办公室还有一张空桌子，"得来，我就这儿就乎就乎吧！"我们很欢迎他来，他来了热闹。他不把我们看成"外行"，对于从老解放区来的，部队下来的，老郭、老吴、小冯、小梁，还有像我这样的"秀才"，天生来有一种好感。我们很谈得来。他事实上成了党委会的一名秘书。党委和办公室的工作原也不大划得清。在党委会工作的几个人，没有十分明确的分工。有了事，大家一齐动手；没事，也可以瞎聊。致秋给自己的工作概括成为四句话：跑跑颠颠，上传下达，送往迎来，喜庆堂会。

党委会经常要派人出去开会。有的会，谁也不愿去，就说："嗨，致秋，你去吧！""好，我去！"市里或区里布置春季卫生运动大检查、植树、"交通安全宣传周"，以及参加刑事杀人犯公审（公审后立即枪决）……这都是他的事。回来，传达。他的笔记记得非常详细，有闻必录。让他念念笔记，他开始念了："张主任主持会议。张主任说：'老王，你的糖尿病好了一点没有？'……"问他会议的主要精神是什么，什么是张主任讲话的要点，答曰："不知道。"他经常起草一些向上面汇报的材料，翻翻笔记本，摊开横格纸就写，一写就是十来张。写到后来，写不下去了，就叫我："老汪，你给我瞧瞧，我这写的是什么呀？"我一看：哩哩啦啦，噜苏重复，不知所云。他写东西还有个特点，不分段，从第一个字到末一个句号，一气到底，一大篇！经常得由我给他"归置归置"，重新整理一遍。他看了说："行！你真有两下。"我说："你写之前得先想想，想清楚再写呀。李笠翁说，要袖手于前，才能疾书于后哪！"——"对对对！我这是疾书于前，袖手于后！写到后来，没了辙了！"

他的主要任务，实际是两件。一是做上层演员的统战工作。剧团的党委书记曾有一句名言：剧团的工作，只要把几大头牌的工作做好，就算搞好了一半（这句话不能算是全无道理，可是在"文化大革命"中成为群众演员最为痛恨的一条罪状）。云致秋就是搞这种工作的工具。另一件，是搞保卫工作。

致秋经常出入于头牌之门，所要解决的都是些难题。主要演员彼此常为一些事情争，争剧场（谁都愿上工人俱乐部、长安、吉祥，谁也不愿去海淀，去圆恩寺……），争日子口（争节假日，争星期六、星期天），争配角，争胡琴，争打鼓的。致秋得去说服其中的一个顾全大局，让一让。最近"业务"不好，希望哪位头牌把本来预订的"歇工戏"改成重头戏；为了提拔后进，要请哪位头牌"捧捧"一个青年演员，跟她合唱一出"对儿戏"；领导上决定，让哪几个青年演员"拜"哪几位头牌，希望头牌能"收"他们……这些等等，都得致秋去说。致秋的工作方法是进门先不说正事，三叔二舅地叫一气，插科打诨，嘻嘻哈哈，然后才说："我今儿来，一来是瞧瞧您，再，还有这么档事……"他还有一个偏方，是走内线。不找团长（头牌都是团长、副团长），却找"团太"。这是戏班里兴出来的特殊称呼，管团长的太太叫"团太"。团太知道他无事不登三宝殿，有时绷着脸："三婶今儿不高兴，给三婶学一个！"致秋有一手绝活：学人。甭管是台上、台下，几个动作，神情毕肖。凡熟悉梨园行的，一看就知道是谁。他经常学的是四大须生出场报名，四人的台步各有特色，音色各异，对比鲜明。"漾（杨）抱（宝）森"（声音浑厚，有气无力）；"谭富音（英）"（又高又急又快，"英"字抵腭不穿鼻，读成"鬼音"）；"奚啸伯"（嗓音很细，"奚、啸"皆读尖字，"伯"字读为入声）；"马——连——良呃！"（吊儿郎当，满不在乎）。逗得三婶哈哈一乐："什么事？说吧！"致秋把事情一说。"就这么点事儿呀？嘿！没什么大不了的！行了，等老头子回来，我跟他说说！"事情就算办成了。

党委会的同志对他这种做法很有意见。有时小冯或小梁跟他一同去，出了门就跟他发作："云致秋！你这是干什么！——小丑！"——"是小丑！咱们不是为把这点事办圆全了吗？这是党委交给我的任务，我有什么办法？你当我愿意哪！"

云致秋上班有两个专用的包。一个是普通双梁人造革黑提包，一个是带拉链、有一把小锁的公文包。他一出门，只要看他的自行车把上挂的是什么包，就知道大概是上哪里去。如果是双梁提包，就不外是到区里去，到文化局或市委宣传部去。如果是拉锁公文包，就一定是到公安局去。大家还知道公文包里有一个蓝皮的笔记本。这笔记本是编了号的，并且每一页都用打号机打了页码。这里记的都是有关治安保卫的材料。材料有的是公安局传达的，有的是他向公安局汇报的。这些笔记本是绝对保密的。他从公安局开完会，立刻回家，把笔记本锁在一口小皮箱里。云致秋那么爱说，可是这些笔记本里的材料，他绝对守口如瓶，没有跟任何人谈过。谁也不知道这里面写的是什么，不少人都很想知道。因为他们知道这些材料关系到很多人的命运。出国或赴港演出，谁能去，谁不能去；谁不能进人民大会堂，谁不能到小礼堂演出；到中南海给毛主席演戏，名单是怎么定的……这些等等，云致秋的小本本都起着作用。因为那只拉锁公文包和包里的蓝皮笔记本，使很多人暗暗地对云致秋另眼相看，一看见他登上车，车把上挂着那个包，就彼此努努嘴，暗使眼色。这些笔记本，在云致秋心里，是很有分量的。他感到党对自己的信任，也为此觉得骄傲，有时甚至有点心潮澎湃，壮怀激烈。

因为工作关系，致秋不但和党委书记、团长随时联系，和文化局的几位局长也都常有联系。主管戏曲的、主管演出的和主管外事的副局长，经常来电话找他。这几位局长的办公室，家里，他都是推门就进。找他，有时是谈工作，有时是托他办点私事，——在全聚德订两只烤鸭，到前门饭店买点好烟、好酒……有时甚至什么也不为，只是找他来瞎聊，解解闷（少不得要喝两盅）。他和局长们虽未到了称兄道弟的程度，但也可以说是"忘形到尔汝"了。他对局长，从来不称官衔，人前人后，都是直呼其名。他在局长们面前这种自由随便的态度很为剧团许多演员所羡慕，甚至嫉妒。他们很纳闷：云致秋怎么能和头儿们混得这样熟呢？

致秋自己说的"四大任务"之一的"喜庆堂会"，不是真的张罗唱堂会——现在还有谁家唱堂会呢？第一是张罗拜师。有一阵戏曲界大兴拜师之风。领导上提倡，剧团出钱。只要是看来有点出息的演员，剧团都会由一个老演员把他（她）们带着，到北京来拜一个名师。名演员哪有工夫教戏呀？他们大都有一个没有嗓子可是戏很熟的大徒弟当助教。外地的青年演员来了，在北京住个把月，跟着大师哥学一两出本门的戏，由名演员的琴师说说唱腔，临了，走给老师看看，老师略加指点，说是"不错"！这就高高兴兴地回去，在海报上印上"×××老师亲授"字样，顿时身价十倍，提级加薪。到北京来，必须有人"引见"剧团的老演员。很多都是先投云致秋，因为北京的名演员的家里，致秋哪家都能推门就进。拜师照例要请客。文化局的局长、科长，剧团的主要演员、琴师、鼓师，都得请到。云致秋自然少不了。致秋这辈子经手操办过的拜师仪式，真是不计其数了。如果你愿意听，他可以给你报一笔总账，保管落不下一笔。

致秋忙乎的另一件事是帮着名角办生日。办生日不过是借名请一次客。致秋是每请必到，大都是头一个。他既是客人，也一半是主人，——负责招待。他是不会忘记去吃这一顿的，名角们的生辰他都记得烂熟。谁今年多大，属什么的，问他，张口就能给你报出来。

我们对致秋这种到处吃喝的作风提过意见。他说："他们愿意请，不吃白不吃!"

致秋火炉子好,爱吃喝,但平常家里的饭食也很简单。有一小包天福号的酱肘子,一碟炒麻豆腐,就酒菜、饭菜全齐了。他特别爱吃醋卤面。跟我吹过几次,他一做醋卤,半条胡同都闻见香。直到他死后,我才弄清楚醋卤面是一种什么面。这是山西"吃儿"(致秋原籍山西)。我问过山西人,山西人告诉我:"嘻!茄子打卤,搁上醋!"这能好吃到哪里去?然而我没能吃上致秋亲手做的醋卤面,想想还是有些怅然,因为他是诚心请我的。

"文化大革命"一来,什么全乱了。

京剧团是个凡事落后的地方,这回可是跑到前面去了。一夜之间,剧团变了模样。成立了各色各样,名称奇奇怪怪的战斗组。所有的办公室、练功厅、会议室、传达室、甚至堆煤的屋子、烧暖气的锅炉间、做刀枪靶子的作坊……全都给瓜分占领了。不管是什么人,找一个地方,打扫一番,搬来一些箱箱柜柜,都贴了封条,在门口挂出一块牌子,这就是他们的领地了。——只有会计办公室留下了,因为大家知道每个月月初还得"拿顶",得有个地方让会计算账。大标语,大字报,高音喇叭,语录歌,五颜六色,乱七八糟。所有的人都变了人性。"小心干活,大胆拿钱","不多说,不少道",全都不时兴了。平常挺斯文的小姑娘,会站在板凳上跳着脚跟人辩论,口沫横飞,满嘴脏字,完全成了一个泼妇。连贾世荣也上台发言搞大批判了。不过他批远不批近,不批团领导、局领导,他批刘少奇,批彭真。他说的都是报上的话,但到了他嘴里都有点"上韵"的味道。他批判这些大头头,不用"反革命修正主义"之类的帽子,他一律称之为"××老儿!"云致秋在下面听着,心想:真有你的!大家听着他满口"××老儿",都绷着。一个从音乐学院附中调来的弹琵琶的女孩终于忍不住噗嗤一声笑出来了。有一回，他又批了半天"××老儿"，下面忽然有人大声嚷嚷："去你的'××老儿'吧！你给他捧的臭脚还少哇！——下去啵你！"这是马四喜。从此，贾世荣就不再出头露面。他自动地走进了牛棚。进来跟"黑帮"们抱拳打招呼，说："我还是在这儿好。"

从学员班毕业出来的这帮小爷可真是神仙一样的快活。他们这辈子没有这样自由过，没有这样随心所欲，想干什么就干什么过。他们跟社会上的造反团体挂钩，跟"三司"，跟"西纠"，跟"全艺造"，到处拉关系。他们学得很快。社会上有什么，剧团里有什么。不过什么事到了他们手里，就都还有所发明，有所创造，有所前进，就都带上了京剧团的特点，也更加闹剧化。京剧团真是藏龙卧虎哇！一下子出了那么多司令、副司令，出了那么多理论家，出了那么多笔杆子（他们被称为刀笔）和那么多"糨子手"。——这称谓是京剧团以外所没有的，即专门刷大字报糨糊的。戏台上有"牢子手""刽子手"，专刷糨子的于是被称为"糨子手"。赵旺就是一名"糨子手"。外面兴给黑帮挂牌子了，他们也挂！可是他们给黑帮挂的牌子却是外面见不到的：《拿高登》里的石锁，《空城计》诸葛亮抚的瑶琴，《女起解》苏三戴的鱼枷。——这些"砌末"上自然都写了黑帮的姓名过犯。外面兴游街，他们也得让黑帮游游。几个战斗组开了联席会议，会上决定，给黑帮"扮上"：给这些"敌人"勾上阴阳脸，戴上反王盔，插一根翎子，穿上各色各样古怪戏装，让黑帮打着锣，自己大声报名，谁声音小了，就从后腰眼狠狠地杵一锣槌。

马四喜跟这些小将不一样。他一个人成立一个战斗组。他这个战斗组随时改换名称，这些名称多半与"独"字有关，一会叫"独立寒秋战斗组"，一会叫"风景这边独好战斗组"。用得较久的是"不顺南不顺北战士"。（北京有一句俗话："骑着城墙骂鞑子，不顺南不顺北。")团里分为两大派，他哪一派不参加，所以叫"不顺南不顺北"。他上午睡觉。下午写大字报。天天写，谁都骂，逮谁骂谁。晚上是他最来精神的时候。他自愿值夜，看守黑帮。看黑帮，他并不闲着，每天找一名黑帮"单个教练"。他喝完了酒，沏上一壶酽茶，抽上关东烟，就开始"单个教练"了。所谓"单个教练"，是他给黑帮上课，讲马列主义。黑帮站着，他坐着。一教练就是两个小时，从十二点到次日凌晨两点，准时不误。

（不知道为什么，他没有把我叫去"教练"过，因此，我不知道他讲马列主义时是不是也是满口的歇后成语。要是那样，那可真受不了!）

云致秋完全蒙了。他从旧社会到新社会形成的、维持他的心理平衡的为人处世哲学彻底崩溃了。他不但不知道怎么说话，怎么待人，甚至也不知道怎么思想。他习惯了依靠组织，依靠领导，现在组织砸烂了，领导都被揪了出来。他习惯于有事和同志们商量商量，现在同志们一个个都难于自保，谁也怕担干系，谁也不给谁拿什么主意。他想和老伴谈谈，老伴吓得犯了心脏病躺在床上，他什么也不敢跟她说。他发现他是孤孤零零一个人活在这个乱乱糟糟的世界上，这可真是难哪! 每天都听到熟人横死的消息。言慧珠上吊了（他是看着她长大的）。叶盛章投了河（他和他合演过《酒丐》）。侯喜瑞一对爱如性命的翎子叫红卫兵撅了（他知道这对翎子有多长）。裘盛戎演《姚期》的白满叫人给铰了（他知道那是多少块现大洋买的）……"今夜脱了鞋，不知明天来不来。"谁也保不齐今天会发生什么事。过一天，算一日! 云致秋倒不太担心被打死，他担心被打残废了，那可就恶心了! 每天他还得上团里去。老伴每天都嘱咐："早点回来!"——"晚不了!"每天回家，老伴都得问一句："回来了? ——没什么事?"——

"没事。全须全尾——吃饭!"好像一吃饭,他今天就胜利了,这会儿至少不会有人把他手里的这杯二锅头夺过去泼在地上!不过,他喝着喝着酒,又不禁重重地叹气:"唉! 这乱到多会儿算一站?"

云致秋在"文化大革命"中做了三件他在平时绝不会做的事。这三件事对致秋以后的生活产生了相当深远的影响。

一件是揭发批判剧团的党委书记。他是书记的亲信,书记有些直送某某首长"亲启"的机密信件都是由致秋用毛笔抄写送出的。他不揭发,就成了保皇派。他揭发了半天,下面倒都没有太强烈的反应,有一个地方,忽然爆发出哄堂的笑声。致秋说:"你还叫我保你!——我保你,谁保我呀!"这本来是一句大实话,这不仅是云致秋的真实思想,也是许多人灵魂深处的秘密,很多人"造反"其实都是为了保住自己。不过这种话怎么可以公开地,在大庭广众之前说出来呢? 于是大家觉得可笑,就大声地笑了,笑得非常高兴。他们不是笑自己的自私,而是笑云致秋的老实。

第二件,是他把有关治安保卫工作的材料,就是他到公安局开会时记了本团有关人事的蓝皮笔记本,交出去了。那天他下班回家,正吃饭,突然来了十几个红卫兵:"云致秋! 你他妈的还喝酒! 跪下!"红卫兵随即展读了一道"勒令",大意谓:云致秋平日专与人民为敌,向反动的公检法多次提供诬陷危害革命群众的黑材料。是可忍熟(原文如此)不可忍。云致秋必须立即将该项黑材料交出,否则后果自负。"后果自负"是具有很大威力的恐吓性的词句,云致秋糊里糊涂地把放这些材料的皮箱的钥匙交给了革命群众。革命群众拿到材料,点点数目,几个人分别装在挎包里,登上自行车,呼啸而去。

第二天上班,几个党员就批评他。"这种材料怎么可以交出去?"——"他们说这是黑材料。"——"这是黑材料吗? 你太软弱了! 如果国民党来了,你怎么办! 你还算个党员吗?"——"我怕他们把我媳妇吓死。"这也是一句实情话，可是别人是不会因此而原谅他的。当时事情也就过去了，后来到整党时，他为这件事多次通不过，他痛哭流涕地检查了好多回。他为这件事后悔了一辈子。他知道，以后他再也不适合干带机要性质的工作了。

第三件，是写了不少揭发材料，关于局领导的，团领导的。这些材料大都不是什么重大政治问题，都是些鸡毛蒜皮的生活小事。但是这些材料都成了斗争会上的炮弹，虽然打不中要害，但是经过添油加醋，对"搞臭"一个人却有作用。被批判的人心里明白，这些材料是云致秋提供的，只有他能把时间、地点、事情的经过记得那样清楚。

除了陪着黑帮游了两回街，听了几次马四喜的"单个教练"，云致秋在"文化大革命"中没有受太大的罪。他是旧党委的"黑班底"，但够不上是走资派，他没有进牛棚，只是由革命群众把他和一些中层干部集中在"干部学习班"学习，学毛选，写材料。后来两派群众热衷于打派仗，也不大管他们，他觉得心里踏实下来，在没人注意他们时，他又悄悄传播一些外面的传闻，而且又开始学人、逗乐了。干部学习班的空气有时相当活跃。

云致秋"解放"得比较早。

成立了革委会。上面指示：要恢复演出。团里的几出样板戏，原来都是云致秋领着到样板团去"刻模子"刻出来的，他记性好，能把原剧复排出来。剧中有几个角色有政治问题，得由别人顶替，这得有人给说。还有几个红五类的青年演员要培养出来接班。军代表、工宣队和革委会的委员们一起研究：还得把云致秋"请"出来。说是排戏，实际上是教戏。

云致秋爱教戏，教戏有瘾，也会教。有的在北京、天津、南京已经颇有名气的演员，有时还特意来找云致秋请教，不管哪一出，他都能说出个么二三，官中大路是怎样的，梅在哪里改了改，程在哪里走的是什么，简明扼要，如数家珍。单是《长坂坡》的"抓帔"，我就见他给不下七八个演员说过。只要高盛麟来北京演出《长坂坡》，给盛麟配戏的旦角都得来找致秋。他教戏还是有教无类，什么人都给说。连在党委会工作的小梁，他都愣给她说了一出《玉堂春》，一出《思凡》。

不过培养这几个红五类接班人，可把云致秋给累苦了。这几个接班人完全是"小老斗"①，连脚步都不会走，致秋等于给她们重新开蒙。他给她们"掰扯"嘴里，"抠哧"身上，得给她们说"范儿"。"要先有身上，后有手"，"劲儿在腰里，不在肩膀上"，"先出左脚，重心在右脚，再出右脚，把重心移过来"……他帮她们找共鸣，纠正发音位置，哪些字要用丹田，哪些字"嘴里唱"就行了。有一个演员嗓音缺乏弹性，唱不出"擞音"，声音老是直的，他恨不得钻进她的嗓子，提喽着她的声带让它颤动。好不容易，有一天，这个演员有了一点"擞"，云致秋大叫了一声："我的妈呀，你总算找着了！"致秋一天三班，轮番给这几位接班人说戏，每说一个"工时"，得喝一壶开水。

致秋教学生不收礼，不受学生一杯茶。剧团有这么一个不成文的规矩，老师来教戏，学生得给预备一包好茶叶。先生把保温杯拿出来，学生立刻把茶叶折在里面，给沏上，闷着。有的老师就有一个杯子由学生保存，由学生在提兜里装着，老师来到，茶已沏好。致秋从不如此，他从来是自己带着一个"瓶杯"——玻璃水果罐头改制的，里面装好了茶叶。他倒有几个很好看的杯套，是女生用玻璃丝编了送他的。

于是云致秋又成了受人尊敬的"云老师"，"云老师"长，"云老

---

① 未经过严格训练，一举一动都不是样儿，叫作"老斗"。

师"短，叫得很亲热。因为他教学有功，几出样板戏都已上演，有时有关部门招待外国文化名人的宴会，他也收到请柬。他的名字偶尔在报上出现，放在"知名人士"类的最后一名。"还有知名人士×××、×××、云致秋。"干部学习班的"同学"有时遇见他，便叫他"知名人士"，云致秋："别逗啦！我是'还有'！"

在云致秋又"走正字"的时候，他得了一次中风，口眼歪斜。他找了小孔。孔家世代给梨园行瞧病，演员们都很信服。致秋跟小孔大夫很熟。小孔说："你去找两丸安宫牛黄来，你这病，我包治！"两丸安宫牛黄下去，吃了几剂药，真好了。致秋拄了几天拐棍，后来拐棍也扔了，他又来上班了。

"致秋，又活啦！"

"又活啦。我寻思这回该上八宝山了，没想到，到了五棵松，我又回来啦！"

"还喝吗?"

"还喝！——少点。"

打倒"四人帮"，百废俱兴，政策落实，没想到云致秋倒成了闲人。

原来的党委书记兼团长调走了。新由别的剧团调来一位党委书记兼团长。辛团长（他姓辛）和云致秋原来也是老熟人，但是他带来了全部班底，从副书记到办公室、政工、行政各部门的主任、会计出纳、医务室的大夫，直到扫楼道的工人、看传达室的……他没有给云致秋安排工作。局里的几位副局长全都"起复"了，原来分工干什么的还干什么。有人劝致秋去找找他们，致秋说："没意思。"这几位头头，原来三天不见云致秋，就有点想他。现在，他们想不起他来了。局长们的胸怀不会那样狭窄，他们不会因为致秋曾经揭发过他们的问题而耿耿于怀，只是他们对云致秋的感情已经很薄了。有时有人在他们面前提起致秋，他们只是淡淡地说："云致秋，还是那么爱逗吗？"

致秋是个热闹惯了、忙活惯了的人，他闲不住。闲着闲着，就闲出病来了。病走熟路，他那些老毛病挨着个儿来找他，他于是就在家里歇病假，哪儿也不去。他的工资还是团里领，每月月初，由他的女儿来"拿顶"，他连团里大门也不想迈。

他的老伴忽然死了，死于急性心肌梗死。这对于致秋的打击是难以想象的。他整个的垮了。在他老伴的追悼会上，他站不起来，只是瘫坐在一张椅子里，不停地流泪。熟人走过，跟他握手，他反复地说："我完了！我完了！"老伴火化了，他也就被送进了医院。

他出院后，我和小冯、小梁去看他。他精神还好，见了我们挺高兴。

"哎呀，你们几位还来呀！——我这儿现在没有什么人来了！"

我们给他带了一点水果，一只烧鸡，还有一瓶酒。他用手把烧鸡撕开，喝起来。

喝着酒，他说："老汪，小冯，小梁，我告诉你们，我活不了多久了。"

我们都说："别瞎说！你现在挺好的。"

"不骗你们！这一阵我老是做梦，梦见我媳妇。昨儿夜里还梦见。我出外，她送我。跟真事一模一样。那年，李世芳坐飞机摔死那年，我要上青岛去。下大雨。前门火车站前面水深没脚脖子。她蹚着水送我。火车快开了，她说：'咱们别去了！咱们不挣那份钱！'那回她是这么说来着。一样！清清楚楚，说话的声音，神气！快了，我们就要见面了。"

小冯说："你是一个人在家里闷的，胡思乱想！身体再好些，外边走走，找找熟人，聊聊！"

"我原说我走在她头里，没想到她倒走在我头里。一辈子的夫妻，没红过脸。现在我要换衣服，得自己找了。——我女儿她们不知道在哪儿。这是怎么话说的，就那么走了！"

又喝了两杯酒，他说，像是问我们，又像是自言自语：

"我这也是一辈子。我算个什么人呢？"

小冯调到戏校管人事，她和戏校的石校长说：

"云致秋为什么老让他闲着？他还能发挥作用。咱们还缺教员，是不是把他调过来？"

石校长一听，立刻同意："这个人很有用！他们不要，我们要！你就去办这件事！"

小冯找到致秋，致秋欣然同意。他说："过了冬天，等我身体好一点，不太喘了，就去上班。"

我因事到南方去转了一圈，回来时，听小梁说："云致秋死了。"

"什么病？"

"他的病多了！前一阵他觉得身体好了些，想到戏校上班。别人劝他再休息休息。他弄了一架录音机，对着录音机说戏，想拿到戏校给学生先听着。接连说了五天，第六天，不行了。家里没有人。邻居老关发现了，赶紧叫了几个人，弄了一辆车，把他送到医院，到了医院，已经没脉了。他在车上人还清楚，还说了一句话：'给我一条手绢。'车上人很急乱，他的声音很小，谁也没注意，只老关听见了。"

这时候，他要一条手绢干什么？"给我一条手绢"是他最后说的一句话，但是这大概不能算是"遗言"。

要给致秋开追悼会。我们几个人算是他的老战友了，大家都说："去，一定去！别人的追悼会可以不去，致秋的追悼会一定得去！"

我们商量着要给致秋送一副挽联。我想了想，拟了两句。小梁到荣宝斋买了两张云南宣，粘接好了，我试了试笔，就写起来：

跟着谁，傍着谁，立志甘当二路角；
会几出，教几出，课徒不受一杯茶。

大家看了，都说："贴切。"

论演员，不过是二路；论职务，只是办公室副主任和戏校教员，我们知道，致秋的追悼会的规格是不会高的，——追悼会也讲规格，真是叫人丧气！但是没有想到会是这样凄惨。来的人很少。一个小礼堂，稀稀落落地站了不满半堂人。戏曲界的名人，致秋的"生前友好"，甚至他教过的学生，很多都没有来。来的都是剧团的一些老熟人：贾世荣、马四喜、赵旺……花圈倒不少，把两边墙壁都摆满了。这是向火葬场一总租来的。落款的人名好些是操办追悼会的人自作主张地写上去的，本人都未必知道。挽联却只有我们送的一副，孤零零的，看起来颇有点嘲笑的味道。石校长致悼词。上面供着致秋的遗像。致秋大概第一次把照片放得这样大。小冯入神地看着致秋的像，轻轻地说："致秋这张像拍得很像。"小梁点点头："很像！"

我们到后面去向致秋的遗体告别。我参加追悼会，向来不向遗体告别，这次是破例。致秋和生前一样，只是好像瘦小了些。头发发干了，干得像草。脸上很平静。一个平日爱跟致秋逗的演员对着致秋的脸端详了很久，好像在想什么。他在想什么呢？该不会是想：你再也不能把眉毛眼睛鼻子纵在一起了吧？

天很晴朗。

我坐在回去的汽车里，听见一个演员说了一句什么笑话，车里一半人都笑了起来。我不禁想起陶渊明的《拟挽歌辞》："向来相送人，各自还其家。亲戚或余悲，他人亦已歌。"不过，在云致秋的追悼会后说说笑话，似乎是无可非议的，甚至是很自然的。

致秋死后，偶尔还有人谈起他：

"致秋人不错。"

"致秋教戏有瘾。他也会教，说的都是地方，能说到点子上。——他会得多，见得也多。"

最近剧团要到香港演出，还有人念叨：

"这会要是有云致秋这样一个又懂业务，又能做保卫工作的党员，就好了！"

一个人死了，还会有人想起他，就算不错。

一九八三年七月二日写完，为纪念一位亡友而作。

注：这是小说，不是报告文学。文中所写，并不都是真事。

载一九八三年第十一期《北京文学》

讲用

郝有才一辈子没有什么露脸的事，也没有多少现眼的事。他是个极其普通的人，没有什么特点。要说特点，那就是他过日子特别仔细，爱打个小算盘，话说回来了，一个人过日子仔细一点，爱打个小算盘，这碍着别人什么了？为什么有些人总爱拿他的一些小事当笑话说呢？

他是三分队的。三分队是舞台工作队。一分队是演员队，二分队是乐队。管箱的，——大衣箱、二衣箱、旗包箱，梳头的，检场的……这都归三分队。郝有才没有坐过科，拜过师，是个"外行"，什么都不会，他只会装车、卸车、搬布景、挂吊杆，干一点杂活。这些活，看看就会，没有三天力巴。三分队的都是"苦哈哈"，他们的工资都比较低。不像演员里的"好角"，一月能拿二百多、三百。也不像乐队里的名琴师、打鼓佬，一月也能拿一百八九。他们每月都只有几十块钱。"开支"的时候，工资袋里薄薄的一沓，数起来很省事。他们的家累也都比较重，孩子多。因此，三分队的过日子都比较俭省，郝有才是其尤甚者。

他们家的饭食很简单，不过能够吃饱。一年难得吃几次鱼，都是带鱼，熬一大盆，一家子吃一顿。他们家的孩子没有吃过虾。至于螃蟹，更不知道是什么滋味了。中午饭有什么吃什么，窝头、贴饼子、烙饼、馒头、米饭。有时也蒸几屉包子，菠菜馅的、韭菜馅的、茴香馅的，肉少菜多。这样可以变变花样，也省粮食。晚饭一般是吃面。炸酱面、麻酱面；茄子便宜的时候，茄子打卤；扁豆老了的时候，焖扁豆面，——扁豆焖熟了，把面往锅里一下，一翻个儿，得！吃面浇什么，不论，但是必须得有蒜。"吃面不就蒜，好比杀人不见血！"他吃的蒜也都是紫皮大瓣。"青皮萝卜紫皮蒜，抬头的老婆低头的汉，这是上讲的！"他的蒜都是很磁棒，很鼓立的，一头是一头，上得了画，能拿到展览会上去展览。每一头都是他精心挑选过，挨着个儿用手捏过的。

不但是蒜，他们家吃的菜也都是经他精心挑选的。他每天中午、晚晌下班，顺便买菜。从剧团到他们家共有七家菜摊，经过每一个菜摊，他都要下车——他骑车，问问价，看看菜的成色。七家都考察完了，然后决定买哪一家的，再骑车翻回去选购。卖菜的约完了，他都要再复一次秤，——他的自行车后架上随时带着一杆小秤。他买菜回来，邻居见了他买的菜都羡慕："你瞧有才买的这菜，又水灵，又便宜！"郝有才骗腿下车，说："货买三家不吃亏，——您得挑！"

郝有才干了一件稀罕事。他对他们家附近的烧饼、焦圈做了一次周密的调查研究。他早点爱吃个芝麻烧饼夹焦圈。他家在西河沿。他曾骑车西至牛街，东至珠市口，把这段路上每家卖烧饼焦圈的铺子都走遍，每一家买两个烧饼、两个焦圈，回家用戥子一一约过。经过细品，得出结论：以陕西巷口大庆和的质量最高。烧饼分量足，焦圈炸得透。他把这结论公诸于众，并买了几套大庆和的烧饼焦圈，请大家品尝。大家嚼食之后，一致同意他的结论。于是纷纷托他代买。他也乐于跑这个小腿。好在西河沿离陕西巷不远，骑车十分钟就到了。他的这一番调查给大家留下深刻印象，因为别人都没有想到。

剧团外出，他不吃团里的食堂。每次都是烙了几十张烙饼，用包袱皮一包，带着。另外带了好些卤虾酱、韭菜花、臭豆腐、青椒糊、豆儿酱、芥菜疙瘩、小酱萝卜，瓶瓶罐罐，丁零当啷。他就用这些小菜就干烙饼。一到烙饼吃完，他就想家了，想北京，想北京的"吃儿"。他说，在北京，哪怕就是虾米皮熬白菜，也比外地的香。"为什么呢？因为，——五味神在北京！""五味神"是什么神？至今尚未有人考证过，不见于载籍。

他抽烟，抽烟袋，关东烟。他对于烟叶，要算个行家。什么黑龙江的亚布利、吉林的蛟河烟、易县小叶及至云南烤烟，他只要看看，捏一撮闻闻，准能说出个子午卯酉。不过他一般不上烟铺买烟，他遛烟摊。这摊上的烟叶子厚不厚，口劲强不强，是不是"灰白火亮"，他老远地一眼就能瞧出来。卖烟的耍的"手彩"别想瞒过他。什么"插翎儿""洒药"，全都逃不过他的眼睛。"几捆烟摆在地下，你一瞧，色气好，叶儿挺厚实，拐子不多，不赖！卖烟的打一捆里，噌——抽出了一根：'尝尝！尝尝！'你揉一揉往烟袋里一摁，点火，抽！真不赖，'满口烟'，喷香！其实他这几捆里就这一根是好的，是插进去的，——卖烟的知道。你再抽抽别的叶子，不是这个味儿了！——这为'插翎'。要说，这个'侃儿'①起得挺有个意思，烟叶可不有点像鸟的翎毛么？还有一种，归'洒药'。地下一堆碎烟叶。你来了，卖烟的抢过你的烟袋：'来一袋，尝尝！试试！'给你装了一袋，一抽：真好！其实这一袋，是他一转身的那工夫，从怀里掏出来给你装上的，——这是好烟。你就买吧！买了一包，地下的，一抽，咳！——屁烟！——'洒药'！"

他爱喝一口酒。不多，最多二两。他在家不喝。家里不预备酒，

---

① 侃儿即行话，甚至可说是"黑话"。

免得老想喝。在小铺里喝。不就菜，抽关东烟就酒。这有个名目，叫"云彩酒"。

他爱逛寄卖行。他家大人孩子们的鞋、袜、手套、帽子，都是处理品。剧团外出，他爱逛商店，遛地摊，买"俏货"。他买的俏货都不是什么贵重东西。凉席、雨伞、马莲根的炊帚、铁丝笊篱……他买俏货，也有吃亏上当的时候。有一次，他从汉口买了一套套盆，——绿釉的陶盆，一个套着一个，一套五个，外面最大的可以洗被窝，里面最小的可以和面。他就像收藏家买了一张唐伯虎的画似的，高兴得不得了。费了半天劲，才把这套宝贝弄上车。不想到了北京，出了前门火车站，对面一家山货店里就有，东西和他买的一样，价钱比汉口便宜。他一气之下，恨不能把这套套盆摔碎了。——当然没有，他还是咬着嘴唇把这几十斤重的东西背回去了。"郝有才千里买套盆"，落下一个"哏"，供剧团的很多人说笑了个把月。

说话，到了"文化大革命"。"文化大革命"乍一起来的时候，郝有才也蒙了。这是怎么回事呢？昨天还是书记、团长、三叔、二大爷，一宿的工夫，都成了走资派、"三名三高"。大字报铺天盖地。小伙子们都像"上了法"，一个个杀气腾腾，瞧着都瘆得慌。大家都学会了嚷嚷。平日言迟语拙的人忽然都长了口才，说起话一套一套的。郝有才心想：这算哪一出呢？渐渐地他心里踏实了。他知道"革命"革不到他头上。他头一回知道：三分队的都是红五类——工人阶级。各战斗组都拉他们。三分队的队员顿时身价十倍。有的人趾高气扬，走进走出都把头抬得很高。他们原来是人下人，现在翻身了！也有老实巴交的，还跟原来一样，每天上班，抽烟喝水，低头听会。郝有才基本上属于后一类。他也参加大批判，大辩论，跟着喊口号，叫"打倒"，但是他没有动手打过人，往谁脸上啐过唾沫，给谁嘴里抹过糨糊。他心里想：干吗呀，有朝一日，还要见面。只有一件事少不了他。造反派上谁家抄家时总得叫上他，让他蹬平板三轮，去拉抄出来的"四旧"。他翻翻抄出来的东西，不免生一点感慨：真有好东西呀！

没多久，派来了军、工宣队，搞大联合，成立了革命委员会。

又没多久，这个团被指定为样板团。

样板团有什么好处？——好处多了！

样板团吃样板饭。炊事班每天变着样给大伙做好吃的。番茄焖牛肉、香酥鸡、糖醋鱼、包饺子、炸油饼……郝有才觉得天天过年。肚子里油水足，他胖了。

样板团发样板服。每年两套的确良制服，一套深灰，一套浅灰。穿得仔细一点，一年可以不用添置衣裳。——三分队还有工作服。到了冬天，还发一件棉军大衣。领大衣时，郝有才闹了一点小笑话。

棉大衣共有三个号：一号、二号、三号——大、中、小。一般身材，穿二号。矮小一点的，三号就行了。能穿一号的，全团没有几个。三分队的队长拿了一张表格，叫大家报自己的大衣号，好汇总了报上去。到了郝有才，他要求登记一件一号的。队长愣了："你多高？"——"一米六二。"——"那你要一号的？你穿三号的！——你穿上一号的像什么样子，那不成了道袍啦？"——"一号的，一号的！您给我登一件一号的！劳您驾！劳您驾！"队长纳了闷了，问他："你这是什么意思？"他说了实话："我拿回去，改改。下摆铰下来，能缝一副手套。"——"吓！什么人哪！全团有你这样的吗？领一件大衣，还饶一副手套！亏你想得出来！"队长把这事汇报了上去，军代表把他叫去训了一通。到底还是给他登记了一件三号的。

郝有才干了一件不大露脸的事，拿了人家五个羊蹄。他到一家回民食堂挑了五个羊蹄，趁着人多，售货员没注意，拿了就走，——没给钱。不想售货员早注意上他了，一把拽住："你给钱了吗？"——"给啦！"——"给了多少？我还没约哪，你就给了钱啦？"——"我现

222

在给！"——"现在给？——晚啦！"旁边围了一圈人，都说："真不像话！""还是样板团的哪！"（他穿着样板服哪）。售货员非把他拉到公安局去不可，公安局的人一看，就五个羊蹄，事不大，就说："你写个检查吧！"——"写不了！我不认字。"公安局给剧团打了个电话，让剧团把他领回去。

军、工宣队研究了一下，觉得问题不大，影响不好，决定开一个小会，在队里批评批评他。

会上发言很热烈，每个人都说了。有人念了好几段毛主席语录。有一位能看"三列国"①的管箱的师傅掏出一本《雷锋日记》，念了好几篇，说："你瞧人家雷锋，风格多高。你瞧你，什么风格！——你简直的没有格！你好好找找差距吧！拿人家五个羊蹄，五个羊蹄，能值多少钱！你这么大的人了！小孩子也干不出这种事来！哎哟哎哟，你叫我说你什么好噢！我都替你寒碜。"军代表参加了这次会，看大家发言差不多了，就说："郝有才，你也说说。"

"我说。我这叫'爱小'，贪小便宜。贪小便宜吃大亏呀！我怎么会贪小便宜？我打小就穷。我爸死得早，我妈是换取灯的②……"

军代表不知道什么是"换取灯的"，旁边有人给他解释半天，军代表明白了，"哦。"

"我打小什么都干过。捡煤核，打执事③……"

什么是打执事，军代表也不懂，又得给他解释半天。

"哦。"

---

① 《三国演义》及《东周列国志》，合称"三列国"。凡能读"三列国"的，在戏班里即为有学问的圣人。

② 取灯即早先的火柴。换取灯的即收破烂的。收得破烂，或以取灯偿值，也有给钱的。

③ 执事是出殡和迎亲的仪仗，金瓜钺斧朝天凳，旗锣伞扇……出殡则有幡、雪柳。打执事的都是穷人家的孩子。打一回执事，所得够一顿饭钱。

"后来，我拉排子车，——拉小绊，我力气小，驾不了辕，只能拉小绊。

　　"有一回，大夏天，我发了痧，死过去了。也不知是哪位好心的，把我搭在前门门洞里。我醒过来了，瞅着瓮券上的城砖：'我这是在哪儿哪？'……"

　　三分队的出身都比较苦，类似的经历，他们也都有过，听了心里都有点难受，有人眼圈都红了。

　　"后来，我拉了两年洋车。

　　"后来，给陈××拉包月。"陈××是个名演员，唱老生的。

　　"拉包月，倒不累。除了拉大爷上馆子——"

　　"上馆子？陈××爱吃馆子？"军代表不明白。

　　又得给他解释："上馆子就是上剧场。"

　　"除了拉大爷上馆子，就是拉大奶奶上东安市场买买东西。"

　　军代表听到"大爷、大奶奶"，觉得很不舒服，就打断了他："不要说'大爷'、'大奶奶'。"

　　"对！他是老板，我是拉车的。我跟他是两路人，除了……咳，陈××爱吃红菜汤，他老让我到大地餐厅去给他端红菜汤。放在车上给他拉回来。我拉车、拉人，还拉红菜汤，你说这叫什么事！"

　　军代表听着，不知道他要说到哪里去，就又打断了他："不要扯得太远，不要离题，说说你对自己的错误的认识。"

　　"对，说认识。我这就要回到本题上来了。好容易，解放了，我参加了剧团。剧团改国营，我每月有了准收入，冻不着，饿不死了。这都亏了共产党呀！——中国共产党万岁！"

　　他抽不冷子来了这么一句，大伙不能不举起手来跟着他喊：

　　"中国共产党万岁！"

　　"这以后，剧团归为样板团，咱们是一步登天哪！'板儿饭'，'板儿服'，真是没的说！可我居然干出这种丢人现眼的事，我给样板团抹了黑。我对得起谁？你们说：我对得起谁？嗯？……"

他问得理直气壮，简直有点咄咄逼人。

军代表觉得他再也说不出什么了，就做了简短的结论：

"郝有才同志的检查不够深刻。不过态度还是好的，也有沉痛感，一个人犯了错误，不要紧，只要改正了就好。对于犯错误的同志，我们不应该歧视他，轻视他，而是要热情地帮助他。"接着又说，"对于任何人，都要一分为二。比如郝有才同志，他有缺点，爱打个小算盘。他也有优点嘛！比如，他每天给大家打开水，这就是优点。这也是为人民服务嘛！希望他今后能发扬优点，克服缺点，做一名无愧于样板团称号的文艺战士！"

会就开到这里。

过了没多久，郝有才可干了一件十分露脸的事。他早起上班打开水，上楼梯的时候绊了一下，暖壶碰在栏杆上，"砰！"把一个暖壶胆瓤了①。暖壶胆瓤了，照例是可以拿到总务科去领一个的，郝有才不知怎么一想，他没去总务科去领，自己掏钱，到菜市口配了一个。——而且没有告诉任何人。不过人们还是知道了，大家传开了："有才这回干了一件漂亮事！"——"他这样的人，干出这样的事，尤其难得！"见了他，都说："有才！好样儿的！"——"有才！你这进步可是不小哇！——我简直都不敢相信。"郝有才觉得美不滋儿的。

军、工宣队知道了，也都认为这是他们的思想工作的成果。事情不大，意义不小，于是决定让他在全团大会上做一次讲用。

要他讲用，可是有点困难。他不认字，不能写讲稿。让别人替他写讲稿也不成，他念不下来。只好凭他用口讲。军代表把他叫去，启

---

① 瓤音cèi，北京土话，打碎了的意思。

发了半天，让他讲讲自己的活思想，——当时是怎么想的，怎样让公字占领了自己的思想，克服了私心，最好能引用两段毛主席语录。军代表心想，他虽不识字，可是大家整天念语录，他听也应该听会几段了。

那天讲用一共三个人。前面两个，都讲得不错，博得全场掌声。第三个是郝有才。郝有才上了台，向毛主席像行了一个礼，然后转过身来，大声地说：

"毛主席教导我们说：瓶了就瓶了！"

大家先是一愣，接着都忍不住哈哈大笑起来。主持会议的军代表原来还绷着脸，终于憋不住，随着大家一同哈哈大笑。他一边大笑，一边挥手："散会！"

载一九八五年第九期《大西南文学》

迟开的玫瑰或胡闹

　　邱韵龙是唱二花脸的。考科班的时候，教师看看他的长相，叫他喊两嗓子，说："学花脸吧。"科班教花脸戏，头几年行当分得没有那样细，一般的花脸戏都教。学花脸的，谁都愿意唱铜锤，——大花脸，大花脸挣钱多。邱韵龙自然也愿学大花脸。铜锤戏，《大（保国）、探（皇陵）、二（进宫)》、《御果园》、《锁五龙》……这些戏他都学过。但是祖师爷没赏他这碗饭，他的条件不够。唱铜锤得有一条好嗓子。他的嗓子只是"半条吭"（"吭"字读阴平)，一般铜锤戏能勉强唱下来，但是"逢高不起"，遇有高音，只是把字报出来，使不了大腔，往往一句腔的后半截就"交给胡琴了"。内行所谓"龙音""虎音"，他没有。不响堂，不打远，不挂味。铜锤要求有个好脑袋。最好的脑袋要数金少山。铜锤要有个锛儿头（大脑门儿)，金少山有；大眼睛，他有；高鼻梁、高颧骨，有；方下巴、大嘴叉，有！这样扮出戏来才好看。可是邱韵龙没有。他的脑袋不小，但是圆乎乎的，肌肉松弛，轮廓不清楚，嘴唇挺厚，无威猛之气。唱铜锤也要讲身材，得是高个儿、宽肩膀、细腰，这样穿上蟒、靠，尤其是箭衣，才是样儿。邱韵龙个头不算很矮，但是上下身比例不对，有点五短。而且小时候就是个挺大的肚子。他还不大服气。出科以后，唱了几年，有了点名气，他曾经约了一个唱青衣的坤角贴过一出《霸王别姬》。一出台，就招了一个敞笑。霸王的脸谱属于"无双谱"，既不是"三块瓦"，也不是"十字门"，眼窝朝下耷拉着，是个"愁脸"。这样的脸谱得是个长脸勾出来才好看。杨小楼是个长脸，勾出来好看。可是邱韵龙的脸短，勾出来不是样儿；再加上他的五短身材、大肚子，后台看他扮出戏，早就窃窃地笑开了：活脱像个熊猫。打那以后，他就死了唱大花脸这条心。他学过架子花，《醉打山门》《芦花荡》这些戏也都会，但是出科就没有唱过。架子花要"身上"，要功架，要腰腿，要脆，要媚。他自己知道，以他那样的身材，唱这样的戏讨不了俏。因此，他唱偏重文戏的二花脸。他自有优势。他会"做戏"，台上的"尺寸"比较好，"傍""角儿"演戏傍得很"严"。他的最好的戏是《四进士》的顾读，"一公堂""二公堂"烘托得很有气氛。他有一出算是主角的戏（二花脸多是配角），是《野猪林》。《野猪林》的鲁智深得袒着肚子，正合适。全国唱花脸的都算上，要找这么个肚子，还真找不出来。他唱戏很认真，不懈场，不"撒儿哄"，不洒汤，不漏水。他奉行梨园行的一句格言："小心干活，大胆拿钱。"因此名角班社都愿用他。他是个很称职的二路。海报上、报纸广告上总有他的名字，在京剧界"有这么一号"。他挣钱不少。比起挑班儿唱红了的"好角"，没法儿比；比起三路、四路乃至"底帏子"，他可是阔佬。"别人骑马我骑驴，回头再看推车的汉，——比上不足，比下有余"。

　　他在戏班里有一种优越感，他的文化程度比起同行师兄弟，要高出一截，用他自己的说法，是"头挑"。唱戏的，一般都是"幼而失学"，他是高小毕了业的。打小，他爱瞧书，瞧报。他有个叔叔，是个小学教员，有一架子书，他差不多全看过。在戏班里，能看"三列国"（《三国演义》《东周列国志》，戏班里合称之为"三列国"），就是圣人。他的书底子可远远超过"三列国"了。眼面前的小说，不但是

《西游》《水浒》《红楼》，全都看得很熟，就连外国小说《基度山恩仇记》《茶花女》《莎氏乐府本事》，也都记得很清楚。他还有一样长处，是爱瞧电影，国产片、外国片——主要是美国电影，都看。他能背出很多美国电影故事和美国电影明星的名字。不过他把美国明星的名字一律都变成北京话化了。他叫卓别林为贾波林，秀兰邓波儿为沙利邓波，范朋克成了"小飞来伯"，把奥丽薇得哈弗兰（这个名字也实在太长）简化为哈蕙兰，而且"哈"字读成上声，听起来好像是家住牛街的一位回民姑娘。他的叔叔鼓励他看电影，以为这对他的舞台表演有帮助。那倒也是。他会做戏，跟瞧电影多不无关系。更重要的是许多缠绵悱恻，风流浪漫的电影故事于不知不觉之中对他产生了影响，进入了潜意识。

他熟知北京的掌故、传说、故事、新闻。他爱聊，也会聊。戏班里的底包，尤其是跑龙套、跑宫女的年轻人，很爱听他刮话。什么四大凶宅、八大奇案，每天说一段，也能说个把月，不亚于王杰魁的《包公案》，陈士和的《聊斋》。他以此为乐，也以此为荣。试举他说过不止一次的两件奇闻为例：

有一个老花子在前门、大栅栏一带要饭。有一天，来了一个阔少，趴在地下就给老花子磕了三个头："哎呀爸爸！您怎么在这儿，儿子找了您多少年了！快跟我回家去吧！"老花子心想：这是哪儿的事呀？我怎么出来个儿子，——一个阔少爷！不管它，家去再说！到了家，给老太爷更衣，到澡塘洗澡，剃头，戴上帽盔儿；嗨，还真有个福相。带着老太爷吃馆子、看戏。反正，怎么能讨老太爷喜欢怎么来。前门一带，这就嚷嚷动了：冯家的少爷（不知是哪位闲人，打听到这家姓冯）认了失散多年的老父亲。每逢父子俩坐着两辆包月车，踩着脚铃，一路叮叮当当地过去，总有人指指点点，谈论半天。天凉了，该给老太爷换季了。上哪儿买料子？——瑞蚨祥①。扶着老太爷，挑了好些料子，绸缎呢绒，都是整匹的，外搭上两件皮筒子，一件西狐肷，一件貉绒，都是贵重的稀物。一算账，哎呀，带的钱不够。"这么着吧，我回去取一趟，让老爷子在这儿坐会儿。东西，我先带着。我一会就来。快！"瑞蚨祥的上上下下对冯大少爷都有个耳闻，何况还有老太爷在这儿坐着呢？掌柜的就说："没事，没事！您尽管去。"一面给老太爷换了一遍茶叶。不想一等也不来，二等也不来，过了两个钟头了，掌柜的有点犯嘀咕，问："老太爷，您那少爷怎么还不来？"——"什么少爷！我跟他不认识！"掌柜的这才知道，受了骗了。行骗，总得先下点本儿，花一点时间。

廊房头条的珠宝店，现在没有多少值钱的东西了。在以前，哪一家每天都要进出上万洋钱。有一家珠宝店，除了一般的首饰，专卖钻戒。有一天，来了一位阔少，要买钻戒。二柜拿出三盒钻戒请他挑。他坐在茶几旁边的椅子上，一面喝茶，一面挑选，左挑右挑，没有中意的。站起来，说了一声："对不起，麻烦你们了！"这就要走。二柜喊了一声："等等！"他发现钻戒少了一只。"你们要怎么样？"——"我们要搜！"——"搜不出来呢？"——"摆酒请客，赔偿名誉损失！""请搜。"解衣服，脱袜子，浑身上下，搜了一个遍：没有。珠宝店只好履行诺言，请客、赔偿。二柜直纳闷，这只钻戒是怎么丢的呢？除了柜上的伙计，顾客就他一个人呀。过了一些日子，珠宝店刷洗全堂家具，一个伙计在茶几背面发现一张膏药的痕迹，膏药当中正是那只钻戒的印子。原来，阔少挑钻戒时把这只钻戒贴在了茶几背面，过了几天，又由别的人来取走了。贴钻戒，这要手疾眼快。骗案，大都不是

———————

① 瑞蚨祥是北京最大的绸缎庄。

230

一个人，必有连档。

邱韵龙把这些奇闻说得活灵活现，好像他亲眼目睹似的。其实都有所本。头一件奇闻，出于《三刻拍案惊奇》第九回。第二件奇闻的出处待查。他刨话的故事大都出于坊刻小说或《三六九画报》之类的小报。有些是道听途说。比如他说川岛芳子（金碧辉）要敲翡翠大王铁三一笔竹杠，铁三把她请到家里去，打开珍宝库的铁门，请她随便挑。这么多的"水碧"，连金碧辉也没有见过。她拿了一件，从此再不找铁三的麻烦。这件事就不知道可靠不可靠。不过铁三他是见过的，他说铁三有那么多钱，可是自奉却甚薄，爱吃个芝麻烧饼，这也有几分可信。金碧辉他也见过，经常穿着男装，或长袍马褂，或军装大马靴，爱到后台来鬼混。金碧辉枪毙，他没有赶上。有一个敌伪时期的汉奸，北京市副市长丁三爷绑赴刑场，他是看见的。这位丁三爷恶迹很多，但是对梨园行却很照顾。有戏班里的人犯了事，叫公安局或侦缉队薅去了，托一个名角去求他，他一个电话，就能把人要出来。因此，戏班里的人对他很有好感。那天，邱韵龙到前门外去买茶叶，正好赶上。他亲眼看到丁三爷五花大绑，押在卡车上。不过他没有赶去看丁三爷挨那一枪。他谨遵父亲大人的庭训：不入三场——杀场、火场、赌场。

不但上海绿宝之类的赌场他没有去过，就是戏班里耍钱，他也概不参加。过去，戏班赌风很盛，后台每天都有一桌牌九。坐庄的常是一个唱大丑的李四爷。他推出一条，开了门，手里捏着色子，叫道："下呀！下呀！"大家纷纷下注，邱韵龙在一旁看着，心里冷笑：今天你下了，明天拿什么蒸（窝头）呀！

他不赌钱，不抽烟，不喝酒，唯一的爱好是吃。吃肉，尤其是肘子。冰糖肘子、红焖肘子、东坡肘子、锅烧肘子、四川菜的豆瓣肘子，是肘子就行。至不济，上海菜的小白蹄也凑合了。年轻的时候，晋阳饭庄的扒肘子，一个有小二斤，九寸盘，他用一只筷子由当中一豁，分成两半，拨过盘子来，呼噜呼噜，几口就"喝"了一半；把盘子掉个边，呼噜呼噜，那一半也下去了。中年以后，他对吃肉有点顾虑。他有个中医朋友，是心血管专家，自己也有高血压心脏病，也爱吃肉吃肘子。他问他："您是大夫，又有这样的病，还这么吃？"大夫回答他："他不明儿才死吗？"意思是说：今天不死，今天还吃。邱韵龙一想：也有道理！

邱韵龙精于算计。有时有几个师兄弟说，"咱们来一顿"，得找上邱韵龙，因为他和好几家大饭馆的经理、跑堂的、掌勺的大师傅都熟，有他去，价廉物美。"来一顿"都是"吃公墩"，即"打平伙"，费用平摊。饭还没有吃完，他已经把账算出来，每人该多少钱，大家当场掏钱，由他汇总算账，准保一分也不差。他有时也请请客，有一个和他是"发小"①，现在又当了剧团领导的师弟，他有时会约他出来来一顿小吃，那不外是南横街的卤煮小肠、门框胡同的褡裢火烧、朝阳门大街的门钉肉饼，那费不了几个钱。

他二十二岁结的婚，娶的是著名武戏教师林恒利的女儿，比他大两岁。是林恒利相中的。他跟女儿说："你也别指望嫁一个挑班唱头牌的，我看也不会有唱头牌的相中你。再说，唱头牌的哪个不有点花花事儿？那气，你也受不了。我看韵龙不错，人老实。二牌，钱不少挣。"托人一说，成了。媳妇模样平常，人很贤惠，干什么都是利利索索的。他们生了个女儿。女儿像韵龙，胖乎乎的，挺好玩。邱韵龙爱若掌上明珠，常带她到后台来玩。媳妇每天得给他捉摸吃什么，不

---

① "发小"是从小一块长大的意思。

能老是肘子。有时给他煽一个锅子（涮羊肉），有时煨牛（肉）[1]，或是炒一盘羊尾巴油炒麻豆腐[2]。一来给他调剂调剂，二来也得照顾照顾女儿的口味。女儿读了外贸学院，工作了，结婚了，生孩子了。一转眼，邱韵龙结婚小四十年了。一家子过得风平浪静，和和美美。

万万没有想到：邱韵龙谈恋爱了！

消息传开了，很多人都不相信。

"邱韵龙谈恋爱？别逗啦！"

"他？他都六十出头啦！"

"谁要他呀？这么大的肚子！"

事实就是事实，邱韵龙不否认。

女的是公共汽车公司卖月票的售票员，模样不错，照邱韵龙的说法是："高鼻梁，大眼睛，一笑俩酒窝。"她四十几了，一年前死了丈夫。因为没有生过孩子，身材还挺苗条，说是三十大几，也说得过去。邱韵龙每月买月票，渐渐熟了，每次隔着售票处的窗口，总要搭搁几句。有一次，女的跟他说："我昨儿晚上瞧见您了，——在电视里。"——"你瞧见了吗？"那是一次春节晚会，有一个游艺节目，电影明星和体育健将的排球赛，——用气球，只许用头顶，邱韵龙是裁判。那天他穿了一件大花粗线毛衣，喊着裁判口令："红队，得分！"——"蓝队，过网击球，换发球！"本来这是逢场作戏，逗人一乐的事，比赛场内外笑声不绝，邱韵龙可是认真其事，奔过来，跑过去，吹哨子，叫口令，一丝不苟，神气十足。"您真精神！样子那么年轻，一点不显老！"——"是吗？"邱韵龙就爱听这句话，心里美不滋儿的。邱韵龙送过两回戏票，请她看戏。两个人看过几场电影，吃

---

① 煨牛是用牛肋条肉文火煨透，得煨一夜。

② 麻豆腐是制粉丝下脚料，本身很便宜，但配料费钱，羊尾巴油很不易得。

过几回小馆子。说话，这就到夏天了，他们逛了一回西山八大处。回来，邱韵龙送她回家。天热，女的拧了一个手巾把儿递给他："你擦擦汗。我到里屋擦把脸，你少坐一会。"过了一会，女的撩开门帘出来：一丝不挂。

有人劝邱韵龙："您都这么大的岁数了，您这是干什么？"

邱韵龙的回答是："你说吃，咱们什么没吃过？你说穿，咱们什么没穿过？就这个，咱们没有干过呀！"

女的不愿这么不明不白，偷偷摸摸地过，她让他和老婆离婚，和她正式结婚。

他回家和老婆提出，老婆说："你说什么？"

他的一个弟妹（师弟的媳妇）劝他不要这样，他说：

"我宁可精精致致地过几个月，也不愿窝窝囊囊地过几年。"

这实在是一句十分漂亮，十分精彩的话，"精精致致"，字眼下得极好，想不到邱韵龙的厚嘴唇里会吐出这样漂亮的语言！

他天天跟老婆蘑菇，没完没了。最后说："你老不答应，赶明儿那大红花叫别人戴上了①，你心里不难受呀？"

他的女儿听到母亲告诉她父亲的原话，说："这是什么逻辑！"

老婆叫他纠缠得没有办法，说："离！离！"他自觉于心有愧，什么也没有带，大彩电、电冰箱、洗衣机、成堂沙发，组合家具，全都留给发妻，只带了一个存折，两箱衣裳，"扫地出门"，去过他那精精致致的日子去了。

他很注意保重身体。家里五屉柜一个抽屉里装的都是常用药。血压稍有波动，只要低压超过九十，高压超过一百三，就上医务室要降压灵。家里常备氧气袋，见了过了六十的干部就奉劝道："像咱们这

---

① 做新郎，例于胸前戴绢制大红花一朵。

个年龄，一定要有氧气袋！"他还举出最近过世的两个熟人，说："那样的病情，吸一点氧气就过来了。家里人无知呀！"他犯过两次心绞痛，都不典型，心电图看不出太大的问题。这一天，他早餐后觉得心脏不大舒服，胸闷气短，就上医院去看看。医院离他家——他的新居很近，几步就到了，他是步行去的。他精神还挺好。头戴英国兔毛呢便帽，——唱花脸的得剃光头，不能留发，所以他对帽子就特别在意，他有好几顶便帽，都是进口货；穿着铁灰色澳毛薄呢大衣，脚下是礼服呢千层底布鞋，——他不爱穿皮鞋，上面不管穿什么，哪怕是西服，脚下也总是礼服呢面布鞋。他双手插在大衣兜里，缓缓地，然而是轻轻松松地在人行道上走着，像一个洋绅士在散步。他自我感觉良好，觉得自己很潇洒，觉得自己有一种美。这种美不是泰隆保华、罗拔泰勒那样的美，这是"旱香瓜——另一个味儿"。他觉得自己很有艺术家的气质、风度，他很有自信。这种自信在他恋爱之后就更加强化，更加实在了。他时时不免顾影自怜，——在商店大橱窗的反光的玻璃前一瞥他自己的风采。他原以为没有事儿，上医院领一点药就回来了，没想到左前胸忽然剧痛，浑身冷汗下来了，几乎休克过去。医生一检查，当即决定，住院抢救：大面积心肌梗死。

住院抢救，须有家属陪住。叫谁来陪住呢？他的虽已登记，尚未正式结婚的新夫人不便前来；医院和剧团领导研究，还是得请他已经离婚的元配夫人来。

到底是结发夫妻，他的原先的老伴接到通知，二话没说，就到医院里来了，对他侍候得很周到。他大小便失禁，拉了一床，还得给人家医院洗床单。他神志清醒，也很知情，很感激。

他还没有过危险期，但是并没有把日子过糊涂了。正是月初，发薪的日子，他跟老伴说："你去给我把工资领来。"老伴说："你都病成这相儿了，还惦着这个干什么？"——"你去给我领来，我爱瞧这个！"

老伴给他领来了工资，把一沓人民币放在他的枕边。他看了看人民币，一笑而逝。享年六十二岁。

他死后，由于种种原因，没有开追悼会。悼词不好写，写什么？追悼会的会场上家属位置谁站着？

他死后，剧团的同事说："邱韵龙简直是胡闹！"

他的女儿说："我爸爸纯粹是自己嘬的！"①

一九九〇年十月三日

载一九九一年第一期《香港文学》

---

① "嘬"是地道北京话，有自作自受，自己找死的意思，但语气更重。

生前友好

他是剧院的电工。剧院现在不演现代戏，传统戏只要打个大平光，把台上照亮了就行了，有演出，他上剧场去，没有多少事。白天，到院部上班，很准时。院部也没有多少事，有时电线短路，保险丝烧断了，灯泡憋了，需要修理一下，也都是举手之劳。但是他整天在院部各处走来走去，屁股后面佩了一个插了全部电工工具的皮套。他人很瘦小，这个全副武装的皮套对他说起来显得有点过于沉重。但是他愿意整天佩带着，这样才显出他是电工，是技术人员，和管衣箱的箱倌，刮片子的梳头桌师傅不一样。

他有两个特点，一个是爱吃辣，一个是爱参加追悼会。

前门饭店餐厅有一个时候对外营业，菜品不多，但是是正宗川味，而且价钱不贵。有些菜是别的川菜馆里不易吃得着的，比如白萝卜炖牛肉。麻婆豆腐做得很地道，豆腐很嫩，泛着一层红油。这位电工师傅几乎每天中午都到前门饭店吃饭，要一个麻婆豆腐，四两米饭。有剧院的熟人来，——多半是二路演员、打鼓佬，他必要点头招呼，并说：

"就爱吃个辣！"

好像这是值得骄傲的事。他有理由骄傲，剧院的三路角以下的

"苦哈哈"能每天上前门饭店吃饭的，不多。他对只吃窝头炸酱面的主儿，看不起。

剧院有六七百号人，死人的事是经常发生的。人死了，要开追悼会。电工师傅早打听好了，追悼会哪天开，头一天就做好了心理准备。不管是谁的追悼会他都参加，从不缺席，特别是名角的追悼会，尽管这些名角没跟他说过话。开往八宝山的大轿车停在院子里，车门一开，他头一个上去。他总是坐在最后一排。

奏哀乐，向遗像三鞠躬，剧院的负责人致悼词，在礼堂里走一圈，向遗体告别，一切如仪。电工师傅脸上很严肃，但是不掉眼泪。

大轿车从八宝山开回来，电工师傅到前门饭店吃麻婆豆腐。

他觉得这一天过得很有意思。

一九九三年八月二十一日

载一九九四年一月二十日《大公报》

可有可无的人

——当代野人

谁都是可有可无的。

戏曲界多数演员学戏、唱戏，实在是一场误会，根本不够条件，要嗓子没嗓子，要扮相没扮相，要个头没个头。只是因为几代都是唱戏的，一出娘胎就注定是唱戏的命，别无选择。孩子到了岁数，托托人，就往科班里一送。科班是管吃住的。孩子坐了科，家里就少一张嘴。出了科，能来个活，开个戏份，且比拉洋车、捡破烂强。唱红，是没有指望的。庾世荣就是这样一块料。蹲了八年大狱①，只能当个底包，来个边边沿沿的角，"溂泪零碎"。后台管事在派角时，总是先考虑别人，下剩的，才在牙笏上写上他凑数。他学的是架子花，至多来个"曹八将""反王"。他唱"点将"，有字无音，只在最后一句"要把，狼烟扫"随着别人吼一嗓子。②他的"玩艺儿"从来没有得过"好"，只有一次在一个小评剧团赶了一"包"，把评剧管彩匣子的"镇"了

---

① 科班一般是八年毕业，生活很苦，规矩很严，学戏的都说这是八年大狱。

② "点将"本是唢呐曲牌《点绛唇》，因多用于元帅升帐、豪客排山，故通称"点将"。"点将"的通用"大字"是："将士英豪，儿郎虎豹，军威耀，地动山摇，要把狼烟扫。"但"大字"常不唱，只在最后齐唱："——狼烟扫。"庾世荣亦依常例，不能算错。

一下。评剧原来没有武打，没有勾脸的架子花，为了吸引观众，有时也穿插一两场武戏。武打演员都是从京剧班子里约的。没有"总讲"，更没有"单提"，演员连自己演的人物姓什么叫什么，都不知道，只要记住谁是"正的"，谁是"反的"，上去打一个"小五套"，"漫头""鼻子"，"正的"打"反的"一个抢背，"反的"捣耳瞪眼，作惊恐状，"四记头"亮住，"反的"拖枪急下，"正的"大笑三声："啊哈，啊哈，啊喝哈哈……——追！""枪下场"或"刀下场"，这一场就算完了。庹世荣勾了脸，管彩匣子的连声赞叹："还是人家京剧班的，这脸勾得多干净！"这件事庹世荣屡屡提起，正如他的名字，是一世之荣。就算他的脸勾得不错，这又有什么了不起呢？

解放后他参加了国营剧团。国营剧团定员、定工资，庹世荣有了固定收入，每月月初拿戳子到会计室领钱，再不用一晚上四处赶包，生活安定了。吃食上也好多了，除了熬白菜、炒麻豆腐，间长不短的来一顿炖肉。他爱吃猪下水、肠子、肚子、猪心、肺头，吃起来没个够。大夫跟他说："这不是什么好东西，高胆固醇。"——"管那个呢！"照吃不误。他有时一晚上没有活，也不用说戏排戏，进门应个卯，得机会就出去满世界遛弯，买点俏货，到南横街"小肠陈"来两个卤煮火烧，垫补垫补。时不常的，也到练功厅练练功。他的开蒙老师常说："'艺术''艺术'，有艺还得有术。""艺术"还可以这样拆开来讲，这是京剧界的一大发明。怎么练，他的功也不会长了，但是活动活动也有好处，——吃饭香。他的练功，不过是拉个山膀、踢踢脚、耗耗腿，"大跟头"是绝对不翻的。他过得很舒坦，很满足。

"文化大革命"，他忽然出了一次大风头。他写不出大字报，也不能参加大辩论。但是他还是很积极，跑进跑出，传递消息，跟着喊"万岁"，喊"打倒"，满脸通红，浑身流汗。革命战士逐渐形成两大派，甲派和乙派，成天打派仗。庹世荣经过观察考虑，决定参加甲派效力，在热火朝天的旋涡中乱转。

一辆"解放"牌疾驰而来，在剧团门口停住，从车上跳下几个乙派，还有几个着军装，扎皮带，套着大红袖箍的红卫兵，闯进牛棚，把几个走资派推推搡搡押上车。原来乙派勾结了"西纠"（红卫兵西城纠察队），要把走资派劫走。甲派战士蜂拥冲出大门，坚决不同意他们押走走资派。"西纠"所以支持乙派，押走剧团走资派，因想通过批斗剧团走资派，揪出本市乃至中央的走资派，立一大功。甲派不同意劫走走资派，是因为走资派都没有了，还叫他们批斗谁？那甲派就完蛋。双方展开激烈的争辩，剑拔弩张。一个"西纠"小头领对司机下了命令："开走！别管他们！"正在千钧一发之际，庹世荣挟了一条席子往汽车前一铺："开走？姥姥！"他往席子上一躺："有种的从我身上轧过去！"司机犯不上为这么点事招惹一场人命，没有开动。甲派几个战士跳上车，把本团走资派夺下来，押回牛棚去了。司机倒车，从另一条路走了。

庹世荣这一壮举使全团为之刮目相看。不怕一万，就怕万一，万一司机是个浑愣的小伙子，真把车开过来，庹世荣可是吃什么也不香了。

庹世荣的形象高大起来，他自己也觉得俨然是黄继光、董存瑞式的英雄，进进出出，趾高气扬。

但是好景不长，没有多少日子，他身上耀眼的光辉就暗淡了。他参加了革委会，无建树。后来又参加"五一六"的调查、逼供信，愣把一个三八式的干部逼得承认自己是"五一六"。但是"五一六"是"文革"中的一大糊涂公案，根本是"老虎闻鼻烟，没有那八宗事"。他还回演员队演曹八将，吼半句"要把狼烟扫"，谁也不承认他真的是黄继光、董存瑞。

他得了病，血压高得异乎寻常，低压一百二，高压二百三。医生告诫他不能再吃肉。有时家里吃炖肉，他媳妇给他买两根顶花带刺的嫩黄瓜。这两根黄瓜给了他很大安慰：在家里，他还算个人物。

他死了，死于多种病并发症。一个也是唱架子花脸的二路角演员说医院的护士长告诉他，说："你们那位庹同志，给他验血，抽了一试管血，竟有半试管是油！"这似乎不大可能。

要给他开追悼会，他媳妇不同意马上开，她提出条件，要追认庹世荣为党员。她以为如果老庹被追认为党员，则在分房子、子女就业等问题上，就会得到照顾。

她的想法不是毫无道理，但是新产生的党委会没有同意，认为他不够党员条件。

遗体告别，生前友好大部分都去了，庹世荣比平常瘦小了好些，他抽抽了。

一九九六年八月二十七日

载一九九六年第六期《当代》

鸡毛

西南联大有一个文嫂。

她不是西南联大的人。她不属于教职员工，更不是学生。西南联大的各种名册上都没有"文嫂"这个名字。她只是在西南联大里住着，是一个住在联大里的校外的人。然而她又的的确确是"西南联大"的一个组成部分。她住在西南联大的新校舍。

西南联大有许多部分：新校舍、昆中南院、昆中北院、昆华师范、工学院……其他部分都是借用的原有的房屋，新校舍是新建的，也是联大的主要部分。图书馆、大部分教室、各系的办公室、男生宿舍……都在新校舍。

新校舍在昆明大西门外，原是一片荒地。有很多坟，几户零零落落的人家。坟多无主。有的坟主大概已经绝了后，不难处理。有一个很大的坟头，一直还留着，四面环水，如一小岛，春夏之交，开满了野玫瑰，香气袭人，成了一处风景。其余的，都平了。坟前的墓碑，有的相当高大，都搭在几条水沟上，成了小桥。碑上显考显妣的姓名分明可见，全都平躺着了。每天有许多名师大儒、莘莘学子从上面走过。住户呢，由学校出几个钱，都搬迁了。文嫂也是这里的住户。她不搬。说什么也不搬。她说她在这里住惯了。联大的当局是很讲人道主义的，人家不愿搬，不能逼人家走。可是她这两间破烂烂的草屋，不当不间地戳在那里，实在也不成个样子。新校舍建筑虽然极其简陋，但是是经过土木工程系的名教授设计过的，房屋安排疏密有致，空间利用十分合理。那怎么办呢？主其事者跟文嫂商量，把她两间草房拆了，另外给她盖一间，质料比她原来的要好一些。她同意了，只要求再给她盖一个鸡窝。那好办。

她这间小屋，土墙草顶，有两个窗户（没有窗扇，只有一个窗洞，有几根直立着的带皮的树棍），一扇板门。紧靠西面围墙，离二十五号宿舍不远。

宿舍旁边住着这样一户人家，学生们倒也没有人觉得奇怪。学生叫她文嫂。她管这些学生叫"先生"。时间长了，也能分得出张先生，李先生，金先生，朱先生……但是，相处这些年了，竟没有一个先生知道文嫂的身世，只知道她是一个寡妇，有一个女儿。人很老实。虽然没有知识，但是洁身自好，不贪小便宜。除非你给她，她从不伸手要东西。学生丢了牙膏肥皂、小东小西，从来不会怀疑是她顺手牵羊拿了去。学生洗了衬衫，晾在外面，被风吹跑了，她必为捡了，等学生回来时交出："金先生，你的衣服。"除了下雨，她一天都是在屋外呆着。她的屋门也都是敞开着的。她的所作所为，都在天日之下，人人可以看到。

她靠给学生洗衣服、拆被窝维持生活。每天大盆大盆地洗。她在门前的两棵半大榆树之间拴了两根棕绳，拧成了麻花。洗得的衣服，夹紧在两绳之间。风把这些衣服吹得来回摆动，霍霍作响。大太阳的天气，常常看见她坐在草地上（昆明的草多丰茸齐整而极干净）做被窝，一针一针，专心致意。衣服被窝洗好做得了，为了避免嫌疑，她从不送到学生宿舍里去，只是叫女儿隔着窗户喊："张先生，来取衣服。"——"李先生，取被窝。"

她的女儿能帮上忙了，能到井边去提水，踮着脚往绳子上晾衣服，在床上把衣服摩挲平整了，叠起来。

文嫂养了二十来只鸡（也许她原是靠喂鸡过日子的）。联大到处是青草，草里有昆虫蚱蜢种种活食，这些鸡都长得极肥大，很肯下蛋。隔多半个月，文嫂就挎了半篮鸡蛋，领着女儿，上市去卖。蛋大，也红润好看，卖得很快。回来时，带了盐巴、辣子，有时还用马兰草提着一块够一个猫吃的肉。

每天一早，文嫂打开鸡窝门，这些鸡就急急忙忙，迫不及待地奔出来，散到草丛中去，不停地啄食。有时又抬起头来，把一个小脑袋很有节奏地转来转去，顾盼自若，——鸡转头不是一下子转过来，都是一顿一顿地那么转动。到觉得肚子里那个蛋快要坠下时，就赶紧跑回来，红着脸把一个蛋下在鸡窝里。随即得意非凡地高唱起来："郭格答！郭格答！"文嫂或她的女儿伸手到鸡窝里取出一颗热烘烘的蛋，顺手赏了母鸡一块土坷垃："去去去！先生要用功，莫吵！"这鸡婆子就只好咕咕地叫着，很不平地走到草丛里去了。到了傍晚，文嫂抓了一把碎米，一面撒着，一面"咽咽，咽咽"叫着，这些母鸡就都即即足足地回来了。它们把碎米啄尽，就鱼贯进入鸡窝。进窝时故意把脑袋低一低，把尾巴向下�拉一下，以示雍容文雅，很有鸡教。鸡窝门有一道小坎，这些鸡还都一定两脚并齐，站在门坎上，然后向前一跳。这种礼节，其实大可不必。进窝以后，咕咕囔囔一会，就寂然了。于是夜色就降临抗战时期最高学府之一，国立西南联合大学的新校舍了。阿门。

文嫂虽然生活在大学的环境里，但是大学是什么，这有什么用，为什么要办它，这些，她可一点都不知道。只知道有许多"先生"，还有许多小姐，或按昆明当时的说法，有很多"摩登"，来来去去；或在一个洋铁皮房顶的屋子（她知道那叫"教室"）里，坐在木椅子上，呆呆地听一个"老倌"讲话。这些"老倌"讲话的神气有点像耶稣堂卖福音书的教士（她见过这种教士）。但是她隐隐约约地知道，先生们将来都是要做大事，赚大钱的。

先生们现在可没有赚大钱，做大事，而且越来越穷，找文嫂洗衣服、做被子的越来越少了。大部分先生非到万不得已，不拆被子。一年也不定拆洗一回。有的先生虽然看起来衣冠齐楚，西服皮鞋，但是皮鞋底下有洞。有一位先生还为此制了一则谜语"天不知地知，你不知我知"。他们的袜子没有后跟，穿的时候就把袜尖往前拽拽，窝在脚心里，这样后跟的破洞就露不出来了。他们的衬衫穿脏了，脱下来换一件。过两天新换的又脏了，看看还是原先脱下的一件干净些，于是又换回来。有时要去参加Party①，没有一件洁白的衬衫，灵机一动：有了！把衬衫反过来穿！打一条领带，把纽扣遮住，这样就看不出反正了。就这样，还很优美地跳着《蓝色的多瑙河》。有一些，就完全不修边幅，衣衫褴褛，囚首垢面，跟一个叫花子差不多了。他们的裤子破了，就用一根麻绳把破处系紧。文嫂看到这些先生，常常跟女儿说："可怜！"

来找文嫂洗衣的少了，她还有鸡，而且她的女儿已经大了。

女儿经人介绍，嫁了一个司机。这司机是下江人，除了他学着说云南话："为哪样""咋个整"，其余的话，她听不懂，但她觉得这女婿人很好。他来看过老丈母，穿了麂皮夹克，大皮鞋，头上抹了发蜡。女儿按月给妈送钱。女婿跑仰光、腊戌，也跑贵州、重庆。每趟回来，还给文嫂带点曲靖韭菜花，贵州盐酸菜，甚至宣威火腿。有一次还带了一盒遵义板桥的化风丹，她不知道这有什么用。他还带了一些奇形怪状的果子。有一种果子，香得她的头都疼。下江人女婿答应养

_____
① 英文：社交聚会。

246

她一辈子。

文嫂胖了。

男生宿舍全都一样，是一个窄长的大屋子，土墼墙，房顶铺着木板，木板都没有刨过，留着锯齿的痕迹，上盖稻草；两面的墙上开着一列像文嫂的窗洞一样的窗洞。每间宿舍里摆着二十张双层木床。这些床很笨重结实，一个大学生可以在上面放放心心地睡四年，一直睡到毕业，无须修理。床本来都是规规矩矩地靠墙排列着的，一边十张。可是这些大学生需要自己的单独的环境，于是把它们重新调动了一下，有的两张床摆成一个曲尺形，有的三张床摆成一个凹字形，就成了一个一个小天地。按规定，每一间住四十人，实际都住不满。有人占了一个铺位，或由别人替他占了一个铺位而根本不来住；也有不是铺主却长期睡在这张铺上的；有根本不是联大学生，却在新校舍住了好几年的。这些曲尺形或凹字形的单元里，大都只有两三个人。个别的，只有一个。一间宿舍住的学生，各系的都有。有一些互相熟悉，白天一同进出，晚上联床夜话；也有些老死不相往来，连贵姓都不打听。二十五号南头一张双层床上住着一个历史系学生，一个中文系学生，一个上铺，一个下铺，两个人合住了一年，彼此连面都没有见过；因为这二位的作息时间完全不同。中文系学生是个夜猫子，每晚在系图书馆夜读，天亮才回来；而历史系学生却是个早起早睡的正常的人。因此，上铺的铺主睡觉时，下铺是空的；下铺在酣睡时，上铺没有人。

联大的人都有点怪。"正常"在联大不是一个褒词。一个人很正常，就会被其余的怪人认为"很怪"。即以二十五号宿舍而论，如果把这些先生的事情写下来，将会是一部很长的小说。如今且说一个人。

此人姓金，名昌焕，是经济系的。他独占北边的一个凹字形的单元。他不欢迎别人来住，别人也不想和他搭伙。他不知从哪里弄来一些木板，把双层床的一边都钉了木板，就成了一间屋中之屋，成了他的一统天下。凹字形的当中，摞着几个装肥皂的木箱——昆明这种木箱很多，到处有得卖，这就是他的书桌。他是相当正常的。一二年级时，按时听讲，从不缺课。联大的学生大都很狂，讥弹时事，品藻人物，语带酸咸，辞锋很锐。金先生全不这样。他不发狂论。事实上他很少跟人说话。其特异处有以下几点：一是他所有的东西都挂着，二是从不买纸，三是每天吃一块肉。他在他的床上拉了几根铁丝，什么都挂在这些铁丝上，领带、袜子、针线包、墨水瓶……他每天就睡在这些丁丁当当的东西的下面。学生离不开纸。怎么穷的学生，也得买一点纸。联大的学生时兴用一种灰绿色布制的夹子，里面夹着一沓白片页纸，用来记笔记，做习题。金先生从不花这个钱。为什么要花钱买呢？纸有的是！联大大门两侧墙上贴了许多壁报、学术演讲的通告、寻找失物、出让衣鞋的启事，形形色色、琳琅满目。这些启事、告白总不是顶天立地满满写着字，总有一些空白的地方。金先生每天晚上就带了一把剪刀，把这些空白的地方剪下来。他还把这些纸片，按大小纸质、颜色，分门别类，裁剪整齐，留作不同用处。他大概是相当笨的，因此每晚都开夜车。开夜车伤神，需要补一补。他按期买了猪肉，切成大小相等的方块，借了文嫂的鼎罐（他借用了鼎罐，都是洗都不洗就还给人家了），在学校茶水炉上炖熟了，密封在一个有盖的瓷坛里。每夜用完了功，就打开坛盖，用一只一头削尖了的筷子，瞅准了，扎出一块，闭目而食之。然后，躺在丁丁当当的什物之下，酣然睡去。

这样过了三年。到了四年级，他在聚兴诚银行里兼了职，当会计。其时他已经学了簿记、普通会计、成本会计、银行会计、统计……这些学问当一个银行职员，已是足够用的了。至于经济思想史、经济地理……这些空空洞洞的课程，他觉得没有什么用处，只要能混上学分就行，不必苦苦攻读，可以缺课。他上午还在学校听课，下午上班。晚上仍是开夜车，搜罗纸片，吃肉。自从当了会计，他添了两样毛病。一是每天提了一把黑布阳伞进出，无论冬夏，天天如此。二是穿两件衬衫，打两条领带。穿好了衬衫，打好领带；又加一件衬衫，再打一条领带。这是干什么呢？若说是显示他有不止一件衬衫、一条领带吧，里面的衬衫和领带别人又看不见；再说这鼓鼓囊囊的，舒服吗？真是令人百思不得其解。因此，同屋的那位中文系夜游神送他一个外号，这外号很长："二十年目睹之怪现状"。

金先生很快就要毕业了。毕业以前，他想到要做两件事。一件是加入国民党，这已经着手办了；一件是追求一个女同学，这可难。他在学校里进进出出，一向像马二先生逛西湖：他不看女人，女人也不看他。

谁知天缘凑巧，金昌焕先生竟有了一段风流韵事。一天，他正提着阳伞到聚兴诚去上班，前面走着两个女同学，她们交头接耳地谈着话。一个告诉另一个：这人穿两件衬衫，打两条领带，而且介绍他有一个很长的外号："二十年目睹之怪现状"。听话的那个不禁回头看了金昌焕一眼，嫣然一笑。金昌焕误会了：谁知一段姻缘却落在这里。当晚，他给这女同学写了一封情书。开头写道："××女士芳鉴，敬启者……"接着说了很多仰慕的话，最后直截了当地提出："倘蒙慧眼垂青，允订白首之约，不胜荣幸之至。随函附赠金戒指一枚，务祈笑纳为荷。"在"金戒指"三字的旁边还加了一个括弧，括弧里注明："重一钱五。"这封情书把金先生累得够呛，到他套起钢笔，吃下一块肉时，文嫂的鸡都已经即即足足地发出声音了。

这封情书是当面递交的。

这位女同学很对得起金昌焕。她把这封信公布在校长办公室外面的布告栏里，把这枚金戒指也用一枚大头针钉在布告栏的墨绿色的绒布上。于是金昌焕一下子出了大名了。

金昌焕倒不在乎。他当着很多人，把信和戒指都取下来，收回了。

你们爱谈论，谈论去吧！爱当笑话说，说去吧！于金昌焕何有哉！金昌焕已经在重庆找好了事，过两天就要离开西南联大，上任去了。

文嫂丢了三只鸡，一只笋壳鸡，一只黑母鸡，一只芦花鸡。这三只鸡不是一次丢的，而是隔一个多星期丢一只。不知怎么丢的。早上开鸡窝放鸡时还在，晚上回窝时就少了。文嫂到处找，也找不着。她又不能像王婆骂鸡那样坐在门口骂——她知道这种泼辣做法在一个大学里很不合适，只是一个人叨叨："我奶（的）鸡呢？我奶鸡呢？……"

文嫂的女儿回来了。文嫂吓了一跳：女儿戴得一头重孝。她明白出了大事了。她的女婿从重庆回来，车过贵州的十八盘，翻到山沟里了。女婿的同事带了信来。母女俩顾不上抱头痛哭，女儿还得赶紧搭便车到十八盘去收尸。

女儿走了，文嫂失魂落魄，有点傻了。但是她还得活下去，还得过日子，还得吃饭，还得每天把鸡放出去，关鸡窝。还得洗衣服，做被子。有很多先生都毕业了，要离开昆明，临走总得干干净净，来找文嫂洗衣服，拆被子的多了。

这几天文嫂常上先生们的宿舍里去。有的先生要走了，行李收拾好了，总还有一些带不了的破旧衣物，一件渔网似的毛衣，一个压扁了的脸盆，几只配不成对的皮鞋——那有洞的鞋底至少掌鞋还有用……这些先生就把文嫂叫了来，随她自己去挑拣。挑完了，文嫂必让先生看一看，然后就替他们把曲尺形或凹字形的单元打扫一下。

因为洗衣服、拣破烂，文嫂还能岔乎岔乎，心里不至太乱。不过她明显的瘦了。

金昌焕不声不响地走了。二十五号的朱先生叫文嫂也来看看，这位"怪现状"是不是也留下一些还值得一拣的东西。

什么都没有。金先生把一根布丝都带走了。他的凹形王国里空空如也，只留下一个跟文嫂借用的鼎罐。文嫂毫无所得，然而她也照样替金先生打扫了一下。她的笤帚扫到床下，失声惊叫了起来：床底下有三堆鸡毛，一堆笋壳色的，一堆黑的，一堆芦花的！

文嫂把三堆鸡毛抱出来，一屁股坐在地下，大哭起来。

"啊呀天哪，这是我奶鸡呀！我奶笋壳鸡呀！我奶黑母鸡，我奶芦花鸡呀！……"

"我寡妇失业几十年哪，你咋个要偷我奶鸡呀！……"

"我风里来雨里去呀，我奶命多苦，多艰难呀，你咋个要偷我奶鸡呀！……"

"你先生是要做大事，赚大钱的呀，你咋个要偷我奶鸡呀！……"

"我奶女婿死在贵州十八盘，连尸都还没有收呀，你咋个要偷我奶鸡呀！……"

她哭得很伤心，很悲痛。

她好像要把一辈子所受的委屈、不幸、孤单和无告全都哭了出来。

这金昌焕真是缺德，偷了文嫂的鸡，还借了文嫂的鼎罐来炖了。至于他怎么偷的鸡，怎样宰了，怎样煺的鸡毛，谁都无从想象。

林子大了，什么鸟都有。

一九八一年六月六日

载一九八一年第九期《文汇月刊》

钓人的孩子

钓人的孩子

抗日战争时期。昆明大西门外。

米市，菜市，肉市。柴驮子，炭驮子。马粪。粗细瓷碗，砂锅铁锅。焖鸡米线，烧饵块。金钱片腿，牛干巴。炒菜的油烟，炸辣子的呛人的气味。红黄蓝白黑，酸甜苦辣咸。

每个人带着一生的历史，半个月的哀乐，在街上走。恓恓惶惶，忙忙碌碌。谁都希望意外地发一笔小财，在路上捡到一笔钱。

一张对折着的钞票躺在人行道上。

用这张钞票可以量五升米，割三斤肉，或扯六尺细白布，——够做一件汗褂，或到大西门里牛肉馆要一盘冷片、一碗汤片、一大碗饭、四两酒，美美地吃一顿。

一个人弯腰去捡钞票。

噌——，钞票飞进了一家店铺的门里。

一个胖胖的孩子坐在门背后。他把钞票丢在人行道上，钞票上拴了一根黑线，线头捏在他的手里。他偷眼看着钞票，只等有人弯腰来拾，他就猛地一抽线头。

他玩着这种捉弄人的游戏，已经玩了半天。上当的已经有好几个人了。

胖孩子满脸是狡猾的笑容。

这是一个小魔鬼。

这孩子长大了，将会变成一个什么人呢？日后如果有人提起他的恶作剧，他多半会否认。——也许他真的已经忘了。

捡金子

这是一个怪人，很孤傲，跟谁也不来往，尤其是女同学。他是哲学系的研究生。他只有两个"听众"，都是中文系四年级的学生。他们每天一起坐茶馆，在茶馆里喝清茶，嗑葵花子，看书，谈天，骂人。哲学研究生高谈阔论的时候多，那两位只有插话的份儿，所以是"听众"。他们都有点玩世不恭。哲学研究生的玩世不恭是真的，那两位有点是装出来的。他们说话很尖刻，动不动骂人是"卑劣的动物"。他们有一套独特的语言。他们把漂亮的女同学叫作"虎"，把谈恋爱叫作"杀虎"，把钱叫作"刀"。有刀则可以杀虎，无刀则不能。诸如此类。他们都没有杀过一次虎。

这个怪人做过一件怪事：捡金子。昆明经常有日本飞机来空袭。一有空袭就拉警报。一有警报人们就都跑到城外的山野里躲避，叫作"逃警报"。哲学研究生推论：逃警报的人一定会把值钱的东西带在身边，包括金子；有人带金子，就会有人丢掉金子；有人丢掉金子，一定会有人捡到；人会捡到金子，我是人，故我可以捡到金子。这一套逻辑推理实在是无懈可击。于是在逃警报时他就沿路注意。他当真捡到金戒指，而且不止一次，不止一枚。

此人后来不知所终。

有人说他到了重庆，给《中央日报》写社论，骂共产党。

航空奖券

国民党的中央政府发行了一种航空救国奖券，头奖二百五十万元，月月开奖。虽然通货膨胀，钞票贬值，这二百五十万元一直还是一个相当大的数目。这就是说，在国民党统治范围的中国，每个月要凭空出现一个财主。花不多的钱，买一个很大的希望，因此人们趋之若鹜，代卖奖券的店铺的生意很兴隆。

中文系学生彭振铎高中毕业后曾教过两年小学，岁数比同班同学都大。他相貌平常，衣装朴素，为人端谨。他除了每月领助学金（当时叫作"贷金"），还在中学兼课，有一点微薄的薪水。他过得很俭省，除了买买书，买肥皂牙膏，从不乱花钱。不抽烟，不饮酒。只有他的一个表哥来的时候，他的生活才有一点变化。这位表哥往来重庆、贵阳、昆明，跑买卖。虽是做生意的人，却不忘情诗书，谈吐不俗。他来了，总是住在爱群旅社，必把彭振铎邀去，洗洗澡，吃吃馆子，然后在旅馆里长谈一夜。谈家乡往事，物价行情，也谈诗。平常，彭振铎总是吃食堂，吃有耗子屎的发霉的红米饭，吃炒芸豆，还有一种叫作魔芋豆腐的紫灰色的烂糊糊的东西。他读书很用功，但是没有一个教授特别赏识他，没有人把他当作才子来看。然而他在内心深处却是一个诗人，一个忠实的浪漫主义者。在中国诗人里他喜欢李商隐，外国诗人里喜欢雪莱，现代作家里喜欢何其芳。他把《预言》和《画梦录》读得几乎能背下来。他自己也不断地写一些格律严谨的诗和满纸烟云的散文。定稿后抄在一个黑漆布面的厚练习本里，抄得很工整。这些作品，偶尔也拿出来给人看，但只限于少数他所钦服而嘴又不太损的同学。同班同学中有一个写小说的，他就请他看过。这位小说家认真地看了一遍，说："很像何其芳。"

然而这位浪漫主义诗人却干了一件不大有诗意的事：他按月购买一条航空奖券。

他买航空奖券不是为了自己。

系里有个女同学名叫柳曦，长得很漂亮，然而天然不俗，落落大方，不像那些漂亮的或自以为漂亮的女同学整天浓妆艳抹，有明星气、少奶奶气或教会气。她并不怎样着意打扮，总是一件蓝阴丹士林旗袍，——天凉了则加一件玫瑰红的毛衣。她走起路来微微偏着一点脑袋，两只脚几乎走在一条线上，有一种说不出来的风致，真是一株风前柳，不枉了小名儿唤作柳曦，彭振铎和她一同上创作课。她写的散文也极清秀，文如其人，彭振铎自愧弗如。

尤其使彭振铎动心的是她有一段不幸的身世。有一个男的时常来找她。这个男的比柳曦要大五六岁，有时穿一件藏青哗叽的中山装，有时穿一套咖啡色西服。这是柳曦的未婚夫，在资源委员会当科长。柳曦的婚姻是勉强的。她的父亲早故，家境贫寒。这个男人看上了柳曦，拿钱供柳曦读了中学，又读了大学，还负担她的母亲和弟妹的生活。柳曦在高中一年级就跟他订婚了。她实际上是卖给了这个男人。怪不道彭振铎觉得柳曦的眉头总有点蹙着（虽然这更增加了她的美的深度），而且那位未婚夫来找她，两人一同往外走她总是和他离得远远的。

这是那位写小说的同学告诉彭振铎的。小说家和柳曦是小同乡，中学同学。

彭振铎很不平了。他要搞一笔钱，让柳曦把那个男人在她身上花的钱全部还清，把自己赎出来，恢复自由。于是他就按月购买航空奖券。他老是梦想他中了头奖，把二百五十万元连同那一册诗文一起捧给柳曦。这些诗文都是写给柳曦的。柳曦感动了，流了眼泪。投在他的怀里。

彭振铎的表哥又来了。彭振铎去看表哥，顺便买了一条航空奖券。到了爱群旅社，适逢表哥因事外出，留字请他少候。彭振铎躺在床上看书。房门开着。

彭振铎看见两个人从门外走过，是柳曦和她的未婚夫！他们走进隔壁的房间。不大一会儿，就听见柳曦的放浪的笑声。

彭振铎如遭电痤。

他觉得心里很不是滋味。

而且他渐渐觉得柳曦的不幸的身世、勉强的婚姻，都是那个写小说的同学编出来的。这个玩笑开得可太大了！

他怎么坐得住呢？只有走。

他回到宿舍，把那一册诗文翻出来看看。他并没有把它们烧掉。这些诗文虽然几乎篇篇都有柳，柳风、柳影、柳絮、杨花、浮萍……但并未点出柳曦的名字。留着，将来有机会献给另外一个人，也还是可以的。

航空奖券，他还是按月买，因为已经成了习惯。

一九八二年二月二日

载一九八二年第四期《海燕》

职业

巷子里常有卖"椒盐饼子西洋糕"的走过。所卖皆平常食物，除了油条大饼豆菜包子之外便是那种椒盐饼子跟西洋糕。椒盐饼子是马蹄形面饼，弓处微厚，平处削薄，烘得软软的，因有椒盐，颜色淡黄如秋天的银杏叶子。西洋糕是一种菱形发面方糕，松松的，厚可寸许，当中夹两层薄薄的红糖浆。穿了洁白大布衣裳，抽了几袋糯米香金堂叶子烟，泛览周王传，流观山海图，到日影很明显的偏了西，有点微饿了，沏新茶一碗，买那么两块来慢慢地嚼，大概可以尝出其中的香美；否则味道是很平淡的。老太太常买了来哄好哭作闹的孩子，因为还大，而且在她们以为比吃糖豆杂食要"养人"些。车夫苦力们吃它则不过为了充饥罢了。糕饼和那种叫卖声音都是昆明僻静里巷间所特有。虽然不知道为什么叫作"西洋糕"，或者正因为叫"西洋糕"吧，总使人觉得其"古"，跟这个已经在它上面建立出许多新事物来的老城极相谐合。早晨或黄昏，你听他们叫：

"椒盐饼——子西洋糕……"

若是谱出来，其音调是：

so so la——la so mi ruai

这跟那种"有旧衣烂衫抓来卖"同为古城悲哀的歌唱之最具表情

者。收旧衣烂衫的是女人多，嗓音多尖脆高拔。卖椒盐饼子西洋糕的常为老人及小孩。老人声音苍沉，孩子稚嫩游转，（因为巷子深，人少，回声大，不必因拼命狂叫，以致嘶嘎）在广大的沉寂与远细的市声之上升起，搅带出许多东西，闪一闪，又淀落下来。偶然也有年青青的小伙子挎一个竹篮叫卖，令人觉得可惜，谁都不会以为这是一个理想的职业的。他们多把"椒"念成"皆"，而"洋"字因为昆明话缺少真正的鼻音，听起来成了"牙"。"盐"读为"一"，"子"字常常吃了，只舌头微顶一顶，意思到了，"西洋"两字自然切成了一个音。所以留心了好一阵我才闹清楚他们叫的是什么，知道了自然得意十分。——是谁第一个那么叫的？这几个字的唇齿开阖（特别是在昆明话里）配搭得恰到好处，听起来悲哀，悲哀之中有时又每透出一种谐趣（这两样感情原是极相邻近的）。孩子们为之感动，极爱效学。有时一高兴就唱成了：

　　　　捏着鼻——子吹洋号！

　　一定有孩子小时学叫，稍大当真就作此生涯了。

　　老在我们巷子里叫卖的一个孩子，我已见他往来卖了几年，眼看着大起来了。他举动之间已经涂抹了许多人生经验。一望而知，不那么傻，不那么怯了，头上常涂油，学会在耳后夹一支香烟，而且不再怕那些狗。他逐渐调皮刁恶，极会幸灾乐祸地说风凉话，捉弄乡下人，欺侮瞎子。可是，他还是不得不卖他的椒盐饼子西洋糕！声音可多少改变了一点，你可以听得出一点嘲讽、委屈、疲倦，或者还有寂寞，种种说不清，混在一起的东西。

　　有一天，我在门前等一个人来，他来了。也许他今天得到休息，（大姨妈家老二接亲啦，帮老板去摇一次会啦，反正这一类的喜事）

也许他竟已得到机会，改了行业，（不顶像）他这会儿显然完全从职业中解放出来。你从他身上看出一个假期，一个自在之身。没有竹篮，而且新草鞋上红带子红得真鲜。他潇潇洒洒地走过去，轻松的脚步，令人一下子想起这是四月中的好天气。而，这小子！走近巷尾时他饱满充和地吆喝了一声：

椒盐饼——子西洋糕。

听自己声音像从一团线上抽一段似的抽出来，又轻轻地来了一句：

捏着鼻——子吹洋号……

载一九四七年六月二十八日《益世报》

日规

西南联大新校舍对面是"北院"。北院是理学院区。一个狭长的大院，四面有夯土板筑的围墙。当中是一片长方形的空场。南北各有一溜房屋，土墙，铁皮房顶，是物理系、化学系和生物系的办公室、教室和实验室。房前有一条土路，路边种着一排不高的尤加利树。一览无余，安静而不免枯燥。这里不像新校舍一样有大图书馆、大食堂、学生宿舍。教室里没有风度不同的教授讲授各种引人入胜的课程，墙上，也没有五花八门相互论战的壁报，也没有寻找失物或出让衣物的启事。没有操场，没有球赛。因此，除了理学院的学生，文法学院的学生很少在北院停留。不过他们每天要经过北院。由正门进，出东面的侧门，上一个斜坡，进城墙缺口。或到"昆中""南院"听课，或到文林街坐茶馆，到市里闲逛，看电影……理学院的学生读书多是比较扎实的，不像文法学院的学生放浪不羁，多少带点才子气。记定理、抄公式、画细胞，都要很专心。因此文法学院的学生走过北院时都不大声讲话，而且走得很快，免得打扰人家。但是他们在走尽南边的土路，将出侧门时，往往都要停一下：路边开着一大片剑兰！

这片剑兰开得真好！是美国种。别处没有见过。花很大，比普通剑兰要大出一倍。什么颜色的都有。白的、粉的、桃红的、大红的、浅黄的、淡绿的、蓝的、紫得像是黑色的。开得那样旺盛，那样水灵！可是，许看不许摸！这些花谁也不能碰一碰。这是化学系主任高崇礼种的。

高教授是个出名的严格方正、不讲情面的人。他当了多年系主任，教普通化学和有机化学。他的为人就像分子式一样，丝毫通融不得。学生考试，不及格就是不及格。哪怕是考了59分，照样得重新补修他教的那门课程。而且常常会像训小学生一样，把一个高年级的学生骂得面红耳赤。这人整天没有什么笑容，老是板着脸。化学系的学生都有点怕他，背地里叫他高阎王。他除了科学，没有任何娱乐嗜好。不抽烟。不喝酒。教授们有时凑在一起打打小麻将，打打桥牌，他绝不参加。他不爱串门拜客闲聊天。可是他爱种花，只种一种：剑兰。

这还是在美国留学时养成的爱好。他在麻省理工学院读化学。每年暑假，都到一家专门培植剑兰的花农的园圃里去做工，挣取一学年的生活费用，因此精通剑兰的种植技术。回国时带回了一些花种，每年还种一些。在北京时就种。学校迁到昆明，他又带了一些花种到昆明来，接着种。没想到昆明的气候土壤对剑兰特别相宜，花开得像美国那家花农的园圃里的一般大。逐年发展，越种越多，长了那样大一片！

可是没有谁会向他要一穗花，因为都知道高阎王的脾气：他的花绝不送人。而且大家知道，现在他的花更碰不得，他的花是要卖钱的！

昆明近日楼有个花市。近日楼外边，有一个水泥砌的圆池子。池子里没有水，是干的。卖花的就带了一张小板凳坐在池子里，把各种鲜花摊放在池沿上卖。晚香玉、缅桂花、康乃馨，也有剑兰。池沿上摆得满满的，色彩缤纷，老远地就闻到了花香。昆明的中产之家，有买花插瓶的习惯。主妇上街买菜，菜篮里常常一头放着鱼肉蔬菜，一头斜放着一束鲜花。花菜一篮，使人感到一片盎然的生意。高教授有一天走过近日楼，看看花市，忽然心中一动。

于是他每天一清早，就从家里走到北院，走进花圃，选择几十穗半开的各色剑兰，剪下来，交给他的夫人，拿到近日楼去卖。他的剑兰花大，颜色好，价钱也不太贵，很快就卖掉了。高太太就喜吟吟地走向菜市场。来时一篮花，归时一篮菜。这样，高教授的生活就提高了不少。他家的饭桌上常见荤腥。星期六还能炖一只母鸡。云南的玉溪鸡非常肥嫩，肉细而汤清。高太太把刚到昆明时买下的，已经弃置墙角多年的汽锅也洗出来了。剑兰是多年生草本，全年开花；昆明的气候又是四季如春，不缺雨水，于是高教授家汽锅鸡的香味时常飘入教授宿舍的左邻右舍。他的两个在读中学的儿女也有了比较整齐的鞋袜。

那位说：教授卖花，未免欠雅。先生，您可真是站着说话不腰疼！您不知道抗日战争期间，大后方的教授，穷苦到什么程度。您不知道，一位国际知名的化学专家，同时又是对社会学、人类学具有广博知识的才华横溢而性格（在有些人看来）不免古怪的教授，穿的是一双"空前绝后"的布鞋——脚趾和脚跟部位都磨通了。中文系主任，当代散文大师的大衣破得不能再穿，他就买了一件云南赶马人穿的粗毛氆氇一口钟穿在身上御寒，样子有一点像传奇影片里的侠客，只是身材略嫌矮小。原来抽筒立克、555牌香烟的教授多改成抽烟斗，抽本地出的鹿头牌的极其辛辣的烟丝。他们的3B烟斗的接口处多是破裂的，缠着白线。有些著作等身的教授，因为家累过重，无暇治学，只能到中学去兼课。有个治古文字的学者在南纸店挂笔单为人治印。有的教授开书法展览会卖钱。教授夫人也多想法挣钱，贴补家用。有的制作童装，代织毛衣毛裤，有几位哈佛和耶鲁毕业的教授夫人，集资制作西点，在街头设摊出售。因此，高崇礼卖花，全校师生，皆无非议。

大家对这一片剑兰增加了一层新的看法，更加不敢碰这些花了。走过时只是远远地看看，不敢走近，更不敢停留。有的女同学想多看两眼，另一个就会说："快走，快走！高阎王在办公室里坐着呢！"没有谁会想起干这种恶作剧的事，半夜里去偷掐高教授的一穗花。真要是有人掐一穗，第二天早晨，高教授立刻就会发现。这花圃里有多少穗花，他都是有数的。

只有一个人可以走进高教授的花圃，蔡德惠。蔡德惠是生物系助教，坐办公室。生物系办公室和化学系办公室紧挨着，门对门。蔡德惠和高教授朝夕见面，关系很好。

蔡德惠是一个非常用功的学生。从小学到大学，各门功课都很好。他生活上很刻苦，联大四年，没有在外面兼过一天差。

联大学生的家大都在沦陷区。自从日本人占了越南，滇越铁路断了，昆明和平津沪杭不通邮汇，这些大学生就断绝了经济来源。教育部每月给大学生发一点生活费，叫作"贷金"。"贷金"名义上是"贷"给学生的，但是谁都知道这是永远不会归还的。这实际上是救济金，不知是哪位聪明的官员想出了这样一个新颖别致的名目，大概是觉得救济金听起来有伤大学生的尊严。"贷金"数目很少，每月十四元。货币贬值，物价飞涨，这十四元一直未动。这点"贷金"只够交伙食费，所以联大大部分学生都在外面找一个职业。半工半读，对付着过日子。五花八门，干什么的都有。有的在中学兼课，有的当家庭教师。昆明有个冠生园，是卖广东饭菜点心的。这个冠生园不知道为什么要办一个职工夜校，而且办了几年，联大不少同学都去教过那些广东名厨和糕点师傅。有的到西药房或拍卖行去当会计。上午听课，下午坐在柜台里算账，见熟同学走过，就起身招呼谈话。有的租一间门面，修理钟表。有一位坐在邮局门前为人代写家信。昆明有一个古老的习惯，每到正午时要放一炮，叫作"放午炮"。据说每天放这一炮的，也是联大的一位贵同学！这大概是哪位富于想象力的联大同学造出来的谣言。不过联大学生遍布昆明的各行各业，什么都干，却是事实。像蔡德惠这样没有兼过一天差的，极少。

联大学生兼差的收入，差不多全是吃掉了。大学生的胃口都极好：都很馋。照一个出生在南洋的女同学的说法，这些人的胃口都"像刀子一样"，见什么都想吃。也难怪这些大学生那么馋，因为大食堂的伙食实在太坏了！早晨是稀饭，一碟炒蚕豆或豆腐乳。中午和晚上都是大米干饭，米极糙，颜色紫红，中杂不少沙粒石子和耗子屎，装在一个很大的木桶里。盛饭的勺子也是木制的。因此饭粒入口，总带着很重的松木和杨木的气味。四个菜，分装在浅浅的酱色的大碗里。经常吃的是煮芸豆；还有一种不知是什么原料做成的紫灰色像是鼻涕一样的东西，叫作"蘑芋豆腐"。难得有一碗炒猪血（昆明叫"旺子"），几片炒回锅肉（半生不熟，极多猪毛）。这种淡而无味的东西，怎么能满足大学生们的刀子一样的食欲呢？二十多岁的人，单靠一点碳水化合物是活不成的，他们要高蛋白，还要适量的动物脂肪！于是联大附近的小饭馆无不生意兴隆。新校舍的围墙外面出现了很多小食摊。这些食摊上的食品真是南北并陈，风味各别。最受欢迎的是一个广东老太太卖的鸡蛋饼：鸡蛋和面，入盐，加大量葱花，于平底锅上煎熟。广东老太太很舍得放猪油，饼在锅里煎得嗞嗞地响，实在是很大的诱惑。煎得之后，两面焦黄，径可一尺，卷而食之，极可解馋。有一家做一种饼，其实也没有什么稀奇，不过就是加了一点白糖的发面饼，但是是用松毛（马尾松的针叶）烤熟的，带一点清香，故有特点。联大的女同学最爱吃这种饼。昆明人把大学生女生叫作"摩登"，于是这种饼就被叫成"摩登"粑粑。这些"摩登"们常把一个粑粑切开，中夹叉烧肉四两，一边走，一边吃，丝毫不觉得有什么不文雅。有一位贵州人每天挑一副担子来卖馄饨面。他卖馄饨是一边包一边下的。有时馄饨皮包完了，他就把馄饨馅一小疙瘩一小疙瘩拨在汤里下面。有人问他："你这叫什么面?"这位贵州老乡毫不犹豫地答曰："桃花面!"……

蔡德惠偶尔也被人拉到米线铺里去吃一碗焖鸡米线，但这样的时候很少。他每天只是吃食堂。吃煮芸豆和"蘑芋豆腐"。四年都是这样。

蔡德惠的衣服倒是一直比较干净整齐的。

联大的学生都有点像是阴沟里的鹅——顾嘴不顾身。女同学一般都还注意外表。男同学里西服革履，每天把裤子脱下来压在枕头下以保持裤线的，也有，但是不多。大多数男大学生都是不衫不履，邋里邋遢。有人裤子破了，找一根白线，把破洞处系成一个疙瘩，只要不露肉就行。蔡德惠可不是这样。

蔡德惠四五年来没有添置过什么衣服，——除了鞋袜。他的衣服都还是来报考联大时从家里带来的。不过他穿得很仔细。他的衣服都是自己洗，而且换洗得很勤。联大新校舍有一个文嫂，专给大学生洗衣服。蔡德惠从来没有麻烦过她。不但是衣服，他连被窝都是自己拆洗，自己做。这在男同学里是很少有的。因此，后来一些同学在回忆起蔡德惠时，首先总是想到蔡德惠在新校舍一口很大的井边洗衣裳，见熟同学走过，就抬起头来微微一笑。他还会做针线活，会裁会剪。一件衬衫的肩头穿破了，他能拆下来，把下摆移到肩头，倒个个儿，缝好了依然是一件完整的衬衫，还能再穿几年。这样的活计，大概多数女同学也干不了。

也许是性格所决定，蔡德惠在中学时就立志学生物。他对植物学尤其感兴趣。到了大学三年级，就对植物分类学着了迷。植物分类学在许多人看来是一门很枯燥的学问，单是背那么多拉丁文的学名，就是一件叫人头疼的事。可是蔡德惠觉得乐在其中。有人问他："你干吗搞这么一门干巴巴的学问？"蔡德惠说："干巴巴的？——不，这是一门很美的科学！"他是生物系的高材生。四年级的时候，系里就决定让他留校。一毕业，他就当了助教，坐办公室。

高崇礼教授对蔡德惠很有好感。蔡德惠算是高崇礼的学生，他选读过高教授的普通化学。蔡德惠的成绩很好，高教授还记得。但是真正使高教授对蔡德惠产生较深印象，是在蔡德惠当了助教以后。蔡德惠很文静。隔着两道办公室的门，一天几乎听不到他的声音。他很少大声说话。干什么事情都是轻手轻脚的，绝不会把桌椅抽屉搞得乒乓乱响。他很勤奋。每天高教授来剪花的时候（这时大部分学生都还在高卧），发现蔡德惠已经坐在窗前低头看书，做卡片。虽然在学问上隔着行，高教授无从了解蔡德惠在植物学方面的造诣，但是他相信这个年轻人是会有出息的，这是一个真正做学问的人。高教授也听生物系主任和几位生物系的教授谈起过蔡德惠，都认为他有才能，有见解，将来可望在植物分类学方面取得很高的成就。高教授对这点深信不疑。因此每天高教授和蔡德惠点头招呼，眼睛里所流露的，就不只是亲切，甚至可以说是：敬佩。

高教授破例地邀请蔡德惠去看看他的剑兰。当有人发现高阎王和蔡德惠并肩站在这一片华丽斑斓的花圃里时，不禁失声说了一句："这真是黄河清了！"蔡德惠当然很喜欢这些异国名花。他时常担一担水来，帮高教授浇浇花；用一个小薅锄松松土；用烟叶泡了水除治剑兰的腻虫。高教授很高兴。

蔡德惠简直是钉在办公室里了，他很少出去走走。他交游不广，但是并不孤僻。有时他的杭高老同学会到他的办公室里来坐坐，——他是杭州人，杭高（杭州高中）毕业，说话一直带着杭州口音。他在新校舍同住一屋的外系同学，也有时来。他们来，除了说说话，附带来看蔡德惠采集的稀有植物标本。蔡德惠每年暑假都要到滇西、滇南去采集标本。像木蝴蝶那样的植物种子，是很好玩的。一片一片，薄薄的，完全像一个蝴蝶，而且一个荚子里密密地挤了那么多。看看这种种子，你会觉得：大自然真是神奇！有人问他要两片木蝴蝶夹在书里当书签，他会欣然奉送。这东西滇西多的是，并不难得。

在蔡德惠那里坐了一会的同学，出门时总要看一眼门外朝南院墙上的一个奇怪东西。这是一个日规。蔡德惠自己做的。所谓"做"，其实很简单，找一点石灰，跟瓦匠师傅借一个抿子，在墙上抹出一个规整的长方形，长方形的正中，垂直着钉进一根竹筷子，——院墙是土墙，是很容易钉进去的。筷子的影子落在雪白的石灰块上，随着太阳的移动而移动。这是蔡德惠的钟表。蔡德惠原来是有一只怀表的，后来坏了，他就一直没有再买，——也买不起。他只要看看筷子的影子，就知道现在是几点几分，不会差错。蔡德惠做了这样一个古朴的日规，一半是为了看时间，一半也是为了好玩，增加一点生活上的情趣。至于这是不是也表示了一种意思：寸阴必惜，那就不知道了。大概没有。蔡德惠不是那种把自己的决心公开表现给人看的人。不过凡熟悉蔡德惠的人，总不免引起一点感想，觉得这个现代古物和一个心如古井的青年学者，倒是十分相称的。人们在想起蔡德惠时，总会很自然地想起这个日规。

蔡德惠病了。不久，死了。死于肺结核。他的身体原来就比较孱弱。

生物系的教授和同学都非常惋惜。

高崇礼教授听说蔡德惠死了，心里很难受。这天是星期六。吃晚饭了，高教授一点胃口都没有。高太太把汽锅鸡端上桌，汽锅盖噗噗地响，汽锅鸡里加了宣威火腿，喷香！高崇礼忽然想起：蔡德惠要是每天喝一碗鸡汤，他也许不会死！这一天晚上的汽锅鸡他一块也没有吃。

蔡德惠死了，生物系暂时还没有新的助教递补上来，生物系主任难得到系里来看看，生物系办公室的门窗常常关锁着。

蔡德惠手制的日规上的竹筷的影子每天仍旧在慢慢地移动着。

一九八四年六月五日初稿，六月七日重写。

载一九八四年第九期《雨花》

抽象的杠杆定律

胡少邦是西南联大一大活宝。他原是航校学生。航校教飞行，都是教官带着。教官先飞，到了一定高度，作一个手势交给学生开。教官推推他，叫他试飞。推了几下，他不动。教官一看，这位老兄睡着了！反应如此之迟钝，怎么能开飞机呢？请吧您哪！他被航校淘汰了，投考了西南联大，读哲学心理系。

虽然离开了航校，他对航空未能忘情，正在上着课，他忽然跑出教室，站在路口，高声喊叫：

"现在已经有了'预行警报'，五华山挂了两个红球！"

昆明的防空警报分四种：预行警报、空袭警报、紧急警报、解除警报。后三种都由防空监视机关拉汽笛。空袭警报一长二短，表示日本飞机已入云南境，有可能到昆明来；紧急警报一长一短，表示日本飞机已经接近昆明；到拉了长音，则表示日本飞机已经轰炸扫射完了，飞回去了。"预行警报"不拉汽笛，只在五华山顶挂出红球，——五华山是昆明的制高点，红球挂出，全城可见。胡少邦正在听课，不知道他是怎么"感觉"到五华山挂了红球的。

他还举行过几次演讲。事前贴出海报：整张的标语纸，画出几栏，左右两栏写明时间、地点，当中一栏较宽，浓墨大书："学术演讲"，题目是"防空常识"。竟然有人去听他的演讲，听完了，还报以掌声！

胡少邦每天都要"表演"。中午饭过，他就表演起来。一是唱歌。他认为唱歌要唱得高，于是拼命高唱，一直唱到声嘶力竭。二是舞单刀。他有一把生锈的单刀，舞得飕飕的，一直舞到大汗淋漓，才抱刀收势，对围观的同学鞠躬致谢。起初有些同学起哄架秧子，鼓励他耍活宝，后来见他每天就是这一套，就不再捧场，他一张嘴嘶喊，就纷纷走散。

胡少邦是个"情种"。日本飞机老是到昆明来轰炸。一有警报，联大同学就都由北面的小门走出去"跑警报"。有时忽然变了天，乌云四合，就要下雨。下了雨，日本飞机就不会来了，大家陆陆续续往回走。胡少邦一马当先，抢在最前面。他这么着急忙慌地赶回去干什么？他到新校舍各个宿舍收集雨伞，抱了两大抱，等在北门旁边，有女同学回来，就送上一把（这时雨已下下来，正好用得着）。

"情种"自然多情。胡少邦认为很多女同学都爱他。他唯恐自己爱得不周到，有疏忽，致使某个女同学伤心流泪，就买了一张重磅图画纸，画了一个很详细清楚的表格，这样可以按计划一一访问。他把这张爱情一览表压在席子下面，时常抽出来审阅。不过有时也觉得可能有点自作多情。他到南院（女生宿舍）去看望某个女同学，看传达室的张妈总是说："小姐不在！"他碰了壁，不死心，心想这不过是女孩子故作姿态而已。也许，他尚无特殊表现，还没有显出他的天才，还没有使女孩子动心。唔，是的，不错！

显露天才的机会来了！学校有个话剧团，要演《北京人》，导演找到他，因为他身材魁伟，而且有一种原始的味道。跟他说："你演最合适！你其实是真正的主角，剧名不是叫《北京人》么？"他同意了，跟大家一起去拍剧照。有一个有名的拍人像的摄影专家叫高岭梅，在正义路开了一家"高岭梅艺术人像"，昆明多数影剧界的都跟他很熟。

他设计了剧照的画面：后面是北京人的齐胸的影子，拍得虚虚的；前面叠印主要人物和戏剧场面，高岭梅不愧是高手，拍出的效果很好。剧照陈列在正义路口，每一幅都有胡少邦的形象，他很得意，上身涂了很厚的油彩、凡士林，也不觉得难受。

不想胡少邦并未因此受到女同学的青睐。有一天吃饭的时候，他又吹嘘有多少女同学爱他。有一个华侨女生叫陈逸华，人很天真，说："胡少邦，你别胡说八道，叫人笑话！"不想胡少邦勃然大怒，说："怎么没有！就拿你来说：你爱我，我不爱你，你就说出这样的话！"气得陈逸华大哭。

胡少邦发现了真理！真理是"抽象的杠杆定律"。其要义是：万事万物，都有一个抽象的杠杆，只要找到杠杆的支点，则万事万物的问题就可迎刃而解，大至二次大战，小至苍蝇之微，皆清澈洞明，了无沾滞。呜呼，少邦悟此秘旨，何其幸也。此上天予少邦者独厚，非人力所可诘究者也。

他著书立说，油印了好多本，遍赠教授同学。他给系主任冯友兰先生也呈献了一本。冯先生对他说：

"胡少邦！你去年哲学概论就不及格，今年再不及格，你就会被开除，你还是好好读书吧，别搞这一套胡说八道！"

我到郊区教了两年书，没有再见到胡少邦。听说他在莲花池冬泳，得了伤寒，死了。

后来又听说，他没有死，他自费到美国留学，现在还在。

星期天

　　这是一所私立中学，很小，只有三个初中班。地点很好，在福煦路。往南不远是霞飞路；往北，穿过两条横马路，便是静安寺路、南京路。因此，学生不少。学生多半是附近商人家的子女。

　　"校舍"很简单。靠马路是一带水泥围墙。有一座铁门。进门左手是一幢两层的楼房。很旧了，但看起来还结实。楼下东侧是校长办公室。往里去是一个像是会议室似的狭长的房间，里面放了一张乒乓球台子。西侧有一间房间，靠南有窗的一面凸出呈半圆形，形状有点像一个船舱，是教导主任沈先生的宿舍。当中，外屋是教员休息室；里面是一间大教室。楼上还有两个教室。

　　"教学楼"的后面有一座后楼，三层。上面两层是校长的住家。底层有两间不见天日的小房间，是没有家的单身教员的宿舍。

　　此外，在主楼的对面，紧挨围墙，有一座铁皮顶的木板棚子。后楼的旁边也有一座板棚。

　　如此而已。

　　学校人事清简。全体教职员工，共有如下数人：

　　一、校长。姓赵名宗浚，大夏大学毕业，何系，未详。他大学毕业后就从事教育事业。他为什么不在银行或海关找个事做，却来办这

272

样一个中学，道理不知何在。想来是因为开一个学堂，进项不少，又不需要上班下班，一天工作八小时，守家在地，下了楼，几步就到他的小王国——校长办公室，下雨连伞都不用打，又不用受谁的管，每天可以享清福，安闲自在，乐在其中。他这个学校不知道是怎样"办"的，学校连个会计都没有。每学期收了学杂费，全部归他处理。除了开销教员的薪水、油墨纸张、粉笔板擦、电灯自来水、笤帚簸箕、拖把抹布，他净落多少，谁也不知道。物价飞涨，一日数变，收了学费，他当然不会把钞票存在银行里，瞧着它损耗跌落，少不得要换成黄鱼（金条）或美钞。另外他大概还经营一点五金电料生意。他有个弟弟在一家五金行做事，行情熟悉。

他每天生活得蛮"写意"。每天早起到办公室，坐在他的黑皮转椅里看报。《文汇报》《大公报》《新民报》，和隔夜的《大晚报》，逐版浏览一遍。他很少看书。他身后的书架上只有两套书，一套《辞海》；还有一套——不知道他怎么会有这样一套书：吴其濬的《植物名实图考长编》。看完报，就从抽屉里拿出几件小工具，修理一些小玩意，一个带八音盒的小座钟，或是一个西门子的弹簧弹子锁。他爱逛拍卖行、旧货店，喜欢搜罗这类不费什么钱而又没有多大用处的玩意。或者用一个指甲锉修指甲。他其实就在家里呆着，不到办公室来也可以。到办公室，主要是为了打电话或接电话。他接电话有个习惯。电话铃响了，他拿起听筒，照例是先用上海话说："侬找啥人？"对方找的就是他，他不马上跟对方通话，总要说，"请侬等一等"，过了一会，才改用普通话说："您找赵宗浚吗？我就是……"他为什么每次接电话都要这样，我一直没有弄明白。是显得他有一个秘书，第一次接电话的不是他本人，是秘书，好有一点派头？还是先"缓冲"一下，好有时间容他考虑一下，对方是谁，打电话来多半是为什么事，胸有成竹，有所准备，以便答复？从他接电话的这个习惯，可以断定：这是一个精明的人。他很精明，但并不俗气。

他看起来很有文化修养。说话高雅，声音甜润。上海市井间流行的口头语，如"操那起来""斜其盆赛"，在他嘴里绝对找不到。他在大学时就在学校的剧团演过话剧，毕业后偶尔还参加职业剧团客串（因此他的普通话说得很好），现在还和上海的影剧界的许多人保持联系。我就是因为到上海找不到职业，由一位文学戏剧界的前辈介绍到他的学校里来教书的。他虽然是学校的业主，但是对待教员并不刻薄，为人很"漂亮"，很讲"朋友"，身上还保留着一些大学生和演员的洒脱风度。每年冬至，他必要把全体教职员请到后楼他的家里吃一顿"冬至夜饭"，以尽东道之谊。平常也不时请几个教员出去来一顿小吃。离学校不远，马路边上有一个泉州人摆的鱼糕米粉摊子，他经常在晚上拉我去吃一碗米粉。他知道我爱喝酒，每次总还要特地为我叫几两七宝大曲。到了星期天，他还忘不了把几个他乡作客或有家不归的单身教员拉到外面去玩玩。逛逛兆丰公园、法国公园，或到老城隍庙去走走九曲桥，坐坐茶馆，吃两块油氽鱿鱼，喝一碗鸡鸭血汤。凡有这种活动，多半都是由他花钱请客。这种地方，他是一点也不小气吝啬的。

他已经三十五岁，还是单身。他曾和一个女演员在外面租了房子同居了几年，女演员名叫许曼诺。因为他母亲坚决反对他和这个女人结婚，所以一直拖着（他父亲已死，他对母亲是很孝顺的）。有一天一清早他去找这个演员，敲了半天房门，门才开。里面有一个男人（这人他也认识）。他发现许曼诺的晨衣里面什么也没有穿！他一气之下，再也不去了。但是许曼诺有时还会打电话来，约他到DDS或卡夫卡司[①]去见面。那大概是许曼诺生活上遇到了困难，来求他给她一点

---

① 旧上海两家俄国咖啡馆。

帮助了。这个女人我见过,颇有丰韵,但是神情憔悴,显然长期过着放纵而不安定的生活。她抽烟,喝烈性酒。

他发胖了。才三十五岁就已经一百六十斤。他很知道,再发展下去会是什么样子,他的父亲就是一个大胖子(我们见过他的遗像)。因此,他节食,并且注意锻炼。每天中午由英文教员小沈先生或他的弟弟陪他打乒乓球。会议室那张乒乓球台子就是为此而特意买来的。

二、教导主任沈先生。名裕藻,也是大夏大学毕业。他到这所私立中学来教书,自然是因为老同学赵宗浚的关系。他到这所中学有年头了,从学校开办,他就是教导主任。他教代数、几何、物理、化学。授课量相当于两个教员,所拿薪水也比两个教员还多。而且他可以独占一间相当宽敞明亮的宿舍,蛮适意。这种条件在上海并不是很容易得到的。因此,他也不必动脑筋另谋高就。大概这所中学办到哪一天,他这个教导主任就会当到哪一天。

他一辈子不吃任何蔬菜。他的每天的中午饭都是由他的弟弟(他弟弟在这个学校读书)用一个三层的提梁饭盒从家里给他送来(晚饭他回家吃)。菜,大都是红烧肉、煎带鱼、荷包蛋、香肠……每顿他都吃得一点不剩。因此,他长得像一个牛犊子,呼吸粗短,举动稍欠灵活。他当然有一对金鱼眼睛。

他也不大看书,但有两种"书"是必读的。一是"方块报"①,他见到必买,一是还珠楼主的《蜀山剑侠传》。学校隔壁两三家,有一家小书店,每到《蜀山剑侠传》新出一集,就在门口立出一块广告牌:"好消息,《蜀山剑侠传》第××集已到!"沈裕藻走进店里,老板立

① 上海一度流行。十六开,八页或十二页,订成薄薄的一本,图文并茂。开头两页,为了向国民党的检查机关交账,大都登中央社的电讯,要人行踪。以下是各种社会新闻,影星名伶艳事,武侠小说和海上文人所写的色情小说。此外还有大量的裸体和半裸体的照片。

即起身迎接："沈先生，老早替侬留好勒嗨！"除了读"书"，他拉拉胡琴。他有一把很好的胡琴，凤眼竹的担子，声音极好。这把胡琴是他的骄傲。虽然在他手里实在拉不出多大名堂。

他没有什么朋友，却认识不少有名的票友。主要是通过他的同学李文鑫认识的，也可以说是通过这把胡琴认识的。

李文鑫也是大夏毕业的。毕业以后，啥事也不做。他家里开着一爿旅馆，他就在家当"小开"。这是那种老式的旅馆，在南市、十六铺一带还可见到。一座回字形的楼房，四面都有房间，当中一个天井。楼是纯粹木结构的，扶梯、栏杆、地板，全都是木头的，涂了紫红色的油漆。住在楼上，走起路来，地板会咯吱咯吱地响。一男一女，在房间里做点什么勾当，隔壁可以听得清清楚楚。客人是三教九流，什么人都有。李文鑫就住在账房间后面的一间洁净的房间里，听唱片，拉程派胡琴。他是上海专拉程派的名琴票。他还培养了一个弹月琴的搭档。这弹月琴的是个流浪汉，生病困在他的旅馆里，付不出房钱。李文鑫踱到他房间里，问他会点什么，——啥都不会！李文鑫不知怎么会忽然心血来潮，异想天开，拿了一把月琴："侬弹！"这流浪汉就使劲弹起来，——单弦绷。李文鑫不让他闲着，三九天，弄一盆冰水，让这流浪汉把手指头弹得发烫了，放在冰水里泡泡——再弹！在李文鑫的苦教之下，这流浪汉竟成了上海滩票界的一把数一数二的月琴。这流浪汉一个大字不识，挺大个脑袋，见人连话都不会说，只会傻笑，可是弹得一手好月琴。使起"窜儿"来，真是"大珠小珠落玉盘"。而且尺寸稳当，板槽瓷实，和李文鑫的胡琴严丝合缝，"一眼"不差，为李文鑫的琴艺生色不少。票友们都说李文鑫能教出这样一个下手来，真是独具慧眼。李文鑫就养着他，带着他到处"走票"，很受欢迎。

李文鑫有时带了几个票友来看沈裕藻，因为这所学校有一间会议室，正好调嗓子清唱。那大都是星期天。沈裕藻星期天偶尔也同我们一起去逛逛公园，逛逛城隍庙，陪赵宗浚去遛拍卖行，平常大都是读"书"，等着这些唱戏朋友。李文鑫认识的票友都是"有一号的"。像古森柏这样的名票也让李文鑫拉来过。古森柏除了偶尔唱一段《监酒令》，让大家欣赏欣赏徐小香的古调绝响外，不大唱。他来了，大都是聊。盛兰如何，盛戎如何，世海如何，君秋如何。他聊的时候，别的票友都洗耳恭听，连连颔首。沈裕藻更是听得发呆。有一次，古森柏和李文鑫还把南京的程派名票包华请来过。包华那天唱了全出《桑园会》（这是他的代表作，曾灌唱片）。李文鑫操琴，用的就是老沈的那把凤眼竹担子的胡琴（这是一把适于拉西皮的琴）。流浪汉闭着眼睛弹月琴。李文鑫叫沈裕藻来把二胡托着。沈裕藻只敢轻轻地蹭，他怕拉重了"出去"了。包华的程派真是格高韵雅，懂戏不懂戏的，全都听得出了神，鸦雀无声。

沈裕藻的这把胡琴给包华拉过，他给包华托过二胡，他觉得非常光荣。

三、英文教员沈福根。因为他年纪轻，大家叫他小沈，以区别于老沈——沈裕藻。学生叫他"小沈先生"。他是本校的毕业生。毕业以后卖了两年小黄鱼，同时在青年会补习英文。以后跟校长赵先生讲讲，就来教英文了。他的英文教得怎么样？——不晓得。

四、史地教员史先生。史先生原是首饰店出身。他有一桩艳遇。在他还在首饰店学徒的时候，有一天店里接到一个电话，叫给一家送几件首饰去看看，要一个学徒送去。店里叫小史去。小史拿了几件首饰，按电话里所说的地址送去了。地方很远。送到了，是一座很幽静的别墅，没有什么人。女主人接见了他，把他留下了。住了三天（据他后来估计，这女主人大概是一个军阀的姨太太）。他现在已经四十多岁了，还常常津津乐道地谈起这件事。一谈起这件事，就说："毕生难忘！"我看看他的模样（他的脸有一点像一张拉长了的猴子的脸），实在很难想象他曾有过这样的艳遇。不过据他自己说，年轻时他是蛮漂亮的。至于他怎么由一个首饰店的学徒变成了一个教史地的中学教员，那谁知道呢。上海的许多事情，都是蛮难讲的。

五、体育教员谢霈。这个学校没有操场，也没有任何体育设备（除了那张乒乓球台子），却有一个体育教员。谢先生上体育课只有一种办法，把学生带出去，到霞飞路的几条车辆行人都较少的横马路上跑一圈。学生们很愿意上体育课，因为可以不在教室里坐着，回来还可以买一点甜咸"支卜"、檀香橄榄、蜜饯嘉应子、苔菜小麻花，一路走，一路吃着，三三两两地走进学校的铁门。谢先生没有什么学历，他当过兵，要过饭。他是个愤世嫉俗派，什么事情都看透了。他常说："什么都是假的。爷娘、老婆、儿女，都是假的。只有铜钿，铜钿是真的！"他看到人谈恋爱就反感："恋爱。没有的。没有恋爱，只有操×！"他生活非常俭省，连茶叶都不买。只在一件事上却舍得花钱：请人下棋。他是个棋迷。他的棋下得很臭，但是爱看人下棋。一到星期天，他就请两个人来下棋，他看。有时能把上海的两位围棋国手请来。这两位国手，都穿着纺绸衫裤，长衫折得整整齐齐地搭在肘臂上。国手之一的长衫是熟罗的，国手之二的是香云纱。国手之一手执棕竹拄杖，国手之二手执湘妃竹骨子的折扇。国手之一留着小胡子，国手之二不留。他们都用长长的象牙烟嘴吸烟，都很潇洒。他们来了，稍事休息，见到人都欠起身来，彬彬有礼，然后就在校长办公室的写字台上摆开棋局，对弈起来。他们来了，谢先生不仅预备了好茶好烟，还一定在不远一家广东馆订几个菜，等一局下完，请他们去小酌。这二位都是好酒量，都能喝二斤加饭或善酿。谢先生为了看国手下棋，花起钱不觉得肉痛。

六、李维廉。这是一个在复旦大学教书的诗人的侄子，高中毕业后，从北平到上海来，准备在上海考大学。他的叔父和介绍我来的那位文学戏剧前辈是老朋友，请这位前辈把他介绍到这所学校来，教一年级算术，好解决他的食宿。这个年轻人很腼腆，不爱说话，神情有点忧郁。星期天，他有时到叔叔家去，有时不去，躲在屋里温习功课，写信。

七、胡凤英。女，本校毕业，管注册、收费、收发、油印、接电话。

八、校工老左。住在后楼房边的板棚里。

九、我。我教三个班的国文。课余或看看电影，或到一位老作家家里坐坐，或陪一个天才画家无尽无休地逛霞飞路，说一些海阔天空，才华迸发的废话。吃了一碗加了很多辣椒的咖喱牛肉面后，就回到学校里来，在"教学楼"对面的铁皮顶木棚里批改学生的作文，写小说，直到深夜。我很喜欢这间棚子，因为只有我一个人。除了我，谁也不来。下雨天，雨点落在铁皮顶上，乒乒乓乓，很好听。听着雨声，我往往会想起一些很遥远的往事。但是我又很清楚地知道：我现在在上海。雨已经停了，分明听到一声："白糖莲心粥——！"

星期天，除非有约会，我大都随帮唱影，和赵宗浚、沈裕藻、沈福根、胡凤英……去逛兆丰公园、法国公园，逛城隍庙。或听票友唱戏，看国手下棋。不想听也不想看的时候，就翻《辞海》，看《植物名实图考长编》——这是一本很有趣的著作，文笔极好。我对这本书一直很有感情，因为它曾经在喧嚣历碌的上海，陪伴我度过许多闲适安静的辰光。

这所中学里，忽然兴起一阵跳舞风，几乎每个星期天都要举办舞会。这是校长赵宗浚所倡导的。原因是：

一、赵宗浚正在追求一位女朋友。这女朋友有两个妹妹，都是刚刚学会跳舞，瘾头很大。举办舞会，可以把这两个妹妹和她们的姐姐都吸引了来。

赵宗浚新认识的女朋友姓王，名静仪，史先生、沈福根、胡凤英都称呼她为王小姐。她人如其名，态度文静，见人握手，落落大方。脸上薄施脂粉，身材很苗条。衣服鞋子都很讲究，是经过精心挑选的，但乍一看看不出来，因为款式高雅，色调谐和，不趋时髦，毫不扎眼。她是学音乐的，在一个教会学校教音乐课。她父亲早故，一家生活全由她负担。因为要培养两个妹妹上学，靠三十岁了，还没有嫁人。赵宗浚在一个老一辈的导演家里认识了她，很倾心。他已经厌倦了和许曼诺的那种叫人心烦意乱的恋爱，他需要一个安静平和的家庭，王静仪正是他所向往的伴侣。他曾经给王静仪写过几封信，约她到公园里谈过几次。赵宗浚表示愿意帮助她的两个妹妹读书；还表示他已经是这样的岁数了，不可能再有那种火辣辣的，罗曼蒂克的感情，但是他是懂得怎样体贴照顾别人的。王静仪客客气气地表示对赵先生的为人很钦佩，对他的好意很感谢。

她的两个妹妹，一个叫婉仪，一个叫淑仪，长得可一点也不像姐姐，她们的脸都很宽，眼睛分得很开，体型也是宽宽扁扁的。稚气未脱，不大解事，吃起点心糖果来，声音很响。王静仪带她们出来参加这一类的舞会，只是想让她们见见世面，有一点社交生活。这在她那样比较寒素的人家，是不大容易有的。因此这两个妹妹随时都显得有点兴奋。

二、赵宗浚觉得自己太胖了，需要运动。

三、他新从拍卖行买了一套调制鸡尾酒的酒具，一个赛银的酒海，一个曲颈长柄的酒勺，和几十只高脚玻璃酒杯，他要拿出来派派用场。

四、现有一个非常出色的跳舞教师。

这人名叫赫连都。他不是这个学校里的人，只是住在这个学校里。他是电影演员，也是介绍我到这个学校里来的那位文学戏剧前辈把他介绍给赵宗浚，住到这个学校里来的，因为他在上海找不到地方住。他就住在后楼底层，和谢霈、李维廉一个房间。——我和一个在《大晚报》当夜班编辑的姓江的老兄住另一间。姓江的老兄也不是学校里的人，和赵宗浚是同学，故得寄住在这里。这两个房间黑暗而潮湿，白天也得开灯。我临离开上海时，打行李，发现垫在小铁床上的席子的背面竟长了一寸多长的白毛！房间前面有一个狭小的天井，后楼的二三层和隔壁人家楼上随时会把用过的水从高空泼在天井里，哗啦一声，惊心动魄。我因此给这两间屋起了一个室名：听水斋。

赫连都有点神秘。他是个电影演员，可是一直没有见他主演过什么片子。他长得高大、挺拔、英俊，很有男子气。虽然住在一间暗无天日的房子里，睡在一张破旧的小铁床上，出门时却总是西装笔挺，容光焕发，像个大明星。他忙得很。一早出门，很晚才回来。他到一个白俄家里去学发声，到另一个白俄家里去学舞蹈，到健身房练拳击，到马场去学骑马，到剧专去旁听表演课，到处找电影看，除了美国片、英国片、苏联片，还到光陆这样的小电影院去看乌发公司的德国片，研究却尔斯劳顿和里昂·巴里摩尔……

他星期天有时也在学校里呆半天，听票友唱戏，看国手下棋，跟大家聊聊天。聊电影，聊内战，聊沈崇事件，聊美国兵开吉普车撞人、在马路上酗酒胡闹。他说话富于表情，手势有力。他的笑声常使人受到感染。

他的舞跳得很好。探戈跳得尤其好，曾应邀在跑狗场举办的探戈舞表演晚会上表演过。

赵宗浚于是邀请他来参加舞会，教大家跳舞。他欣然同意，说："好啊！"

他在这里寄居，不交房钱，这点义务是应该尽的，否则就太不近人情了。

于是到了星期天，我们就哪儿也不去了。胡凤英在家吃了早饭就到学校里来，和老左、沈福根把楼下大教室的课桌课椅都搬开，然后搬来一匣子钢丝毛，一团一团地撒在地板上，用脚踩着，顺着木纹，使劲地擦。赵宗浚和我有时也参加这种有趣的劳动。把地板擦去一层皮，露出了白茬，就上蜡。然后换了几个大灯泡，蒙上红蓝玻璃纸。有时还挂上一些绉纸彩条，纸灯笼。

到了晚上，这所学校就成了一个俱乐部。下棋的下棋，唱戏的唱戏，跳舞的跳舞。

红蓝灯泡一亮，电唱机的音乐一响，彩条纸灯被电风扇吹得摇摇晃晃，很有点舞会的气氛。胡凤英从后楼搬来十来只果盘，装着点心糖果。赵宗浚捧着赛银酒海进来，着手调制鸡尾酒。他这鸡尾酒是中西合璧。十几瓶汽水，十几瓶可口可乐，兑上一点白酒。但是用曲颈长柄的酒勺倾注在高脚酒杯里，晶莹透亮，你能说这不是鸡尾酒？

音乐（唱片）也是中西并蓄，雅俗杂陈。肖邦、华格那、斯特劳斯；黑人的爵士乐、南美的伦摆舞曲，夏威夷情歌；李香兰唱的《支那之夜》《卖糖歌》；广东音乐《彩云追月》《步步高》；上海的流行歌曲《三轮车上的小姐》《你是一个坏东西》；还有跳舞场里大家一起跳的《香槟酒气满场飞》。

参加舞会的，除了本校教员，王家三姊妹，还有本校毕业出去现已就业的女生，还有胡凤英约来的一些男女朋友。她的这些朋友都有点不三不四，男的穿着全套美国大兵的服装，大概是飞机场的机械士；女的打扮得像吉普女郎。不过他们到这里参加舞会，还比较收敛，甚至很拘谨。他们畏畏缩缩地和人握手。跳舞的时候也只是他们几个人来回配搭着跳，跳伦摆。

赫连都几乎整场都不空。女孩子都爱找他跳。他的舞跳得非常的"帅"（她们都很能体会这个北京字眼的全部涵义了）。脚步清楚，所给的暗示非常肯定。跟他跳舞，自己觉得轻得像一朵云，交关舒服。

这一天，华灯初上，舞乐轻扬。李文鑫因为晚上要拉一场戏，带着弹月琴的下手走了。票友们有的告辞，有的被沈裕藻留下来跳舞。下棋的吃了老酒，喝着新泡的龙井茶，准备再战。参加舞会的来宾陆续到了，赫连都却还没有出现——他平常都是和赵宗浚一同张罗着迎接客人的。

大家正盼望着他，忽然听到铁门外人声杂乱，不知出了什么事。赶到门口一看，只见一群人簇拥着赫连都。赫连都头发散乱，衬衫碎成了好几片。李维廉在他旁边，夹着他的上衣。赫连都连连向人群拱手：

"谢谢大家！谢谢大家！"

"呒不啥，呒不啥！大家全是中国人！"

"侬为中国人吐出一口气，应该谢谢侬！"

一个在公园里教人打拳的沧州老人说："兄弟，你是好样儿的！"

对面弄堂里卖咖喱牛肉面的江北人说："赫先生！你今天干的这桩事，真是叫人佩服！晏一歇请到小摊子上吃一碗牛肉面消夜，我也好表表我的心！"

赫连都连忙说："谢谢，谢谢！改天，改天扰您！"

人群散去，赫连都回身向赵宗浚说："老赵，你们先跳，我换换衣服，洗洗脸，就来！"说着，从李维廉手里接过上衣，往后楼走去。

大家忙问李维廉，是怎么回事。

"赫连都打了美国兵！他一人把四个美国兵全给揍了！我和他从霞飞路回来，四个美国兵喝醉了，正在侮辱一个中国女的。真不像话，他们把女的衣服差不多全剥光了！女的直叫救命。围了好些人，谁都不敢上。赫连都脱了上衣，一人给了他们一拳，全都揍趴下了。他们起来，轮流和赫连都打开了boxing①，赫连都毫不含糊。到后来，四个一齐上。周围的人大家伙把赫连都一围，拥着他进了胡同。美国兵歪歪倒倒，骂骂咧咧地走了。真不是玩意！"

大家议论纷纷，都很激动。

围棋国手之一慢条斯理地说："是不是把铁门关上？只怕他们会来寻事。"

国手之二说："是的。美国人惹不得。"

赵宗浚出门两边看看，说："用不着，那样反而不好。"

沈福根说："我去侦察侦察！"他像煞有介事，蹑手蹑脚地向霞飞路走去。过了一会，又踅了回来：

"呒啥呒啥！霞飞路上人来人往。美国赤佬已经无影无踪哉！"

于是下棋的下棋，跳舞的跳舞。

赫连都换了一身白法兰绒的西服出来，显得格外精神。

今天的舞会特别热烈。

赫连都几乎每支曲子都跳了。他和王婉仪跳了快三步编花；和王淑仪跳了《维也纳森林》，带着她沿外圈转了几大圈；慢四步、狐步舞，都跳了。他还邀请一个吉普女郎跳了一场伦摆。他向这个自以为很性感的女郎走去，欠身伸出右手，微微鞠躬，这位性感女郎受宠若惊，喜出望外，连忙说："喔！谢谢侬！"

王静仪不大跳，和赵宗浚跳了一支慢四步以后，拉了李维廉跳了一支慢三步圆舞曲，就一直在边上坐着。

舞会快要结束时，王静仪起来，在唱片里挑了一张 *La paloma*②，

---

① 英文：拳击。
② 西班牙语，鸽子。

对赫连都说："我们跳这一张。"

赫连都说："好。"

西班牙舞曲响了，飘逸的探戈舞跳起来了。他们跳得那样优美，以致原来准备起舞的几对都停了下来，大家远远地看他们俩跳。这支曲子他们都很熟，配合得非常默契。赫连都一晚上只有跳这一次舞是一种享受。他托着王静仪的腰，贴得很近，轻轻握着她的指尖，拉得很远，有时又撒开手，各自随着音乐的旋律进退起伏。王静仪高高地抬起手臂，微微地侧着肩膀，俯仰，回旋，又轻盈，又奔放。她的眼睛发亮。她的白纱长裙飘动着，像一朵大百合花。

大家都看得痴了。

史先生（他不跳舞，但爱看人跳舞，每次舞会必到）轻声地说："这才叫跳舞！"

音乐结束了，太短了！

美的东西总是那样短促！

但是似乎也够了。

赵宗浚第一次认识了王静仪。他发现了她在沉重的生活负担下仍然完好的抒情气质，端庄的仪表下面隐藏着的对诗意的、浪漫主义的幸福的热情的，甚至有些野性的向往。他明明白白知道：他的追求是无望的。他第一次苦涩地感觉到：什么是庸俗。他本来可以是另外一种人，过另外一种生活，但是太晚了！他为自己的圆圆的下巴和柔软的、稍嫌肥厚的嘴唇感到羞耻。他觉得异常的疲乏。

舞会散了，围棋也结束了。

谢霭把两位国手送出铁门。

国手之一意味深长地对国手之二说：

"这位赫连都先生，他会不会是共产党？"

国手之二回答：

"难讲的。"

失眠的霓虹灯在上海的夜空，这里那里，静静地燃烧着。

一九八三年七月二十五日

北京酷暑挥汗作

载一九八三年第十期《上海文学》

小说三篇

求雨

昆明栽秧时节通常是不缺雨的。雨季已经来了，三天两头地下着。停停，下下；下下，停停。空气是潮湿的，洗的衣服当天干不了。草长得很旺盛。各种菌子都出来了。青头菌、牛肝菌、鸡油菌……稻田里的泥土被雨水浸得透透的，每块田都显得很膏腴，很细腻，积盖着的薄薄的水面上停留着云影。人们戴着斗笠，把新拔下的秧苗插进稀软的泥里……

但是偶尔也有那样的年月，雨季来晚了，缺水，栽不下秧。今年就是这样。因为通常不缺雨水，这里的农民都不预备龙骨水车。他们用一个戽斗，扯动着两边的绳子，从小河里把浑浊的泥浆一点一点地浇进育苗的秧田里。但是这一点点水，只能保住秧苗不枯死，不能靠它插秧。秧苗已经长得过长了，再不插就不行了。然而稻田里却是干干的。整得平平的田面，晒得结了一层薄壳，裂成一道一道细缝。多少人仰起头来看天，一天看多少次。然而天蓝得要命。天的颜色把人的眼睛都映蓝了。雨呀，你怎么还不下呀！雨呀，雨呀！

望儿也抬头望天。望儿看看爸爸和妈妈，他看见他们的眼睛是蓝的。望儿的眼睛也是蓝的。他低头看地，他看见稻田的泥面上有一道一道螺蛳爬过的痕迹。望儿想了一个主意：求雨。望儿昨天看见邻村的孩子求雨，他就想过：我们也求雨。

他把村里的孩子都叫在一起，找出一套小锣小鼓，就出发了。

一共十几个孩子，大的十来岁，最小的一个才六岁。这是一个枯瘦、褴褛、有些污脏的，然而却是神圣的队伍。他们头上戴着柳条编成的帽圈，敲着不成节拍的、单调的小锣小鼓：冬冬当，冬冬当……他们走得很慢。走一段，敲锣的望儿把锣槌一举，他们就唱起来：

> 小小儿童哭哀哀，
> 撒下秧苗不得栽。
> 巴望老天下大雨，
> 乌风暴雨一起来。

调子是非常简单的，只是按照昆明话把字音拉长了念出来。他们的声音是凄苦的，虔诚的。这些孩子都没有读过书。他们有人模模糊糊地听说过有个玉皇大帝，还有个龙王，龙王是管下雨的。但是大部分孩子连玉皇大帝和龙王也不知道。他们只知道天，天是无常的。它有时对人很好，有时却是无情的，它的心很狠。他们要用他们的声音感动天，让它下雨。

（这地方求雨和别处大不一样，都是利用孩子求雨。所以望儿他们能找出一套小锣小鼓。大概大人们以为天也会疼惜孩子，会因孩子的哀求而心软。）

他们戴着柳条圈，敲着小锣小鼓，歌唱着，走在昆明的街上。

> 小小儿童哭哀哀，

撒下秧苗不得栽。

巴望老天下大雨，

乌风暴雨一起来。

　　过路的行人放慢了脚步，或者干脆停下来，看着这支幼小的、褴褛的队伍。他们的眼睛也是蓝的。

　　望儿的村子在白马庙的北边。他们从大西门，一直走过华山西路、金碧路，又从城东的公路上走回来。

　　他们走得很累了，他们都还很小。就着泡辣子，吃了两碗包谷饭，就都爬到床上睡了。一睡就睡着了。

　　半夜里，望儿叫一个炸雷惊醒了。接着，他听见屋瓦上劈劈啪啪的声音。过了一会，他才意识过来：下雨了！他大声喊起来："爸！妈！下雨啦！"

　　他爸他妈都已经起来了，他们到外面去看雨去了。他们进屋来了。他们披着蓑衣，戴着斗笠。斗笠和蓑衣上滴着水。

　　"下雨了！"

　　"下雨了！"

　　妈妈把油灯点起来，一屋子都是灯光。灯光映在妈妈的眼睛里。妈妈的眼睛好黑，好亮。爸爸烧了一杆叶子烟，叶子烟的火光映在爸爸的脸上，也映在他的眼睛里。

　　第二天，插秧了！

　　全村的男女老少都出来了，到处都是人。

　　望儿相信，这雨是他们求下来的。

迷路

　　我不善于认路。有时到一个朋友家去，或者是朋友自己带了我去，或者是随了别人一同去，第二次我一个人去，常常找不着。在城市里好办，手里捏着地址，顶多是多问问人，走一些冤枉路，最后总还是会找到的。一敲门，朋友第一句话常常是："啊呀！你怎么才来！"在乡下可麻烦。我住在一个村子里，比如说是王庄吧，到城里去办一点事，再回来，我记得清清楚楚是怎么走的，回来时走进一个样子也有点像王庄的村子，一问，却是李庄！还得李庄派一个人把我送到王庄。有一个心理学家说不善于认路的人，大都是意志薄弱的人。唉，有什么办法呢！

　　一九五一年，我参加土改，地点在江西进贤。这是最后一批土改，也是规模最大的一次土改。参加的人数很多，各色各样的人都有。有干部、民主人士、大学教授、宗教界的信徒、诗人、画家、作家……相当一部分是统战对象。让这些人参加，一方面是工作需要，一方面是让这些人参加一次阶级斗争，在实际工作中锻炼锻炼，改造世界观。

　　工作队的队部设在夏家庄，我们小组的工作点在王家梁。小组的成员除了我，还有一个从美国回来不久的花腔女高音歌唱家，一个法师。工作队指定，由我负责。王家梁来了一个小伙子接我们。

　　进贤是丘陵地带，处处是小山包。土质是红壤土，紫红紫红的。有的山是茶山，种的都是油茶，在潮湿多雨的冬天开着一朵一朵白花。有的山是柴山，长满了马尾松。当地人都烧松柴。还有一种树，长得很高大，是梓树。我第一次认识"桑梓之乡"的梓。梓树籽榨成的油叫梓油，虽是植物油，却是凝结的，颜色雪白，看起来很像猪油。梓油炒菜极香，比茶油好吃。田里有油菜花，有紫云英。我们随着小伙子走着。这小伙子常常行不由径，抄近从油茶和马尾松丛中钻过去。但是我还是暗暗地记住了从夏家庄走过来的一条小路。南方的路不像北方的大车路那样平直而清楚，大都是弯弯曲曲的，有时简直似有若无。我们一路走着，对这片陌生的土地觉得很新鲜，为我们将要开展的斗争觉得很兴奋，又有点觉得茫茫然，——我们都没有搞过土改，有一点像是在做梦。不知不觉的，王家梁就到了。据小伙子说，夏家庄到王家梁有二十里。

法师法号静溶。参加土改工作团学习政策时还穿着灰色的棉直裰，好容易才说服他换了一身干部服。大家叫他静溶或静溶同志。他笃信佛法，严守戒律，绝对吃素，但是斗起地主来却毫不手软。我不知道他是怎样把我佛慈悲的教义和阶级斗争调和起来的。花腔女高音姓周，老乡都叫她老周，她当然一点都不老，她身上看不到什么洋气，很能吃苦，只是有点不切实际的幻想。她总以为土改应该像大歌剧那样充满激情。事实上真正工作起来，却是相当平淡的。

我们的工作开展得还算顺利。阶级情况摸清楚了，群众不难发动。也不是十分紧张。每天晚上常常有农民来请我们去喝水。这里的农民有"喝水"的习惯。一把瓦壶，用一根棕绳把壶梁吊在椽子上，下面烧着稻草，大家围火而坐。水开了，就一碗一碗喝起来。同时嚼着和辣椒、柚子皮腌在一起的鬼子姜，或者生番薯片。女歌唱家非常爱吃番薯，这使农民都有点觉得奇怪。喝水的时候，我们除了了解情况，也听听他们说说闲话，说说黄鼠狼、说说果子狸，也说说老虎。他们说这一带出过一只老虎，王家梁有一个农民叫老虎在脑袋上拍了一掌，至今头皮上还留着一个虎爪的印子……

到了预定该到队部汇报的日子了，当然应该是我去。我背了挎包，就走了，一个人，准确无误地走到了夏家庄。

回来，离开夏家庄时，已经是黄昏了。不过我很有把握。我记得清清楚楚，从夏家庄一直往北，到了一排长得齐齐的，像一堵墙似的梓树前面，转弯向右，往西北方向走一截，过了一片长满杂树的较高的山包，就望见王家梁。队部同志本来要留我住一晚，第二天早上再走，我说不行，我和静溶、老周说好了的，今天回去。

一路上没有遇见一个人。太阳已经完全落下去了，青苍苍的暮色，悄悄地却又迅速地掩盖了下来。不过，好了，前面已经看到那一堵高墙似的一排梓树了。

然而，当我沿梓树向右，走上一个较高的山包，向西北一望，却看不到王家梁。前面一无所有，只有无尽的山丘。

我走错了，不是该向右，是该向左？我回到梓树前面，向左走了一截，到高处看看：没有村庄。

是我走过了头，应该在前面就转弯了？我从梓树墙前面折了回去，走了好长一段，仍然没有发现可资记认的东西。我又沿原路走向梓树。

我从梓树出发，向不同方向各走了一截，仍然找不到王家梁。

我对自己说，我迷路了。

天已经完全黑下来了。除了极远的天际有一点暧昧的余光，什么也辨认不清了。

怎么办呢？

我倒还挺有主意：看来只好等到明天早上再说。我攀上一个山包，选了一棵树（不知道是什么树），爬了上去，找到一个可以倚靠的枝杈，准备就在这里过夜了。我掏出烟来，抽了一支。借着火柴的微光，看了看四周，榛莽丛杂，落叶满山。不到一会，只听见树下面悉悉悉悉悉……索索索索索……不知是什么兽物窜来窜去。听声音，是一些小野兽，可能是黄鼠狼、果子狸，不是什么凶猛的大家伙。我头一次知道山野的黑夜是很不平静的。这些小兽物是不会伤害我的。但我开始感觉在这里过夜不是个事情。而且天也越来越冷了。江西的冬夜虽不似北方一样酷寒，但是早起看宿草上结着的高高的霜花，便知夜间不会很暖和。不行，我想到呼救了。

我爬下树来，两手拢在嘴边，大声地呼喊：

"喂——有人吗——?"

"喂——有人吗——?"

我听见自己的声音传得很远。

然而没有人答应。

我又喊：

"喂——有人吗——?"

我听见几声狗叫。

我大踏步地，笔直地向狗叫的方向走去。

我不知道脚下走过的是什么样的树丛、山包，我走过一大片农田，田里一撮一撮干得发脆的稻桩，我跳过一条小河，笔直地，大踏步地走去。我一遇到事，没有一次像这样不慌张，这样冷静，这样有决断。我看见灯光了！

狗激烈地叫起来。

一盏马灯。马灯照出两个人。一个手里拿着梭镖（我明白，这是值夜的民兵），另一个，是把我们从夏家庄领到王家梁的小伙子！

"老汪！你！"

这是距王家梁约有五里的另一个小村子，叫顾家梁，小伙子是因事到这里来的。他正好陪我一同回去。

"走！老汪！"

到了王家梁，几个积极分子正聚在一家喝水。静溶和老周一见我进门，腾的一下子站了起来。他们的眼睛分明写着两个字：老虎。

卖蚯蚓的人

我每天到玉渊潭散步。

玉渊潭有很多钓鱼的人。他们坐在水边，瞅着水面上的漂子。难得看到有人钓到一条二三寸长的鲫瓜子。很多人一坐半天，一无所得。等人、钓鱼、坐牛车，这是世间"三大慢"。这些人真有耐性。各有一好。这也是一种生活。

在钓鱼的旺季，常常可以碰见一个卖蚯蚓的人。他慢慢地蹬着一辆二六的旧自行车，有时扶着车慢慢地走着。走一截，扬声吆唤：

"蚯蚓——蚯蚓来——"

"蚯蚓——蚯蚓来——"

有的钓鱼的就从水边走上堤岸，向他买。

"怎么卖？"

"一毛钱三十条。"

来买的掏出一毛钱，他就从一个原来是装油漆的小铁桶里，用手抓出三十来条，放在一小块旧报纸里，交过去。钓鱼人有时带点解嘲意味，说：

"一毛钱，玩一上午！"

有些钓鱼的人只买五分钱的。

也有人要求再添几条。

"添几条就添几条，一个这东西！"

蚯蚓这东西，泥里咕叽，原也难一条一条地数得清，用北京话说，"大概其"，就得了。

这人长得很敦实，五短身材，腹背都很宽厚。这人看起来是不会头疼脑热、感冒伤风的，而且不会有什么病能轻易地把他一下子打倒。他穿的衣服都是宽宽大大的，旧的，褪了色，而且带着泥渍，但都还整齐，并不褴褛，而且单夹皮棉，按季换衣。——皮，是说他入冬以后的早晨有时穿一件出锋毛的山羊皮背心。按照老北京人的习惯，也可能是为了便于骑车，他总是用带子扎着裤腿。脸上说不清是什么颜色，只看到风、太阳和尘土。只有有时他剃了头，刮了脸，才看到本来的肤色。新剃的头皮是雪白的，下边是一张红脸。看起来就像是一件旧铜器在盐酸水里刷洗了一通，刚刚拿出来一样。

因为天天见，面熟了，我们碰到了总要点点头，招呼招呼，寒暄两句。

"吃啦？"

"您遛弯儿！"

有时他在钓鱼人多的岸上把车子停下来，我们就说会子话。他说他自己："我这人——爱聊。"

我问他一天能卖多少钱。

"一毛钱三十条，能卖多少！块数来钱，两块，闹好了有时能卖四块钱。"

"不少！"

"凑合吧。"

我问他这蚯蚓是哪里来的，"是挖的？"

旁边有一位钓鱼的行家说：

"是蒉的。"

这个"蒉"字我不知道该怎么写，只能记音。这位行家给我解释，是用蚯蚓的卵人工孵化的意思。

"蚯蚓还能'蒉'？"

卖蚯蚓的人说：

"有'蒉'的，我这不是，是挖的。'蒉'的看得出来，身上有小毛，都是一般长。瞧我的：有长有短，有大有小，是挖的。"

我不知道蚯蚓还有这么大的学问。

"在哪儿挖的，就在这玉渊潭？"

"不！这儿没有。——不多。丰台。"

他还告诉我丰台附近的一个什么山，山根底下，那儿出蚯蚓，这座山名我没有记住。

"丰台？一趟不得三十里地？"

"我一早起蹬车去一趟，回来卖一上午。下午再去一趟。""那您一天得骑百十里地的车？"

"七十四了，不活动活动成吗！"

他都七十四了！真不像。不过他看起来像多少岁，我也说不上来。这人好像是没有岁数。

"您一直就是卖蚯蚓？"

"不是！我原来在建筑上，——当壮工。退休了。退休金四十几块，不够花的。"

我算了算，连退休金加卖蚯蚓的钱，有百十块钱，断定他一定爱喝两盅。我把手圈成一个酒杯形，问：

"喝两盅？"

"不喝。——烟酒不动！"

那他一个月的钱一个人花不完，大概还会贴补儿女一点。

"我原先也不是卖蚯蚓的。我是挖药材的。后来药材公司不收购，才改了干这个。"

他指给我看：

"这是益母草，这是车前草，这是红苋草，这是地黄，这是豨莶……这玉渊潭到处是钱！"

他说他能认识北京的七百多种药材。

"您怎么会认药材的？是家传？学的？"

"不是家传。有个街坊，他挖药材，我跟着他，用用心，就学会了。——这北京城，饿不死人，你只要肯动弹，肯学！你就拿晒槐米来说吧——"

"槐米？"我不知道槐米是什么，真是孤陋寡闻。

"就是没有开开的槐花骨朵，才米粒大。晒一季槐米能闹个百儿八十的。这东西外国要，不知道是干什么用，听说是酿酒。不过得会晒。晒好了，碧绿的！晒不好，只好倒进垃圾堆。——蚯蚓！——蚯蚓来！"

我在玉渊潭散步，经常遇见的还有两位，一位姓乌，一位姓莫。乌先生在大学当讲师，莫先生是一个研究所的助理研究员。我跟他们见面也点头寒暄。他们常常发一些很有学问的议论，很深奥，至少好像是很深奥，我听不大懂。他们都是好人，不是造反派，不打人，但是我觉得他们的议论有点不着边际。他们好像是为议论而议论，不是要解决什么问题，就像那些钓鱼的人，意不在鱼，而在钓。

乌先生听了我和卖蚯蚓人的闲谈，问我：

"你为什么对这样的人那样有兴趣？"

我有点奇怪了。

"为什么不能有兴趣？"

"从价值哲学的观点来看，这样的人属于低级价值。"

莫先生不同意乌先生的意见。

"不能这样说。他的存在就是他的价值。你不能否认他的存在。"

"他存在。但是充其量，他只是我们这个社会的填充物。"

"就算是填充物，填充物也是需要的。'填充'，就说明他的存在的意义。社会结构是很复杂的，你不能否认他也是社会结构的组成部分，哪怕是极不重要的一部分。就像自然界的需要维持生态平衡，我们这个社会也需要有生态平衡。从某种意义来说，这种人也是不可缺少的。"

"我们需要的是走在时代前面的人，呼啸着前进的，身上带电的人！而这样的人是历史的遗留物。这样的人生活在现在，和生活在汉代没有什么区别，——他长得就像一个汉俑。"

我不得不承认，他对这个卖蚯蚓人的形象描绘是很准确且生动的。

乌先生接着说：

"他就像一具石磨。从出土的明器看，汉代的石磨和现在的没有什么不同。现在已经是原子时代——"

莫先生抢过话来，说：

"原子时代也还容许有汉代的石磨，石磨可以磨豆浆，——你今天早上就喝了豆浆！"

他们争执不下，转过来问我对卖蚯蚓的人的"价值""存在"有什么看法。

我说：

"我只是想了解了解他。我对所有的人都有兴趣，包括站在时代的前列的人和这个汉俑一样的卖蚯蚓的人。这样的人在北京还不少。他们的成分大概可以说是城市贫民。糊火柴盒的、捡破烂的、捞鱼虫的、晒槐米的……我对他们都有兴趣，都想了解。我要了解他们吃什么和想什么。用你们的话说，是他们的物质生活和精神生活。吃什么，我知道一点。比如这个卖蚯蚓的老人，我知道他的胃口很好，吃什么都香。他一嘴牙只有一个活动的。他的牙很短、微黄，这种牙最结实，北方叫作'碎米牙'，他说：'牙好是口里的福。'我知道他今天早上吃了四个炸油饼。他中午和晚上大概常吃炸酱面，一顿能吃半斤，就着一把小水萝卜。他大概不爱吃鱼。至于他想些什么，我就不知道了，或者知道得很少。我是个写小说的人，对于人，我只能想了解、欣赏，并对他进行描绘，我不想对任何人作出论断。像我的一位老师一样，对于这个世界，我所倾心的是现象。我不善于作抽象的思维。我对人，更多地注意的是他的审美意义。你们可以称我是一个生活现象的美食家。这个卖蚯蚓的粗壮的老人，骑着车，吆喝着'蚯蚓——蚯蚓来！'不是一个丑的形象。——当然，我还觉得他是个善良的，有古风的自食其力的劳动者，他至少不是社会的蛀虫。"

这时忽然有一个也常在玉渊潭散步的学者模样的中年人插了进来，他自我介绍：

"我是一个生物学家。——我听了你们的谈话。从生物学的角度，是不应鼓励挖蚯蚓的。蚯蚓对农业生产是有益的。"

我们全都傻了眼了。

一九八三年四月一日写成

载一九八三年第四期《钟山》

299

八月骄阳

　　张百顺年轻时拉过洋车，后来卖了多年烤白薯。德胜门豁口内外没有吃过张百顺的烤白薯的人不多。后来取缔了小商小贩，许多做小买卖的都改了行，张百顺托人谋了个事由儿，到太平湖公园来看门。一晃，十来年了。

　　太平湖公园应名儿也叫作公园，实在什么都没有。既没有亭台楼阁，也没有游船茶座，就是一片野水，好些大柳树。前湖有几张长椅子，后湖都是荒草。灰菜、马苋菜都长得很肥。牵牛花，野茉莉。飞着好些粉蝶儿，还有北京人叫作"老道"的黄蝴蝶。一到晚不晌，往后湖一走，都瘆得慌。平常是不大有人去的。孩子们来掏蛐蛐。遛鸟的爱来，给画眉抓点活食：油葫芦、蚂蚱，还有一种叫作"马蜥儿"的小四脚蛇。看门，看什么呢？这个公园不卖门票。谁来，啥时候来，都行。除非怕有人把柳树锯倒了扛回去。不过这种事还从来没有发生过。因此张百顺非常闲在。他没事时就到湖里捞点鱼虫、苲草、卖给养鱼的主。进项不大，但是够他抽关东烟的。"文化大革命"一起来，很多养鱼的都把鱼"处理"了，鱼虫、苲草没人买，他就到湖边摸点螺蛳，淘洗干净了，加点盐，搁两个大料瓣，煮咸螺蛳卖。

　　后湖边上住着两户打鱼的。他们这打鱼，真是三天打鱼，两天晒网，有一搭无一搭。打得的鱼随时就在湖边卖了。

每天到园子里来遛早的，都是熟人，他们进园子，都有准钟点。

来得最早的是刘宝利。他是个唱戏的。坐科学的是武生。因为个头矮点，扮相也欠英俊，缺少大将风度，来不了"当间儿的"。不过他会的多，给好几位名角打个"下串"，"傍"得挺严实。他粗通文字，爱抄本儿。他家里有两箱子本子，其中不少是已经失传了的。他还爱收藏剧照，有的很名贵。杨老板《青石山》的关平、尚和玉的《四平山》、路玉珊的《醉酒》、梅兰芳的《红线盗盒》、金少山的《李七长亭》、余叔岩的《盗宗卷》……有人出过高价，想买他的本子和剧照，他回绝了："对不起，我留着殉葬。"剧团演开了革命现代戏，台上没有他的活儿，领导上动员他提前退休，——他还不到退休年龄。他一想：早退，晚退，早晚得退，退！退了休，他买了两只画眉，每天天一亮就到太平湖遛鸟。他戏瘾还挺大。把鸟笼子挂了，还拉拉山膀，起两个云手，踢踢腿，耗耗腿。有时还念念戏词。他老念的是《挑滑车》的《闹帐》：

"且慢！"

"高王爷为何阻令？"

"末将有一事不明，愿在元帅台前领教。"

"高王爷有话请讲，何言领教二字。"

"岳元帅！想俺高宠，既已将身许国，理当报效皇家。今逢大敌，满营将官，俱有差遣，单单把俺高宠，一字不提，是何理也？"

…………

"吓、吓、吓吓吓吓……岳元帅！大丈夫临阵交锋，不死而带伤，生而何欢，死而何惧！"

跟他差不多时候进园子遛弯的顾止庵曾经劝过他：

"爷们！您这戏词，可不要再念了哇！"

"怎么啦？"

"如今晚儿演了革命现代戏，您念老戏词——韵白！再说，您这不是借题发挥吗？'满营将官，俱有差遣，单单把俺高宠，一字不提，是何理也？'这是什么意思？这不是说台上不用您，把你刷了吗？这要有人听出来，您这是'对党不满'呀！这是什么时候啊，爷们！"

"这么一大早，不是没人听见嘛！"

"隔墙有耳！——小心无大错。"

顾止庵，八十岁了。花白胡须，精神很好。他早年在豁口外设帐授徒，——教私塾。后来学生都改上学堂了，他的私塾停了，他就给人抄书，抄稿子。他的字写得不错，欧底赵面。抄书、抄稿子有点委屈了这笔字。后来找他抄书、抄稿子的也少了，他就在邮局门外树荫底下摆了一张小桌，代写家信。解放后，又添了一项业务：代写检讨。"老爷子，求您代写一份检讨。"——"写检讨？这检讨还能由别人代写呀？"——"劳您驾！我写不了。您写完了。我按个手印，一样！"——"什么事儿？"因为他的检讨写得清楚，也深刻，比较容易通过，来求的越来越多，业务挺兴旺。后来他的孩子都成家立业，混得不错，就跟老爷子说："我们几个养活得起您。您一支笔挣了不少杂和面儿，该清闲几年了。"顾止庵于是搁了笔。每天就是遛遛弯儿，找几个年岁跟他相仿佛的老友一块堆儿坐坐、聊聊、下下棋。他爱瞧报，——站在阅报栏前一句一句地瞧。早晚听"匣子"。因此他知道的事多，成了豁口内外的"伏地圣人"[1]。

这天他进了太平湖，刘宝利已经练了一遍功，正把一条腿压在树上耗着。

"老爷子今儿早！"

---

[1] 伏地，北京土话。本地生产的叫"伏地"。如"伏地小米""伏地蒜苗"。

“宝利！今儿好像没听您念《闹帐》？”

“不能再念啦！”

“怎么啦？”

“呆会儿跟您说。”

顾止庵向四边的树上看看：

“您的鸟呢？”

“放啦！”

“放啦？”

“您先慢慢往外溜达着。今儿我带着一包高末。百顺大哥那儿有开水，叶子已经闷上了。我耗耗腿。一会儿就来。咱们爷儿仨喝一壶，聊聊。”

顾止庵遛到门口，张百顺正在湖边淘洗螺蛳。

“顾先生！椅子上坐。茶正好出味儿了，来一碗。”

“来一碗！”

“顾先生！您说这‘文化大革命’，它是怎么回子事？”

“您问我？——有人知道。”

“这红卫兵，又是怎么回子事。呼啦——全起来了。它也不用登记，不用批准，也没有个手续，自己个儿就拉起来了。我真没见过。一戴上红袖箍，就变人性。想怎么着就怎么着，想揪谁就揪谁。他们怎么有这么大的权？谁给他们的权？”

“头几天，八一八，不是刚刚接见了吗？”

“当大官的，原来都是坐小汽车的主，都挺威风，一个一个全都头朝了下了。您说，他们心里是怎么想的？”

“他们怎么想，我哪儿知道。反正这心里不大那么好受。”

“还有章程没有？我可是当了一辈子安善良民，从来奉公守法。这会儿，全乱了。我这眼面前就跟‘下黄土’似的，简直的，分不清东西南北了。"

"您多余操这份儿心。粮店还卖不卖棒子面?"

"卖!"

"还是的。有棒子面就行。咱们都不在单位,都这岁数了。咱们不会去揪谁,斗谁,红卫兵大概也斗不到咱们头上。过一天,算一日,这太平湖眼下不还挺太平不是?"

"那是!那是!"

刘宝利来了。

"宝利,您说要告诉我什么事?"

"昨儿,我可瞧了一场热闹!"

"什么热闹?"

"烧行头。我到交道口一个师哥家串门子,听说成贤街孔庙要烧行头——烧戏装。我跟师哥说:咱们瞧瞧去!嗬!堆成一座小山哪!大红官衣、青褶子,这没什么!'帅盔''八面威''相貂''驸马套'……这也没有什么!大蟒大靠,苏绣平金,都是新的,太可惜了!点翠'头面',水钻'头面',这值多少钱哪!一把火,全烧啦!火苗儿蹿起老高。烧煳了的碎绸子片飞得哪儿哪儿都是。"

"唉!"

"火边上还围了一圈人,都是文艺界的头头脑脑。有跪着的,有撅着的。有的挂着牌子,有的脊背贴了一张大纸,写着字。都是满头大汗,您想想:这么热的天,又烤着大火,能不出汗吗?一群红卫兵,攥着宽皮带,挨着个抽他们。劈头盖脸!有的,一皮带下去,登时,脑袋就开了,血就下来了。——皮带上带着大铜头子哪!哎呀,我长这么大,没见过这么打人的。哪能这么打呢?您要我这么打,我还真不会!这帮孩子,从哪儿学来的呢?有的还是小妞儿。他们怎么能下得去这么狠的手呢?"

304

"唉!"

"回来,我一捉摸,把两箱子剧本、剧照捆巴捆巴,借了一辆平板三轮,我就都送到街道办事处去了。他们爱怎么处理怎么处理,我不能自己烧。留着,招事!"

"唉!"

"那两只画眉,'口'多全!今儿一早起来,我也放了。——开笼放鸟!'提笼架鸟',这也是个事儿!"

"唉!"

这工夫,园门口进来一个人。六十七八岁,戴着眼镜,一身干干净净的藏青制服,礼服呢千层底布鞋,拄着一根角把棕竹手杖,一看是个有身份的人。这人见了顾止庵,略略点了点头,往后面走去了。这人眼神有点直勾勾的,脸上气色也不大好。不过这年头,两眼发直的人多的是。这人走到靠近后湖的一张长椅旁边,坐下来,望着湖水。

顾止庵说:"茶也喝透了,咱们也该散了。"

张百顺说:"我把这点螺蛳送回去,叫他们煮煮。回见!"

"回见!"

"回见!"

张百顺把螺蛳送回家。回来,那个人还在长椅上坐着,望着湖水。

柳树上知了叫得非常欢势。天越热,它们叫得越欢。赛着叫。整个太平湖全归了它们了。

张百顺回家吃了中午饭。回来,那个人还在椅子上坐着,望着湖水。

粉蝶儿、黄蝴蝶乱飞。忽上,忽下。忽起,忽落。黄蝴蝶,白蝴蝶。白蝴蝶，黄蝴蝶……

天黑了。张百顺要回家了，那人还在椅子上坐着，望着湖水。

蛐蛐、油葫芦叫成一片。还有金铃子。野茉莉散发着一阵一阵的清香。一条大鱼跃出了水面，欻的一声，又没到水里。星星出来了。

第二天天一亮，刘宝利到太平湖练功。走到后湖：湖里一团黑糊糊的，什么？哟，是个人！这是他的后脑勺！有人投湖啦！

刘宝利叫了两个打鱼的人，把尸首捞了上来，放在湖边草地上。这工夫，顾止庵也来了。张百顺也赶了过来。

顾止庵对打鱼的说："您二位到派出所报案。我们仨在这儿看着。"

"您受累！"

顾止庵四下里看看，说：

"这人想死的心是下铁了的。要不，怎么找到这么个荒凉偏僻的地方来呢？他投湖的时候，神志很清醒，不是迷迷糊糊一头扎下去的。你们看，他的上衣还整整齐齐地搭在椅背上，手杖也好好地靠在一边。咱们掏掏他的兜儿，看看有什么，好知道死者是谁呀。"

顾止庵从死者的上衣兜里掏出一个工作证，是北京市文联发的：

姓名：舒舍予

职务：主席

顾止庵看看工作证上的相片，又看看死者的脸，拍了拍工作证：

"这人，我认得！"

"您认得？"

"怪不得昨儿他进园子的时候，好像跟我招呼了一下。他原先叫舒庆春。这话有小五十年了！那会儿我教私塾，他是劝学员，正管着德胜门这一片的私塾。他住在华严寺。我还上他那儿聊过几次。人挺好，有学问！他对德胜门这一带挺熟，知道太平湖这么个地方！您怎么会走南闯北，又转回来啦？这可真是：树高千丈，叶落归根哪！"

"您等等！他到底是谁呀？"

"他后来出了大名，是个作家，他，就是老舍呀！"

张百顺问："老舍是谁？"

刘宝利说："老舍您都不知道？瞧过《骆驼祥子》没有？"

"匣子里听过。好！是写拉洋车的。祥子，我认识。——'骆驼祥子'嘛！"

"您认识？不能吧！这是把好些拉洋车的搁一块堆儿，抟巴抟巴，抟出来的。"

"唔！不对！祥子，拉车的谁不知道！他和虎妞结婚，我还随了份子。"

"您八成是做梦了吧？"

"做梦？——许是。岁数大了，真事、梦景，常往一块掺和。——他还写过什么？"

"《龙须沟》哇！"

"《龙须沟》，瞧过，瞧过！电影！程疯子、娘子、二妞……这不是金鱼池，这就是咱这德胜门豁口！太真了！太真了，就叫人掉泪。"

"您还没瞧过《茶馆》哪！太棒了！王利发！'硬硬朗朗的，我硬硬朗朗地干什么？'我心里这酸呀！"

"合着这位老舍他净写卖力气的、耍手艺的、做小买卖的，苦哈哈、命穷人？"

"那没错！"

"那他是个好人！"

"没错!"

刘宝利说:"这么个人,我看他本心是想说共产党好啊!"

"没错!"

刘宝利看着死者:

"我认出来了!在孔庙挨打的,就有他!您瞧,脑袋上还有伤,身上净是血嘎巴!——我真不明白。这么个人,旧社会能容得他,怎么咱这新社会倒容不得他呢?"

顾止庵说:"'我本将心托明月,谁知明月照沟渠',这大概就是他想不通的地方。"

张百顺撅了两根柳条,在老舍的脸上摇晃着,怕有苍蝇。

"他从昨儿早起就坐在这张椅子上,心里来回来去,不知道想了多少事哪!"

"'千古艰难唯一死'呀!"

张百顺问:"这市文联主席够个什么爵位?"

"要在前清,这相当个翰林院大学士。"

"那干吗要走了这条路呢?忍过一阵肚子疼!这秋老虎虽毒,它不也有凉快的时候吗?"

顾止庵环顾左右,沉沉地叹了一口气:"'士可杀,而不可辱'啊!"

刘宝利说:"我去找张席,给他盖上点儿!"

一九八六年六月二十二日　二稿

载一九八六年第八期《人民文学》

安乐居

安乐居是一家小饭馆，挨着安乐林。

安乐林围墙上开了个月亮门，门头砖额上刻着三个经石峪体的大字，像那么回事。走进去，只有巴掌大的一块地方，有几十棵杨树。当中种了两棵丁香花，一棵白丁香，一棵紫丁香，这就是仅有的观赏植物了。这个林是没有什么逛头的，在林子里走一圈，五分钟就够了。附近一带养鸟的爱到这里来挂鸟。他们养的都是小鸟，红子居多，也有黄雀。大个的鸟，画眉、百灵是极少的。他们不像那些以养鸟为生活中第一大事的行家，照他们的说法是"瞎玩儿"。他们不养大鸟，觉得那太费事，"是它玩我，还是我玩它呀？"把鸟一挂，他们就蹲在地下说话儿，——也有自己带个马扎儿来坐着的。

这么一片小树林子，名声却不小，附近几条胡同都是依此命名。安乐林头条、安乐林二条……这个小饭馆叫作安乐居，挺合适。

安乐居不卖米饭炒菜。主食是包子、花卷。每天卖得不少，一半是附近的居民买回去的。这家饭馆其实叫个小酒铺更合适些。到这儿来喝酒的比吃饭的多。这家的酒只有一毛三分一两的。北京人喝酒，大致可以分为几个层次：喝一毛三的是一个层次，喝二锅头的是一个层次，喝红粮大曲、华灯大曲乃至衡水老白干的是一个层次，喝八大名酒是高层次，喝茅台的是最高层次。安乐居的"酒座"大都是属于一毛三层次，即最低层次的。他们有时也喝二锅头，但对二锅头颇有意见，觉得还不如一毛三的。一毛三他们喝"服"了，觉得喝起来"顺"。他们有人甚至觉得大曲的味道不能容忍。安乐居天热的时候也卖散啤酒。

酒菜不少。煮花生豆、炸花生豆。暴腌鸡子。拌粉皮。猪头肉，——单要耳朵也成，都是熟人了！猪蹄，偶有猪尾巴，一忽的工夫就卖完了。也有时卖烧鸡、酱鸭，切块。最受欢迎的是兔头。一个酱兔头，三四毛钱，至多也就是五毛多钱，喝二两酒，够了。——这还是一年多以前的事，现在如果还有兔头也该涨价了。这些酒客们吃兔头是有一定章法的，先掰哪儿，后掰哪儿，最后磕开脑绷骨，把兔脑掏出来吃掉。没有抓起来乱啃的，吃得非常干净，连一丝肉都不剩。安乐居每年卖出的兔头真不老少。这个小饭馆大可另挂一块招牌："兔头酒家"。

酒客进门，都有准时候。

头一个进来的总是老吕。安乐居十点半开门。一开门，老吕就进来。他总是坐在靠窗户一张桌子的东头的座位。一年三百六十五天，天天如此。这成了他的专座。他不是像一般人似的"垂足而坐"，而是一条腿盘着，一条腿曲着，像老太太坐炕似的踞坐在一张方凳上，——脱了鞋。他不喝安乐居的一毛三，总是自己带了酒来，用一个扁长的瓶子，一瓶子装三两。酒杯也是自备的。他是喝慢酒的，三两酒从十点半一直喝到十二点差一刻："我喝不来急酒。有人结婚，他们闹酒，我就一口也不喝，——回家自己再喝！"一边喝酒，吃兔头，一边不住地抽关东烟。他的烟袋如果丢了，有人捡到一定会还给他的。谁都认得：这是老吕的。白铜锅儿，白铜嘴儿，紫铜杆儿。他抽烟也抽得慢条斯理的，从不大口猛吸。这人整个儿是个慢性子。说话也慢。他也爱说话，但是他说一个什么事都只是客观地叙述，不大参加自己的意见，不动感情。一块儿喝酒的买了兔头，常要发一点感慨："那会儿，兔头，五分钱一个，还带俩耳朵！"老吕说："那是多会儿？——说那个，没用！有兔头，就不错。"西头有一家姓屠的，一家子都很浑愣，爱打架。屠老头儿到永春饭馆去喝酒，和服务员吵起来了，伸手就揪人家脖领子。服务员一胳臂把他搡开了。他憋了一肚子气。回去跟儿子一说。他儿子二话没说，捡了块砖头，到了永春，一砖头就把服务员脑袋开了！结果：儿子抓进去了，屠老头还得负责人家的医药费。这件事老吕亲眼目睹。一块儿喝酒的问起，他详详细细叙述了全过程。坐在他对面的老聂听了，说：

"该！"

坐在里面犄角的老王说：

"这是什么买卖！"

老吕只是很平静地说："这回大概得老实两天。"

老吕在小红门一家木材厂下夜看门。每天骑车去，路上得走四十分钟。他想往近处挪挪，没有合适的地方，他说："算了！远就远点吧。"

他在木材厂喂了一条狗。他每天来喝酒，都带了一个塑料口袋，安乐居的顾客有吃剩的包子皮，碎骨头，他都捡起来，给狗带去。

头几天，有人要给他说一个后老伴，——他原先的老伴死了有二年多了。这事他的酒友都知道，知道他已经考虑了几天了，问起他："成了吗？"老吕说："——不说了。"他说的时候神情很轻松，好像解决了一个什么难题。他的酒友也替他感到轻松，他们几乎异口同声地说：

"不说了？——不说了好！添乱！"

老吕于是慢慢地喝酒，慢慢地抽烟。

比老吕稍晚进店的是老聂。老聂总是坐在老吕的对面。老聂有个小毛病，说话爱眨巴眼。凡是说话爱眨眼的人，脾气都比较急。他喝酒也快，不像老吕一口一口地抿。老聂每次喝一两半酒，多一口也不喝。有人强往他酒碗里倒一点，他拿起酒碗就倒在地下。他来了，搁下一个小提包，转身骑车就去"奔"酒菜去了。他"奔"来的酒菜大都是羊肝、沙肝。这是为他的猫"奔"的，——他当然也吃点。他喂着一只小猫。"这猫可仁义！我一回去，它就在你身上蹭——蹭！"他爱吃豆制品。熏干、鸡腿、麻辣丝……小葱下来的时候，他常常用铝饭盒装来一些小葱拌豆腐。有一回他装来整整两饭盒腌香椿。"来吧！"他招呼全店酒友。"你哪来这么多香椿？——这得不少钱！"——"没花钱！乡下的亲家带来的。我们家没人爱吃。"于是酒友们一人抓了一撮。剩下的，他都给了老吕。"吃完了，给我把饭盒带来！"一口把余酒喝净，退了杯，"回见！"出门上车，吱溜——没影儿了。

老聂原是做小买卖的。他在天津三不管卖过相当长时期炒肝。现在退休在家。电话局看中他家所在的"点"，想在他家安公用电话。他嫌钱少，麻烦。挨着他家的汽水厂工会愿意每月贴给他三十块钱，把厂里职工的电话包了。他还在犹豫。酒友们给他参谋："行了！电话局每月给钱，汽水厂三十，加上传电话、送电话，不少！坐在家里拿钱，哪儿找这么好的事去！"他一想，也是！

老聂的日子比过去"滋润"了，但是他每顿还是只喝一两半酒，多一口也不喝。

画家来了。画家风度翩翩，梳着长长的背发，永远一丝不乱。衣着入时而且合体。春秋天人造革猎服，冬天羽绒服。——他从来不戴帽子。这样的一表人材，安乐居少见，他在文化馆工作，算个知识分子，但对人很客气，彬彬有礼。他这喝酒真是别具一格：二两酒，一扬脖子，一口气，下去了。这种喝法，叫作"大车酒"，过去赶大车的这么喝。西直门外还管这叫"骆驼酒",赶骆驼的这么喝。文墨人,这样喝法的,少有。他和老王过去是街坊。喝了酒,总要走过去说几句话。"我给您添点儿?"老王摆摆手,画家直起身来,向在座的酒友又都点了点头,走了。

我问过老王和老聂:"他的画怎么样?"

"没见过。"

上海老头来了。上海老头久住北京,但是口音未变。他的话很特别,在地道的上海话里往往掺杂一些北京语汇:"没门儿!""敢情!"甚至用一些北京的歇后语:"那么好!武大郎盘杠子——上下够不着!"他把这些北京语汇、歇后语一律上海话化了,北京字眼,上海语音,挺绝。上海老头家里挺不错,但是他爱在外面逛,在小酒馆喝酒。

"外面吃酒,——香!"

他从提包里摸出一个小饭盒,里面有一双截短了的筷子、多半块熏鱼、几只油爆虾、两块豆腐干。要了一两酒,用手纸擦擦筷子,吸了一口酒。

"您大概又是在别处已经喝了吧?"

"啊!我们吃酒格人,好比天上飞格一只鸟(读如"屌"),格小酒馆,好比地上一棵树。鸟飞在天上,看到树,总要落一落格。"

如此妙喻,我未之前闻,真是长了见识!

这只鸟喝完酒,收好筷子,盖好小饭盒,拎起提包,要飞了:

"晏歇会!——明儿见!"

他走了,老王问我:"他说什么?喝酒的都是屌?"

安乐居喝酒的都很有节制,很少有人喝过量的。也喝得很斯文,没有喝了酒胡咧咧的。只有一个人例外。这人是个瘸子,左腿短一截,走路时左脚跟着不了地,一晃一晃的。他自己说他原来是"勤行"——厨子,煎炒烹炸,南甜北咸,东辣西酸。说他能用两个鸡蛋打三碗汤，鸡蛋都得成片儿！但我没有再听到他还有什么特别的手艺，好像他的绝技只是两个鸡蛋打三碗汤。以这样的手艺自豪，至多也只能是一个"二荤铺"的"二把刀"。——"二荤铺"不卖鸡鸭鱼，什么菜都只是"肉上找"，——炒肉丝、熘肉片、扒肉条……他现在在汽水厂当杂工，每天蹬平板三轮出去送汽水。这辆平板归他用，他就半公半私地拉一点生意。口袋里一有钱，就喝。外边喝了，回家还喝；家里喝了，外面还喝。有一回喝醉了，摔在黄土坑胡同口，脑袋碰在一块石头上，流了好些血。过两天，又来喝了。我问他："听说你摔了？"他把后脑勺伸过来，挺大一个口子。"唔！唔！"他不觉得这有什么丢脸，好像还挺光彩。他老婆早上在马路上扫街，挺好看的。有两个金牙，白天穿得挺讲究，色儿都是时兴的，走起路来扭腰拧胯，咳，挺是样儿。安乐居的熟人都替她惋惜："怎么嫁了这么个主儿！——她对瘸子还挺好！"有一回瘸子刚要了一两酒，他媳妇赶到安乐居来了，夺过他的酒碗，顺手就泼在了地上："走！"拽住瘸子就往外走，回头向喝酒的熟人解释："他在家里喝了三两了，出来又喝！"瘸子也不生气，也不发作，也不觉有什么难堪，乖乖地一摇一晃地家去了。

瘸子喝酒爱说。老是那一套，没人听他的。他一个人说。前言不搭后语，当中夹杂了很多"唔唔唔"：

"……宝三，宝善林，唔唔唔，知道吗？宝三摔跤，唔唔唔。宝三的跤场在哪儿？知道吗？唔唔唔。大金牙、小金牙，唔唔唔。侯宝林。侯宝林是云里飞的徒弟，唔唔唔。《逍遥律》，'欺寡人'——'七挂人'，唔唔唔。干吗老是'七挂人'？'七挂人'唔唔唔。天津人讲话：'嘛事你啦？'唔唔唔。二娃子，你可不咋着！唔唔唔……"

喝酒的对他这一套已经听惯了，他爱说让他说去吧！只有老聂有时给他两句：

"老是那一套，你贫不贫？有新鲜的没有？你对天桥熟，天桥四大名山，你知道吗？"

瘸子爱管闲事。有一回，在李村胡同里，一个市容检查员要罚一个卖花盆的款，他插进去了："你干吗罚他？他一个卖花盆的，又不脏，又没有气味，'污染'，他'污染'什么啦？罚了款，你们好多拿奖金？你想钱想疯了！卖花盆的，大老远地推一车花盆，不容易！"他对卖花盆的说："你走，有什么话叫他朝我说！"很奇怪，他跟人辩理的时候话说得很明快，也没有那么多"唔唔唔"。

第二天，有人问起，他又把这档事从头至尾学说了一遍，有声有色。

老聂说："瘸子，你这回算办了件人事！"

"我净办人事！"

喝了几口酒，又来了他那一套：

"宝三，宝善林，知道吗？唔唔唔……"

老吕、老聂都说："又来了！这人，不经夸！"

"四大名山？"我问老王：

"天桥哪儿有个四大名山？"

"咳！四块石头。永定门外头过去有那么一座小桥，——后来拆了。桥头一边有两块石头，这就叫'四大名山'。你要问老人们，这永定门一带景致多哩！这会儿都没有人知道了。"

老王养鸟，红子。他每天沿天坛根遛早，一手提一只鸟笼，有时还架着一只。他把架棍插在后脖领里。吃完早点，把鸟挂在安乐林，聊会天，大约十点三刻，到安乐居。他总是坐在把角靠墙的座位。把鸟笼放好，架棍插在老地方，打酒。除了有兔头，他一般不吃荤菜，或带一条黄瓜，或一个西红柿、一个橘子、一个苹果。老王话不多，但是有时打开话匣子，也能聊一气。

我跟他聊了几回，知道：

他原先是扛包的。

"我们这一行，不在三百六十行之内。三百六十行，没这一行！"

"你们这一行没有祖师爷？"

"没有！"

"有没有传授？"

"没有！不像给人搬家的，躺箱、立柜、八仙桌，桌子上还常带着茶壶茶碗自鸣钟，扛起来就走，不带磕着碰着一点的，那叫技术！我们这一行，有力气就行！"

"都扛什么？"

"什么都扛，主要是粮食。顶不好扛的是盐包，——包硬，支支棱棱的，硌。不随体。扛起来不得劲儿。扛包，扛个几天就会了。要说窍门，也有。一包粮食，一百多斤，搁在肩膀上，先得颤两下。一颤，哎，包跟人就合了槽了，合适了！扛熟了的，也能换换样儿。跟递包的一说：'您跟我立一个！'哎，立一个！"

"竖着扛？"

"竖着扛。'您给我搭一个！'"

"斜搭着？"

"斜搭着。"

"你们那会拿工资？计件？"

"不拿工资，也不是计件。有把头——"

"把头，把头不是都是坏人吗？封建把头嘛！"

"也不是！他自己也扛，扛得少点。把头接了一批活：'哥几个！就这一堆活，多会扛完了多会算。'每天晚半晌，先生结账，该多少多少钱。都一样。有临时有点事的，觉得身上不大合适，半路地儿要走，您走！这一天没您的钱。"

"能混饱了?"

"能!那会吃得多!早晨起来,半斤猪头肉,一斤烙饼。中午,一样。每天每晚半晌吃得少点。半斤饼,喝点稀的,喝一口酒。齐啦。——就怕下雨。赶上连阴天,惨啰:没活儿。怎么办呢,拿着面口袋,到一家熟粮店去:'掌柜的!''来啦!几斤?'告诉他几斤几斤,'接着!'没的说。赶天好了,拿了钱,赶紧给人家送回去。为人在世,讲信用。家里揭不开锅的时候,少!……

"……三年自然灾害,可把我饿惨了。浑身都膀了。两条腿,棉花条。别说一百多斤,十来多斤,我也扛不动。我们家还有一辆自行车,凤凰牌,九成新。我妈跟我爸说:'卖了吧,给孩子来一顿!'丰泽园!我叫了三个扒肉条,喝了半斤酒,开了十五个馒头,——馒头二两一个,三斤!我妈直害怕:'别把杂种操的撑死了哇'……"

"您现在每天还能吃……?"

"一斤粮食。"

"退休了?"

"早退了!——后来我们归了集体。干我们这行的,四十五就退休,没有过四十五的。现在扛包的也没有了,都改了传送带。"

老王现在每天夜晚在一个幼儿园看门。

"没事儿!扫扫院子,归置归置,下水道不通了,——通通!活动活动。老呆着干吗呀,又没病!"

老王走道低着脑袋,上身微微往前倾,两腿又得很开,步子慢而稳,还看得出有当年扛包的痕迹。

这天,安乐居来了三个小伙子:长头发,小胡子,大花衬衫、苹果牌牛仔裤、尖头高跟大盖鞋,变色眼镜。进门一看:"嗨,有兔头!"——他们是冲着兔头来的。这三位要了十个兔头、三个猪蹄、一只鸭子、三盘包子,自己带来八瓶青岛啤酒,一边抽着"万宝路",

一边吃喝起来。安乐林喝酒的老酒座都瞟了他们一眼。三位吃喝了一阵，把筷子一摔，走了。都骑的是雅马哈。嘟嘟嘟……桌子上一堆碎骨头、咬了一口的包子皮，还有一盘没动过的包子。

老王看着那盘包子，撇了撇嘴：

"这是什么买卖!"

这是老王的口头语。凡是他不以为然的事，就说"这是什么买卖"!

老王有两个鸟友，也是酒友。都是老街坊，原先在一个院里住。这二位现在都够万元户。

一个是佟秀轩，是裱字画的。按时下的价目，裱一个单条：14～16元。他每天总可以裱个五六幅。这二年，家家都又愿意挂两条字画了。尤其是退休老干部。他们收藏"时贤"字画，自己也爱写、爱画。写了、画了，还自己掏钱裱了送人。因此，佟秀轩应接不暇。他收了两个徒弟。托纸、上板、揭画，都是徒弟的事。他就管管配绫子，装轴。他每天早上遛鸟。遛完了，如果活儿忙，就把鸟挂在安乐林，请熟人看着，回家刷两刷子。到了十一点多钟，到安乐林摘了鸟笼子，到安乐居。他来了，往往要带一点家制的酒菜：炖吊子、烩鸭血、拌肚丝儿。……佟秀轩穿得很整洁，尤其是脚下的两只鞋。他总是穿礼服呢花旗底的单鞋，圆口的，或是双脸皮梁鞁鞋。这种鞋只有右安门一家高台阶的个体户能做。这个个体户原来是内联升的师傅。

另一个是白薯大爷。他姓白，卖烤白薯。卖白薯的总有些邋遢，煤呀火呀的。白薯大爷出奇的干净。他个头很高大，两只圆圆的大眼睛，顾盼有神。他腰板绷直，甚至微微有点后仰，精神！蓝上衣，白套袖，腰系一条黑人造革的围裙，往白薯炉子后面一站，嘿！有个样儿！就说他的精神劲儿，让人相信他烤出来的白薯必定是栗子味儿的。白薯大爷卖烤白薯只卖一上午。天一亮，把白薯车子推出来，把鸟——红子，往安乐林一挂，自有熟人看着，他去卖他的白薯。到了十二点，收摊。想要吃白薯，明儿见啦您哪！摘了鸟笼，往安乐居。他喝酒不多。吃菜！他没有一颗牙了，上下牙床子光光的，但是什么都能吃，——除了铁蚕豆，吃什么都香。"烧鸡烂不烂？"——"烂！""来一只！"他买了一只鸡，撕巴撕巴，给老王来一块脯子，给酒友们让让："您来块？"别人都谢了，他一人把一只烧鸡一会的工夫全开了。"不赖，烂！"把鸡架子包起来，带回去熬白菜。"回见！"

这天，老王来了，坐着，桌上搁一瓶五星牌二锅头，看样子在等人。一会儿，佟秀轩来了，提着一瓶汾酒。

"走啊！"

"走！"

我问他们："不在这儿喝了？"

"白薯大爷请我们上他家去，来一顿！"

第二天，老王来了，我问：

"昨儿白薯大爷请你们吃什么好的了？"

"荞面条！——自己家里擀的。青椒！蒜！"

老吕、老聂一听：

"嘿！"

安乐居已经没有了。房子翻盖过了。现在那儿是一个什么贸易中心。

一九八六年七月五日晨写完

载一九八六年第九期《北京文学》

捡烂纸的老头

　　烤肉刘早就不卖烤肉了，不过虎坊桥一带的人都还叫它烤肉刘。这是一家平民化的回民馆子，地方不小，东西实惠。卖大锅菜。炒辣豆腐、炒豆角、炒蒜苗、炒洋白菜，比较贵一点是黄焖羊肉，也就是块儿来钱一小碗。在后面做得了，用脸盆端出来，倒在几个深深的铁罐里，下面用微火煨着，倒总是温和的。有时也卖小勺炒菜：大葱炮羊肉、干炸丸子，它似蜜……主食有米饭、花卷、芝麻烧饼，罗丝转；卖面条，浇炸酱、浇卤。夏天卖麻酱面。卖馅儿饼。烙饼的炉紧挨着门脸儿。一进门就听到饼铛里的油吱吱喳喳地响，饼香扑鼻，很诱人。

　　烤肉刘的买卖不错，一到饭口，尤其是中午，人总是满的。附近有几个小工厂，厂里没有食堂，烤肉刘就是他们的食堂。工人们都正在壮年，能吃，馅饼至少来五个（半斤），一瓶啤酒，二两白的。女工则多半是拿一个饭盒来，买馅饼，或炒豆腐、花卷，带到车间里去吃。有一些退了休的职工，不爱吃家里的饭，爱上烤肉刘来吃"野食"，想吃什么要点什么。有一个文质彬彬的主儿，原来当会计，他每天都到烤肉刘这儿来，他和家里人说定，每天两块钱的"挑费"都扔在这儿。有一个煤站的副经理，现在也还参加劳动，手指甲缝都是

320

黑的，他在烤肉刘吃了十来年了。他来了，没座位，服务员即刻从后面把他们自己坐的凳子提出一张来，把他安排在一个旮旯里。有炮肉，他总是来一盘炮肉，仨烧饼，二两酒。给他炮的这一盘肉，够别人的两盘。因为烤肉刘指着他保证用煤。这些，都是老主顾。还有一些流动客人，东北的、山西的、保定的、石家庄的。大包小包，五颜六色。男人用手指甲剔牙，女人敞开怀喂奶。

有一个人是每天必到的，午晚两餐，都在这里。这条街上人都认识他，是个捡烂纸的。他穿得很破烂，总是一件油乎乎的烂棉袄，腰里系一根烂麻绳，没有衬衣。脸上说不清是什么颜色，好像是浅黄的。说不清有多大岁数，六十几？七十几？一嘴牙七长八短，残缺不全。你吃点软和的花卷，面条，不好？不，他总是要三个烧饼，歪着脑袋努力地啃啮。烧饼吃完，站起身子，找一个别人用过的碗（他可不在乎这个），自言自语："跟他们寻一口面汤。"喝了面汤，"回见！"没人理他，因为不知道他是向谁说的。

一天，他和几个小伙子一桌。一个小伙子看了他一眼，跟同伴小声说了句什么，他多了心："你说谁哪？"小伙子没有理他。他放下烧饼，跳到店堂当间："出来！出来！"这是要打架。北京人过去打架，都到当街去打，不在店铺里打，免得损坏人家的东西搅了人家的买卖。"出来！出来！"是叫阵。没人劝。压根儿就没人注意他。打架？这么个糟老头子？这老头可真是糟。从里糟到外。这几个小伙子，随便哪一个，出去一拳准能把他揍趴下。小伙子们看看他，不理他。

这么个糟老头子想打架，是真的吗？他会打架吗？年轻的时候打过架吗？看样子，他没打过架，他哪是耍胳膊的人哪！他这是干什么？虚张声势？也说不上，无声势可言。没有人把他当一回事。

没人理他，他悻悻地回到座位上，把没吃完的烧饼很费劲地啃完了，情绪已经平复下来——本来也没有多大情绪。"跟他们寻口汤去。"

喝了两口面汤，"回见！"

有几天没看见捡烂纸的老头了，听煤站的副经理说，他死了。死后，在他的破席子底下发现八千多块钱，一沓一沓，用麻筋捆得很整齐。

他攒下这些钱干什么？

载一九九一年二卷第一期《新地文学》

祁茂顺

祁茂顺在午门历史博物馆蹬三轮车。

他原先不是蹬车的，他有手艺：糊烧活，裱糊顶棚。

单件的烧活，接三轿马，一个人鼓捣一天，就能完活。祁茂顺在家里糊烧活。他家的门敞着，为的是做活有地方，也才豁亮。他在糊烧活的时候，总有一堆孩子围着看。糊得了，就在门外放着：一匹高头大白马——跟真马一样大，金鞍玉辔紫丝缰；拉着一辆花轱辘轿子车，蓝车帷，紫红软帘，软帘贴着金纸的团寿字。不但是孩子，就是路过的大人也要停步看看，而且连声赞叹："地道！祁茂顺心细手巧！"

如果是成堂的大活：三进大厅、亭台楼阁、花园假山……一个人忙不过来，就得约两三个同行一块干。订烧活的规矩，事前不付定钱，由承活的先凑出一份钱垫着，好买色纸、秫秸、金粉、银粉、鳔胶、糨糊。交活的时候再收钱，早先订烧活，都是老式的房屋家具，后来有要糊洋房的，要糊小汽车、摩托车、收音机、电风扇的……人家要什么，他们都能糊出来。后来订烧活的越来越少了，都兴火葬了，谁家还会弄了一堂"车船轿马"拉到八宝山去？

祁茂顺的主要的活就剩下裱糊顶棚了。后来糊顶棚的活也少了。北京的平房讲究"灰顶花砖地"。纸糊的顶棚很少见了——容易坏，而且招蟑螂，招耗子。钢筋水泥的楼房更没有谁家糊个纸顶棚的。

祁茂顺只好改行。

午门历史博物馆原来编制很小，没有几个职员，不知道为什么，却给馆长配备了一辆三轮车，用以代步。经人介绍，祁茂顺到历史博物馆来蹬三轮车。馆长姓韩。祁茂顺每天一早蹬车接韩馆长上班，中午送他回家吃饭，下午再接他到馆里，下班送他回家。韩馆长是个方正守法的人，除了上下班，到什么地方开会，平常不为私人的事用车，因此祁茂顺的工作很轻松。

祁茂顺很爱护这辆三轮车，总是擦洗得干干净净的。晚上把车蹬回家，锁上，不许院里的孩子蹬着玩。

不过街坊邻居有事求他，他总是有求必应的。

隔壁陈大妈来找祁茂顺。

"茂顺大哥，你大兄弟病了，高烧不退，想麻烦您送他上一趟医院，不知您的车这会儿得空不得空？"

"没事！交给我了！"

祁茂顺把病人送到医院。挂号、陪病人打针、领药，他全都包了。

祁茂顺人缘很好。

离祁茂顺家不远，住着一家姓金的。他是旗人皇室宗亲，是"世袭罔替"的贝勒，行四。旗人见面时还称他为"四贝勒"，街坊则称之为金四爷。辛亥革命以后，旗人再也不能吃皇粮了。旗人不治产业，不会种地，不会经商，不会手艺，坐吃山空，日渐穷困。"四贝勒"怎么生活呢？幸好他的古文底子很好，又学过中医，协和医学院典籍教研室知道他，特约他校点中医典籍，这样他就有了稳定的收入，吃麻酱面没有问题。他过过豪华的日子，再也不能摆贝勒的谱，有麻酱面也就知足。——不过他吃一碟水疙瘩咸菜还得切得像头发丝那么细。

他中年丧偶，无儿无女，只有一个侄女帮他做做饭，洗洗衣裳。

贝勒府原是很大的四合院，后来大部分都卖给同仁堂乐家当了堆放药材的栈房，他只保留了三间北房。

三间北房，两个人，也够住的了。金四爷还保留一些贝勒的习惯。他不爱"灰顶花砖地"，爱脚踩方砖，头上是纸顶棚，"四白落地"。

上个月下雨，顶棚漏湿了，垮下了一大片。金四爷找到了祁茂顺，说：

"茂顺，你给我把顶棚裱糊一下。"

祁茂顺说："行！星期天。"

祁茂顺星期天一早就来了，带了他的全套工具：棕刷子，棕笤帚，一盆稀稀的糨子，一大沓大白纸。这大白纸是纸铺里切好的，四方的，每一张都一样大小，不是要用时现裁。

金四爷看着祁茂顺做活。

只见他用棕刷子在大白纸上噌噌两刷子，轻轻拈起来，用棕笤帚托着，腕子一使劲，大白纸就"吊"上了顶棚。棕笤帚抹两下，大白纸就在顶棚上呆住了。一张一张大白纸压着韭菜叶宽的边，平平展展、方方正正、整整齐齐。拐弯抹角用的纸也都用眼睛量好了的，不宽不窄，正合适，棕笤帚一抹，连一点褶子都没有。而且，用的大白纸正好够数，不多一张，也不少一张。连糨子都正好使完，没有一点糟践。金四爷看着祁茂顺的"表演"，看得傻了，说："茂顺，你这两下子真不简单！眼睛、手里怎么能有那么准？"

"也就是个熟。"

"没有个三年五载，到不了这功夫！"

"那倒是。"

金贝勒给祁茂顺倒了一杯沏了两开的热茶。祁茂顺尝了一口："好茶！还是叶和元的双窨香片？"

"喝惯了。"

祁茂顺告辞。

"茂顺，别走，咱们到大酒缸喝两个去（大酒缸用的都是豆绿酒碗，一碗二两，叫作'一个'）。"

"大酒缸？现在上哪儿找大酒缸去？"

"八面槽不就有一家吗？他们的酥鱼做得好。"

"金四爷，您这可真是老皇历了！八面槽大酒缸早都没了。现在那儿改了门脸儿，卖手表照相机。酥鱼？可着北京，现在大概都找不出一碟酥鱼！"

"大酒缸没有了？"

"没有喽！"

金贝勒喝着茶，连说了几句：

"大酒缸没有了。大酒缸没有了。"

很难说得清他的话是什么意思。

载一九九四年第三期《美文》

小芳

　　小芳在我们家当过一个时期保姆，看我的孙女卉卉。从卉卉三个月一直看她到两岁零八个月进幼儿园日托。

　　她是安徽无为人。无为木田镇程家湾。无为是个穷县，地少人多。地势低，种水稻油菜。平常年月，打的粮食勉强够吃。地方常闹水灾。往往油菜正在开花，满地金黄，一场大水，全都完了。因此无为人出外谋生的很多。年轻女孩子多出来当保姆。北京人所说的"安徽小保姆"，多一半是无为人。她们大都沾点亲。即或是不沾亲带故，一说起是无为哪里哪里的，很快就熟了。亲不亲，故乡人。她们互通声气，互相照应，常有来往。有时十个八个，约齐了同一天休息（保姆一般两星期休息一次），结伴去逛北海，逛颐和园；逛大栅栏，逛百货大楼。她们很快就学会了说北京话，但在一起时都还是说无为话，叽叽呱呱，非常热闹。小芳到北京，是来找她的妹妹的。妹妹小华头年先到的北京。

　　小芳离家仓促，也没有和妹妹打个电报。妹妹接到她托别人写来的信，知道她要来，但不知道是哪一天，不知道车次、时间，没法去接她。小芳拿着妹妹的地址，一点办法没有。问人，人不知道。北京那么大，上哪儿找去？小芳在北京站住了一夜。后来是一个解放军战士把她带到妹妹所在那家的胡同。小华正出来倒垃圾，一看姐姐的样子，抱着姐姐就哭了。小华的"主家"人很好，说："叫你姐姐先洗洗，吃点东西。"

小芳先在一家呆了三个月，伺候一个瘫痪的老太太。老太太倒是很喜欢她。有一次小芳把碱面当成白糖放进牛奶里，老太太也并未生气。小芳不愿意伺候病人，经过辗转介绍，就由她妹妹带到了我们家，一呆就呆了下来。这么长的时间，关系一直很好。

小芳长得相当好看，高个儿，长腿，眉眼都不粗俗。她曾经在木田的照相馆照过一张相，照相馆放大了，陈列在橱窗里。她父亲看见了，大为生气："我的女儿怎么可以放在这里让大家看！"经过严重的交涉，照相馆终于同意把照片取了下来。

小芳很聪明，她的耳音特别的好，记性也好，不论什么歌、戏，她听一两遍就能唱下来，而且唱得很准，不走调。这真是难得的天赋。她会唱庐剧。庐剧是无为一带流行的地方戏。我问过小华："你姐姐是怎么学会庐剧的？"——"村里的广播喇叭每天在报告新闻之后，总要放几段庐剧唱片，她听听，就会了。"木田镇有个庐剧团，小芳去考过。团长看她身材、长相、嗓音都好，可惜没有文化——小芳一共只念过四天书，也不识谱，但想进了团可以补习，就录取了她。小芳还在庐剧团唱过几出戏。她父亲知道了，坚决不同意，硬逼着小芳回了家。木田的庐剧团后来改成了县剧团，小芳的父亲有点后悔，因为到了县剧团就可以由农村户口转为城市户口，吃商品粮。小芳如果进了县剧团，她一生的命运就会有很大的不同，她是很可能唱红了的。庐剧的曲调曲折婉转，如泣如诉。她在老太太家时，有时一个人小声地唱，老太太家里人问她："小芳，你哭啦？"——"我没哭，我在唱。"

小芳在我们家干的活不算重。做饭，洗大件的衣裳，这些都不要她管。她的任务就是看卉卉。小芳看卉卉很精心。卉卉的妈读研究生，住校，一个星期才回来一次，卉卉就全交给小芳了。城市育儿的一套，小芳都掌握了。按时给卉卉喝牛奶，吃水果，洗澡，换衣裳。每天上午，抱卉卉到楼下去玩。卉卉小时候长得很好玩，很结实，胖乎乎的，头发很浓，皮肤白嫩，两只大眼睛，谁见了都喜欢，都想抱抱。小芳于是很骄傲，小芳老是褒贬别人家的孩子："难看死了！"好像天底下就是她的卉卉最好。卉卉稍大一点，就带她到附近一个工地去玩沙土，摘喇叭花、狗尾巴草。每天还一定带卉卉到隔壁一个小学的操场上去拉一泡屎。拉完了，抱起卉卉就跑，怕被学校老师看见。上了楼，一进门："喝水！洗手！"卉卉洗手，洗她的小手绢，小芳就给卉卉做饭，蒸鸡蛋羹、青菜剁碎了加肝泥或肉末煮麦片、西红柿面条。小芳还爱给卉卉包饺子，一点点大的小饺子。

下午，卉卉睡一个很长的午觉，小芳就在一边整理卉卉的衣裳，缀缀线头松动的扣子，在绽开的衣缝上缝两针，一面轻轻地哼着庐剧。到后来为自己的歌声所催眠，她也困了，就靠在枕头上睡着了。

晚上，抱着卉卉看电视。小芳爱看电视连续剧、电影、地方戏。卉卉看动画片，看广告。卉卉看到电视里有什么新鲜东西，童装、玩具、巧克力，就说："我还没有这个呢！"她认为凡是她还没有的东西，她都应该有。有一次电视里有一盘大苹果，她要吃。小芳跟她解释："这拿不出来。"卉卉于是大哭。

卉卉有很多衣裳——她小姑、我的二女儿，就爱给她买衣裳，很多玩具。小芳有时给她收拾衣服、玩具，会发出感慨："卉卉的命好——我的命不好。"

小芳教卉卉唱了很多歌：

　　大海呀大海，

是我生长的地方……

没有花香，没有树高
我是一棵无人知道的小草……

小芳唱这些歌，都带有一点忧郁的味道。

她还教卉卉念了不少歌谣。这些歌谣大概是她小时候念过的，不过她把无为字音都改成了北京字音。

老奶奶，真古怪，
躺在牙床不起来。
儿子给她买点儿肉，
媳妇给她打点儿酒，
摸不着鞋，摸不着裤，
套——狗——头！

老头子，
上山抓猴子，
猴子一蹦，
老头没用！

我有时跟卉卉起哄，就说："猴子没蹦，老头有用！"卉卉大叫："老头没用！"我只好承认："好好好，老头没用！"

我的大女儿有一次带了她的女儿芃芃来，她一般都是两个星期来一次。天热，孩子要洗澡，卉卉和芃芃一起洗。澡盆里放了水，让她们自己在水里先玩一会。芃芃把卉卉咬了三口，卉卉大哭。咬得很重，三个通红的牙印。芃芃小，小芳不好说她什么，我的大女儿在一边，小芳也不好说她什么，就对卉卉的妈大发脾气："就是你！你干吗不好好看着她！"卉卉的妈只好苦笑。她在心里很感激小芳，卉卉被咬成这样，小芳心疼。

有一次，小芳在厨房里洗衣裳，卉卉一个人在屋里玩。她不知怎么把门划上了，自己不会开，出不来，就在屋里大哭。小芳进不去，在门外也大哭，一面说："卉卉！卉卉！别怕！别怕！"后来是一个搞建筑的邻居，拿了斧子凿子，在门上凿了一个洞。小芳把手从洞里伸进去，卉卉一把拽住不放。门开了，卉卉扑在小芳怀里。小芳身上的肉还在跳。门上的这个圆洞，现在还在。

卉卉跟阿姨很亲，有时很懂事。小芳有痛经病，每个月总要有两天躺着，卉卉就一个人在小床里玩洋娃娃，玩积木，不要阿姨抱，也不吵着要下楼。小华每个月要给小芳送益母草膏、当归丸。卉卉都记住了。小华一来，卉卉就问她："你是给小芳阿姨送益母草膏来了吗？"她的洋娃娃病了，她就说："吃一点益母草膏吧！吃一点当归丸吧！"但卉卉有时乱发脾气，无理取闹。她叫小芳："站到窗户台上去！"

小芳看看窗户台："窗户台这么窄，我站不上去呀！"

"站到床栏杆上去！"

"这怎么站呀！"

"坐到暖气上去！"

"烫！"

"到厨房呆着去！"

小芳于是委委屈屈地到厨房里去站着。

过了一会，卉卉又非常亲热地喊："阿姨！小芳阿姨！"小芳于是高高兴兴地回到她们俩所住的屋里。

一个两岁的孩子为什么会有这种古怪的恶作剧的念头呢？这在幼

儿心理学上怎么解释？

小芳送卉卉上幼儿园。她拿脚顶着教室的门，不让老师关，她要看卉卉。卉卉全不理会，头也不回，噜噜噜噜，走近她自己的小板凳，坐下了。小芳一个人回来。她的心里空了一块。

小芳的命是不好。她才六个月，就由奶奶做主，许给了她的姨表哥李德树。她从小就不喜欢李德树，越大越不喜欢。李德树相貌委琐。他生过瘌痢，头顶上有一块很大的秃疤，亮光光的，小芳看见他就讨厌。李德树的家境原来比小芳家要好些，但是他好赌，程家湾、木田的赌场只要开了，总会有他。赌得只剩下三间土房。他不务正业，田里的草长得老高。这人是个二流子，常常做出丢脸的事。

小芳十五岁的时候就常一个人到山上去哭。天黑了，她妈妈在山下叫她，她不答应。她告诉我们，她那时什么也不怕，狼也不怕。她自杀过一次，喝农药，被发现了，送到木田医院里救活了。中国农村妇女自杀，过去多是投河、上吊，自从有了农药，喝农药的多，这比较省事。乡镇医院对急救农药中毒都很有经验了。她后来在枕头下面藏了两小瓶敌敌畏，小华知道。小华和姐姐睡一床，随时监视着她。有一次，小芳到村外大河去投水，她妹妹拼命地追上了她，抱着她的腿。小芳揪住妹妹头发，往石头上碰，叫她撒手。小华的头被磕破了，满脸是血，就是不撒手："姐！我不能让你去死！你嫁过去，好赖也是活着，死了就什么也没有了！"

小芳到底还是和李德树结婚了。领结婚证那天，小芳自己都没去，是她父亲代办的。表兄妹是不能结婚的，近亲结婚是法律不允许的。这个道理，小芳的奶奶当然不知道，她认为这是亲上做亲。小芳的父亲也不知道。小芳自己是到了我们家之后，我的老伴告诉她，她才知道的。办理结婚登记手续的村干部应该知道，何况本人并未到场，怎么可以就把结婚证发给他们呢？

李德树跟邻居借了几件家具，把三间土房布置一下，就算办了事。小芳和李德树并未同房。李德树知道她身上揣着敌敌畏，也不敢对她怎么样。

小芳一天也过不下去，就天天回家哭。哭得父亲心也软了。小华后来对我们说："究竟是亲骨肉呀。"父亲说："那你走吧。不要从家里走。李德树要来要人。"小芳乘李德树出去赌钱，收拾了一点东西，从木田坐汽车到合肥，又从合肥坐火车到了北京。她实际上是逃出来的。

小芳在我们家呆了一些时候，家乡有人来，告诉小芳，李德树被抓起来了。他和另外四个痞子合伙偷了人家一头牛，杀了吃了，人家告到公安局，公安局把他抓进去了。小芳很高兴，她希望他永远不要放出来。这怎么可能呢？偷牛，判不了无期。

李德树到北京来了！他要小芳跟他回去。他先找到小华，小华打了个电话给小芳。李德树有我们家的地址，他找到了，不敢上来，就在楼下转。小芳下了楼，对他说："你来干什么？我不能跟你回去！"楼下有几个小保姆，知道小芳的事，就围住李德树，把他骂了一顿："你还想娶小芳！瞧你那德行！""你快走吧！一会公安局就来人抓你！"李德树竟然叫她们哄走了。

过些日子，小芳的父亲来信，叫小芳快回来，李德树扬言，要烧他们家的房子，杀她的弟弟，她妈带着她弟弟躲进了山里。小芳于是下决心回去一趟。小芳这回有了主见了，她在北京就给木田法院写了一封信，请求离婚，并寄去离婚诉讼所需费用。

小芳在合肥要下火车，车进站时，她发现李德树在站上等着她。小芳穿了一件玫瑰红人造革的短大衣，半高跟皮鞋，戴起墨镜，大摇大摆从李德树面前走过，李德树竟没认出来！

小芳坐上往木田的汽车一直回到家里。

李德树伙同几个朋友，就是和他一同偷牛的几个痞子，半夜里把小芳抢了出来。小芳两手抱着一棵树，大声喊叫："卉卉！卉卉！"——喊卉卉干什么？卉卉能救你么？

李德树让他的嫂子看着小芳。嫂子很同情小芳。小芳对嫂子说："我想到木田去洗个澡。"嫂子说："去吧。"小芳到了木田，跑到法院去吵了一顿："你们收了我的钱，为什么不给我办离婚？"法院不理她。小芳就从木田到合肥坐火车到北京来了。

我们有个亲戚在安徽，和省妇联的一个负责干部很熟。我们把小芳的情况给那亲戚写了一封信，那位亲戚和妇联的同志反映了一下，恰好这位同志要到无为视察工作，向木田法院问及小芳的问题。法院只好受理小芳的案子，判离，但要小芳付给李德树九百块钱。

小芳的父亲拿出一点钱，小芳拿出她的全部积蓄，小华又帮她借了一点钱，陆续偿给了李德树，小芳自由了。

李德树拿了九百块钱，很快就输光了。

小芳离开我们家后，到一家个体户的糖果糕点厂去做糖果，在丰台。糕点厂有个小胡，是小芳的同乡，每天蹬平板三轮到市里给各家送货。小芳有一天去看妹妹，带了小胡一起去。小华心里想：你怎么把一个男的带到我这里来了！是不是他们好了？看姐姐的眼睛，就是的。悄悄地问："你们是不是好了？"姐姐笑了。小华拿眼看了看小胡，说："太矮了！"小芳说："矮一点有什么关系，要那么高干什么！"据小华说："我姐喜欢他有文化。小胡读过初中。她自己没有文化，特别喜欢有文化的人。"

还得小胡回去托人到小芳家说媒。私订终身是不兴的。小胡先走两天，小芳接着也回了家。

到了家，她妈对她说："你明天去看看三舅妈，你好久没看见她了，她想你。"小芳想，也是，就提了一包糕点厂的点心去了。

去了，才知道，哪是三舅妈想她呀，是叫她去让人相亲。程家湾出了个万元户。这人是靠倒卖衣裳发财的。从福建石狮贩了衣服，拆掉原来的商标，换上假名牌。一百元买进，三百元卖出。这位倒爷对小芳很中意，说小芳嫁给他，小芳家的生活他包了，还可供她弟弟上学。小芳说："他就是亿万富翁，我也不嫁给他！"她妈说："小胡家穷，只有三间土房。"小芳说："穷就穷点，只要人好！"

小芳和小胡结了婚，一年后生了个女儿，取名叫卉卉。

我们的卉卉有很多穿过的衣裳，留着也没有用，卉卉的妈就给小芳寄去，寄了不止一次。小芳让她的卉卉穿了寄去的衣裳照了一张相寄了来。小芳的卉卉像小芳。

家里过不下去，小芳两口子还得上北京来，那家糖果糕点厂还愿意要他们。

小芳带了小胡上我们家来。小胡是矮了一点。其实也不算太矮，只是因为小芳高，显得他矮了。小胡的样子很清秀，人很文静，像个知识分子。小芳可是又黑又瘦，瘦得颧骨都凸出来了，神情很憔悴。卉卉已经上幼儿园大班，不怎么记得小芳了，问小芳："你就是带过我的那个阿姨吗？"小芳一把把她抱了起来，卉卉就黏在小芳身上不下来。

不到一年，小芳又回去了，她想她的女儿。

过不久，小胡也回去了，家里的责任田得有人种。

小芳小产了两次。医生警告她："你不能再生了，再生就有危险！"小芳从小身体就不好。小芳说："我一定要给他们家留一条根！"小芳终于生了一个儿子。小华说："这孩子是他们家的一条龙！"

小芳一直很想卉卉。她来信要卉卉的照片，卉卉的妈不断给她寄去。她要卉卉的录音，卉卉的妈给她录了一盘卉卉唱歌讲故事的磁带。卉卉的妈叫卉卉跟小芳说几句话。卉卉扭扭捏捏地说："说什么

呀?"——"随便!随便说几句!"卉卉想了想,说:

"小芳阿姨,你好吗?我很想你,我记得你很多事。"

听小华说,小芳现在生活很苦,有时连盐都没有。没盐了,小胡就拿了网,打一二斤鱼,到木田卖了,买点盐。

我问小华:"小芳现在就是一心只想把两个孩子拉扯大了?"

小华说:"就是。"

小芳现在还唱庐剧吗?

可能还会唱,在她哄孩子睡觉的时候。

一九九一年五月二十八日

载一九九一年第五期《中国作家》

金冬心

召应博学鸿词杭郡金农字寿门别号冬心先生、稽留山民、龙梭仙客、苏伐罗吉苏伐罗，早上起来觉得很无聊。

他刚从杭州扫墓回来。给祖坟加了加土，吩咐族侄把聚族而居的老宅子修理修理，花了一笔钱。杭州官员馈赠的程仪殊不丰厚，倒是送了不少花雕和莼菜，坛坛罐罐，装了半船。装莼菜的瓷罐子里多一半是西湖水。我能够老是饮花雕酒喝莼菜汤过日脚么？开玩笑！

他是昨天日落酉时回扬州的。刚一进门，洗了脸，给他装裱字画、收拾图书的陈聋子就告诉他：袁子才把十张灯退回来了。是托李馥馨茶叶庄的船带回来的。附有一封信。另外还有十套《随园诗话》。金冬心当时哼了一声。

去年秋后，来求冬心先生写字画画的不多，他又买了两块大砚台，一块红丝碧端，一块蕉叶白，手头就有些紧。进了腊月，他忽然想起一个主意：叫陈聋子用乌木做了十张方灯的架子，四面由他自己书画。自以为这主意很别致。他知道他的字画在扬州实在不大卖得动了，——太多了，几乎家家都有。过了正月初六，就叫陈聋子搭了李馥馨的船到南京找袁子才，托他代卖。凭子才的面子，他在南京的交往，估计不难推销出去。他希望一张卖五十两。少说，也能卖二十两。不说别的，单是乌木灯架，也值个三两二两的。那么，不无小补。

袁子才在小仓山房接见了陈聋子，很殷勤地询问了冬心先生的起居，最近又有什么轰动一时的诗文，说："灯是好灯！诗、书、画，可称三绝。先放在我这里吧。"

金冬心原以为过了元宵，袁子才就会兑了银子来。不想过了清明，还没有消息。

现在，退回来了！

袁枚的信写得很有风致："……金陵人只解吃鸭肺，光天白日，尚无目识字画，安能于灯光烛影中别其媸妍耶？……"

这个老奸巨猾！不帮我卖灯，倒给我弄来十部《诗话》，让我替他向扬州的鹾贾打秋风！——俗！

晚上吃了一碗鸡丝面，早早就睡了。

今天一起来，很无聊。

喝了几杯苏州新到的碧螺春，念了两遍《金刚经》，趿着鞋，到小花圃里看了看。宝珠山茶开得正好，含笑也都有了骨朵了。然而提不起多大兴致。他惦记着那十盆兰花。他去杭州之前，瞿家花园新从福建运到十盆素心兰。那样大的一盆，每盆不愁有百十个箭子！索价五两一盆，不贵！要是袁子才替他把灯卖出去，这十盆建兰就会摆在他的小花圃苇棚下的石条上。这样的兰花，除了冬心先生，谁配？然而……

他踱回书斋里，把袁枚的信摊开又看了一遍，觉得袁枚的字很讨厌，而且从字里行间嚼出一点挖苦的意味。他想起陈聋子描绘的随园：有几棵柳树，几块石头，有一个半干的水池子，池子边种了十来棵木芙蓉，到处是草，草里有蜈蚣……这样一个破园子，会是江宁织造的大观园么①？可笑！此人惯会吹牛，装模作样！他顺手把《随园诗话》打开翻了几页，到处是倚人自重，借别人的赏识，为自己吹嘘。有的诗，还算清新，然而，小聪明而已。正如此公自道："诗被人嫌只为多！"再看看标举的那些某夫人，某太夫人的诗，都不见佳。哈哈，竟然对毕秋帆也揄扬了一通！毕秋帆是什么？——商人耳！郑板桥对袁子才曾作过一句总评，说他是"斯文走狗"，不为过分！

他觉得心里痛快了一点，——不过，还是无聊。

他把陈聋子叫来，问问这些天有什么函件简帖。陈聋子捧出了一沓。金冬心拆看了几封，都没有什么意思，问："还有没有？"

陈聋子把脑门子一拍，说："有！——我差一点忘了，我把它单独放在拜匣里了：程雪门有一张请帖，来了三天了！"

"程雪门？"

"对对对！请你陪客。"

"请谁？"

"铁大人。"

"哪个铁大人？"

"新放的两淮盐务道铁保珊铁大人。"

"几时？"

"今天！中饭！平山堂！"

"你多误事！——去把帖子给我拿来！——去定一顶轿子！——你真是！——快去！——哎哟！"

金冬心开始觉得今天有点意思了。

等着催请了两次，到第三次催请时，冬心先生换了衣履，坐上轿子，直奔平山堂。

---

① 袁枚曾说大观园就是他的随园。

程雪门是扬州一号大盐商，今天宴请新任盐务道，非比寻常！果然，等金冬心下了轿，往平山堂一看，只见扬州的名流显贵都已到齐。藩臬二司、河工漕运、当地耆绅、清客名士，济济一堂。花翎补服，辉煌耀眼；轻衣缓带，意态萧闲。程雪门已在正面榻座上陪着铁保珊说话，一眼看见金冬心来了，站起身来，铁保珊早抢步迎了出来。

"冬心先生！久仰！久仰得很哪！"

"岂敢岂敢！农本布衣，幸瞻丰采！铁大人从都里来，一路风霜，辛苦了！"

"请！"

"请！请！"

铁保珊拉了金冬心入座。程雪门道了一声"得罪！"自去应酬别的客人。大家只见铁保珊倾侧着身子和金冬心谈得十分投机，金冬心不时点头拊掌，不知他们谈些什么，不免悄悄议论。

"雪翁今天请金冬心来陪铁保珊，好大的面子！"

"听说是铁保珊指名要见的。"

"金冬心这时候才来，架子搭得不小！"

"看来他的字画行情要涨！"

少顷宴齐，更衣入席。平山堂中，雁翅般摆开了五桌。正中一桌，首座自然是铁保珊。次座是金冬心。金冬心再三谦让，铁保珊一把把他按得坐下，说："你再谦，大家就不好坐了！"金冬心只得从命。程雪门在这桌的主座上陪着。

今天的酒席很清淡。铁大人接连吃了几天满汉全席，实在是没有胃口，接到请帖，说："请我，我到！可是我只想喝一碗晚米稀粥，就一碟香油拌疙瘩丝！"程雪门说一定照办。按扬州请客的规矩，菜单曾请铁保珊过了目。凉碟是金华竹叶腿、宁波瓦楞明蚶、黑龙江熏鹿脯、四川叙府糟蛋、兴化醉蛏鼻、东台醉泥螺、阳澄湖醉蟹、糟鹌鹑、糟鸭舌、高邮双黄鸭蛋、界首茶干拌荠菜、凉拌枸杞头……热菜也只是蟹白烧乌青菜、鸭肝泥酿怀山药、鲫鱼脑烩豆腐、烩青腿子口蘑、烧鹅掌。甲鱼只用裙边。鲥花鱼不用整条的，只取两块嘴后鳃边眼下蒜瓣肉。砗螯只取两块瑶柱。炒芙蓉鸡片塞牙，用大兴安岭活捕来的飞龙剁泥、鸽蛋清。烧烤不用乳猪，用果子狸。头菜不用翅唇参燕，清炖杨妃乳——新从江阴运到的河豚鱼。铁大人听说有河豚，说："那得有炒蒌蒿呀！——'竹外桃花三两枝，春江水暖鸭先知。蒌蒿满地芦芽短，正是河豚欲上时'，有蒌蒿，那才配称。"——"有有有！"随饭的炒菜也极素净：素炒蒌蒿薹、素炒金花菜、素炒豌豆苗、素炒紫芽姜、素炒马兰头、素炒凤尾——只有三片叶子的嫩莴苣尖、素烧黄芽白……铁大人听了菜单（他没有看）说是"这样好，'咬得菜根，则百事可做'"。他请金冬心过目，冬心先生说："'一箪食，一瓢饮'，农一介寒士，无可无不可的。"

金冬心尝了尝这一桌非时非地清淡而名贵的菜肴，又想起袁子才，想起他的《随园食单》，觉得他把几味家常鱼肉说得天花乱坠，真是寒乞相，嘴角不禁浮起一丝冷笑。

酒过三巡，铁保珊提出寡饮无趣，要行一个酒令。他提出的这个酒令叫作"飞红令"，各人说一句或两句古人诗词，要有"飞、红"二字，或明嵌，或暗藏，都可以。这令不算苛。他自己先说了两句："花谢花飞飞满天，红消香断有谁怜?"有人不识出处。旁边的人提醒他："《红楼梦》!"这时正是《红楼梦》大行的时候，"开谈不说《红楼梦》，纵读诗书也枉然"。不知出处的怕露怯，连忙说："哦，《红楼梦》!《红楼梦》!"下面也有说"一片花飞减却春"的，也有说"桃花乱落如红雨"的。有的说不上来，甘愿罚酒。也有的明明说得出，为了谦抑，故意说："我诗词上有限，认罚认罚!"借以凑趣的。临了，到了程雪门。程雪门说了一句：

"柳絮飞来片片红。"

大家先是愕然，接着就哗然了：

"柳絮飞来片片红，柳絮如何是红的？"

"无是理！无是理！"

"杜撰！杜撰无疑！"

"罚酒！罚酒！"

"满上！满上！喝了！喝了！"

程雪门也不知道自己怎么会诌出这样一句不通的诗来，正在满脸紫涨，无地自容，忽听得金冬心放下杯箸，从容言道：

"诸位莫吵。雪翁此诗有出处。这是元人咏平山堂的诗，用于今日，正好对景。"他站起身来，朗吟出全诗：

廿四桥边廿四风，

凭栏犹忆旧江东。

夕阳返照桃花渡，

柳絮飞来片片红。

大家一听，全都击掌：

"好诗！"

"好一个'柳絮飞来片片红'！妙！妙极了！"

"如此尖新，却又合情合理，这定是元人之诗，非唐非宋！"

"到底是冬心先生！元朝人的诗，我们知道得太少，惭愧惭愧！"

"想不到程雪翁如此博学！佩服！佩服！"

程雪门哈哈大笑，连说："过奖，过奖！——菜凉了，河豚要趁热！"

于是大家的筷子一齐奔向杨妃乳。

铁保珊拈须沉吟：这是元朝人的诗么？

金冬心真是捷才！出口成章，不动声色。快，而且，好！有意境……

第二天，一清早，程雪门派人给金冬心送来一千两银子。金冬心叫陈聋子告诉瞿家花园，把十盆建兰立刻送来。

陈聋子刚要走，金冬心叫住他：

"不忙。先把这十张灯收到厢房里去。"

陈聋子提起两张灯，金冬心又叫住他：

"把这个——搬走！"

他指的是堆在地下的《随园诗话》。

陈聋子抱起《诗话》，走出书斋，听见冬心先生骂道：

"斯文走狗！"

陈聋子心想：他这是骂谁呢？

一九八三年十月二十五日

载一九八四年第二期《现代作家》

拟故事两篇

螺蛳姑娘

有种田人，家境贫寒。上无父母，终鲜兄弟。薄田一丘，茅屋数椽。孤身一人，艰难度日。日出而作，春耕夏锄。日落回家，自任炊煮。身为男子，不善烧饭。冷灶湿柴，烟熏火燎。往往弄得满脸乌黑，如同灶王。有时怠惰，不愿举火，便以剩饭锅巴，用冷水泡泡，摘取野葱一把，辣椒五颗，稍蘸盐水，大口吞食。顷刻之间，便已果腹。虽然饭食粗粝，但是田野之中，不乏柔软和风，温暖阳光，风吹日晒，体魄健壮，精神充溢，如同牛犊马驹。竹床棉被，倒头便睡。无忧无虑，自得其乐。

忽一日，作田既毕，临溪洗脚，见溪底石上，有一螺蛳，螺体硕大，异于常螺，壳有五色，晶莹可爱，怦然心动，如有所遇。便即携归，养于水缸之中。临睡之前，敲石取火，燃点松明，时往照视。心中欢喜，如得宝贝。

次日天明，青年男子，仍往田间作务。日之夕矣，牛羊下来。余霞散绮，落日熔金。此种田人，心念螺蛳，急忙回家。到家之后，俯视水缸：螺蛳犹在，五色晶莹。方拟升火煮饭，揭开锅盖，则见饭菜都已端整。米饭半锅，青菜一碗。此种田人，腹中饥饿，不暇细问，取箸便吃。热饭热菜，甘美异常。食毕之后，心生疑念：此等饭菜，何人所做？或是邻居媪婶，怜我孤苦，代为炊煮，便往称谢。邻居皆曰："我们不曾为你煮饭，何用谢为！"此种田人，疑惑不解。

又次日，青年男子，仍往作田。归家之后，又见饭菜端整。油煎豆腐，细嫩焦黄；酱姜一碟，香辣开胃。

又又次日，此种田人，日暮归来，启锁开门，即闻香气。揭锅觑视：米饭之外，兼有腊肉一碗，烧酒一壶。此种田人，饮酒吃肉，陶然醉饱。

心念：果是何人，为我做饭？以何缘由，作此善举？

复后一日，此种田人，提早收工，村中炊烟未起，即已抵达家门。轻手蹑足，于门缝外，向内窥视。见一姑娘，从螺壳中，冉冉而出。肤色微黑，眉目如画。草屋之中，顿生光辉。行动婀娜，柔若无骨。取水濯手，便欲做饭。此种田人，破门而入，三步两步，抢过螺壳；扑向姑娘，长跪不起。螺蛳姑娘，挣逃不脱，含羞弄带，允与成婚。种田人惧姑娘复入螺壳，乃将螺壳藏过。严封密裹，不令人知。

一年之后，螺蛳姑娘，产生一子，眉目酷肖母亲，聪慧异常。一家和美，幸福温馨，如同蜜罐。

唯此男人，初得温饱，不免骄惰。对待螺蛳姑娘，无复曩时敬重，稍生侮慢之心。有时入门放锄，大声喝唤："打水洗脚！"凡百家务，垂手不管。唯知戏弄孩儿，打火吸烟。衣来伸手，饭来张口，俨然是一大爷。螺蛳姑娘，性情温淑，并不介意。

一日，此种田人，忽然想起，昔年螺壳，今尚在否？探身取视，晶莹如昔。遂以逗弄婴儿，以箸击壳而歌：

"丁丁丁，你妈是个螺蛳精！

"橐橐橐，这是你妈的螺蛳壳！"

彼时螺蛳姑娘，方在炝锅炒菜，闻此歌声，怫然不悦，抢步入房，夺过螺壳，纵身跳入。倏忽之间，已无踪影。此种田人，悔恨无极。抱儿出门，四面呼喊。山风忽忽，流水潺潺，茫茫大野，迄无应声。

此种田人，既失娇妻，无心作务，田园荒芜，日渐穷困。神情呆滞，面色苍黑。人失所爱，易于速老。

一九八五年四月四日

载一九八五年第四期《中国作家》

仓老鼠和老鹰借粮

> "仓老鼠和老鹰借粮，——守着的没有，飞着的倒有?"
>
> ——《红楼梦》[①]

天长啦，夜短啦，耗子大爷起晚啦!

耗子大爷干吗哪? 耗子大爷穿套裤哪。

来了一个喜鹊，来跟仓老鼠借粮。

喜鹊和在门口玩耍的小老鼠说:

"小胖墩，回去告诉老胖墩:'有粮借两担，转过年来就归还。'"

小老鼠回去跟仓老鼠说:"有人借粮。"

"什么人?"

"花喜鹊，尾巴长，娶了媳妇忘了娘。"

"哦! 喜鹊。他说什么?"

"小胖墩，回去告诉老胖墩:'有粮借两担，转过年来就归还。'"

[①] 仓老鼠和老鸹去借粮——守着的没有，飞着的有。出自《红楼梦》第六十一回。——编者注

"借给他两担!"

天长啦，夜短啦，耗子大爷起晚啦。

耗子大爷干吗哪? 耗子大爷梳胡子哪。

来了个乌鸦，来跟仓老鼠借粮。

乌鸦和在门口玩耍的小老鼠说:

"小尖嘴，回去告诉老尖嘴:'有粮借两担，转过年来就归还。'"

小老鼠回去跟仓老鼠说:"有人借粮。"

"什么人?"

"从南来个黑大汉，腰里别着两把扇。走一走，扇一扇，'阿弥陀佛好热的天!'"

"这是什么时候，扇扇?!"

"是乌鸦。"

"他说什么?"

"小尖嘴，回去告诉老尖嘴:'有粮借两担，转过年来就归还。'"

"借给他两担!"

天长啦，夜短啦，耗子大爷起晚啦!

耗子大爷干吗哪? 耗子大爷咕嘟咕嘟抽水烟哪。

来了个老鹰，来跟仓老鼠借粮。

老鹰和在门口玩耍的小老鼠说:

"小猫菜，回去告诉老猫菜:'有粮借两担，转过年来不定归还不归还!'"

小老鼠回去跟仓老鼠说:"有人借粮。"

"什么人?"

"钩鼻子，黄眼珠，看人斜着眼，说话尖声尖气。"

"是老鹰！——他说什么？"

"他说：'小猫菜，回去告诉老猫菜——'"

"什么'小猫菜''老猫菜'！"

"——'有粮借两担'——"

"转过年来？"

"——'不定归还不归还！'"

"不借给他！——转来！"

"……"

"就说我没在家！"

小老鼠出去对老鹰说：

"我爹说他没在家！"

仓老鼠一想：这事完不了，老鹰还会来的。我得想个办法。有了！我跟它哭穷，我去跟它借粮去。

仓老鼠找到了老鹰，说：

"鹰大爷，鹰大爷！天长啦，夜短了，盆光啦，瓮浅啦。有粮借两担，转过年来两担还四担！"

老鹰一听，气不打一处来——这可真是："仓老鼠跟老鹰借粮，守着的没有，飞着的倒有！"——"好，我借给你，你来！你来！"

仓老鼠往前走了两步。

老鹰一嘴就把仓老鼠叼住，一翅飞到树上，两口就把仓老鼠吞进了肚里。

老鹰问："你还跟我借粮不？"

仓老鼠在鹰肚子里连忙回答："不借了！不借了！不借了！"

一九八四年二月

瑞云

——聊斋新义

瑞云越长越好看了。初一十五，她到灵隐寺烧香，总有一些人盯着她傻看。她长得很白，姑娘媳妇偷偷向她的跟妈打听："她搽的是什么粉?"——"她不搽粉，天生的白嫩。"平常日子，街坊邻居也不大容易见到她，只听见她在小楼上跟师傅学吹箫，拍曲子，念诗。

瑞云过了十四，进十五了。按照院里的规矩，该接客了。养母蔡妈妈上楼来找瑞云。

"姑娘，你大了。是花，都得开。该找一个人梳拢了。"

瑞云在行院中长大，哪有不明白的。她脸上微红了一阵，倒没有怎么太扭捏，爽爽快快地说：

"妈妈说的是。但求妈妈依我一件：钱，由妈妈定；人，要由我自己选。"

"你要选一个什么样的?"

"要一个有情的。"

"有钱的、有势的，好找。有情的，没有。"

"这是我一辈子头一回。哪怕跟这个人过一夜，也就心满意足了。以后，就顾不了许多了。"

蔡妈妈看看这棵摇钱树，寻思了一会，说：

"好，钱由我定，人由你选，不过得有个期限：一年。一年之内，由你，过了一年，由我！今天是三月十四。"

于是瑞云开门见客。

蔡妈妈定例，上楼小坐，十五两，见面贽礼不限。

王孙公子、达官贵人、富商巨贾，纷纷登门求见。瑞云一一接待。贽礼厚的，陪着下一局棋，或当场画一个小条幅、一把扇面。贽礼薄的，敬一杯香茶而已。这些狎客对瑞云各有品评。有的说是清水芙蓉，有的说是未放梨蕊，有的说是一块羊脂玉，一传十，十传百，瑞云身价渐高，成了杭州红极一时的名妓。

余杭贺生，素负才名。家道中落，二十未娶。偶然到西湖闲步，见一画舫，飘然而来。中有美人，低头吹箫。岸上游人，纷纷指点："瑞云！瑞云！"贺生不觉注目。画舫已经远去，贺生还在痴立。回到寓所，茶饭无心。想了一夜，备了一份薄薄的贽礼，往瑞云院中求见。

原来以为瑞云阅人已多，一定不把他这寒酸当一回事。不想一见之后，瑞云款待得很殷勤。亲自涤器烹茶，问长问短。问余杭有什么山水，问他家里都有什么人，问他二十岁了为什么还不娶妻……语声柔细，眉目含情。有时默坐，若有所思。贺生觉得坐得太久了，应该知趣，起身将欲告辞。瑞云拉住他的手，说："我送你一首诗。"诗曰：

> 何事求浆者，
> 蓝桥叩晓关？
> 有心寻玉杵，
> 端只在人间。

贺生得诗狂喜，还想再说点什么，小丫头来报："客到！"贺生只好仓促别去。

贺生回寓，把诗展读了无数遍，才夹到一本书里，过一会，又抽出来看看。瑞云分明属意于我，可是玉杵向哪里去寻？

过一二日，实在忍不住，备了一份赞礼，又去看瑞云。听见他的声音，瑞云揭开门帘，把他让进去，说：

"我以为你不来了。"

"想不来，还是来了！"

瑞云很高兴。虽然只见了两面，已经好像很熟了。山南海北，琴棋书画，无所不谈。瑞云从来没有和人说过那么多的话，贺生也很少说话说得这样聪明。不知不觉，炉内香灰堆积，帘外落花渐多。瑞云把座位移近贺生，悄悄地说：

"你能不能想一点办法，在我这里住一夜？"

贺生说："看你两回，于愿已足。肌肤之亲，何敢梦想！"

他知道瑞云和蔡妈妈有成约：人由自选，价由母定。

瑞云说："娶我，我知道你没这个能力。我只是想把女儿身子交给你。以后你再也不来了，山南海北，我老想着你，这也不行么？"

贺生摇头。

两个再没有话了，眼对眼看着。

楼下蔡妈妈大声喊：

"瑞云！"

瑞云站起来，执着贺生的两只手，一双眼泪滴在贺生手背上。

贺生回去，辗转反侧。想要回去变卖家产，以博一宵之欢；又想到更尽分别，各自东西，两下牵挂，更何以堪。想到这里，热念都消。咬咬牙，再不到瑞云院里去。

蔡妈妈催着瑞云择婿。接连几个月，没有中意的。眼看花朝已过，离三月十四没有几天了。

这天，来了一个秀才，坐了一会，站起身来，用一个指头在瑞云额头上按了一按，说："可惜，可惜！"说完就走了。瑞云送客回来，发现额头有一个黑黑的指印。越洗越真。

而且这块黑斑逐渐扩大，几天的工夫，左眼的上下眼皮都黑了。

瑞云不能再见客。蔡妈妈拔了她的簪环首饰，剥了上下衣裙，把她推下楼来，和老妈子丫头一块干粗活。瑞云娇养惯了，身子又弱，怎么受得了这个！

贺生听说瑞云遭了奇祸，特地去看看。瑞云蓬着头，正在院里拔草。贺生远远喊了一声："瑞云！"瑞云听出是贺生的声音，急忙躲到一边，脸对着墙壁。贺生连喊了几声，瑞云就是不回头。贺生一头去找到蔡妈妈，说是愿意把瑞云赎出来。瑞云已经是这样，蔡妈妈没有多要身价银子。贺生回余杭，变卖了几亩田产，向蔡妈妈交付了身价，一乘花轿把瑞云抬走了。

到了余杭，拜堂成礼。入了洞房后，瑞云乘贺生关房门的工夫，自己揭了盖头，一口气，噗，噗，把两支花烛吹灭了。贺生知道瑞云的心思，并不嗔怪。轻轻走拢，挨着瑞云在床沿坐下。

瑞云问："你为什么娶我？"

"以前，我想娶你，不能。现在能把你娶回来了，不好么？"

"我脸上有一块黑。"

"我知道。"

"难看么？"

"难看。"

"你说了实话。"

"看看就会看惯的。"

"你是可怜我么？"

"我疼你。"

"伸开你的手。"

瑞云把手放在贺生的手里。贺生想起那天在院里瑞云和他执手相看，就轻轻抚摸瑞云的手。

瑞云说："你说的是真话。"接着叹了一口气："我已经不是我了。"

贺生轻轻咬了一下瑞云的手指："你还是你。"

"总不那么齐全了！"

"你不是说过，愿意把身子给我吗？"

"你现在还要吗？"

"要！"

两口儿日子过得很甜。不过瑞云每晚临睡，总把所有灯烛吹灭了。好在贺生已经逐渐对她的全身读得很熟，没灯胜似有灯。

花开花落，春去秋来。一窗细雨，半床明月。少年夫妻，如鱼如水。

贺生真的对瑞云脸上那块黑看惯了。他不觉得有什么难看。似乎瑞云脸上本来就有，应该有。

瑞云还是一直觉得歉然。她有时晨妆照镜，会回头对贺生说：

"我对不起你！"

"不许说这样的话！"

贺生因事到苏州，在虎丘吃茶。隔座是一个秀才，自称姓和，彼此攀谈起来。秀才听出贺生是浙江口音，便问：

"你们杭州，有个名妓瑞云，她现在怎么样了？"

"已经嫁人了。"

"嫁了一个什么样的人？"

"一个和我差不多的人。"

"真能类似阁下，可谓得人！——不过，会有人娶她么？"

"为什么没有？"

"她脸上——"

“有一块黑，是一个什么人用指头在她额头一按，留下的。这个人真不知道安的是什么心肠！——你怎么知道的？”

“实不相瞒，你说的这个人，就是在下。”

“你为什么要做这种事？”

“昔在杭州，也曾一觑芳仪，甚惜其以绝世之姿而流落不偶，故以小术晦其光而保其璞，留待一个有情人。”

“你能点上，也能去掉么？”

“怎么不能？”

“我也不瞒你，娶瑞云的，便是小生。”

“好！你别具一双眼睛，能超出世俗嬅妍，是个有情人！我这就同你到余杭，还君一个十全佳妇。”

到了余杭，秀才叫贺生用铜盆打一盆水，伸出中指，在水面写写画画，说：“洗一洗就会好的。好了，须亲自出来一谢医人。”

贺生笑说：“那当然！”贺生捧盆入内室，瑞云掬水洗面，面上黑斑随手消失，晶莹洁白，一如当年，瑞云照照镜子，不敢相信。反复照视，大叫一声：“这是我！这是我！”

夫妻二人，出来道谢。一看，秀才没有了。

这天晚上，瑞云高烧红烛，剔亮银灯。

贺生不像瑞云一样欢喜。明晃晃的灯烛，粉扑扑的嫩脸，他觉得不惯。他若有所失。

瑞云觉得他的爱抚不像平日那样温存，那样真挚。她坐起来，轻轻地问：

“你怎么了？”

一九八七年八月一日　北京

载一九八八年第三期《人民文学》

捕快张三

——聊斋新义

　　捕快张三，结婚半年。他好一杯酒，于色上寻常。他经常出外办差，三天五日不回家。媳妇正在年轻，空房难守，就和一个油头光棍勾搭上了。明来暗去，非止一日。街坊邻里，颇有察觉。水井边，大树下，时常有老太太、小媳妇咬耳朵，挤眼睛，点头，戳手，悄悄议论，嚼老婆舌头。闲言碎语，张三也听到了一句半句。心里存着，不露声色。一回，他出外办差，提前回来了一天。天还没有亮，便往家走。没拐进胡同，远远看见一个人影，从自己家门出来。张三紧赶两步，没赶上。张三拍门进屋，媳妇梳头未毕，绾了纂，正在掠鬓，脸上淡淡的。

　　"回来了？"

　　"回来了！"

　　"提早了一天。"

　　"差事完了。"

　　"吃什么？"

　　"先不吃。——我问你，我不在家，你都干什么了？"

　　"开门，搋火，喂鸡，择菜，坐锅，煮饭，做针线活，和街坊闲磕牙，说会子话，关门，放狗，挡鸡窝……"

"家里没人来过？"

"隔壁李二嫂来替过鞋样子，对门张二婶借过笸箩……"

"没问你这个！我回来的时候，在胡同口仿佛瞧见一个人打咱们家出去，那是谁？"

"你见了鬼了！——吃什么？"

"给我下一碗热汤面，煮两个咸鸡子，烫四两酒。"

媳妇下厨房整治早饭，张三在屋里到处搜寻，看看有什么破绽。翻开被窝，没有什么。一掀枕头，滚出了一枚韭菜叶赤金戒指。张三攥在手里。

媳妇用托盘托了早饭进来。张三说：

"放下。给你看一样东西。"

张三一张手，媳妇浑身就凉了：这个粗心大意的东西！没有什么说的了，扑通一声，跪倒在地：

"我错了。你打吧。"

"打？你给我去死！"

张三从房梁上抽下一根麻绳，交在媳妇手里。

"要我死？"

"去死！"

"那我死得漂漂亮亮的。"

"行！"

"我得打扮打扮，插花戴朵，擦粉抹胭脂，穿上我娘家带来的绣花裙子袄。"

"行！"

"得会子。"

"行！"

媳妇到里屋去打扮，张三在外屋剥开咸鸡子，慢慢喝着酒。四两酒下去了小三两，鸡子吃了一个半，还不见媳妇出来。心想：真麻烦；又一想：也别说，最后一回了，是得好好"捯饬""捯饬"。他忽然成了一个哲学家，举着酒杯，自言自语："你说这人活一辈子，是为了什么呢？"

一会儿，媳妇出来了：喝！眼如秋水，面若桃花，点翠插头，半珠押鬓，银红裙袄粉缎花鞋。到了外屋，眼泪汪汪，向张三拜了三拜。

"你真的要我死呀？"

"别废话，去死！"

"那我就去死啦！"

媳妇进了里屋，听得见她搬了一张机凳，站上去，拴了绳扣，就要挂上了。张三把最后一杯酒一饮而尽，叭叉一声，摔碎了酒杯，大声叫道：

"咍！①回来！一顶绿帽子，未必就当真把人压死了！"

这天晚上，张三和他媳妇，琴瑟和谐。夫妻两个，恩恩爱爱，过了一辈子。

按：这个故事见于《聊斋》卷九《佟客》后附"异史氏曰"的议论中。故事与《佟客》实无关系。"异史氏"的议论是说古来臣子不能为君父而死，本来是很坚决的，只因为"一转念"误之。议论后引出这故事，实在毫不相干。故事很一般，但在那样的时代，张三能掀掉"绿头巾"的压力，实在是很豁达，非常难得的。蒲松龄述此故事时语气不免调侃，但字里行间，流露同情，于此可窥见聊斋对贞节的看

---

① 咍音 hāi，读孩第一声。

法。聊斋对妇女常持欣赏眼光，多曲谅，少苛求，这一点，是与曹雪芹相近的。

一九八九年七月二十八日
载一九八九年第六期《小说家》

樟柳神

（出《夜雨秋灯录》）

张大眼是个催租隶。这天，把租催齐了，要进城去完秋赋。这时正是秋老虎天气，为了赶早凉，起了个五更。懵懵懂懂，行了一气。到了一处，叫作秋稼湾，太阳上来了，张大眼觉得热起来。看了看，路旁有一户人家，茅草屋，门关着，看样子，这家主人还在酣睡未起，门外，搭着个豆花棚，为的是遮阴。豆花棚苒拉过来，接上了几棵半大柳树。下面有一条石凳，干干净净的。一摸，潮乎乎的，露水还没干。掏出布手巾来擦了擦。

"歇会儿啵！"

张大眼心想：这会城门刚开，进城的，出城的，人多，等乱劲儿过去了，再说。好在离城也不远了。

"抽袋烟！"

嚓嚓嚓，打亮火石，点着火绒，咝——吸了一口，"嗨！好烟！"

张大眼正在品烟，听到有唱歌的声音。声音挺细，跟一只小秋蝈蝈似的。听听，唱的是什么？

      郎在东来妾在西，

少小两个不相离。

自从接了媒红订，

朝朝相遇把头低。

低头莫碰豆花架，

一碰露水湿郎衣。

唔？

张大眼听得真真的，有腔有字。是怎么回事？

张大眼四处这么一找：是一个小小婴儿，两寸来长，眉清目秀、唇红齿白，穿一个红兜兜，光着屁股，笑嘻嘻的，在豆花穗上一趑一趑地跳。张大眼再一看，原来这小人的颈子上拴着一根头发丝，头发丝扣在豆花棚缝里的芦苇秆上，他跑不了，只能一趑一趑地跳。张大眼心想：这是个樟柳神！他看看路边的茅屋：一定有个会法术的人在屋里睡觉，昨天晚上把樟柳神拴在这儿，让他吃露水。张大眼听人说过樟柳神，这一定就是！他听说过，樟柳神能未卜先知，有什么事将要发生，他早就料到。捉住他，可以消灾免祸。于是张大眼掐断了头发丝，把樟柳神藏在袖子里，让他在手腕上呆着。

可樟柳神不肯老实呆着，老是一蹦一蹦的。张大眼就把他取出来，放在斗笠里，戴在头上。这一下，樟柳神安生了，不蹦了，只是小声地说话：

张大眼，

好大胆，

捉住咱，

一千铜钱三十板。

张大眼想：这才是没影子的事！钱粮如数催齐，我身无过犯，会挨三十板？不理他！他把斗笠按了按，低着头噜噜噜噜往城里走。

不想刚进城，听得一声大喝：

"拿下！"

张大眼瞪着两只大眼。

原来这天是初一，县官王老爷出城到东岳庙行香。张大眼早晨起早了，懵里懵懂，一头撞在喝道的锣夫的身上，把锣夫撞了个仰八叉，哐当一声，锣也甩出去老远。王老爷推开轿帘，问道："什么人？"衙役们七手八脚把张大眼摁倒在地。张大眼不知道咋的，一句话也回不出来，只是不停地喘气，大汗珠子直往下掉。"看他神色慌张，必定不是好人。来！打他三十板！"衙役退下张大眼的裤子，张大眼趴在大街上，哈哈大笑。"你笑什么？打你屁股，你不怕疼，还笑？"张大眼说："我早知道今天要挨三十个板子。"——"你怎么知道？"张大眼于是把他怎么催租，怎么路过秋稼湾，怎么在豆花棚上看到一个樟柳神，樟柳神是怎么怎么说的，一五一十，说了个备细。

"你有樟柳神？"

"有。"

"呈上来！"

县太爷把樟柳神放在轿子里的伏手板上，樟柳神直跟他点头招手，笑嘻嘻的。

"樟柳神归我了。来，赏他——你叫什么？"

"张大眼。"

"赏张大眼一千铜钱！"

"禀老爷，樟柳神爱在斗笠里呆着。"

"那成，我让他呆在我的红缨大帽里。——起轿！"

"喳!"

王老爷得了樟柳神，心想：这可好了，我以后审案子，不管多么疑难，只要问他，是非曲直，一断便知。我一向有些糊涂，从今以后，清如水，明如镜，这锦绣前程么，是稳拿把掐的了!

于是每次升堂，都在大帽里藏着樟柳神。不想樟柳神一声不言语。

王老爷退堂，问樟柳神：

"你怎么不说话?"

樟柳神说：

> 老爷去审案，
> 按律秉公断。
> 问我樟柳神，
> 要你做什么? ——吃饭?

当县官的，最关心的是官场的浮沉升降，乃至变法维新，国家大事。王老爷对自己的进退行止，拿不定主意，就请问樟柳神。樟柳神说：

> 大事我了然，
> 就是不说破。
> 问我为什么，
> 我也怕惹祸。

"你是神，你还怕惹祸?"

"瞧你说的! 神就不怕惹祸? 神有神的难处。"

樟柳神倒也不闲着，随时向王老爷报一些事。

一早起来，说：

> 清早起来雾漫漫，
> 黑鸡下了个白鸡蛋。

到了前半晌，说：

> 黄牛角，
> 水牛角，
> 牛打架，
> 角碰角。

到快中午了，说：

> 一个面铺面冲南，
> 三个老头来吃面。
> 一个老头吃半斤，
> 三个老头吃斤半。

到了夜晚，王老爷困得不得了，摘下了大帽，歪靠在榻上，迷迷糊糊睡着了，听见樟柳神在大帽里又说又唱：

> 唧唧唧，啾啾啾，
> 老鼠来偷油。
> 乒乒乓乓——噗，

吱溜！

王老爷一激灵，醒了。

"乒乒乓乓？"

"猫来了，猫追老鼠。"

"噗？"

"猫追老鼠，碰倒了油瓶，——噗！"

"吱溜？"

"老鼠跑了。"

樟柳神老是在王老爷耳朵根底下说这些少盐没醋的淡话，没完没了，弄得王老爷实在烦得不行，就从大帽下面把他捏出来，摔到窗外。

不想，一会儿就又听到帽子底下一趱一趱地蹦。老爷掀开大帽：

"你怎么又回来啦？"

"请神容易送神难。"

"你是不是要跟着我一辈子？"

"那没错！"

附记

宣鼎，号瘦梅，安徽天长人，生活于同光间，曾在我的故乡高邮住过，在北市口开一家书铺，兼卖画。我的祖父曾收得他的一幅条山。《夜雨秋灯录》是他的主要的笔记小说。也许因为他是高邮隔湖邻县的文人，又在高邮住过，所以高邮人不少看过他的这本书。《夜雨秋灯录》的思想平庸，文笔也很酸腐，只有这篇《樟柳神》却很可喜，樟柳神所唱的小曲尤其清新有韵致，于是想起把这篇东西用语体文重写一遍。前面一部分基本上是按原文翻译，结尾则以己意改作。这样的改变可能使意思过于浅露，少蕴藉了。

一九九一年六月三十日

载一九九二年第一期《上海文学》

鹿井丹泉

"鹿井丹泉"是"秦邮八景"中的一景，遗址在今南石桥南。

有一少年比丘，名叫归来，住在塔院深处，平常极少见人。归来仪容俊美，面如朗月，眼似莲花，如同阿难。——阿难在佛弟子中俊美第一。归来偶或出寺乞食，游春士女有见之者，无不赞叹，说："好一个漂亮和尚！"

归来饮食简单，每日两粥一饭，佐以黄虀苦荬而已。

出塔院门，有一花坛，遍植栀子。花坛之外为一小小菜园。菜园外即为荆棘草丛，苍茫无际，并无人烟。花坛菜圃之间有一石栏方井，井栏洁白如玉，水深而极清，归来每天汲水浇花灌园。

当归来浇灌之时，有一母鹿，恒来饮水。久之稔熟，略无猜忌。

一日，归来将母鹿揽取，置之怀中，抱归塔院。鹿毛柔细温暖，归来不觉男根勃起，伸入母鹿腹中。归来未曾经此况味，觉得非常美妙。母鹿亦声唤嘤嘤，若不胜情。事毕之后，彼此相看，不知道他们做了一件什么事。

不久，母鹿胸胀流奶，产下一个女婴。鹿女面目姣美，略似其父，而行步姗姗，犹有鹿态，则似母亲。一家三口，极其亲爱。

事情渐为人知，嘈嘈杂杂，纷纷议论。

当浴佛日，僧众会集，有一屠户，当众大声叱骂：

"好你个和尚！你玩了母鹿，把母鹿肚子玩大了，还生下一个鹿女！鹿女已经十六岁，你是不是也要玩她？你把鹿女借给弟兄们玩两天行不行？你把鹿女藏到哪里去啦？"

说着以手痛掴其面，直至流血。归来但垂首趺坐，不言不语。

正在众人纷闹、营营訇訇，鹿女从塔院走出，身着轻绡之衣，体被璎珞，至众人前，从容言说："我即鹿女。"

鹿女拭去归来脸上血迹，合十长跪。然后姗姗款款，步出塔院之门，走入栀子丛中，纵身跃入井内。

众人骇然，百计打捞，不见鹿女尸体，但闻空中仙乐飘飘，花香不散。

当夜归来汲水澡身讫，在栀子丛中累足而卧。比及众人发现，已经圆寂。

按：此故事在高邮流传甚广，故事本极美丽，但理解者不多。传述故事者用语多鄙俗，屠夫下流秽语尤为高邮人之奇耻。因此改写。

一九九五年春节
载一九九五年第七期《上海文学》

从传奇到志异

汪曾祺是不需要详细介绍的，离世近十五年，相信仍拥有大量的读者。他的创作生涯断断续续，1940年代初试锋芒，1960年代零星写作，真正让他获得声誉的是1980年代，那时已是"老作家"。他的长辈如1920年代崛起的谢冰心等，1930年代走红的曹禺等，虽然间有所作，但已不成其为当代文坛的构成。巴金《随想录》影响巨大，不过主要作为思想文本被对待。至于他的同辈，比如《九叶集》的那些，则作为文学史的失落群体被发掘，其中有些也做过重新写作的努力，但都不像汪曾祺那样真正产生巨大影响。民国时代的作家，到了"新时期"，似乎只有汪曾祺是唯一"有效"的，风生水起，老树新枝，与几代晚辈争一日短长。从这个角度说，他是颇为特别的。

通常，汪曾祺会被归入新文学中的"京派"一系，所谓"京派"，本就是一笔糊涂账，也未必有仔细分梳的价值。他1920年出生于扬州附近的高邮，地在江北，但文化上则是江南的延伸。1939年入西南联合大学中国文学系，与沈从文等发生联系，之所以归为"京派"大概源于此。光复后在上海待了两年，此后长居北京。其中50年代末至60年代初因系"右派"，流放张家口三年有余。因而就他一生经历而言，与高邮、昆明、上海、北京、张家口五地结缘，而尤以高邮、昆明、北京为重要。揆诸其一生文字，背景、取材无非也是这些地方，比例大致与其生活时间的长短相吻合。这一点确乎与被认为"京派"作家核心人物的废名、沈从文等取径一致。

1940年汪曾祺在西南联大开始写作，自然受到沈从文具体的影响，这在他的文字中多有叙述。不过现在回头去看，汪当年小说、散文、诗歌都有作品，虽以小说为主，与沈从文的风格实际上差异很大。他另外的资源，是西方现代派，尤其伍尔芙等的意识流作品，以及阿索林的随笔。因而，尽管沈从文当时的小说，较之30年代也有大变，所谓"抽象的抒情"。但就叙事方式而言，汪曾祺所作，更偏重的是"意识"而不是"抒情"。这自然有二者气质上的差异，但更可以说是观念的不同，在他们当年的文论中有充分的体现。

西南联大时期的汪曾祺，绝对谈不上是个好学生。他同届及前后届的同学，出了不少著名的学者，而他最后因为有科目不过关，多待了一年。待到可以毕业，按当时规定，须参加赴缅甸的远征军，给美国军官当翻译。他没去，结果只能肄业。没去的原因，有相当部分想必是他的英语实在拿不出手。所以即便受西方文学的影响，比起同是西南联大的穆旦等人，能将自己放在古今东西的文学坐标中定位，他也只不过读了些翻译过来的作品或文论，并无系统，属于"自发"的写作。当然，一直延续到1948年底，他九年的创作，体现出特有的天分，成绩并不算差。英语水平不足道这个缺憾，也不是全无好处，西南联大众多毕业生，因为给美军当翻译的经历，解放后遇到很大的麻烦，他就没有这个包袱。

西南联大学生创作群体，就学期间的文学活动，并没有耽误各自的学业。和其他大部分学生一样，后来或出国，或从教，大多都以学术安身立命。肄业的汪曾祺，除了写作以外，在学期间似乎没有别的规划，因而毕业后在昆明、上海辗转以中学教职为生计，间以写作。

直到1948年初春到北平，继以失业，一年后结婚，同时也进入了新时代。

1949年到1979年，30岁到60岁，汪曾祺并没有多大的文学成绩，先是在《说说唱唱》和《民间文学》当编辑，从张家口回来后进入北京京剧团，工作范围从口头文学到戏曲。60年代初，写出几篇小说。当然在当时的情境下，他不可能延续40年代现代派的写作路线，不过这些创作还是体现出他深厚的语言功力。另外作为《沙家浜》等"样板戏"的主要编剧，使得他即便在"文化大革命"的十年期间，也还有自己的作品。

汪曾祺真正获得全国性声誉是在60岁以后，1980年《受戒》刊发，文坛震动，因为就当时的大环境与文学界的现实状况，似乎不太可能出现这样的东西。作品毫无做作，也没有任何拘束，描摹少年男女的情窦初开尤其爽朗，在当时这显然是个犯忌的题材，但他写起来不以为意、落落大方。这里既没有几十年延续而来的"敌我"或者"阶级"，也没有当时时新的"反思"或者"解放"。究其原因，在于汪40年代的文学经验，以及其后三十年间始终未能真正成功被"改造"。他写的，一言以蔽之就是他所理解的"人性"，三十年世间沧桑，在他作品里了无痕迹。他不去回应那个时代，似乎也并不属于那个时代。

但他确乎部分构筑了那个时代的文学，用的是三十年前的感觉和材料。其中如《异秉》等，更是直接用40年代小说的题材重新写作，不过手法迥异，不但完全没有现代派的痕迹，甚至很难看出作为小说的经营。如此摒落一切技巧，在汪曾祺那儿被概括为"回到现实主义，回到民族传统"。正在整个文坛以极大的热情和焦虑重新开始向西方学习的时候，汪曾祺似乎从现代回到传统，或者说从小说回到故事。与其说这是有意的拉开距离，毋宁说这是由于他对自己语言能力的高度自信甚至自负。剥落所谓"创作"的一切技巧或讨巧，才能将语言的质地最大程度地显露出来。

不过这只是一个方面，关键在于他叙事的方式。小说里的"事件"在他那儿是淡化的，《大淖记事》真正的"事件"只占少部分篇幅，而更多作品其实并没有什么故事。在批评家那儿这被归为"诗化小说"或"散文化小说"。本来，两个术语都源于西方评论意识流的Poetic Novel。因而要说"诗化小说"，汪曾祺40年代的创作就是"诗化小说"，重意境而不重事件，80年代这方面恰恰一脉相承。之所以给人差异很大的印象，一是叙事方式的改变，40年代时汪曾祺声称小说是第一人称的艺术，此时几乎全用全知叙述，没有原来限知叙述的紧张感；二是语言高度成熟，并且去除"欧化"，使得技巧化于无形。这给人一个错觉，似乎比起同时的诸多各色现代派或伪现代派作家，汪曾祺是"传统的"，殊不知这所谓"传统"正包裹着也许他本人都未必意识到的现代主义创作观念。

Poetic Novel翻译过来被分化成"诗化小说"和"散文化小说"两个术语，由于汉语词汇自身的影响，在读者甚至研究者那儿也脱离了西方概念的本意，而与作为文体的"诗"和"散文"联系起来。其中的曲折不必细论，但从"文体间性"的角度，八九十年代汪曾祺小说确实有从"诗"向"散文"转化的趋向。简单说，同样弱化小说中的"事件"，80年代尤其是前期的作品，更多地赋予诗意的氛围，其后到90年代则渐渐归于平淡。而由于小说和散文都没有文体形式的约束，使得越到晚期，其创作中小说和散文界限越发模糊。某次与汪曾祺哲嗣言及此，他说他父亲晚年作品，编辑取去发表，有时也分不清是小说还是散文，看着像什么就放在什么栏目下。

八九十年代的汪曾祺，总的倾向，越到晚年，散文越写越多，小说越写越短。其中八九十年代之交有一批引人注目的作品，就是改写

《聊斋志异》中的一些故事。与蒲松龄比文笔，确实算得上豪举。汪曾祺用白话重写那些故事，应该说不比原文弱。《聊斋》是以传奇笔法志怪，文字活色生香，正与《受戒》等相类，但汪曾祺改写用的却是"大白话"。他最后十多年的写作，约略以此为界，语言上是经历了变化的。前期近于"传奇"，后期则走进了古代笔记的传统，类于真正的"志异"，"志"者"记"也，也就是笔录一些事情，小说、散文畛界的日渐模糊正由于此。

通常文学史论及汪曾祺时，会将他放在废名、沈从文这一脉络下，而且他们三人都自认为"文体家"。确实，这两位前辈作家对汪影响最大。再往上的周氏兄弟，他很尊崇，但并无直接的取法。废、沈二位，同样是写到后来，小说、散文混为一体，这其中有什么道理，是很值得玩味的。因为三个人的路径其实很不相同，废名一开始似乎不知道小说该怎么写，及至后来明白了，则发展出一个观念，即小说首先是"文章"，随后几度变化，但万变不离其宗。沈从文开始写作，是连标点也不会用，一支笔打天下，他的观念核心，其实是如何"讲故事"，用不同的办法来讲，讲到出神入化，"小说"的外套就套不住了。与这两位不同的是，汪曾祺一开始是知道怎么写小说的，他后来的几度变化，与时代的变迁有很大关系。

废名、沈从文对创作是有很大野心的，而且都有很大的毅力推进自己的工作，才能也足以相副。不过，到了共和国时代，虽然原因不同，但都不能不在盛年停笔了。汪曾祺的个性似乎相当随便，西南联大时期对学业没有任何规划，也许是想走作家这条路吧，但废名、沈从文开始写作时的那种努力在他身上是看不到的。而到50年代，意识流那一套自然得收起来，于是只能是"现实主义"和"民族传统"，虽然写得很少，但他却适应得很好，没有冒犯大环境却也不必太委曲求全。80年代以后放笔为文，虽有压力，但忌讳渐少，自然更可以游刃有余，以往的经验很好地调适，因而不必刻意地去张扬某种主张。或者说，他回到"语言"本身，如此则文体已经成为次要的问题，无非是语言的外衣而已。

无须忌讳，就总体的创作成就而言，汪曾祺并没有沈从文的广度，也没有废名的深度，当然更谈不上周氏兄弟的阔大。通俗的说法，算得上是"名家"，却不太够"大家"。他读书随性，很难称得上博学。写作随缘，有条件就写，没条件也不烦恼，无非过日子而已。他总在可能的限度内生活、写作，绝不试图"超越自我"，这是二周、废、沈所未必有的心境。晚年得大名，邀访求序络绎于途，他似乎都不大拒绝。看他的游记，不少是接受招待之后的"文债"，而他所作序的那些作品，不过一二十年，大部分已湮没无闻。这浪费了他很多时间和精力，不过他本就对自己的才华和成就不大上心。也许可以慨叹他的"未尽才"，但也正是这份难得的"无大志"，造就了其作品的落拓不羁、清雅绝俗，也决定其必可传。

有机会选编这套汪曾祺作品，在我自然是个值得感念的机缘。十五年前我还在当学生，因为课程作业的关系，拜访过汪先生，那是他去世前不久。感觉上，他是个不太珍惜时间的老者，而且好客。但对于像我这样一本正经的"研究者"，他并不太愿意"剖析"自己，只是闲聊得高兴。不知是不是这个缘由，这么多年来，他的作品一直只是我的"闲书"。一年前，我的同学韩公敬群，似乎为了表现他对我的底细一清二楚，突然勒令我选编汪先生作品。而且他惯用的伎俩是在我委婉表示考虑考虑的时候，就算我已经答应了。

那么为了当年与汪先生的缘分，就来做这件事吧。只是长期以来，对于他的书，已经习惯了随手翻开一页就读，现在要正襟危坐、系统选编，实在是很不好玩。再加上杂事多，我又不善计划，于是一拖再拖。责编胡晓舟是我的师妹，不得不忍气吞声，用尽各种办法催促，总之也是吃够了苦头。好在无论如何拖拉，地老天荒，该你的事情你总得做完。

书分四辑，小说、散文各占其半。在为小说分类时，有个意外的发现，印象中汪曾祺以高邮和昆明为背景的小说最多，但事实上以昆明为背景的只有五篇，写昆明其实多是散文。因而第二辑《受戒》，专收1980年后以家乡为背景的小说。分成两组，分别是80年代和90年代的作品，可以见出笔法的变化。

第一辑《邂逅》，借用的是汪曾祺40年代末自选小说集的书名，因而干脆就将那本小说集的八篇选入，以他的选择代替我的选择。随后几组包括六七十年代的作品，80年代后以昆明、北京为背景的作品，依据古代小说和传说改写的作品。此可见不同时期风格的差异。

第三辑则是回忆性的散文，包括写家人，写各个时期的自己。更多的是写见过、交往过的各色人等。汪曾祺笔下多奇人，也多畸人，总之不俗。以《人间草木》为是辑之名，大体是可以概括的。第四辑有吃食、有草木虫鱼、有读书札记等等，作者各种情趣，不一而足，那么就叫《彩云聚散》吧。

汪曾祺一生的写作量不算太大，曾发感慨，"才这么一点"。不过，这些作品，创作的时间跨度却长达半个世纪以上。其间造化弄人，洒脱淡雅的背后是世道沧桑。在他那儿，写作的观念、手法、风格等等都一变再变，当然不同时期的文字也有不同时期的习惯。对于这些或许并不符合当今"规范"的字词，是没有理由去改变的，这些"痕迹"本就该是阅读的一个组成。在此还得感谢汪先生女儿汪朝女史，她通看全稿，改正了不少原刊的错误。尽管这样一套提供普通阅读的本子无需太烦琐的校注，但能返回汪曾祺的原意，是值得感念的。

这套书是"选本"，既是选，那总会有偏见在。选什么不选什么，如何编排，谁来动手都有各自一套办法。购读此书的朋友大体都是了解和喜爱汪曾祺作品的，那么也都有各自的读法。想来我如此编选很难合所有人的意，好在无论如何这里总都是汪曾祺的文字，那么就当我这个"马二先生"无事生非多此一举也无不可。

王风

2011年岁杪于北京大学

出版说明

　　为尊重并保持汪曾祺作品文字的原貌和风格，本次编辑工作中，我们除对旧版中明显的讹误之处予以更正外，对带有作家个人风格和时代印记的用语予以保留。在保留作者原注之外，本版新加的必要注释均标明"编者注"。在编辑出版过程中，我们得到了作者亲属的大力支持与帮助，在此谨致谢意。

北京十月文艺出版社

2023 年 6 月

图书在版编目 (CIP) 数据

邂逅 / 汪曾祺著. — 北京：北京十月文艺出版社，
2024. 7

（汪曾祺集）

ISBN 978-7-5302-2343-7

Ⅰ. ①邂… Ⅱ. ①汪… Ⅲ. ①短篇小说—小说集—中国—当代 Ⅳ. ①I247.7

中国国家版本馆 CIP 数据核字 (2023) 第233251号

邂逅

XIEHOU

汪曾祺　著

出　　版　北 京 出 版 集 团
　　　　　北京十月文艺出版社
地　　址　北京北三环中路6号
邮　　编　100120
网　　址　www.bph.com.cn
发　　行　新经典发行有限公司
　　　　　电话 010-68423599
经　　销　新华书店
印　　刷　北京盛通印刷股份有限公司
版　　次　2024 年 7 月第 1 版
印　　次　2024 年 7 月第 1 次印刷
开　　本　850 毫米 ×1168 毫米 1/32
印　　张　12
字　　数　293 千字
书　　号　ISBN 978-7-5302-2343-7
定　　价　48.00 元
如有印装质量问题，由本社负责调换
质量监督电话　010-58572393